카페
폴인러브
Cafe
Fall in Love

카페 폴인러브

Cafe Fall in Love

박향 장편소설

차례

카페 폴인러브

물맛 나는 커피는
지루한 결혼 생활 같은 것

섹스와 개그

미세한 회색 먼지가 거울 위에 촘촘하게 내려앉아 있다. 어느 집에서 이삿짐이라도 부린 것인지 엘리베이터 안은 손을 대면 지문이 선명하게 찍힐 정도로 온통 먼지투성이다. 세희는 손바닥으로 거울을 닦아냈다. 손바닥과 맞닿아 있던 부분이 무언가를 갈망하듯 투명하게 깊어졌다. 세희는 얼굴을 가까이 대고 엘리베이터 거울을 뚫어지게 보았다. 거울 속에는 화장기가 지워진 여자 하나가 말끔해진 얼굴로 자신을 들여다보는 여자를 보고 있었다. 세희는 먼저 입술 주변을 살폈다. 인중과 턱에 펄이 묻어 반짝거렸다. 손바닥으로 문질러 닦았지만 잘 지워지지 않았다. 반짝거리긴 해도 유심히 보지 않으면 표시는 나지 않을 것 같았다. 세희는 핸드백에서 립스틱을 꺼내 발랐다.

지난번에 남편 정수는 이렇게 말했다. 어디서 자고 오나? 얼굴이 왜 그래? 그때 가슴이 덜컥 내려앉았던 기억이 지금도 선명했다. 그래, 엘리베이터에 거울은 필수야. 세희는 콤팩트를 꺼내 얼굴을 톡톡 두드리며 중얼거렸다. 집에 들어가자마자 클렌징크림으로 지워질 얼굴이지만, 적어도 어디서 자고 오느냐는 말은 듣지 말아야 할 테니까. 목 주변을 살피며 머리를 쓰다듬다 말고 세희는 문득 손질을 멈췄다. 자신의 뒤편에서 고개를 푹 숙이고 있는 남자를 발견한 것이다. 중간에 엘리베이터가 서지를 않았으니 지하에서 같이 탄 것 같은데 기억이 없었다. 엘리베이터에 타자마자 거울을 보느라고 정신이 없었던 모양이다.

남자는 핸드폰을 들여다보고 있었다. 세희는 힐끔 고개를 돌려 남자의 핸드폰을 보았다. 체크, 삭제, 체크, 삭제. 남자는 문자와 통화 기록을 삭제하더니 이번에는 카톡으로 가서 나가기를 눌렀다. 얼마나 열중해서 지우는지 옆에 서 있는 세희의 시선도 느끼지 못하는 듯했다. 오히려 거울을 보는 척하며 조심스럽게 남자의 손놀림을 관찰하는 세희가 이상하게 느껴질 정도였다. 다 지워진 통화 기록, 문자, 카톡을 다시 확인한 남자가 핸드폰을 주머니에 넣었다. 남자의 주머니에 들어간 핸드폰은 삭제되고 지워져 훨씬 가벼워졌을 것이다. 남자는 늘 저렇게 가벼워진 마음과 몸으로 죄책감까지 모두 삭제시키고 집으로 돌아갈 것이다.

세희는 핸드폰을 꺼냈다. 당연히 그렇겠지만 삭제할 것이 아무것도 없었다. 세희는 문자와 통화 기록을 언제나 즉시 지운다. 세희는 남자의 옆모습을 일별했다. 머리가 조금씩 빠지기 시작한 남자의 얼굴은 피곤해 보였다. 얼굴을 쓸어주고 싶다는 생각이 들 정도로 안쓰러워 보이기까지 했다. 문득 세희는 생각했다. 저 남자와 나 사이에는 아무것도 없다. 그렇지만 늘 그랬듯이 저 남자와 나 사이에 또 뭔가가 생길지도 모른다. 아무것도 아닌 사람들 사이에 윤리적 장막만 걷어내면 그들은 언제나 특별한 관계가 될 준비가 되어 있는 것이다. 남자가 18층에서 내렸다. 이제 층수를 가리키는 숫자판에는 25라는 숫자에만 불이 들어와 있었다. 세희는 거울 속 여자를 다시 한 번 확인했다. 남자가 핸드폰을 몇 번이나 보았듯이.

정수는 TV를 보면서 맥주를 마시고 있었다.

"나 왔어."

"늦었네."

말만 그렇게 할 뿐 정수는 아예 이쪽은 쳐다보지도 않았다. 그의 눈은 젊은 개그맨의 쭉 튀어나온 입에 고정되어 있었다. 개그맨의 입과는 반대로 정수의 입은 무방비하게 벌어져 있었다. 방청객의 웃음소리가 커지면 정수의 입도 크게 벌어지고, 방청객이 조용하면 그의 입도 따라서 작아졌다.

세희는 화장대 앞에 앉아 방금 고친 화장을 지웠다. 그리고 옷을 훌렁훌렁 벗어 던지고 화장실로 들어갔다. 남자의 체취와 입술 자국이 아직도 온몸에 남아 있었다. 샤워기의 물줄기를 머리에 대고 세희는 눈을 감았다. 배가 고프다. 차 안에서 서로의 몸을 탐색하느라 배고픈 줄도 몰랐다. 밥 먹고 가라고 그가 붙잡았지만, 이미 늦은 시각이었다. 정수는 벌써 와 있을 것이고, 요즘 들어 부쩍 귀가가 늦은 아내에 대해 한참 투덜거리고 있을 것이다.

수건으로 몸을 닦아내는데, 손이 닿는 곳마다 확확 열꽃이 피었다. 다시 몸이 더워지는 듯해 세희는 얼른 옷을 입었다. 정수가 이쪽을 보고 있기라도 하는 것 같아 세희는 옷을 입으면서 흘끔흘끔 정수를 보았다. 축축한 머리를 수건으로 싸매고 세희는 냉장고 문을 열었다. 배가 고파서 현기증이 일었다. 파도치는 바다 위를 항해하고 있는 것처럼 어질어질했다. 허기가 참았던 성욕처럼 솟아올랐다. 빵과 우유, 사과와 배를 들었다 놓았다. 이런 것들로는 아무래도 성이 차지 않을 것 같았다. 팔팔 넘치는 도자기 안에서 비명을 지르며 끓고 있는 삼계탕 같은, 뭔가 이 뜨거움을 잠재울 수 있는 음식이 필요했다.

"나, 물 좀 줘."

과장된 방청객의 박장대소가 거실을 가득 메웠다. 화면 속으로 들어갈 듯 TV 쪽으로 몸을 기울인 정수가 꺼이꺼이 웃음 끝을 입에 문 채 말을 뱉었다. 세희는 컵에 물을 가득 따라 정수에게 건넸다. 한 손으로 물컵을 받은 정수가 갑자기 세희의 잠옷 바지 속으로 손을 쑥 집어넣었다. 깜짝 놀란 세희가 몸을 빼는 바람에 물컵이 바닥으로 쏟아졌다. 놀라는 게 아니라 정수는 비죽 웃었다. 붉게 충혈된 정수의 눈은 얼마 전 영화에서 본 성범죄자의 눈 같았다. 개그 프로를 보고 깔깔 웃으면서 저 사람은 언제 성욕을 키운 것일까. 세희는 개그 프로와 성욕은 어울리지 않는다고 생각했다.

"이리 와."

"왜 이래?"

"이리 와보라니깐."

"옷이 다 젖었어. 물 좀 닦아야지."

"조금 있다."

세희가 한 번 더 몸을 빼자 정수는 아예 세희의 허리를 껴안고 바닥에 넘어뜨렸다. 등이 겨울 산의 바위처럼 차가웠다. 쏟아진 물 때문이다. 축축함이 허리를 지나 엉덩이께까지 내려갔다. 인상을 구긴 세희가 차갑다는 말을 하기도 전에 정수의 손은 이미 팬티를 헤집고 아랫도리를 점령하고 있었다.

"어? 당신, 이미 젖었잖아?"

누군가에게 머리를 한 대 얻어맞은 것처럼 세희는 멍해졌다. 어딘가로 피해서 달아나고 싶었지만, 정수의 팔은 성난 뱀처럼 세희의 몸을 조여왔다.

"당신, 왜 이래? 내가 건드리기도 전에 몸이 먼저 반응을 하네?"

갑자기 맥이 탁 풀리는 느낌이었다. 어찌해야 좋을지 모르겠다는 건 마음의 일이다. 몸은 제 주제도 모르고 자꾸 연기처럼 풀어졌다. 어느 배우의 말처럼 정수의 손은 누가 차려놓은 밥상인지도 모르고 허겁지겁 숟가락부터 들었다. 마음은 움츠러들었지만 이미 몸의 상태를 들킨 다음이라 달리 거부할 수가 없었다. 두 사람은 서로의 몸을 끌어안은 채 안방으로 들어갔다.

그러고 보니 오늘이 그날인가. 정수는 대부분 어느 정도의 기간이 지나면 갈아주어야 하는 어항 물처럼 의무적인 부부관계를 했다. 정수가 생각하는 의무 기간은 대략 보름 정도였다. 그는 오늘도 개그 프로를 보면서 아내가 도착하면 빨리 할 일을 끝내고 자야겠다, 라고 생각하고 있었는지 몰랐다. 그는 부부관계와 남편의 도리가 같은 값이라고 생각하는 사람이었다.

결혼 후 5년째 되던 해부터 그들은 아이를 갖기 위한 모든 노력을 끝냈다. 아이 갖기의 드라마는 드디어 그 대단원의 막을 내린 것이다.

그때, 그들 사이에 흐르던 공통된 목적의식이 부여하던 부드러운 물 같은 느낌은 사라져버렸다. 종족 번식이 아닌 서로를 갈망해서 몸을 열어야 하는 그런 어색한 행동을 처음 했을 때, 그들은 당황했다.

정수는 관계 그 자체를 즐길 뿐 교감하지 않았다. 그러므로 그에게서 따뜻함이나 배려 따위를 기대해서는 안 되었다. 그에게서 사랑이 담긴 눈빛을 느낀 적이 있었나? 그는 아내를 사랑하지 않았다. 사랑으로 시작된 결혼이 아니었어도 사랑하면서 결혼 생활을 하는 친구들도 있었다. 하지만 결혼한 그날부터 마치 사무실에 근무하는 파트너처럼 살고 있는 세희와 정수는 완벽한 생활인일 뿐이었다. 그래서 정수와의 섹스는 내린 지 한참 지난 맛없는 커피를 마시는 기분이 들게 했다. 아이스커피도 아닌, 식어버린 맛없는 커피가 입술을 거쳐 입안으로 들어오는 느낌. 마치 니코틴 냄새가 이 사이사이에 잔뜩 낀 남자와 키스를 하는 기분이라고 할까.

TV 속 개그맨이 노래를 부르기 시작하자 관중들의 함성은 더 높아졌다. 마치 섹스의 주도권을 쥔 정수를 응원하는 듯한 관중들의 함성이 안방의 침대까지 진군해왔다. 무슨 경연대회에라도 출전한 기분이 들어 도무지 행위에 집중할 수가 없었다. 저걸 끄고 들어왔어야 하는데, 라고 세희는 생각했다.

커피전문점 '폴인러브'

오전 11시의 유리창은 햇살을 받아 눈이 부셨다. G대학 미술과 아이들이 그린 그림이 유리창 안에서 살아 움직이는 것 같았다. 경재는 커피전문점을 시작할 때 창 디자인에 신경을 많이 썼다고 했다. 유리창에는 흰색 선으로만 그림이 그려져 있었다. 정면은 남포동 용두산 공원의 타워. 측면 한쪽은 번잡한 광복동 시내 거리, 그리고 다른 한 면은 무성한 벤자민과 잎이 넓은 알로카시아를 그린 그림이었다. 요즘 커피전문점은 밖에서도 안이 훤히 들여다보이도록 투명 유리를 쓴다. 커피를 마시며 앉아 있는 사람들도 커피전문점 풍경의 일부가 되기 때문이다. 커피를 마시고 있는 사람들은 길을 가는 무심한 사람들에게 커피를 권한다. 경재는 가게 안에서 커피를 즐기는 사람들을 좀 더 친근감 있게 처리하고 싶었다고 말했다.

"남포동, 그 좁고도 촌스러우면서 정겨운 거리. 아내도 그렇고 나도 그래요. 여전히 남포동이 좋아요. 초등학생들도 아줌마들도 함께 공유하는 곳, 카리스마를 품고 있는 고전적인 길이라고 할까요. 서면이나 해운대는 너무 세련돼서 식상하죠."

중앙동에서 커피전문점을 하는 사람이 왜 중앙동 풍경을 그리지 않고 남포동을 그렸느냐고 하자 중앙동은 거리라고 할 수 없다고 했다. 너무 도식적이라는 것이다. 중앙동을 그림으로 그리면 아마 설계도 같은 게 나오지 않겠어요? 라고 말하며 경재는 창 너머 중앙동 거리를 고개를 설레설레 흔들며 내다보았다. 몇 해 전부터 옛 사무실 빌딩과 오래된 호텔 사이에 새로운 커피전문점이나 카페 등이 생기기 시작한 중앙동 거리는 마치 늙은 본처가 바른 붉은 루즈처럼 생경스러웠다. 세희는 자신이 일하고 있기는 하지만 이 거리에는 커피전문점이 어울리지 않는다는 생각을 가끔 하곤 했다.

서면이나 해운대가 싫다는 경재 부부의 고전적 취미는 커피전문점 안에 고스란히 반영되어 있었다. 적색 벽돌로 된 커피전문점 내부 벽은 거친 벽돌 면이 그대로 노출되어 있었다. 벽돌은 유심히 보지 않아도 공장에서 갓 찍어 나온 것은 아니라는 걸 알 수 있었다. 경재는 차를 타고 다섯 시간이 넘는 곳에 가서 벽돌을 공수해왔다고 자랑을 했다. 커피전문점의 앤티크한 분위기 연출을 위해 오래된 가옥이나 공장의 담장으로 쓰였던 벽돌을 가지고 온 것이었다. 시멘트가 묻어 있기도 하고 색깔이 퇴색하기도 하고 귀퉁이가 떨어져 나가기도 했지만, 하나하나 깨지지 않게 가공해 가져오느라 공장에서 갓 찍은 깨끗한 빨간 벽돌보다 오히려 값이 더 비쌌다는 것이었다.

커피 잔과 커피들이 놓인 카운터 뒤쪽 벽 역시 적색 벽돌로 되어 있었다. 선반이 따로 있는 게 아니라 벽돌을 앞으로 빼내서 선반으로 활용하여 자연스러운 미를 살렸다. 자연스러운 미, 이건 경재의 표현이다. 정확하게 말하면 그의 아내인 효정의 생각이라고 할 수 있다. 선반을 직접 사용하는 세희의 입장에선 불편하기 짝이 없었다. 하지만 작은 장식 하나도 실내의 전체적인 분위기와 조화를 이뤄야 한다는 효정의 생각을 존중해서 불평은 하지 않았다. 카운터 천장에는 동으로 만든 둥근 갓을 씌운 전등이 다섯 개 달려 있어 커피전문점의 분위기를 더욱 아늑하고 고풍스럽게 만들었다. 그 전등 아래 너비 2미터, 길이 5미터의 공간이 바로 바리스타인 세희가 일하는 곳이었다.

저녁 무렵이면 바빠지기 시작하는 바로 옆 동네인 광복동과 달리 주변에 사무실이 많은 중앙동은 퇴근 시간 이후면 급속도로 손님이 빠져나갔다. 8시 이후는 아르바이트생을 쓰기로 해서 늦게까지 남아야 하는 부담도 없었다. 아르바이트생이 오면 전표를 정리하고 ATM기에 입금시킬 현금을 챙기고 이것저것 마무리에 대한 주의를 준 후 세희는 퇴근을 하면 됐다.

세희는 아무래도 좋았다. 전업주부로 사는 게 숨이 막히던 참이었다. 뭔가 스스로 할 수 있는 일을 찾아서 하고 싶었다. 양육할 아이도 없는 전업주부란 '아무 하는 일 없이 하루를 보내는 여자'라는 말에 다름 아니었다.

무엇보다도 세희를 힘들게 하는 것은 사랑도 미움도 없는 정수와의 생활이었다. 정수는 몇 날 며칠이 지나도 텅 비어 있는 방 안의 휴지통 같은 사람이었다. 오로지 남편으로서 단순한 의무에만 충실한 그의 태도는 세희를 더욱 혼자이게 했다. 사람 좋고 친절하고 마음씨 착한 남편한테 무슨 벼락 맞을 소리냐고 사람들은 말을 했다. 외롭다니 이 무슨 복에 겨운 소리냐며 세희도 가끔 스스로를 돌아보기도 했다. 하지만 세희의 외로움은 정수로부터 왔다. 그것은 확실한 사실이었다. 그와 함께 있으면 피부가 아리도록 고독할 때가 있었다. 세희를 보는 그의 눈에는 애정이나, 하물며 미움 따위의 감정도 실려 있지 않았다. 그럴 때마다 세희는 누가 잡아주지 않으면 푹 고꾸라질 것 같은 불안함과 허전함을 느꼈다. 마치 뒤통수가 없는 납작한 종이인형이라도 된 기분이었다.

다정하지도 않고 싸움도 없는 부부 관계는 누군가 필요 없어서 벗어놓은 허물 같았다. 커피전문점이라는 새로운 단어가 세희 앞에 나타난 것은 생활에 우울이 오래된 때처럼 덕지덕지 낄 즈음이었다. 물론 세희가 커피전문점을 맡기로 한 배경에는 마냥 기뻐할 수만은 없는 가슴 아픈 사연이 있었다. 남몰래 들뜬 감정이 불편하기는 했으나 그래도 그 불편함이 세희의 벅찬 행복감을 이기지는 못했다. 세희가 느끼는 행복은 마치 어떤 큰일의 배후에 아무도 모르게 도사리고 있는 음모 같은 것이었다. 그 음모가 없어지거나 처음부터 아닌 일이 되는 것도 아니었다. 그래도 음모는 음모였다. 남들 앞에서는 감추고 숨겨야 하고, 단지 세희 혼자서만 즐겨야 하는 음모였다.

남편 정수와 커피전문점 사장인 경재는 절친한 친구 사이였다. 대학 때 같은 사진 동아리를 하면서 친해졌는데, 활달한 경재와 달리 정수는 매사에 조용하고 신중한 성격이어서 두 사람이 친하게 지내는 것을 의아하게 생각하는 사람들도 많았다. 경재는 주로 말을 하고 정수는 듣는 편이었지만 술을 마시면 끝까지 갔고, 서로가 하는 맨살의 말에 귀를 기울였다. 각자 결혼을 하고 난 뒤에는 부부 동반 모임을 가지고 종종 어울렸는데 그 모임은 이제 더 이상 이어지지 않았다. 효정 때문이었다.

경재는 제법 이름이 있는 부엌가구 사업체를 운영하고 있었다. 커피전문점은 아내를 위해서 경재가 차려준 것이었다. 효정은 커피 공부에 열정적이었다. 노력뿐만 아니라 타고난 감각도 있었다. 창업을 위한 아카데미 원생들 중에서 커피에 대한 센스가 가장 뛰어났다고 했다. 커피전문점 내부 인테리어며 커피 기구들, 커피 잔 하나까지 효정은 직접 시장을 돌며 정성을 기울여 준비했다. 전국에 유명하다는 커피전문점을 먼 거리도 마다 않고 방문하여 사진 찍고 스케치한 후, 그것을 바탕으로 미래 자신의 가게를 구상하곤 했다. 인터넷이나 입소문을 통해 특이하게 디스플레이된 커피 도구를 판매하는 곳이 있으면 당장 달려가서 구매했고, 커피전문점에 사용될 여러 종류의 커피 잔을 결정하기 위해 일주일 동안 잠을 못 자고 고민하기도 했다. 아메리카노 잔, 도피오 잔, 각종 베리에이션 잔, 아이스크림 잔, 핸드드립 잔, 고급 커피를 위한 스페셜 잔까지 하나하나 직접 골라 만져보고 두드려본 후 구매했다. 캐러멜 시럽과 초콜릿 시럽, 메이플 시럽, 꿀, 유기농 설탕…… 효정의 손이 가지 않은 곳은 한 군데도 없었다.

개업 준비를 위해 장을 보고 차에 오를 때, 혹은 인테리어 공사가 한창인 커피전문점 내부를 둘러볼 때 효정은 가끔 현기증을 느끼고 헛구역질을 했다. 그것을 심각하게 생각하지 않은 것이 실수였다. 그런 것들은 꿈꾸던 커피전문점의 주인이 된다는 설렘 때문에 생긴 작은 어지럼증 같은 것일 거라고 생각했다.

개업을 보름 앞두고 효정은 뇌종양 진단을 받았다. 항상 커피 냄새가 몸에 배어 있던 효정에게서 병원 냄새가 나기 시작했다. 효정은 곧 나을 거라는 확신에 차 있었다. 누군가가 잠시 동안 커피전문점을 맡아주면 좋을 것 같았다. 한 달 정도만 있으면 가게를 직접 운영할 수 있으리라고 생각했다. 커피전문점의 작은 화분, 스푼 하나에도 자신의 손길이 그대로 남아 있었다. 그걸 다른 사람에게 온전히 떠맡길 수는 없었다. 하지만 커피전문점을 맡아서 할 믿을 만한 사람을 찾는다는 게 쉬운 일이 아니었다. 경재는 정수에게 부탁을 했고, 세희는 급하게 커피 교육을 받았다. 아침 9시부터 오후 5시까지 이론과 실기를 병행하는 3주 코스의 커피 속성반에서였다. 개업은 일주일 늦춰졌다. 일주일 늦춰졌다고는 해도 3주 동안의 속성 교육으로 세희가 금방 바리스타가 될 수는 없었다.

개업을 하고 난 후 보름 동안은 전문 바리스타가 세희 옆에 붙어 있었다. 전문 바리스타는 세희에게 베리에이션 만드는 법을 특히 강조했다. 밀크에 스팀 치는 법과 라테류에 하트 모양, 잎 모양 그리는 법을 가르쳐주었다. 마치 이런 것만 잘하면 바리스타 흉내는 낼 수 있을 거라는 투의 무시하는 듯한 표정이었지만, 세희는 상관하지 않고 열심히 배웠다. 밀크에 안개 같은 거품을 만들어 라테에 아트하는 법을 배우기 위해 1000밀리리터 우유를 하루에 열 통씩 소비하기도 했다. 스팀 노즐로 안개 같은 거품을 만들 때 밀크가 너무 뜨겁게 데워지지 않아야 하고, 카푸치노를 제외하고는 표면에 굵은 거품이 생기지 않도록 주의해야 했다. 핸드드립을 배울 때는 손목과 어깨에 힘이 들어갔다며 어린아이 대하듯 마구 소리를 질러대는 바람에 몇 번이나 눈앞이 뿌옇게 흐려지기도 했다.

"손목이 아니라 어깨로 돌리라고요!"

그가 가고 나면 싱크대에 서서 나선형으로 일정하게 그리는 드립 물 붓기 연습을 새벽까지 하곤 했다. 결국 좀 더 가는 물줄기를 만들기 위해 세희가 개인적으로 구입한 값비싼 동 주전자의 주둥이 부분을 펜치로 눌러 모아주어야만 했다. 전문 바리스타는 주전자 주둥이를 펜치로 모아주는 것도 아무나 못 하는 일이라며 잘난 체를 했다.

이게 내 한계인가 하는 생각에 주방 바닥에 퍼질러 앉아 울기도 했다. 하지만 한계와 가능성은 모두 세희의 양손에 있었다. 한계를 가능성으로 바꾸기 위해 세희는 잠을 줄이고 밥 먹는 시간도 아꼈다.

보름 동안 단 한 번도 칭찬하지 않던 바리스타는 떠나는 날 세희에게 이렇게 말했다.

"커피콩으로 치자면 아줌만 결점 두수가 얼마 안 되는 좋은 콩이에요."

끝까지 실장님이라는 명칭 대신 아줌마라는 말을 쓰긴 했지만 그의 말은 세희에게 자신감을 불어넣어주었다. 자신감이 생기자 단골들이 눈에 들어오기 시작했다. 얼굴을 자주 보긴 했어도 그들이 세희가 내린 커피를 마시기 위해 일부러 찾아온다는 사실을 처음에는 몰랐다. 그걸 알았을 때는 완벽한 바리스타가 다 된 기분이었다.

손님이 없는 날이면 에스프레소를 한 컵 가득 따라 의자에 푹 파묻혔다. 그러면 그윽한 커피 향이 코끝으로 올라와 이마를 적셨다. 하지만 거기까지였다. 전문 바리스타의 말처럼, 아니 책에 적힌 것처럼 적도의 꽃향기, 혀의 측면에 와 닿는 신맛, 과일의 단맛, 마신 뒤끝의 군고구마 또는 캐러멜 맛, 그런 것들을 모두 찾아내기란 세희에게는 무리였다. 솔직히 말하면 신맛이나 쓴맛, 단맛을 느낄 뿐, 꽃향기도 군고구마 맛도 찾지 못했다. 그런 것을 찾았다고 느끼려고 노력할 뿐이었다. 아니, 다른 커피와의 차별성을 모른다고 하는 것이 더 솔직한 표현일 것이다. 예가체프와 코나를 두고 구분해보라고 하면 정확하게 구분하지 못했다. 그럴 필요성을 느낀 적도 없었다. 하지만 코나를 모르고 마시는 일은 없었다. 어디를 가더라도 이렇게 말했다. 코나로 주세요. 코나 커피를 마시면서 세희는 말하곤 했다. 코나는 풍부한 맛과 좋은 향기로 세계에서 가장 수요가 많은 커피죠. 코나 지역의 아침 햇살과 오후의 소나기, 저녁의 온화한 기후가 느껴지지 않나요? 라고 말이다. 가짜라는 느낌은 들었지만 가짜라는 사실을 들킬 위험은 그리 많지 않았으므로 세희는 항상 손님들에게 커피 전문가처럼 보이려고 애썼다. 도도하고 프로페셔널하게, 그건 자신 있었다.

경재는 10시에 문을 열라고 했지만 세희는 11시에 문을 열었다. 오픈 시간을 10시로 정한 것은 효정의 오랜 생각이었다는 것이다. 손님이 오기 전에 이미 준비되어 있는 커피전문점을 보여주는 것이 효정의 경영원칙 중 첫 번째였다고 했다. 처음에는 세희도 10시에 문을 열었지만 시간이 갈수록 점점 늦어졌다. 특별한 이유는 없었다. 굳이 대라면 세희의 게으름을 들면 될 것이다.

오전 11시, 문을 열어젖히면 고여 있던 간밤의 커피 냄새가 와락 빠져나갔다. 출근하면 전날 알바생의 허술한 마감이 먼저 눈에 띄었다. 마감 청소 중에 손님이 오면 퇴근 시간이 늦어지고 그러면 급한 마음에 설거지도 대충 할 수밖에 없을 것이다. 20분 정도 청소를 하고 원두를 그라인더에 넣으면 커피 냄새가 마치 깊은 산사의 풍경 소리처럼 실내에 조용히 흘렀다. 고요하고 향기로운 냄새가 온몸을 휘감는 시간, 세희는 그 시간을 충분히 음미하고 즐겼다.

하지만 오전 11시가 누군가에게는 숨이 막혀 질식할 것 같은 힘든 시간이기도 하고, 그 절박한 순간에 자신의 모습이 위로가 될 수도 있다는 사실을 세희는 몰랐다. 고교 동창생인 제호를 만난 것은 정말 놀라운 일이었다.

"항상 오전 11시에 문을 여시더군요."

온몸의 기운이란 기운은 다 빠져나가고 목구멍은 연기로 막힌 듯 답답하고 다리는 퉁퉁 부어 발가락이 슬리퍼 끈을 뚫고 나올 것 같은 오후 7시. 갈색으로 염색을 한 머리에 타이가 없는 셔츠를 입은 덩치 좋은 남자가 문을 밀고 들어와 카운터 앞 하이체어에 앉았다. 남자가 한 말이 무슨 뜻인지 몰라 잠깐 멍한 표정을 짓는 사이 남자가 오픈 팻말을 고갯짓으로 가리켰다.

"근처에 사시나 봐요. 그런 걸 다 아시고."

세희의 질문에는 대답도 없이 남자는 마치 아는 사람의 가게라도 온 듯 빙글빙글 웃으며 실내를 휘휘 둘러보았다.

"제가 있는 사무실에서 정면으로 보이거든요. 오전 근무로 스트레스가 최고조에 달해 있을 때 창밖으로 눈을 돌리면 이 커피숍이 보이죠. 커피 향기가 코끝에서 맡아질 것 같은 느낌과 함께 말이에요."

세희는 용두산 타워가 그려진 유리창으로 시선을 돌려 남자가 폴인러브를 넘겨다본다는 빌딩숲 어딘가를 눈으로 훑었다. 오전의 중앙동은 고요하기 짝이 없을 것이다. 골목길을 조금만 돌아나가면 광복동 거리가 나오고 가게마다 한참 오픈 준비로 분주하겠지만 이곳은 또 좀 달랐다. 적막하고 고요하지만 바쁜 빌딩의 창문으로부터 촘촘하고 날카로운 숨소리가 미세하게 감지되는 곳이기도 했다.

창밖에 둔 시선을 좀처럼 거둬들이지 못하고 있는데, 남자가 손가락으로 톡톡 탁자를 두드렸다.

"좀 서운한데?"

남자가 분필처럼 건조해 보이는 하얗고 긴 손가락으로 세희를 가리키며 말했다. 세희는 무슨 말인지 몰라서 네? 하고 반문을 했다.

"오늘로 세 번째인데…… 정말 나 모르겠어?"

세희는 고개를 갸우뚱하며 말했다.

"저를 아세요?"

남자는 눈썹이 짙고 눈이 가늘었다. 광대뼈는 조금 튀어나와서 반항적인 분위기를 풍겼고, 끝이 굽었지만 코가 반듯했다. 남자의 얼굴에 가만히 눈길을 주다가 세희는 고개를 끄덕였다. 분명 아는 얼굴이었다. 하지만 그가 누구인지, 이름이 무엇인지, 어떤 일로 알게 되었는지는 전혀 떠오르지 않았다.

"알 것도 같아요. 그런데 죄송해요, 이름이 생각 안 나네요."

"이름이 권세희 맞지? S고등학교, 그리고……."

그리고…… 아, 생각이 났다. 기억은 마치 마른날 발밑의 흙먼지처럼 세희의 머릿속에 서서히 차오르기 시작했다. 영은이……. 영은이와는 공교롭게도 3년 동안 같은 반이었지만 그리 친하지는 않았다. 그래도 3년은 긴 시간이었다. 그러니 제호를 모른다고 한다면 그것은 치매이거나 거짓말이었다. 제호는 영은이의 공식 애인이었다. 3년 동안 사랑이라는 이름으로 도배했던 유난한 그들의 시간을 기억하지 못하는 동창이 있을까.

"아, 진짜 오랜만이네."

"이제야 알아보다니 서운하다고!"

세희는 손을 내밀어 제호와 악수를 하며 미안한 마음에 큰 소리로 웃었다.

"처음엔 긴가민가했고, 두 번째 왔을 때 난 딱 알아봤는데 말이야."

"아, 정말 미안해."

"근데 너 대단하다. 이런 커피숍도 다 하고."

"나, 주인 아냐. 사장님이 따로 계셔."

"어, 그래? 사장인 줄 알았어."

싱긋 웃는 입매가 지쳐 보였다. 세희는 그가 주문한 케냐AA 커피를 앞으로 내밀었다.

"회사가 이 근처에 있는 거야?"

"응, 바로 요 앞 건물이야."

고등학교를 졸업하기 전에 두 사람은 헤어졌으며, 제호는 그 충격으로 대학 입학식도 참석하지 않고 바로 입대했다는 이야기를 들었다. 제대 후 우연히 낯선 여자와 걸어가는 제호를 먼발치에서 본 기억이 났다. 자신과 관련이 없는데도 그 기억이 이렇게 선명한 것은 졸업식이 있기 전날, 영은이 없이는 안 된다며 자살 소동을 벌인 일 때문일 것이다. 하지만 벌써 수십 년이 지난 일이다. 이제 이제호가 어떤 인간으로 이 세상에 서 있는지 그것을 권세희는 모르는 것이다.

"하나 물어봐도 될까?"

"그럼."

"바리스타들은 보통 어떤 커피를 맛있다고 하는 거야? 내가 커피에 대해 관심이 많거든. 공부도 좀 했고……. 근데 공부를 하다 보니 전문가들은 어떤 맛을 특별히 맛있다고 하는 건지 궁금해서."

영은이의 주변 친구나 고등학교 때의 일을 묻는 건가 싶었는데 엉뚱하게도 커피 이야기였다.

"난 전문가 수준은 아냐, 겨우 흉내만 내는걸."

"에이, 이만한 커피전문점의 바리스타면 전문가지. 어쨌든 맛있는 커피에 대한 바리스타님의 생각을 말씀해보세요."

"음, 맛있는 커피 한 잔은 스트레스 쌓인 사람에게 기운을 주고 행복감을 주는 매개체라고 생각해. 그런 걸 느끼면 그게 바로 맛있는 커피 아닐까?"

"아니, 그런 누구나 할 수 있는 말 말고, 맛에 관한 바리스타님의 개인적인 생각을 묻는 거라니까."

"내 경우엔…… 맛있는 커피는 딱 마셨을 때 초콜릿 향이 나더라고. 초콜릿 맛이 아니라 향. 그리고 맛없는 커피는 담배 냄새가 나지. 오래된 니코틴 냄새?"

세희의 솜씨를 확인해본다는 듯 제호가 앞에 놓인 커피를 한 모금 마셨다.

"어때?"

"좋은데? 신맛, 단맛, 쓴맛의 조화도 일품이고, 바디감도 있고, 향기가 아주 좋아."

제호는 바디감이라는 말을 쓸 줄 알았다. 물과 우유를 비교하자면 우유를 입에 머금었을 때와 같은 풍부한 밀도감을 느꼈다는 말이다. 긴 시간 우려낸 설렁탕의 묵직한 맛에 비유될 수 있는 단어이기도 했다. 그렇다면 제호는 커피를 어느 정도 안다는 말이다. 사실 커피를 배우면서 바디감이라는 말은 많이 들었지만 세희 자신도 바디감을 혀에 와 닿게 느껴보지는 못했다. 세희는 제호를 유심히 보았다. 목울대가 꿀꺽 하고 넘어가는데, 그의 크지도 작지도 않은 눈이 스르르 감겼다. 순간 색깔을 알 수 없는 욕망이 아랫배를 죽 훑듯이 지나갔다. 커피 잔을 소리 나지 않게 내려놓은 제호가 빙글빙글 웃으며 세희를 향해 엄지손가락을 세워 보였다.

"최고야."

"고마워. 그렇게 말해줘서."

"아냐, 정말 맛있어."

"케냐AA가 좋아하는 커피라서 아마 그렇게 느낀 것 아닐까? 어떤 커피가 맛 좋은 커피냐고 묻는다면, 자기가 좋아하는 커피가 제일 맛있는 커피일 거라고 나는 대답할 거야."

"물론이지. 하지만 재료가 신선하고 모든 조건이 완벽하게 구비되어 있다고 하더라도 마지막 한 가지가 결정적으로 부족하면 커피는 맛있다고 할 수 없어. 맛있다고 할 수 없는 게 아니라 망치는 거지."

"마지막 한 가지?"

"고객에게 맛을 전달하는 바리스타의 정성 어린 손길, 그게 '내가 좋아하는 커피의 맛'을 결정적으로 정하지."

"그 말을 들으니 괜히 떨리는데?"

제호의 말은 세희를 들뜨게 했다. 바리스타의 존재감을 알아주는 사람을 만난다는 건 주방에 서 있으면서 흔히 있는 일은 아니다. 예전에 알던 제호가 아닌, 전혀 다른 사람을 마주하고 있는 듯했다. 지금 제호는 형벌 같던 사랑이라는 짐을 등에서 뚝 떼어내버린 사람처럼 홀가분해서 예전보다 훨씬 밝고 명랑해 보였다.

제호는 그렇게 세희 앞에 나타났다. 타이 없는 셔츠를 입고 부드럽게 웃을 줄 알며, 늘 케냐AA를 주문하고 케냐AA의 풍미만큼 감미로운 남자. 일찍 퇴근한 날은 세희가 일하는 카운터 앞 하이체어에 앉아 한 시간 이상 음악을 듣거나 책을 보았다. 그가 읽는 책은 커피전문점 책꽂이에 꽂혀 있는 『커피 인사이드』였다. 그는 관심만 조금 있다는 커피에 대해서 시험이라도 치려는 사람처럼 열심히 읽고 공부했다.

"알면 알수록 커피의 마성에 빠져드는 기분이야."

세희는 어깨를 으쓱하며 제호의 말에 박자를 맞추어 대답했다.

"빠져드는 것에 있어선 사랑과 같지."

"사랑과 커피의 같은 점이 그뿐일까?"

"뜨거울 땐 오히려 그 맛을 모르는 것?"

"단맛과 신맛도 있지만 사랑이나 커피나 결국 쓴맛이 존재한다는 점?"

그 말을 뱉어놓고 제호가 피식 웃었다.

"빠져드는 속도는 사랑과 비례하지만, 정점을 찍은 후 급속 하강하는 싸구려 사랑과는 확실히 다른 점이 있지. 커피가 말이야."

우리는? 이라고 물으려다 말고 세희는 어깨를 으쓱했다. 우리도 싸구려 사랑이냐고 물을 뻔했던 것이다. 하지만 그가 말하는 커피 맛에는 항상 그 커피를 만든 바리스타가 포함되어 있었다. 그 점이 세희의 가슴을 뛰게 만들었다. 그것을 싸구려라고 세희는 생각할 수 없었다.

"원산지의 특별함, 그리고 그것을 만드는 바리스타의 마음이 담긴 커피 한 잔을 마십니다."

간혹 제호라는 존재에서 흘러나온 향기가 폴인러브 안에 먼지처럼 자욱하게 내려앉기도 했다. 아르바이트생이 오기 전에 제호는 커피숍을 나섰다. 퇴근을 한 세희가 그의 차를 타면 제호는 그날 자신이 알게 된 커피에 대한 이야기를 세희에게 들려주었다. 함께 늦은 저녁을 먹은 어느 날 집으로 오는 차 안에서 정수와는 한 번도 한 적이 없는 진한 프렌치 키스를 그와 나누었다. 부끄러움과 달콤함에 젖어 고개도 들지 못하는 세희의 얼굴을 들어 올리며 제호는 이렇게 말했다.

"드립 커피는 처음엔 적셔만 주어야 해. 처음부터 추출되면 안 되지. 그리고 밍밍한 물맛이 나면 안 된다는 것. 물맛 나는 커피는 마치 지루한 결혼 생활 같은 거야."

그는 커피를 드립 하듯 조심스럽게 세희에게 다가왔다. 그가 천천히 세희의 몸을 적시고, 그리고 세희에게서 물맛이 아닌 사랑이라는 마법이 추출될 무렵, '불륜' 그 두렵고 달콤하며 죄책감으로 뒤범벅된 시간이 시작되었다. 시간이 지날수록 남자에게 빠져드는 속도는 빨라졌다. 아침에 눈을 뜨면서부터 그를 기다렸다. 집 안에 식구가 한 명 더 늘어난 듯 항상 그의 얼굴이 부엌이고 화장실이고 따라다녔다.

"결혼 생활이 이래도 되는 건가, 네 와이프한테도 미안하고 남편한테도……."

세희가 제호 앞에서 약간의 자책을 했을 때 제호는 푸 웃음을 터뜨리며 말했다.

"너, 결혼에 대한 기대가 있었던 거야?"

"결혼에 대한 기대 없이 결혼하는 사람도 있어?"

"그럼 질문을 바꿔 물어보자. 넌 결혼에 대한 환상이나 기대가 얼마나 갔던 거야? 1년? 아니면 2년? 한 달 아니면 두 달? 지금은 어때?"

"지금……?"

"결혼은 주식이나 펀드가 아니라고. 결혼이란 게 그냥 잊고 사는 거잖아. 잊고 있어도 왠지 든든해지려고 다들 보험 드는 것처럼. 그리고 사실 피치 못할 사정이 있을 땐 여든 살까지 가려고 들었던 보험도 중도 해지하고 그러는 거지. 결혼도 마찬가지 아냐? 뭐 자식들을 생각해서 중도 해지하지 않고 끝까지 가는 게 낫다고 생각했다면, 새롭게 찾아온 사랑을 굳이 마다할 필요가 있나. 인생을 약간 우회해서 가는 건데. 아름다운 길을 찾아서 말이야."

"그래도 우리가 받아온 교육이란 게 있잖아. 윤리의식 같은 거. 너는 그런 것들이 유발시키는 죄의식이 없단 말이야?"

"너 의외로 순진하구나. 사랑이 없는 곳에 죄의식이 웬 말이야?"

사랑이 없으므로 자책할 필요도 없다는 것이다.

"그럼 넌 와이프한테 전혀 미안하지도 않다?"

"물론이지. 내가 와이프한테 왜 미안해해야 하지? 난 배신하지 않았는데? 내가 와이프를 사랑할 때 새로운 사랑을 또 시작했다면 그건 내가 비난받아야 할지 모르겠어. 하지만 난 널 만나기 전부터 와이프에 대한 사랑이 없었어. 다 빠져나간 거지. 거기다 대고 죄의식을 느끼라고? 물론 난 아내가 필요해. 지금도 전화에다 대고 사랑한다고 말은 하지. 그래야 가정의 평화를 유지할 수 있으니까."

"너, 많이 변했구나."

"무슨 소리야? 내가 아직도 고등학생으로 보인다는 말은 아니지?"

눈을 흘기듯이 말한 제호가 뭔가를 생각하는 듯한 포즈를 취하더니 인상을 찌푸리며 덧붙였다.

"와이프는 꼭 아이와 함께 있는 자리에서 스피커폰으로 전화를 하거든……. 우리 사이에 사랑이란 놈이 벌써 증발하고 없다는 것은 아내도 알고 나도 아는 일이야."

"서로 알고 있다고?"

"난 사랑을 믿지 않아. 그래서 사랑에 대한 어떤 기대감도 없지만, 지금 현재 내가 하고 있는 사랑만큼은 언제나 진실이지."

남편에 대한 사랑이 있는지 없는지, 아직 남아 있는 것인지, 아니면 증발해버리고 백지만 남은 상태인지 세희는 그것을 제호처럼 딱 잘라 말할 수 없었다. 세희가 그렇게 말했을 때 제호는 기가 차다는 듯 어이없는 얼굴로 낄낄 웃었다.

"권세희 씨, 사랑은 명확한 겁니다. 그렇게 흐리멍덩하지 않아요."

제호의 말대로라면 죄의식 따위 개나 줘버려야 하는 것이다.

하지만 세희는 그러지 못했다. 제호를 만난 이후 정수와 같은 공간에 있는 것이 불편했다. 집에만 가면 핸드폰을 무음으로 돌려놓는다든지 가능한 한 정수와 부딪치지 않으려고 애를 쓰는 등의 새로운 버릇들이 생겼다. 정수의 말 한마디에도 몸을 움찔거리고 눈을 똑바로 쳐다보지 못할 정도로 두려울 때도 있었다.

뿐만 아니었다. 발전하는 제호와의 관계도 여러 가지 불편함을 동반했다. 제호의 차에서 내리기 전에 주위를 둘러보고 식당에서 함께 밥을 먹으면서도 사람들의 시선이 신경 쓰였다. 제호와 그저 아무 사이가 아니었을 때에는 아무렇지도 않던 행동들이었다.

제호는 기가 차다는 듯이 웃었지만 세희는 아직도 남편에 대한 자신의 애정이 바닥을 드러냈다고 확신할 수 없었다. 정수와 헤어져서 산다는 생각 역시 해보지 않았다. 애정이 없어도 가정은 유지되어야 한다고 믿고 있었던 것일까. 어쩌면 그럴지도 몰랐다. 면사포를 쓰고 수많은 사람들 앞에서 한 약속은 반드시 지키고 살아야 한다는 교육의 힘이었는지도 모른다. 도덕 또는 윤리의 압박감 속에서 세희는 되뇌곤 했다. 언젠가는 끝날 거야. 조금만 기다려줘. 오늘만, 아니 내일까지만. 지금 당장 이 손을 놓고 싶지 않을 뿐이야.

그런데 놀랍게도 같은 상황이 반복되면서 세희는 제 마음이 조금씩 변하고 있다는 것을 알았다. 처음 남에게 손을 내밀기가 힘든 것일 뿐, 빚쟁이가 습관이 되면 새로운 빚을 내는 게 전혀 부끄럽지 않듯이 시간이 지날수록 두려움이나 죄책감도 그 색깔이 옅어졌다.

세희는 사랑에 빠졌다. 사랑에 빠지면 모든 일에서 의미를 찾아내려고 한다. 옅어진 죄책감도 세희에게는 사랑의 다른 표현으로 느껴졌다. 마치 맛은 쓰기만 하고 향은 날아간 지 오래된 로부스타 커피를 마시는 것처럼 사라진 것들은 가벼웠고, 갓 볶은 아라비카 원두로 내린 커피를 마시는 것처럼 새로운 사랑은 향기가 깊고 풍부했다.

커피 같은 남자

세희가 제호의 손목에 새겨진 흉터를 본 것은 둘이 처음으로 모텔에 간 날이었다. 방에 들어서자마자 들고 있던 핸드백과 맥주가 든 비닐봉지를 집어 던지고 엉겨 붙었는데 옷은 마치 증발이라도 한 것처럼 두 사람은 금방 알몸이 되었다. 옷을 벗기는 것이 최종 목표였기라도 한 듯 제호는 막상 알몸이 되니 숨을 몰아쉬며 천천히 세희의 몸 위로 올라왔다. 눈과 코와 볼에 입을 맞추고 등뼈의 개수라도 세려는 사람처럼 손을 조금씩 움직이며 등을 쓰다듬었다. 세희는 몸 깊은 곳에서 솟아나는 폭발할 것 같은 관능을 느꼈다. 그의 혀가 세희의 배꼽을 거쳐 깊은 곳에 가 닿자 부드럽고 뜨거운 기운이 정수리까지 치뻗었다. 그의 곱슬한 갈색 머리카락은 세희의 아랫배에 가득 차서 파도처럼 너울거리고 있었다. 신음을 흘리며 세희는 가슴을 움켜잡고 있는 그의 손을 잡았다. 그의 손가락에 입을 맞추는데 손목 아랫부분에 제법 넓은 자리를 차지하고 있는 흉터가 보였다. 흉터는 제호의 머리를 따라 마치 살아 있는 뱀처럼 꿈틀거리고 있었다.

세희는 흥분을 이기지 못하고 그의 흉터를 정신없이 빨았다. 순간 제호의 머리가 움직임을 멈추었다. 아니, 그때까지도 세희는 남자의 몸이 움직임을 멈추었다는 사실을 몰랐다. 잠시 후 상대방이 민망하지 않게 제호가 팔을 스르르 뺐다. 헐떡이며 숨을 고르던 세희가 제호를 보았을 때 이미 그의 얼굴에서 성욕 따위는 사라졌다는 것을 알았다. 뜨거운 열기가 날아간 침대 위에 어색한 정적이 흘렀다. 세희는 이불을 끌어다 제 몸을 덮었다. 이불을 끌어 올릴 때 본 제호의 성기는 사정이 끝난 것처럼 풀이 죽어 있었다.

"미안해."

"내가 뭘 잘못한 거야?"

"아냐."

"됐어. 기분 내키지 않으면 안 해도 돼."

"그런 게 아냐."

"그럼?"

제호가 세희의 얼굴 앞으로 팔을 쑥 내밀었다. 살아 움직이는 것만 같던 좀 전의 흉터는 다도해의 작은 섬들처럼 고요해져 있었다.

"흉터에 좀 민감해서……."

"흉터에 사연이라도 있는 거야?"

"사연?"

"응, 미칠 듯한 격정을 정지시킬 만큼 정신이 번쩍 나는 사건."

"혹시 몰라? 이 흉터?"

"글쎄."

대답해놓고 세희는 아, 하는 얼굴이 되었다. 손목은 영은이와 나누어 새겼던 문신이 있던 자리였다. 영은이는 잘 보이지 않는 팔뚝 윗부분에 이니셜 두 개를 문신했지만 제호는 오른쪽 손목에 여섯 글자를 문신했던 것이다. 학생부에 끌려가서 야단을 듣고 매도 맞았지만 두 사람은 졸업할 때까지 문신을 지우지 않아서 심심할 때마다 한번씩 학교를 떠들썩하게 만들곤 했다.

"흉터 얘긴 좀 복잡한데……. 영은이와 헤어지고 아무도 사랑하지 못할 거라고 생각했거든. 그런데 그게 아니더라. 사랑이 떠난 자리에 더 큰 사랑이 찾아오더라고."

영은이 때문에 죽겠다고 자살 소동을 벌인 남자, 그리고 몇 년 후 낯선 여자의 어깨를 감싸 안고 지나가던 생소했던 모습……. 바로 그 여자구나.

"그 얘기 해줘."

"뭘 알고 싶은 거야?"

"너에 대해 모두 다. 새로운 사랑의 주인공 이름은?"

"……미수."

"여자애 이름이 미수?"

흉터를 슥슥 문지르며 제호는 고개를 끄덕였다. 그리고 미수 이야기를 시작했다.

"대학 입학하자마자 군대에 갔어. 사실 아버지가 강제로 보내버린 거였지. 미수는 같은 과 여자애였어. 제대하고 복학해서 1학년 봄 축제 때 과 주점을 하면서 친해졌지."

미수는 마치 엄마처럼 밀가루를 개어서 부침개 반죽을 만들고 능숙하게 김치를 썰었다. 뭘 해야 할지 몰라서 왔다 갔다 허둥지둥하는 다른 여자애들과는 확연하게 달랐다. 주점이 시작된 지 30분도 채 지나지 않아 모두 미수에게 뭔가를 물어보았다. 부침개를 부치는 프라이팬과 삼겹살 구울 프라이팬은 확실하게 구분해야 한다는 것과 접시는 위생 비닐을 깔아서 사용해야 한다는 것 등 위생과 청결뿐 아니라 부침개의 간을 맞추거나 김치의 양을 조절해야 할 때에도 미수를 불렀다. 주점은 미수의 오랜 손길이 때처럼 묻어 있는 익숙한 부엌 같았다. 앞치마를 두르고 흘러내린 앞머리도 아랑곳없이 일에 열중한 미수를 흘끔흘끔 훔쳐보는 남자애들의 시선을 제호는 몇 번이나 느꼈다. 사흘간의 주점이 모두 끝나고 벌어들인 수익으로 엠티를 떠났을 때였다. 과 아이들이 미수를 보는 눈은 확실히 달라져 있었다. 몇몇 남자애들은 노골적으로 미수에게 자신한테 시집오라며 농담을 던졌다. 미수는 쌍꺼풀이 없는 순한 눈에 콧날이 오뚝한 아이였다. 입술은 작고 도톰했으며, 이마는 반듯했다. 말이 많은 편은 아니지만 활달하고 밝았다. 김치 접시의 가장자리를 손으로 익숙하게 훔치는 미수의 손길을 본 후 제호는 그 손에 묻은 고춧가루가 자신의 손목 흉터에라도 와 닿은 듯 쓰라린 감정을 느꼈다. 무엇인지 알 수 없지만 어딘가 아주 중요한 감정 중 하나가 결핍되어 있는 여자라고 생각했다. 어쩌면 또래 여자답지 않은 능숙한 면이 미수를 그렇게 보이게 했는지도 몰랐다.

엠티의 마지막 날 밤이었다. 첫째 날 밤은 첫날이라 정신없이 마신 아이들이 둘째 날 밤은 마지막이라고 또 진탕 마셔댔다. 12시가 넘어가자 대부분의 아이들은 전날 마신 술에 더해진 폭탄주로 뻗고 말았다. 바람이라도 쐬려는지 자리에서 일어서는 미수 뒤를 따라갔다. 달빛도 어딘가에 가려 보이지 않고 나무들이 장승처럼 서 있는 민박집 앞마당은 컴컴하고 약간 으스스했다. 마당 한쪽에 있는 실외 화장실에서 나온 미수가 팔짱을 끼며 걸음을 재촉하고 있었다.

"미수야."

미수가 휙 뒤를 돌아봤다. 갑자기 가슴이 철렁했다. 저렇게 돌아보는 순간이 예전에도 있었던 것 같은 기시감 때문이었다.

"누구야?"

"응, 나 제호."

"아, 오빠. 깜짝 놀랐어요. 그렇지 않아도 좀 취해서……."

"술 많이 마셨니? 나도 좀 취하네. 좀 앉아 있다가 가자."

담 너머 가로등이 비치는 마당 가장자리는 벚나무가 심겨 있고 나무와 나무 사이에는 낡은 의자가 놓여 있었다. 구름인지 나무 뒤인지 모를 어딘가로 숨었던 달빛이 갑자기 환하게 쏟아져 내렸다. 그 그림 같은 풍경에 채색이라도 하듯 술에 취한 누군가의 명확하지 않은 노랫소리가 추임새처럼 들려왔다. 미수가 자세를 낮춰 의자에 머리를 기대고 하늘을 올려다봤다. 노란 달빛을 받은 미수의 얼굴은 잘 익은 홍시처럼 붉었다.

"너 술 잘 마시더라."

미수가 히히 하고 웃었다. 제호는 담배를 피워 물고 힘껏 빨아들였다. 뭔가 신기한 것이라도 본 사람처럼 고개를 갸우뚱한 채 제호의 손끝에서 빨갛게 달아오르는 담배를 빤히 보던 미수가 갑자기 제호의 손목을 휙 잡아챘다.

"이거 왜 이랬어요?"

"어렸을 때 다림질하는 엄마 옆에서 까불다가 다리미에 뎄어."

"세상에 불쌍해라."

"그때 얼마나 울었는지……."

스스로 하는 거짓말이 좀 낯설긴 했지만 미수의 반응이 신선해서 제호는 은근히 즐기고 싶어졌다. 마치 초등학교 학예회에 올릴 개그 콘티를 짤 때처럼 히죽거리고 있는 자신을 발견했다.

"엄마가 나보다 더 울었지만……."

얼마나 아팠을까. 뭐라 중얼거리며 미수가 흉터에 입술을 대었다. 순간 뾰족한 바늘이 아랫도리를 긁고 지나가는 느낌이 왔다. 분명 취기 때문이었겠지만 갑작스러운 미수의 행동은 제호를 극도로 자극했다. 그것은 스스로 제어하기 힘든 어떤 충동이었다. 발끝에서부터 마치 감전이라도 된 듯 어딘가로 접지하지 않으면 온몸이 활활 타버릴 것만 같았다. 제호는 미수의 얼굴을 두 손으로 감싸고 그녀의 작은 입술에 제 입술을 맞추었다.

나중에서야 알게 된 사실이었지만 미수는 엄마가 없었다. 미수가 초등학교 5학년 때 늦둥이 동생을 낳으면서 산고를 겪다가 돌아가셨다는 것이다. 그래서 미수는 엄마라는 단어에 민감하다고 했다. 엄마가 없는 집안에 고스란히 남겨진 엄마로서의 몫을 미수는 혼자서 감당해야 했다고 했다. 아버지는 언제나 늦었고, 포대기에 싸인 어린 동생을 엄마처럼 업어서 키워내야 했다. 미수는 어리광을 부릴 여유도, 부릴 대상도 없었다. '엄마'라는 단어는 미수에게는 그리움이고 원망이며 아무리 채워도 채울 수 없는 빈 항아리였다.

미수가 엄마라는 단어에 예민했다면 제호는 흉터에 민감했다. 레이저로 문신을 지우고 난 뒤부터 제호는 흉터를 자주 들여다봤고, 가끔 혀로 핥기도 했다. 그것은 무의식적이면서도 은연중에 일어난 일이었는데, 간혹 흉터를 핥거나 빨다가 발기하는 경우도 있었던 터라 흉터에 누군가가 입술을 댄다는 것은 야동보다 더한 자극일 수 있었다. 미수의 입술에서는 달달한 소주 냄새가 났다. 그것은 제호의 몸을 빠른 속도로 일깨웠고, 제호는 마치 달콤한 치즈케이크에 중독된 아이처럼 정신없이 미수의 입술을 퍼먹었다. 미수와 정식으로 사귀고 난 후에도 마찬가지였다. 미수와 처음으로 섹스를 하게 된 것도 흉터의 입맞춤으로부터 시작되었다. 그리고 그 모든 것이 너무나 어이없게도 흉터 때문에 끝이 나버리고 말았다.

“흉터 때문에 끝났다고?”

“그걸 오늘 다 말해야 하는 거야?”

“시작한 거니까 말해봐.”

“가끔 생각해. 거짓말이 유지되었다면 계속 아무 탈 없이 만났을까. 아니면 언제고 탄로 날 거짓말이었을까. 그 거짓말이 이별을 할 수밖에 없을 만큼 그렇게 충격적이었던 것일까 하고 말이야.”

“지금까지 마음에 사무칠 정도면 미수라는 사람, 진짜 좋아했나 보다.”

“진짜, 맞아 진짜…….”

“그래서? 이야기 계속해줘.”

“고등학교 때 호영이라고, 서울에 있는 대학에 갔던 애가 방학이 되어 내려왔어. 그 친구가 미수를 소개해주지 않는다고 호들갑을 떨었지."

"그래서?"

"그래서는 뭐, 그래서 다 끝나버린 거지. 내 손목에 있는 흉터의 진실을 미수 앞에서 까발려버렸거든."

"어쩌다가?"

"무슨 이야기 끝에 미수가 물었어. 왜 대학 입학하자마자 군대엘 간 거냐고."

"이거 못 봤능교?"

호영이 제호의 손목을 휙 잡아챘다. 당황한 제호가 팔을 빼려고 했으나 호영의 악력도 만만치 않았다.

"이 흉터 레이저로 문신 지운 거 아인교. 입시 치고 나서 그 일 있고, 영은이 가시나 땜에 죽겠다고 약 묵은 거를 겨우 살리냈다 아입니꺼. 그런 거를 인마 아버지가 군대에 넣어버린 거지예. 그래서 대학교 입학식에도 못 오고 군대 갔다 아인교."

억센 사투리가 튀어나오며 호영이 흥에 겨워 이야기를 시작했다. '내 사랑 영은이'라는 문신을 새겼던 제호의 손목에 대해서. 목숨 걸고 사랑하겠다고 온 학교를 뒤집어놓았던 영은이와 제호의 그 위험한 풋사랑에 대해서……. 호영을 말리는 것이 더 웃기는 일이라는 생각이 들 즈음 제호도 미수도 말이 없었다. 미수는 소주를 계속 들이켰고, 제호는 그러는 미수를 보기만 했다. 심장에 겨우 걸쳐놓은 창문이 덜컹거리며 떨어져 내리는 느낌이었다. 미수는 그날 이후로 연락이 되지 않았다. 미수의 집 앞에서 기다리다가 일주일 만에 겨우 만났을 때 그녀는 짧게, 마치 침을 뱉듯이 말을 하고는 들어가버렸다.

"그렇게 사랑했어요? 생살을 파서 맹세할 만큼?"

"그래서 헤어진 거야?"

"화가 났어. 사랑한다고 하지 않았나. 그런데 과거가 우리 사이에 왜 이런 엄청난 영향력을 행사해야 하나, 하는 생각에 억울하기도 했어. 사랑이란 것이 이렇게 아무것도 아닌 것이었나. 사랑은 변하기도 한다. 하지만 사랑이 순식간에 없어지기도 하는 걸까. 사랑을 할 때 미수와 나를 감싼 채 드리워지던 부드럽지만 그럴 수 없이 단단하게 느껴졌던 그것들은 도대체 다 어디로 가버린 것일까……."

"난 미수가 이해될 것 같은데. 내 사랑 영은이……. 겨우 스무 살이잖아. 어린아이가 그 엄청난 질투감을 어떻게 감당할 수 있었겠어? 더군다나 과거라고 하기엔 흉터도 아직 선명하게 남아 있는데……."

"도대체 사랑이란 무엇일까 하고 생각했지. 그때 나는……."

세희는 제호의 머리를 부드럽게 쓰다듬으며 입술을 맞추었다.

"사랑은 지금도 어려워. 하물며 그 나이에……."

제호가 세희를 끌어안고 등을 천천히 쓰다듬었다. 등에서부터 엉덩이까지 그의 손길이 지나가자 열꽃 같은 여드름이 톡톡 돋아나는 것 같은 기분이었다. 세희는 제호의 손길을 느끼며 속삭이듯 말했다.

"바리스타지만 난 아직도 커피를 잘 몰라. 커피 이름을 맛만으로 정확하게 알아맞히지 못하는 엉터리 바리스타야, 나는. 아마 사랑도 그런 것 아닐까? 라벨을 떼버린 커피콩을 갈아 내린, 그래서 도저히 그 이름을 정확하게 알 수 없는 커피 같은 거. 누군가가 정의 내려주지 않으면 알 수 없는 거."

"고등학교 땐 사랑에 대해 자신 있었어. 내 사랑 영은이, 라고 손목에 문신을 새길 때는 죽을 때까지 변하지 않을 거라 믿었지."

"세상에 변하지 않는 게 있나."

"영은이 아버지가 그 사실을 알고는 고등학교를 졸업하자마자 유학을 보내버렸어. 모든 연락을 끊어버렸지."

"그건 나도 알아. 그때 너 죽겠다고 약 먹었잖아."

"어느 날 세상에서 영은이가 사라진 거야. 영은이의 부재는 그 어떤 상처보다 더한 고통이었어. 그땐 죽을 것 같았어. 술을 마시고 수면제를 먹었지. 병원에서 퇴원한 후 아버지한테 죽도록 얻어맞았고……. 그랬는데 다시는 못할 것 같았던 그 사랑이, 똑같은 사랑이라는 이름으로 다시 다가왔을 때 혼란스러웠지만 행복했어. 그 풍부한 바디감에 흠뻑 빠지고 싶었지. 하지만…… 결국 사랑에 대해서는 아무것도 모른다는 사실만 확인했을 뿐이야."

"그래서 사랑에 그렇게 비관적인 거야?"

"내가 비관적이야?"

"그럼 아냐?"

"현실적인 거지."

"그럼 하나만 더 물어보자. 지금 와이프하고는 왜 사이가 별로인 거야?"

"사랑이 식었으니까."

"와이프도 인정해?"

"물론, 충분히 알고 있을걸. 그러니까 아무 망설임 없이 간 거지."

"와이프도 너에 대한 사랑이 식었을까?"

제호는 잠시 말이 없었다. 그러더니 씨익 소리 없는 웃음을 지으며 세희 몸 위로 올라왔다.

"재미없는 이야기는 이제 그만."

어느새 세희 허벅지에 닿은 그의 성기가 다시 부풀어 오르고 있었다. 제호의 입술이 세희를 덮쳐왔다. 제호의 입에서 씻지 않은 청각을 씹었을 때 같은 비릿한 냄새가 났다. 세희는 그 냄새가 제 몸 깊은 곳의 냄새라는 것을 알았다.

모텔을 나와서 맞은편에 있는 J 커피전문점으로 갔다. 커피를 마시며 제호는 말했다.

"너로 인해 내 일상이 완전히 새롭게 바뀌고 있어."

"나 역시……. 고마워."

"이제 네 이야기 좀 해봐. 옛날 애인이나 첫사랑 같은 얘기. 영은이랑 같은 반이라 널 3년 동안 봤는데 정작 너에 대해선 아는 게 하나도 없네. 그땐 영은이네 반 아이들 이름을 내가 다 외우고 다녔거든. 참 쓸데없는 짓, 많이도 했다."

"그걸 아니 다행이다."

"됐고, 빨리 네 이야기나 해봐."

"첫사랑은 고등학교 때 국어쌤이고."

"그런 고리타분한 이야기 말고. 좀 쌈박한 거 없어?"

"글쎄……. 쌈박한 거? 양다리 걸친 적 있었어."

"양다리?"

"걸치려고 한 게 아니라 어쩌다 보니 그렇게 된 거야. 대학 때 과 선배랑 사귀고 있었는데, 어느 날 선배의 절친과 선배, 나 셋이 술을 마시게 됐지. 근데 선배가 화장실 간 사이 술에 취한 선배의 친구가 나에게 키스를 했어."

"그래서?"

"둘을 따로 아슬아슬하게 몇 번 만났지. 그러다가 결국 나중에 들켜버렸어. 둘이서 나를 두고 치고 박고 싸웠지. 그땐 정말 괴로웠는데, 한편으론 그 둘에게서 빨리 벗어나고 싶더라. 그래서 둘하고 모두 헤어져버렸어."

"시시해라. 또 다른 이야기는 없어?"

문득 세희는 그 외에는 특별히 해줄 이야기가 없다는 것을 깨달았다. 학창 시절은 늘 세희를 중심으로 서넛의 남자들이 얼쩡거리고 있었고, 그들은 서로 눈치를 보면서도 세희 옆으로 다가오지 않았다. 몇몇은 좀 더 가깝게 사귀기도 했고, 사랑한다고 생각한 남자도 있었다. 하지만 사랑한다고 생각한 순간 권태로워졌다. 그 모순적인 감정들을 스스로에게 설명할 수 없었다. 그러므로 상대방을 설득시키기는 무척 힘든 일이었다. 지루함은 벌레처럼 끔찍했다. 사랑은 언제나 실패로 끝났다.

정수와의 결혼 생활처럼 외로웠다면, 어쩌면 그 관계를 참아낼 수 있었을까. 결혼 후 세희는 그 어느 때보다 간절하게 사랑을 원했다. 요즘 들어서야 정수를 사랑한 것이 아니라, 어쩌면 정수의 무심함을 사랑하고 있었는지도 모른다는 생각을 했다. 그의 무심함은 세희를 늘 허기지고 갈증 나게 만들었고, 그럴수록 더욱 정수를 향한 기대의 끈을 놓지 못하게 했다. 다른 무심한 남편들처럼 세희의 헤어스타일이 변했다든지 의상이 달라진 것을 정수는 눈치채지 못했다. 그런 것들이 세희의 마음을 상하게 하는 것은 아니었다. 늦게 들어와 혼자 밥상을 받으면서 아내가 밥을 먹었는지 궁금해했지만, 그런 형식적인 질문을 할 때 남편은 아내의 눈을 쳐다보지 않았다. 위험한 길을 건널 때 손을 내밀었지만, 아내의 손을 따뜻하게 잡아준 적은 없었다. 섹스는 했지만 정수가 먼저 키스를 시도한 적은 없었다. 무엇보다 정수는 부부관계 중에 눈을 감았고, 감은 눈 속에 다른 이가 들어 있을 것이라는 상상을 하게 했다. 행위가 끝나고 돌아누운 정수의 등은 차가웠고, 아침이 올 때까지 세희 쪽으로 숨결을 옮기지 않았다.

그 외로움의 정점에서 만난 것이 바로 커피였다. 정수가 자신을 버려둠으로써 지루함을 느끼지 못하게 했다면 커피는 새로운 것을 끊임없이 알게 해주면서 지루하지 않게 해주었다. 커피를 배우면서 삶에서 지루함이 안개 걷히듯이 사라지고 있다는 것을 세희는 느꼈다. 그리고 그런 커피 같은 남자가 제호이기를 간절히 바랐다.

거꾸로 꽂힌 『커피 인사이드』

식탁에는 정수가 먹는 오메가3와 비타민, 간 해독제가 있고, 세희가 먹는 철분 보충제와 여성을 위한 비타민이 어지럽게 놓여 있다. 세희는 비타민 하나를 입에 털어 넣었다. 하지만 알약 따위가 몸 안의 피로를 쫓아내지는 못한다. 늘 먹는 알약이 아니라 마음이 몸 안의 피로를 쌓기도 하고 몰아내기도 한다는 걸 요즘 새삼 깨닫고 있었다. 제호와 함께 있다가 온 날은 피곤을 잘 느끼지 못했다. 늦은 귀가에 새벽까지 집안일을 하고 자도 진한 에스프레소에 취한 것처럼 눈이 말똥말똥했다. 문제는 다음 날 아침이었다. 정수의 출근 시간에 맞춰 겨우 일어나 국을 데워주고 김치를 꺼내고 밥을 차렸다. 그것도 비몽사몽간에 하는 일이라 제대로 할 리가 없었다. 오늘 아침에도 그런 것이다. 세희의 그런 모습이 보기 싫었는지 밥을 차려주고 막 다시 침대에 누우려는데 들으라고 하는 소리인 게 틀림없는 혼잣말을 정수가 툭 던졌다.

"그렇게 피곤한 사람이 동창회는 다 뭐고."

동창회라니, 어제도 12시까지 제호랑 있었다. 함께 늦은 저녁밥을 먹었고, 강변을 산책했다. 이젠 의무적인 전화조차 하지 않는 호주에 있는 아내에 대한 서운함을 토로하다가 그게 요즘엔 오히려 다행인 것처럼 느껴진다는 애매한 고백을 들었다. 다행이라는 말에서 묘한 뉘앙스가 풍겼다. 아내가 없어서 다행이라는 것인지, 아내가 자신에게 관심이 없어서 다행이라는 것인지, 아내의 무관심이 외도에 대한 허락쯤으로 여겨져 다행이라는 것인지 명확하게 구분할 수는 없었지만, 세희는 그 말에 긴 여행을 마치고 엄마가 돌아왔던 어린 시절의 어느 오후처럼 푸근함을 느꼈다. 한 번도 자신을 사랑하지 않은, 아니 사랑한 적이 없을 것이 분명한 남편에 대한 이야기를 하고 싶었으나 침묵했다. 남편에게 사랑받지 못하는 여자, 참 매력 없었다. 매력 없을 뿐 아니라 쉽게 보이기까지 할 것이다. 세호는 세희 앞에서 의심도 계산도 없이 자신의 부부 이야기를 털어놓았다. 서로에 대한 사랑이 없다는 것을 알면서도 자식 때문에 또는 필요에 의해 부부 관계를 유지하고 있다 했다. 그럴 때 오는 외로움은 세희와의 관계와 별도로 지속된다고 했다. 그런 외로움이라면 세희에게는 그동안 차고 넘쳤다. 세희는 그를 가만히 안아주었다. 그를 위로하는 것으로 스스로에게 위안이 되었다. 서로의 몸을 만지면 그 외로움이 훨씬 덜해졌다. 타인의 외로움이 내 가슴으로 건너오면 이토록 따뜻해진다는 것을 사람들은 알고 있을까.

"도대체 반찬이 이게 뭐냐고. 그렇게 힘들면 차라리 그만두는 게 낫지."

갑자기 잠이 확 달아났다. 반찬 투정을 하는 것은 일하는 아내라는 인식을 스스로 하지 않겠다는 선언이나 다름없었다. 세희는 벌떡 일어나 여전한 잠옷 차림으로 정수 앞에 가 섰다.

"반찬이 뭐 어떻다고?"

"됐어."

"뭐가 됐는데? 지금 반찬 투정 하는 거야?"

"그럼 반찬 투정 안 하게 됐냐고. 지금 이게 밥상이냐?"

"그럼 이게 밥상이 아니면 뭔데?"

"됐다. 내가 말을 말지."

"왜 말을 하다가 말아? 일은 뭐 내가 하고 싶어서 해? 경재 씨만 부탁했어? 당신도 하라고 했잖아?"

"내가 반찬 때문에 이래? 자기도 생각해봐. 요즘 맨날 늦잖아. 동창회다, 뒷정리다, 아르바이트생이 아프다……. 하루 이틀이지 늦는 게 벌써 며칠째야?"

"내가 뭘 맨날 늦어?"

"됐다."

"되기는 뭐가 돼? 그리고 나만 늦어? 당신도 맨날 늦잖아. 요 며칠 어쩌다 일찍 와서 사람을 이렇게 달달 볶아?"

"볶기는 누가 볶아? 그냥 아침에 밥을 먹으려고 하니까……."

"똑같이 사회생활 하는 처지잖아. 가게 나가면서 밥하고 집안일하고 나도 이제 지쳤어. 이제 당신이 밥해. 내가 10년 넘게 해줬으니까 이제 당신이 하라고."

"미안하다. 내가 잘못했다. 그만하자."

'미안하다, 잘못했다, 그만하자'는 정수가 엄청 귀찮아져서 뭔가를 급하게 마무리 짓고 싶을 때 써먹는 3종 세트였다. 세희는 에라, 모르겠다, 끝까지 가보자 싶은 심정이 솟구쳐 올랐다.

"그 말만 하면 다야? 이 일이 얼마나 힘든 줄이나 알아? 하루 종일 서 있다 보면 다리가 무처럼 단단해지고 걸을 때마다 무릎이 꺾여. 그뿐이야? 어떤 날에는 입에서 단내가 아니라 똥 냄새가 날 때도 있어. 이상한 손님은 뭐 한둘인 줄 알아? 별별 트집에, 커피 맛 가지고 시비 걸 때면 정말 돌아버릴 것만 같아. 그럴 땐 당장이라도 그만두고 싶다고."

세희의 특기는 정수가 죄책감을 느끼게 하는 것이다. 그리고 정수는 매번 그 사슬에 걸려들었다.

"알았어, 알았다고, 내가……."

"당신이 뭐? 당신이 또 잘못했다고?"

"그래, 내가 잘못했어."

"알고 있으면 됐어."

정수는 바로 숟가락을 놓지 못하고 한 수저를 더 떠먹었다. 수저를 바로 놓으면 다시 싸움이 시작될 것을 알고 있었기 때문이다. 정수는 그런 사람이었다. 좀처럼 화를 내지 않았다. 화를 냈더라도 금방 수습하려고 애를 썼다. 정수가 수저를 놓고 일어서자 갑자기 화가 치밀어 올랐다. 놀라울 정도로 몰염치한 자기 자신에 대한 화였다. 다른 남자와 노느라 시장도 보지 못하고 집 안은 엉망인 채로 살고 있으면서 정수에게 큰소리치고 있는 자신이 뻔뻔스럽다 못해 역겹기까지 했다. 오늘은 꼭 마트에 들러서 시장을 보고 밑반찬도 만들고, 나흘 전에 널어놓은 빨래도 좀 걷자고 결심했다.

하지만 결심은 한나절을 이어가지 못했다. 오후가 되면 피곤이 볏짚 낟가리처럼 겹겹이 쌓여 퇴근길에는 슈퍼에 들르기도 귀찮았고, 기러기아빠인 제호를 달래는 일 또한 쉬운 게 아니었다. 아내와 아이가 외국에 나가 있는 생홀아비는 원래 혼자 똥 누는 것조차 외로운 법이라고 엄살을 떨어댔다.

"더 이상 핑계 댈 게 없어. 일찍 들어가야 해."

"누가 죽었다고 해."

"그만해."

아르바이트생이 올 시간이 다 되어가는데도 제호는 의자에서 일어날 생각을 안 했다. 빙글빙글 의자를 돌려가며 말을 안 듣기로 작정을 한 아이처럼 뭉그적거렸다.

"전화 한번 해봐. 남편이 오늘 혹시 늦을지도 모르잖아."

"내 입장에서 좀 생각해주면 안 돼? 귀가가 늦는 것도 힘들지만…… 이런 말 정말 하기 싫은데, 너랑 있다가 집에 들어가면 내가 얼마나 힘들지 한 번이라도 생각해봤어?"

"나도 알아."

"네가 뭘 알아? 남편 손이 몸에 닿으면 깜짝깜짝 놀라. 잘 때는 혹시 몸이 부딪힐까 봐 침대 끄트머리에 붙어서 잔다고. 거기다 남편이 원하면 난 거부할 수도 없어."

"미안해. 미안하다니까……."

"너도 와이프가 집에 있다고 생각해봐. 지금 여기서 이러고 있겠는가. 왜 내 처지를 생각 안 해주니?"

"생각하려고 하는데, 같이 있고 싶은 마음이 크니까 자꾸 떼를 쓰게 되네. 너 만나면 나도 모르게 들뜨게 되니까. 이제 안 그럴게. 죄송합니다, 부인."

"맨날 저 소리."

"어쩌면 네가 남편이랑 같이 있는 거 생각만 해도 질투가 나서 그럴지도 몰라. 근원적으로 질투심을 버릴 수 없으니까, 그걸 느낄 때마다 쓸쓸함은 더하고……. 사랑이라고 이해해주면 안 돼?"

"사랑을 믿지 않는다는 네 말대로라면, 그 사랑도 진짜인지 아닌지 모르는 거 아냐?"

"아냐, 절대 그렇지 않아. 단지 사랑에 대해 어떤 기대도 하지 않을 뿐이야. 사랑을 부정하진 않아."

"지금 사랑은 진실이다?"

"그렇지. 그러니까 같이 있고 싶고, 가기 싫고."

중얼거리며 제호가 다 마신 커피 잔을 만지작거렸다. 세희는 제호의 손에서 잔을 뺏은 뒤 씻어서 엎어놓았다. 그리고 물끄러미 제호를 보았다. 다가갈 수만 있을 뿐인 남자. 하나가 될 수 없는 남자.

"알바생 올 시간 다 됐어. 빨리 가."

"알았어. 내일 봐. 갈게."

제호가 자리에서 일어났다. 뒤돌아보는 그의 얼굴에는 아쉬움이 가득 남아 있었다. 그가 나감과 동시에 팔짱을 낀 커플이 들어와서 카푸치노 두 잔을 시켰다. 두 사람은 자리에 앉자마자 각자의 핸드폰을 들여다보며 키득거리기 시작했다. 세희는 거품을 내다 말고 고개를 갸우뚱했다. 커플이 앉은 뒷자리 작은 책장에 『커피 인사이드』가 또 거꾸로 꽂혀 있는 것을 발견했기 때문이다. 『커피 인사이드』는 이 커피전문점에 커피 잔보다 먼저 들어온 물건이라고 경재는 말했다. 효정이 커피의 바이블이라고 믿고 있는 책이라는 것이다. 『커피 인사이드』가 커피의 바이블인지는 모르겠지만 효정에게는 적어도 바이블 수준인 게 틀림없어 보였다. 얼마나 많이 본 것인지 책의 가장자리는 해져 있고, 중간중간 접혔다 펴진 자국도 뚜렷했다. 가끔 손님이 없을 때 세희가 들춰 보는 일은 있지만 처음부터 끝까지 정독을 하지는 않았다. 이 책을 효정 다음으로 많이 보는 사람은 아마 제호일 터였다. 세희가 커피숍의 물건을 완벽하게 정리정돈하려는 것을 잘 알고 있으면서 제호는 꼭 이 책을 거꾸로 꽂는 버릇이 있었다. 왜 그러느냐고 물어보기도 뭣해서 지나치곤 했지만 거꾸로 꽂힌 책을 볼 때마다 둘의 사이가 꼭 장난 같다는 느낌이 들어 기분이 묘했다.

세희는 막 들어서는 알바생이 그것을 눈치채기라도 한 듯 책을 바로 꽂으며 폭풍 잔소리를 늘어놓기 시작했다.

"휘핑크림 상태가 좋으면 남은 거 써. 너 어제도 새것 썼잖아. 그리고 사용하고 난 도구들, 제자리에 좀 놔라, 제발. 맨날 하는 얘긴데, 왜 그게 잘 안 되니? 내가 뭘 쓰려고 할 때마다 제자리에 없어. 그럼 얼마나 짜증 나는 줄 알아? 문 닫기 전에 청소 똑바로 해놓고 가. 그리고 탁자에 시럽 떨어져 있으면 바퀴벌레 꼬이니까 퇴근하기 전에 탁자 한 번씩 다 닦고, 행주는 삶아서 머신 위에 올려 말리고, 바닥도 깨끗하게 물걸레로 닦고, 문단속 잘하고, 그라인더 머신 청소하는 거 빼먹지 말고."

알바생은 이미 문을 활짝 열어놓고 세희가 나가기를 기다리고 있었다. 잔소리가 듣기 싫다는 뜻일 게다. 세희가 알바생에게 잔소리를 해대는 사이 입술에 카푸치노 거품을 묻힌 커플이 힐끔힐끔 이쪽을 보더니 서로의 입술을 쪽쪽 빨아댔다. 짧은 순간 그들은 세희를 훔쳐 보고 세희는 또 그들을 훔쳐보았다. 세희는 시선을 얼른 거두고 가방을 집어 들었다. 오늘은 마트에 좀 가자. 거리에는 바람이 불고 있었다. 골목을 돌아나가자 허리가 휘청일 정도의 돌풍이 불어와 몸이 쑥 앞으로 밀려났다. 중앙동 지하철역을 지나 백화점 쪽으로 세희는 서둘러 발걸음을 옮겼다.

아침 일 때문인지 정수는 이미 밥을 다 해놓았다. 밥을 지었다는 건 정수가 할 수 있는 모든 일을 했다는 것이었다. 텔레비전을 보면서 빨래를 개키고 있는 걸로 보아 베란다에서 5일째 나부낄 뻔한 빨래를 걷었다는 말도 되었다.

"비가 올 것 같아."

정수가 무심한 듯 말했다. 손은 빨래를 개면서 눈은 텔레비전에 가 있지만 귀는 온통 세희에게로 향해 있을 것이다. 꼿꼿하게 세운 그의 등만 봐도 그가 지금 무슨 마음으로 빨래를 개키고 있는지 알 수 있었다. 텔레비전에 완전히 빠져 있을 때 정수의 어깨는 탈골된 것처럼 축 늘어졌다. 정수는 지금 아침에 자신이 좀 심했다고 생각하는 것이다. 일하는 아내에게 반찬 투정이라니, 하고 반성하고 있는 것이다.

"밥은 했고, 반찬은 김치찌개나 해 먹을까?"

세희는 이쯤에서 한마디 해야 한다는 걸 알았다. 정수가 노력하고 있을 때를 잘 맞춰줘야 한다.

"마트에 갔더니 마감 세일 하더라. 고등어 몇 마리 샀어. 조림 해 먹자."

잠깐 손을 멈춘 정수가 다시 빨래를 개키기 시작했다. 문득 두려움이 몰려왔다. 이렇게 화해 모드로 갈 때 화해 제스처의 끝이 무엇인지 알기 때문이었다. 두 사람과 관계를 하는 일은 아직도 익숙하지가 않았다.

마치 공식처럼 밥을 먹고 설거지를 했다. 샤워를 하고 침대에 눕자 정수가 세희의 허벅지를 천천히 문지르더니 잠옷 바지를 아래로 끌어내렸다. 이럴 줄 알았어. 세희는 입술을 깨물었다.

정수는 언제나처럼 수학 공식에 대입하여 문제를 풀듯이 정해진 순서대로 일을 치렀다. 기분은 권태롭고 몸은 나른했다. 물의 온도가 낮으면 커피는 겉핥기만 하고 만다. 그러면 물내가 나고 싱거우며 기분 나쁜 신맛만 날 뿐이다. 그런 걸 커피라고 부를 수는 없을 것이다.

낯선 아로마 향기

결혼이란 부부가 각자 만들어가는 한 편의 쇼가 아닐까. 거짓말도, 때로는 연극도 필요한. 세희는 핸드폰을 뚫어져라 보았다. 정수도 세희를 상대로 열심히 연극을 하고 있다는 사실을 알게 되는 것은 그리 유쾌한 일이 아니었다. 하지만, 하지만, 이다. 세희는 잠에 곯아떨어진 정수의 얼굴을 눈으로 천천히 훑었다. 조금 전만 해도 25층 아파트에서 내려다보이는 사람보다 더 작은 존재처럼 생각됐던 정수가 거구처럼 느껴졌다. 마치 나는 너랑 똑같이 음흉해, 라고 단정 짓는 결정적인 서명을 보는 듯했다.

정수의 핸드폰에는 이응이 두 개만 찍혀 있었다. ㅇㅇ. 시간은 10시 40분. 보낸 사람은 김성주. 이름만으로는 남자인지 여자인지 판단할 수 없었다. 하지만 그 문자는 제호가 세희에게 자주 보내는 문자였다. 통화가 필요할 때, 보고 싶어 못 견딜 때 이쪽은 가능한데 너는 지금 전화가 가능하냐는, 문자라고도 글자라고도 할 수 없는 일종의 기호인 셈이었다. 정수와 함께 있을 때나 꽤 늦은 시각에, 어떨 때에는 새벽에도 그런 문자를 받은 적이 있었다. 다음 날 왜 새벽에 문자를 보냈느냐고 했더니 아무 내용도 없잖아, 남편이 보더라도 잘못 보낸 문자인 줄 알겠지 뭐, 라고 대답하는 것이었다. ㄱ ㅇㅇ.

정수는 낮게 코를 골며 자고 있었다. 세희는 핸드폰을 들고 거실로 나갔다. 자기가 좋아하는 물건에 대한 애착이 지나쳐 옛것을 쉽게 버리지 못하는 정수의 전화기는 아직도 2G폰이다. 통화 기록에도 받은 문자함에도 금방 받은 문자 외에 김성주라는 사람은 없었다. 그러다가 임시함을 열어보던 세희는 핸드폰을 떨어뜨릴까 봐 손에 힘을 꽉 주어야만 했다. 여보, 보고시포. 난 어떡해.

"여보."

세희는 소리 내어 여보라고 말해보았다. 여보라고 부를 수 있는 사람은 어느 정도의 관계일까 생각해보았다. 손만 잡는 사이라면 어림도 없다. 키스 정도 했을 때 여보라고 부를 수 있을까. 여보라는 말은 부부 사이에나 쓰는 말인데, 부부 사이 정도의 깊은 관계라는 뜻일까. 그런 깊은 관계의 여자가 있다면, 정수는 어떻게 아무렇지도 않게 세희의 바지에 손을 쑥 집어넣고, 귀가가 늦다고 세희에게 화를 내는 것일까. 세희가 늦으면 오히려 더 좋은 게 아닐까. 혹시 일부러 화를 내본 것일까. 완벽한 자신의 연애를 위해서……. 매캐한 연기를 들이마신 것처럼 숨이 막혔다. 남편을 아직도 사랑하고 있는 것일까, 아니면 사랑이 없어도 질투가 가능한 것일까. 왜 몸속의 모든 감정이 노란 고름처럼 뾰족하게 올라오는 것일까. 왜 이렇게 화가 나고 가슴이 두근거리는 것일까. 세희는 정수의 핸드폰을 소파 위로 집어 던져버렸다.

보고 싶지 않았다. 아니, 뭔가를 알게 될까 봐 두려웠다.

이틀째 밤에 잠이 오지 않았다. 눈만 뜨면 늘 습관적으로 하던 커피 내리는 일도 하기가 싫었다. 습관마저 지배하는 이 감정은 도대체 무엇인지 알 수가 없었다. 소파에 누워 있다가 침대로 갔다가 세희는 정수의 핸드폰을 집어 들었다. 어제 핸드폰을 집어 던질 때만 해도 다시는 열어보지 않을 거라고 다짐했는데, 그건 불가능하다는 것을 깨달았다. 의심과 함께 증폭되는 의문이 일상생활을 완전히 해체해버렸기 때문이다. 핸드폰을 분해라도 할 듯이 세희는 이것저것 눌러보았으나 어디에도 여자에게 보낸 문자는 없었다. 단지 보내려다가 중단한 문자들이 임시함에 가득 자동 저장되어 들어 있었다. 핸드폰의 기능에 대해서 무지할 정도로 무관심한 정수는 임시함이 있는 줄도 모르는 것이 틀림없었다. 임시함에 있는 문자는 모두 13통, 그중 김성주에게 보낸 것으로 추정되는 문자가 8통이었다. 〈자기야, 나〉 〈당신 지금 어디〉 〈오늘 어디서〉 〈여보,〉 〈자기야 너무〉.

뭔가를 캐내기라도 할 듯이 한참 동안 문자를 들여다보던 세희는 임시함을 깨끗하게 비워주었다. 정수의 핸드폰은 얼마 전 엘리베이터의 그 남자 전화기처럼 다시 청정지역이 되었다. 세희는 침대에서 일어나 앉았다. 정수의 코 고는 소리가 새벽의 시침을 갈랐다. 놀랍게도 머리는 시간이 지날수록 표백제로 씻어낸 듯 점점 또렷해졌다.

알람이 울리기 전에 알람을 껐다. 정수에게 여자가 있다는 사실이 세희의 정신세계를 몽땅 지배하고 있었다. 정수의 외도를 눈치챈 즉시 그를 깨워서 따지고 묻는 것이 당연한 순서였을 것이다. 그런데 왜 잠 못 이루며 머릿속으로 수없이 많은 시나리오를 썼다 지웠다 하는 것인가. 세희는 새벽 기운이 번져오는 거실 한가운데에 우두커니 서서 가만히 중얼거렸다.

"그럴 수는 없어."

차마 따지고 물을 수 없었다. 제호 때문이다. 아니, 세희 자신 때문이었다. 그렇게 뻔뻔스러운 짓은 할 수가 없다, 라고 생각했다. 문득 방 안의 모든 물건이 세희를 적대시하는 듯 느껴졌다. 협탁 위의 전기스탠드와 한쪽 벽을 모두 차지한 붙박이장, 그리고 책상 위의 컴퓨터가 여명 속에 냉랭하게 서서 세희를 노려보고 있었다. 세희는 고개를 다리 사이에 파묻고 긴 한숨을 쉬었다.

여느 때처럼 정수는 씻고 밥을 먹고 옷을 입고 현관 앞에 섰다. 이럴 때 아이가 있다면 어떻게 했을까. 아빠, 다녀오세요, 라고 말하며 그의 볼에 뽀뽀했겠지. 그러면 이 불편하고 어색하고 화산처럼 솟구칠 것 같은 분노는 조금 사그라졌을까, 라고 세희는 생각했다. 그러다가 문득, 분노라는 단어를 떠올렸다는 것을 알았다. 이틀째 자신을 괴롭힌 이 감정은 어이없지만 분노가 틀림없었다. 어떻게 이럴 수가, 하면서 분노한 것이었다.

"여보, 갔다 올게."

여보, 라고 말하는 정수의 말이 낯설었다. 문을 열고 나가던 정수가 다시 들어와 뚜벅뚜벅 세희에게로 걸어왔다. 정수가 세희의 이마를 짚었다.

"당신, 어디 아파?"

세희는 어깨를 흠칫 떨었다. 아프면 병원에 함께 가기는 해도 이마를 짚고 아내의 반응을 살피는 일은 할 줄 모르던 사람이었다. 상대방의 반응에 민감하게 대응하고 상대방의 변화를 주시하며 갑자기 닥쳐올 다음 상황에 대비하는 일, 요즘 다른 남자가 생긴 세희가 하고 있는 행동이었다.

"당신 아침에 말 한마디 안 한 거 알아? 뭐 화난 거라도 있어?"

엊그제 아침 일은 그날 밤의 잠자리로 다 풀어지지 않았느냐는 뜻이 담긴 질문이었다. 세희는 고개를 흔들며 현관 벽에 붙은 거울로 시선을 옮겼다. 거울 속에는 감청색 양복을 입은 정수가 길게 서 있었다. 이 사람 이렇게 슬림한 사람이었나? 아 참, 거울이 그렇게 보이는 거지. 처음 이사 왔을 때가 생각났다. 현관 벽에 붙은 거울로 보면 날씬하고 키가 커 보인다는 사실에 정수를 부르고는 얼마나 호들갑을 떨며 좋아했었는지……. 정수가 거울 속 세희의 눈을 보았다. 세희는 툭 바닥으로 눈길을 떨어뜨렸다.

"그럼 당신 왜 그래?"

당신, 이 말을 귓전에서 정답게 들을 그녀는 누구일까. 갑자기 질투가 솟구쳐 올랐다. 작년 여름 식중독에 걸려 위액까지 토해내던 때의 구토처럼. 그렇게 끝까지 가보고 싶은 욕구가 엎어져버린 가방 속의 물건들처럼 대책 없이 쏟아졌다.

"조심해."

"뭘?"

"당신이 무슨 짓 하고 다니는지 다 알아."

"뜬금없이 무슨 소리야?"

세희는 정수의 눈을 정면으로 바라보았다. 헛웃음을 친 정수가 대꾸할 가치도 없다는 듯 문을 꽝 닫았다.

세희는 안방으로 들어가 장롱 문을 열었다. 그러고는 정수가 입었던 옷의 주머니를 뒤지기 시작했다. 카드 전표, 메모지, 동전, 천 원짜리 지폐, 만 원짜리 지폐, 명함……. 이렇게 해서 뭘 찾겠다는 것인가. 그 여자가 누군지 알아야겠다는 것인가. 찾아서 뭘 어쩌겠다는 것인가. 여자는 잘 숨겨져 있을 것이다. 제호처럼……. 제호도 잘 숨겨져 있다. 커피숍과 자동차, 식당, 모텔 등이 주로 둘이 함께 있는 장소이지만 커피숍에 손님이 있을 때에는 서로 아는 척도 하지 않았다. 제호의 사무실이 커피숍과 가깝기 때문이기도 하고 그의 사무실 직원들이 세희를 잘 알고 있기 때문이기도 했다. 이름 난 찻집이나 유명한 카페, 또는 맛으로 소문난 식당, 유원지는 함께 가본 적이 없었다. 영화관도 같이 가지 않았다. 그렇게 제호는 잘 숨겨져 있었다. 잠깐 실수로 세희의 눈에 띄긴 했지만 김성주도 제호 못지않게 잘 숨겨져 있을 것이다. 작정을 하고 속인다면 속을 수밖에 없다.

김성주는 누구일까. 머리에 먼저 떠오른 여자는 같은 사무실 직원인 김성미 대리였다. 김성미, 김성주, 이름도 비슷하지 않은가. 김성미 대리는 사무실에서 정수의 집과 방향이 같은 유일한 사람이었다. 두 사람은 그래서 함께 퇴근하는 일이 많았다. 정수가 회식에서 술을 마시면 거의 대부분 김성미가 정수를 태워다 주었다. 김성미, 동네 마트에서 딱 한 번 마주친 일이 있었다. 쌍꺼풀 수술한 눈이 자연스러운 귀여운 인상의 얼굴이었다. 콧대는 반듯하고 입술은 작고, 이마는 평평하고 볼은 발그레했다. 정수가 인사를 하라고 했고, 세희가 인사를 했고, 그리고…… 세희는 머리를 감쌌다. 그날 두 사람 사이에 흐르던 끈끈한 기류를 떠올리려고 애를 썼지만 인사를 하고 돌아서 간 것밖에는 아무 생각도 나지 않았다. 어쩌면 무심하게 돌아섰던 세희와 달리 두 사람은 은밀한 시선을 나누었을지도 몰랐다. 한번 김성미라고 생각하자 그 여자가 틀림없는 것 같았다. 정수는 집에 와서도 김성미 이야기를 종종 했다. 그것은 그만큼 접촉이 많다는 뜻이었다. 김성미는 친정 부모와 함께 살고 있는 돌싱녀였다. 3년 전에 이혼을 한 그녀는 노름에 빠진 남편 때문에 결혼 생활이 줄타기를 하는 것처럼 힘들었다고 했다. 아직도 그때의 빚을 갚느라 월급의 일부가 차압된다고. 충분히 안타깝고 가슴 아픈 사연이었다. 연민이 세탁조 속의 세제 거품처럼 올라오고도 남았다. 연민은 곧잘 사랑으로 변질되지 않던가.

멍하니 앉아 있느라 시간을 다 보내버렸다. 감지도 않은 머리를 대충 묶고 출근했다. 11시가 훌쩍 넘어버린 시각이었다. 문 닫힌 커피전문점을 걱정스러운 듯 제호가 보고 있겠지만 세희는 그가 자신의 머릿속에서 저만큼 물러나 있는 것을 알았다. 세희의 머릿속은 온통 정수가 여자에게 보내려다 만 임시함 속의 여보와 당신, 그 두 낱말로 도배가 되어버렸다. 커피 내릴 준비를 하면서 커피 잔을 두 개나 떨어뜨렸다. 처음 있는 일이다. 지난달에 잔이 예뻐서 인터넷으로 구입한 건데 경재한테 할 말이 없게 생겼다.

점심시간에 제호가 들렀지만 세희는 잠깐 눈길만 줬을 뿐 아는 체하지 않았다. 어디 아프냐는 제호의 문자에도 세희는 답장하지 않았다. 다른 나라에서 온 것 같은 이 이물스러운 질투감은 무엇인지 알 수가 없었다.

정수는 새벽 2시가 넘어서야 들어왔다. 술을 마셨지만 취한 정도는 아니었다. 취한 정도는 아닌데 정수는 취한 척하는 것 같았다. 눈동자도 풀리지 않았고, 얼굴도 붉지 않았으며, 목도 하얀 채 그대로였다. 정수는 술을 마시면 목이 제일 먼저 발갛게 되었다. 그리고 맥주 두 잔이 넘어서면 얼굴과 손이 붉어졌다. 2시가 넘을 때까지 있으면서 술을 마시지 않았다면 회사 동료 여러 명과 함께였을 리가 없었다. 정수가 마신 것은 포도주 두 잔 정도. 섹스하기에 딱 적당한 주량일 것이다. 오늘은 정수와 김성미의 어떤 기념일일 수도 있었다.

"술 마셨어?"

"응, 좀 마셨어."

"많이 한 것 같지는 않은데?"

"몸이 안 좋아서. 엊그제 무리해서 그런가?"

정수가 세희를 보고 씨익 웃었다. 그렇기도 할 것이다. 얼마 전에 이어 오늘도 했으니 코피를 안 쏟은 게 다행이다. 세희는 웃지 않았다.

"근데 왜 이리 늦어?"

"그렇게 됐어."

"회식 끝나고 어디 가서 여자랑 놀고 온 거 아냐?"

정수의 기색을 살폈지만 아무래도 그는 세희보다 연기력이 좋은 것 같았다. 눈썹이 슬쩍 올라갔을 뿐 흔들림 없는 눈빛으로 감사한 농담이라는 듯 세희를 보고 비죽 웃었다.

"그랬으면 나도 좋겠다."

정수가 스윽 세희 옆을 스쳐 지나갔다. 약간 저질스러운 농담을 할 때 꼭 곁들이는 엉덩이를 친다거나 가슴을 움켜잡는다든가 하는 장난도 없이 정수는 화장실로 들어가더니 금방 나왔다. 정수에게서 재스민 같은 독특한 향이 났다. 순간 후각을 곤두세우던 세희는 인상을 찌푸리며 정수를 노려보다가 아, 하는 얼굴이 되었다. 화장실에 있는 비누가 재스민 향이 나는 비누인 것이다.

"안 씻어?"

"응, 양치만 했어."

"왜 안 씻고?"

"으응……."

"씻었어?"

"응? 어, 응. 사우나 갔었어. 부장님이 술 깨고 가자고 해서. 노래방 갔다가 나오는 길에."

"술 먹고 노래방 갔다가 사우나엘 갔다고? 지금 이 시간에?"

"응. 24시간 하는 곳도 있어. 부장님이 대리운전 싫다고, 지난달에 대리 불렀다가 지갑 털렸거든. 시간 좀 지나면 운전해도 될 거라고."

"사우나 하면 술이 깨?"

"기분이지 뭐. 나 먼저 잔다."

잠옷으로 갈아입은 정수가 이불 속으로 들어갔다. 오늘 밤에도 잠을 못 자면 내일은 커피 잔을 다섯 개쯤 깰지도 몰랐다. 세희는 서재방으로 갔다. 바닥에 누웠지만 바닥이 딱딱하고 불편해서 그런지 정신은 더 또렷해졌다. 세희는 다시 안방으로 건너왔다. 정수는 이미 잠이 들었는지 숨소리가 거칠었다. 세희는 정수의 머리카락에 코를 갖다 댔다. 갓 씻은 것 같은 샴푸 냄새가 났다. 정수의 가슴에 코를 묻었다. 피부 저 안쪽에서부터 옅은 아로마 향기가 올라왔다. 향기는 코끝에 잡힐 듯 아련한 여운을 남겼다. 정수에게서는 늘 정수 냄새가 났는데, 낯선 향기는 마치 빈소에서 풍기는 향처럼 생소하고 두려운 느낌마저 가지고 있었다. 세희는 정수 옆에 누웠다. 낯선 냄새는 세희의 모든 정신을 일깨웠다. 심장이 튀어나올 듯이 벌렁거리기 시작했다. 임시함을 확인하던 엊그제 밤에만 해도 이러지 않았는데, 왜 심장이 뛰기 시작하는 것일까. 세희는 벌떡 일어나 정수의 바지를 벗겼다. 잘 때는 늘 그렇지만 팬티는 입고 있지 않았다. 세희는 정수의 성기에 코를 갖다 댔다. 비릿한 냄새가 났다. 먼 바다에서 갓 걷어 올린 해초 냄새 같기도 하고 그 바다에 몸을 씻은 여인의 냄새 같기도 한 비린내였다. 세희는 정수의 핸드폰을 뒤지기 시작했다. 통화 기록이나 문자 대신 새로운 것을 발견하기라도 할 것처럼 세희는 핸드폰에 고개를 처박았다. 대단한 영화의 예고편처럼 정수의 핸드폰은 세희의 기대를 저버리지 않았다. 그것은 팔을 얼굴에 올린 채 침대에 누워 있는 여자의 사진이었다. 어두운 조명이어서 정확하게 알아볼 수는 없지만 스탠드 전등이나 단순한 실내장식으로 보아 숙박업소가 틀림없었다. 세희는 기어이 여자의 얼굴을 보고야 말겠다고 결심한 사람처럼 화면 속의 팔을 손톱으로 긁어대다가 문득 움직임을 멈추었다. 피식 헛웃음이 나왔다. 정수 머리맡에 핸드폰을 툭 떨어뜨리고 세희는 거실로 나갔다.

아파트 빌딩숲을 돌아 나온 바람이 베란다 창을 빠르게 훑고 지나갔다. 베란다 창을 흔들며 지나가는 바람은 이 세상의 비밀을 품고 있는 전령 같았다. 세희는 입에 고인 맑은 침을 베란다 하수구에 뱉었다. 마치 오래된 동전을 문 것 같은 냄새가 자꾸만 입안에 맴돌고 있었다.

옛날 다방 폴인러브

커피전문점 바깥으로 펼쳐진 거리는 비현실적일 정도로 한산했다. 방향을 잃은 바람만이 텅 빈 거리를 휘휘 몰고 다녔다. 맞은편 건물 사이에서 갑작스럽게 튀어나온 젊은 여자의 머리카락이 사방으로 휘날렸다. 주인공들이 모두 죽어버린 텅 빈 스크린 속의 마지막 장면처럼 여자는 불길해 보였다. 그 스산한 풍경 속으로 빨려들어갈 것만 같아 세희는 비 맞은 강아지처럼 푸르르 떨며 실내로 눈을 돌렸다.

간밤의 불면 때문인지 두통이 목 뒷덜미에서부터 정수리로 치뻗었다. 눈이 따갑고 손이 부어서 그런지 핸드드립을 하는데 필터에 물이 직접 닿더니 서버에 뚝뚝 떨어져버렸다. 물줄기도 일정하지 않고 주전자의 주둥이와 드리퍼가 부딪쳐서 몇 번이나 물이 왈칵 나와버리기도 했다. 원두를 통과하지 않고 필터와 유리 사이로 물이 통과해버린 것이다. 이러면 물맛만 난다. 드립 커피를 선호하는 사람이라면 금세 알아차릴 것이다. 결국 맛없는 커피를 손님한테 내게 되었지만 다시 시도해도 마찬가지여서 어쩔 수가 없었다. 에스프레소를 진하게 한 잔 내렸다. 독약같이 쓴 검은 액체가 목젖을 적시고 지나가자 불면의 시간들이 다시 일어나며 정신이 몽롱해졌다.

"어디 아프세요?"

하얀색 야구 모자를 쓴 남학생이 세희 앞에 서 있었다. 평소에는 청바지에 헐렁한 티셔츠 차림이었는데 오늘은 체크무늬 넥타이를 단정하게 맨 베이지색 셔츠에 밤색 바지를 입고 있었다. 도드라진 가슴 위에 아이의 현재 상태를 나타내는 초록색 명찰이 표식처럼 붙어 있었다.

"이 시간에 웬일이야? 오늘은 학교 안 갔어?"

"소풍 갔다 왔어요. 현장 체험학습."

"교복 입고 간 거야? 교복에 모자는 좀 안 어울리는데."

"애들 엉뚱한 짓 하지 말라고 교복 입고 오라는 거고요, 모자는 그냥 그런 거죠. 어디 아프시냐니까요?"

"아니야, 아무렇지도 않아."

남자아이의 눈을 피하며 세희는 싱크대에 담겨 있던 커피 잔들을 씻었다.

"근데요, 여긴 진짜…… 맥심 같은 건 팔면 안 되는 거예요?"

커피 잔을 엎어놓고 행주로 에스프레소 기계를 닦던 세희가 어이없다는 듯 남자아이를 향해 고개를 잘래잘래 흔들었다.

"넌 애들답지 않게 맥심을 찾는다?"

"제가 좋아해서 찾는 건 아니에요. 커피는 별로. 전 콜라파거든요."

"그럼 왜 찾는 건데?"

"다 이유가 있죠."

"아무튼 우린 인스턴트는 안 팔아."

"인스턴트가 더 맛있는데……."

"너, 텔레비전 광고에서 아라비카라는 말 들어봤지? 원두의 원료는 아라비카이고, 인스턴트 커피는 로부스타로 만들어. 아라비카에 비해 로부스타는 카페인 함량도 많고 쓴맛도 강하지. 안 먹는 게 좋아."

"저번에 어떤 여자애가 이 가게에선 어떤 커피도 다 줄 거라고 했단 말이에요."

"누가 그런 말을 해? 우리 집에 그런 여자애는 없어. 알바생도 남자고."

예상한 반응이었다는 듯 남자아이가 씨익 웃으며 초록색 명찰을 들었다 놓았다.

"제 이름은 승재예요. 이승재."

"그래, 이승재 군. 여긴 원두커피만을 취급하는 커피전문점이야. 믹스커피 맛을 보려거든 집에서 먹든지, 아니면 옛날 다방을 찾아가보는 수밖에 없어."

"맞아요. 옛날 커피. 사실은 옛날 다방 커피를 찾아온 건데, 그걸 찾을 수가 없었어요. 이 근방에 옛날 다방이 있었는데 지금은 다 없어져서 그런 맛을 볼 수가 없다고 하셨거든요."

"누가?"

"우리 할아버지가요."

"집에서 드시면 되잖아."

"집에서 타 먹는 건 그 맛이 안 난대요. 옛날 커피를 먹을 곳이 없다면 믹스커피를 커피숍에서 먹으면 그런 맛이 나지 않을까 해서요. 이건 순전히 제 생각이지만요."

이렇게 떼를 쓰고 있는 승재는 벌써 세 번째 방문이었다. 처음 올 때부터 세희가 서 있는 주방 맞은편 의자에 털썩 앉으며 믹스커피를 커피전문점에서 좀 팔면 안 되느냐고 엉뚱한 소리를 한 아이였다.

"다른 동네에 가면 있을 거야."

"꼭 이 동네여야 해요."

"왜?"

"영도다리 때문에요."

세희는 뻔히 알면서 창문 밖을 내다보았다. 이 동네에선 다리가 보이지 않았다. 커피숍에서 부산데파트를 지나 롯데백화점 쪽으로 한참을 걸어가야 영도다리가 보일 것이다.

"아줌마, '죽으나 사나 영도다리'라는 말 아세요?"

승재는 세희의 궁금증 따위는 상관하지 않겠다는 듯이 불쑥 영도다리 이야기를 꺼냈다.

"6·25전쟁 때 사람들이 피란하면서 부산 영도다리에서 만나자 했던 이야기 말이에요. 제일 남쪽으로 가야 하니까 부산으로 가는 건데, 부산에 아는 데가 있어야죠. 아는 데라고는 영도다리밖에 없으니까 거기서 만나자고 한 거고. 그래서 부산에 온 이산가족들이 맨날 영도다리 위에서 왔다 갔다 했대요. 몇십 년이 지나도록 그랬대요."

"넌 그걸 어떻게 그렇게 자세히 아니?"

"우리 할아버지가 이야기해줬어요. 그 기다림에는 계산 같은 건 없었다고요. 무작정 기다렸다고, 상대방이 어떤 모습으로 나타나도 상관없이 오직 나타나기만을요. 지금까지요."

"계산 없이, 지금까지?"

"네."

"할아버지도 누굴 기다리신 거야?"

세희는 행주를 놓고 의자에 앉았다. 점심시간이 지난 한낮의 커피숍은 한가했다. 빌딩 속의 사람들은 오후의 업무가 무료하고 따분해질 즈음이 되어야 각성제를 찾듯이 이곳으로 시선을 돌릴 것이다.

"그때 할아버지도 할아버지의 어머니를 따라 이 영도다리 위를 왔다 갔다 했대요. 그러니까 저에게는 증조할아버지 되는 분을 만나려고요. 비가 오나 눈이 오나, 죽으나 사나 가야 한다고, 하루도 안 빠지고 10년을 다녔대요. 증조할머니가 바쁘면 할아버지 혼자 나오기도 하고요. 그때 어떤 여자분을 알게 된 거예요. 그분도 월남민이었는데 오빠를 기다리고 있더래요. 자꾸 부딪치다 보니 안면을 트게 되고, 데이트도 하면서 서로 좋아하게 됐대요. 그런데 어느 날부턴가 그 여자분이 안 나왔던 거예요. 지금처럼 전화가 있던 시절도 아니고. 결국 다시는 못 만났대요."

"저런, 그래서?"

"할아버진 아버지 찾는 일은 염두에도 없이 그 여자분을 만나러 매일같이 영도다리로 나갔대요. 결국 못 만나고……. 다른 여자랑 결혼을 하고 자식을 낳고 살아도 그 여자분을 못 잊겠더래요."

세희는 턱을 손으로 괴고 승재의 이야기를 집중해서 들었다. 지나고 생각해보면 기다린다는 일만큼 무의미한 일이 없었다. 기다리다 보면 기다리는 일 외에 아무 일도 할 수가 없다. 결국 지치고 포기하게 되는 것이다. 아이도 그랬고 남편도 그랬다. 그런데 그 세월이 얼만데 아직도 저렇게 기다리는 사람이 있나.

"정말 사랑하셨나 보다."

"할아버지는 지금도 그러세요. 혹시 만날 날짜가 헷갈렸을 수도 있으니까 이번 주까지만 가봐야겠다."

"세월이 얼만데, 날짜가 헷갈렸을 수도 있다라니?"

"그러게요. 그러면서 꼭 덧붙이죠. 와? 우습나? 하지만 승재 니는 모른다. 늙어봐야 알 수 있는 것도 인생에는 많다. 그 사람이 죽은 걸 확인 못 하니까 포기 못 하는 건 당연한 거다."

문득 노인네의 기다림이 끔찍하게 느껴졌다. 60년이 지났는데 날짜가 헷갈려서 못 왔을 거라고 생각하는 노인네의 기다림. 세희는 안타까움에 눈을 들어 창밖을 보았다. 그곳에 다리 위를 오가며 기다리던 사람들이 서 있을 것만 같아서였다.

"영도다리에서 이만큼 걸어 나오면 이 근처에 두 분이 늘 가던 다방이 있었대요. 할아버지가…… 그 다방에서 먹던 커피가 너무 그립다고, 그때 커피 진짜 많이 마셨다고……. 근데요, 아줌마."

승재가 마치 비밀 이야기라도 되는 양 목소리를 낮추고 세희를 바라보았다.

"왜?"

"이 커피숍은 생긴 지 얼마나 됐어요?"

"몇 달 안 됐지. 그건 왜?"

"정말 놀라워서요."

"뭐가?"

"우리 할아버지가 그분이랑 늘 가던 다방 이름이 '폴인러브'였대요."

"에이, 설마. 그 옛날에 다방 이름을 그런 걸 썼을까?"

"저도 설마 했거든요. 근데 할아버지가 분명히 그랬어요. '폴인러브'라고."

"세상에, 그게 정말이라면 대단한 우연이네."

"우연이 아니죠. 필연이죠. 제가 이 집을 찾았으니까요. 광복동에서 여기까지 커피숍이 이 집만 있는 것도 아니고. 아 참, 광복동에 밀다원이라는 커피숍이 있었다는 건 아세요? 제가 할아버지 때문에 조사 좀 했거든요. 전쟁 때 피란 온 문인들이 매일 그 다방에 모였대요. 「밀다원 시대」라는 소설도 있고요."

"그럼, 그건 알고 있지."

"밀다원도 정말 세련된 이름이잖아요."

"그거하고 폴인러브하고는 어감이 좀 다르지 않니?"

"그게 그거죠. 우리 할아버지도 밀다원을 알고 있었어요. 폴인러브가 훨씬 낭만적이라는 말씀도 하셨지만."

세희는 고개를 갸우뚱했다. 아이의 말을 모두 믿을 수 없다는 생각이 들어서였다.

"할아버지는 건강하시니?"

"아뇨, 좀…… 아프세요."

대답을 하는 승재의 표정이 금방 우울해졌다. 요즘 애들답지 않게 할아버지에게 쏟는 관심이 기특해 보여 세희는 승재의 팔을 손으로 꽉 잡아주었다.

"할머니도 이 이야기를 아시니?"

"에이, 그럴 리가요. 아줌마라면 마음에 품고 있는 다른 남자 이야기를 남편분한테 하시겠어요?"

세희는 입을 딱 다물었다. 자신을 객관화시키기는 너무나 힘든 일이다. 오로지 자신에 대해서만 허용되는 관대함과 모르쇠의 수위를 세희는 이미 넘어선 느낌이었다. 정수의 외도를 참을 수 없는 것도 바로 그런 이기심 때문이 아닐까. 승재가 생각하기만 해도 끔찍하다는 듯 다시 고개를 세차게 흔들었다.

"할머니가 아시면 큰일 나죠."

"그런데 너는 어떻게 알게 된 거야?"

승재가 세희를 향해 씨익 웃었다. 아이의 웃음에 장난기가 가득 묻어 있었다.

"그 이야기 해드리면 맥심 주실 거예요?"

세희가 따라 웃으며 눈을 흘겼다.

"들어보고."

"진짜죠?"

"물론이지."

"제가 그림 전공하려고 공부하고 있거든요. 할아버지가 그걸 아시고는 종이 한 장을 주셨어요. 아주 오래된 여자 그림인데, 잘 간직하고 있으라고요. 참, 우리 할아버진 문학도 좋아하시고요, 그림도 잘 그리세요. 한번 보실래요?"

승재는 가방을 뒤져 영어 자습서라고 적힌 책을 꺼내더니 책갈피에 꽂혀 있는 종이를 조심스럽게 꺼내놓았다. 접힌 자국마다 거스러미가 일어 조금만 잘못하면 곧 찢어질 것 같은 종이였다. 승재가 종이를 조심스레 펴자 여인의 모습이 그대로 남아 있는 그림이 나타났다. 공책을 찢어 그린 그림 속에는 영도다리 위에 한 여인이 웃으며 서 있었다. 미소는 희미해지고, 눈은 접힌 자국을 따라 닳아서 잘 보이지 않았지만 여인은 시간을 품고 있는 사람처럼 보였다. 너무 많은 것들이 그 속에 있어서 차마 손을 뻗어 만져보지 못하는 박물관의 백자 같았다. 크지도 작지도 않은 코, 반듯한 이마에 반달 같은 눈매, 입꼬리는 살짝 올라가 웃고 있고, 광대뼈는 조금 튀어나왔다. 턱 선이 둥글고 콧날이 선명했다. 채색을 한 것이 아닌데도 여인의 웃음은 정맥처럼 푸르렀다. 그것은 마치 우는 것처럼 보이기도 했다.

"미인이시네."

"그렇죠? 할아버지가 직접 그린 거래요. 할아버지가 이걸 저에게 주며 그러셨어요. 내가 죽거든 이 그림을 이 여인에게 전해주어라."

"그 여인을 어떻게 찾아?"

"그게 숙제예요. 제가 자꾸 알려달라고 하니까 죽기 전에 말해줄 테니 걱정 말라고 하셨거든요. 그런데 그게…… 지금 상태론……."

"정말 낭만적이고 멋지시네. 그림도 하시고 문학도 하시고, 할아버지 예술가시구나."

"그런 셈이죠. 젊었을 땐 소설도 꽤 쓰셨대요. 할머니 말로는 사실도 꼭 소설처럼 쓰고, 소설도 꼭 사실처럼 이야기하는 사람이니 옆에 있는 사람은 항상 정신 바짝 차리고 있어야 한다고 하셨죠."

"젊었을 땐 정말 재미있으셨겠다."

"그 여자분과의 이야기도 소설로 써놓았는데 분량이 제법 된다고 하셨어요. 소설은 희극보다 비극일 때 감동이 극대화된다고 하시면서 어쩌면 그분과 만나지 못한 것이 소설로는 더 감동일 수도 있다고, 하지만 죽기 전엔 꼭 찾고 싶다고 말씀하셨어요. 결국 여자분을 찾지 못한 할아버지는 결혼식 전날 그분의 얼굴을 그려서 가슴에 품고 잤대요. 결혼을 하고 아이를 낳고 살아도 여자분을 잊을 수 없었고, 생각날 때마다 그림을 펼쳐 보았다고요."

"……."

"할아버지가 그러셨어요. 폴인러브 다방에서 그분이랑 같이 마시던 커피 한 잔만 다시 마실 수 있으면 여한 없이 죽을 수 있을 것 같다고요."

"할아버지가 여기 오셔서 드시겠단 말이니?"

승재는 고개를 끄덕였다.

"믿기 어렵지만 60년을 넘어 똑같은 이름의 커피숍이라니. 보통 인연이 아닌데, 믹스 커피 끓이는 게 뭐 그리 힘든 일이겠어? 하지만 맥심이 옛날 다방 커피 맛과 같지는 않을 텐데 말이야."

"할아버지가 커피를 일절 못 마시게 된 건 벌써 10년도 더 된 일이에요. 사실은, 좀 많이 아프세요. 위암 진단을 받고 수술하신 후 할머니가 일체 커피를 주지 않으셨거든요. 그러니까 할아버지의 입맛이 기억을 못 하실 수도 있어요. 착각일 수도 있고. 그래도 폴인러브에 앉아 커피를 드시게 해드리고 싶어요."

그림은 석 달 전 할아버지가 승재에게 주었다. 승재는 그날부터 미술학원을 마치면 이 일대를 돌아다녔다. 딱히 어떤 계획이 있었던 것은 아니었지만 할아버지가 이야기한 장소들이 어떤 곳일까 하는 궁금증 때문이었다. 우연히 폴인러브 간판을 발견했고, 시간을 초월한 커피숍 이름에 전율하며 매일 밤 주변을 어슬렁거렸다. 그러다가 3주 전에 이미 영업이 끝난 폴인러브 앞에 앉아 있는 한 여자애를 만난 것이었다. 여자애는 울고 있었다. 승재는 아무 말도 묻지 않고 여자애 옆에 앉아 울음을 그칠 때까지 기다려주었다. 한 30분을 그러고 있더니 여자애는 눈물을 싹 닦고는 커피전문점 문을 열고 들어갔다. 놀랍게도 여자애는 커피전문점 출입문의 비밀번호를 알고 있었다.

승재는 여자애가 비밀번호를 알고 있더라는 말은 하지 않기로 했다.

"여자애가 그랬어요. 여기 옛날 커피도 팔 거라고. 그 커피가 사람을 낫게 하는 힘을 가졌다면 분명히 팔 거라고요."

"아까도 여자애 이야길 하더니 도대체 그건 또 무슨 뚱딴지같은 소리야? 걔가 누군데?"

"그건 저도 모르죠. 그다음 날에도 불 꺼진 커피숍 앞에 앉아 있던 걸요. 애가 좀 비정상적으로 보이긴 했어요."

"그런 정신 나간 여자애 말을 믿었단 말이야?"

"정신 나간 것 같다고 하진 않았는데."

"비정상적인 거나 정신 나간거나. 어쨌든 할아버지 다음에 모시고 와. 맥심 타줄게. 사장님이 알면 뭐라고 그러실 거야, 미리 전화 주고."

"할아버지가 일어날 힘이 있으셔도 할머니가 허락하실지 모르겠어요."

승재가 나가자 문 위에 달린 종의 '딸랑' 하는 소리가 실내의 바이올린 음을 툭 쳐냈다. 승재와 어깨를 맞부딪치며 한 떼의 사람들이 들어왔다. 세희는 문을 열고 들어오는 네 명의 남자를 향해 밝게 인사했다.

바쁜 인파 속으로 승재는 금방 묻혀들어갔다. 문득 밤에 커피전문점 앞에 앉아 있더라는 여자애에 대해서 좀 더 자세히 물어볼걸, 하는 후회가 들었다. 하지만 이내 주문을 받고 커피를 만들면서 잊고 말았다.

정수가 지금 벌이고 있는 에피소드는 지나가는 바람일까, 정말 사랑에 빠진 걸까, 이런 생각을 하며 하루를 보냈다. 결국 아침에 참지 못하고 추궁하며 한바탕 해버렸다. 와이셔츠에서 풍기는 출처가 불분명한 화장품 냄새와 엉뚱하게도 와이셔츠 주머니에서 발견된 머리핀. 그것들을 들이밀며 별별 상상을 다 섞어 혼자서 악다구니를 쳐봤지만 돌아온 것은 허술하기 짝이 없는 대답뿐이었다. 정수는 오히려 세희를 이상한 사람 취급을 했고, 펄쩍 뛰며 부정을 했다.

스스로 생각하기에도 놀라운 것은 정수에게 신경 쓰느라 제호를 잊고 있었다는 사실이었다. 행복과 불행의 균형이 늘 맞지 않듯이 정수를 생각하기 시작하자 제호는 어느새 저만큼 밀려나버리는 것이었다. 제호를 만나 사랑을 느끼고 그에게 한 걸음씩 다가갔던 일들이 사랑이 아니었던 것일까. 깜빡깜빡 해야 할 일을 잊고 집안일을 소홀히 하고 그러면서 다른 남자를 만난다는 죄책감에 시달렸던 일들은 그럼 뭐란 말인가. 노인네의 질기고 긴 사랑은 아니어도 고작 석 달도 못 갈 사랑을 하느라 그 불면의 밤들을 보낸 것인가.

하지만 그런 것은 분명 아닐 터였다. 지금의 이 모순적인 감정을 명확하게 설명할 수는 없지만, 그동안 마법에 걸린 듯 정신없이 빠져들었던 감정이 사랑이 아니라고 말할 수 없었다. 커피전문점에서 오랫동안 서서 일하는 것도 힘들지 않았고, 늦은 시간에 집에 들어가도 피곤하지 않았다. 사랑은 자신을 기만하는 것으로부터 시작해서 타인을 기만하는 것으로 끝난다고 했던가. 어쨌든 결론은 알 수 없지만 자신을 기만하는 일부터 시작한다는 말은 맞는 것 같았다. 피곤하지 않은 것도 집에 가서 짜증 내지 않은 것도 생활에 활력을 얻은 것도 모두 제호 때문이었다. 그것이 사랑이 아니고 뭐란 말인가. 그렇게 생각하자 사랑은 훨씬 수월해졌고 대담해졌으며, 도덕이나 윤리를 밀어낼 만큼 충분히 뻔뻔스러워졌다.

그런데 갑자기 기습 공격을 당해버린 것이다. 실패한 장수처럼 변명도 할 수가 없었다. 정수에 대한 생각은 제호에 대한 회의로 번져갔다. 하지만 지금 제호를 버릴 것인가 하는 질문 앞에서는 머리를 흔들었다. 정수의 여자를 밝혀내고 정수의 외도를 따지기 위해서 적어도 세희는 그 순간만은 무결해야 했다. 제호를 곁에 두고 정수에게 순결을 강조할 만큼 후안무치하지는 못했다. 그렇다면 제호를 버릴 수 없다면 결국 세희는 정수 앞에서 침묵해야 한다는 뜻이었다.

보내지도 못하고 임시함에만 잔뜩 넣어뒀던 여보니 당신이니 하던 문자들에 대해서는 정작 한마디도 물어보지 못했다. 아니, 얼굴을 팔로 가린 채 누워 있던 여자에 대해 물어보려고 할 때마다 심장이 튀어나올 듯이 요동을 쳤다. 날 선 대화로 대치되어 있던 어느 순간 정수가 문득 눈물을 보였다. 돌이킬 수 없는 사실을 알게 될까 봐 두려워 세희는 비명을 지르며 그 끔찍한 모습을 외면했다. 그의 셔츠 주머니 속에 들어 있던 보석 박힌 갈색 머리핀을 얼마나 오랫동안 만지작거렸는지 손에서 여자의 머리카락 냄새가 나는 것 같았다. 그 생각을 하자 다시 기분이 나빠져 세희는 손바닥을 바지에 슥슥 문질렀다. 오늘 아침에 한바탕한 걸로 정수의 결백을 믿어주는 척하며 지나가야 하는 것일까. 정말 그럴 수 있을까. 정수의 여자를 지켜볼 수만 있을까. 그러고서도 부부가 함께 사는 가정생활이 가능할까. 그게 가정이기는 한 걸까.

지금 자신은 남편에게도 애인에게도 집중할 수 없는 아주 이상한 꼴이 되고 말았다. 두 남자 사이에서 균형을 이루며 함께 잘 사는 방법이란 애초에 존재하지 않았다. 그런 것은 영화 속에서나 가능할 테니까. 아니, 도대체 영화에서는 가능한 일일까.

세희는 지저분한 반창고를 떼어내듯 손등에 묻은 피딱지를 무심코 긁어댔다. 어젯밤 정수가 벗어놓은 속옷을 찾아 세탁 바구니를 뒤집어엎을 때 바구니 모서리에 긁혀 생긴 상처였다. 딱지가 벗겨지자 상처에는 다시 핏방울이 동그랗게 맺혔다.

고독과 서러움을 한꺼번에 달래주는 맛

여자애를 만난 건 할아버지에게서 그림을 받고 난 뒤 이 일대를 헤매고 돌아다닌 지 일주일쯤 되는 날이었다. 승재는 폴인러브라는 간판 앞에 꼼짝도 하지 않고 서 있었다. 할아버지한테 폴인러브 이름을 처음 들었을 때에는 옛날에 그런 이름의 다방이 있었다는 사실이 거짓말처럼 여겨졌었다. 그런데 똑같은 이름의 커피숍이 마치 시간 이동이라도 한 듯 눈앞에 펼쳐져 있다니. 그동안 몇 번이나 지나다니던 길이었는데 왜 미처 발견하지 못했을까. 유난히 조그맣게 쓴 폴인러브 간판 글씨 때문일 수도 있고, 아니면 미술학원이 끝날 무렵에 오다 보니 간판 불이 꺼져 있어 발견하지 못한 것일 수도 있었다. 며칠 관찰한 결과 폴인러브는 남포동이나 광복동보다는 늦은 밤 손님이 적어 일찍 문을 닫았다. 그러니 불이 꺼진 간판을 눈여겨보지 않았던 것이다. 아무튼 놀라웠다. 승재는 꼭 이 커피숍에 할아버지를 모시고 와야겠다는 생각을 했다. 아르바이트생이 아닌 주인을 만나고 싶어서 일부러 저녁 시간에 들른 적도 몇 번 있었다. 주인 아줌마랑 친해지고 싶어서 맥심 이야기를 꺼내기는 했지만 여기서 믹스커피를 마실 수 있을 거라고 생각한 것은 아니었다.

여자애를 발견한 것은 닫힌 문을 두어 번 밀어보고 나서였다. 교복을 입은 여자애는 문 옆에 쭈그리고 앉아 소리 없이 울고 있었다. 승재는 여자애 옆에 털썩 주저앉았다. 우는 여자아이를 두고 그냥 가버릴 수가 없었다. 한참을 그러고 앉아 있자 여자애의 울음소리가 조금씩 잦아들었다. 잠시 후 울음 끝의 흐느낌까지 저 혼자 마무리한 여자애가 발딱 자리에서 일어났다. 그러더니 도어록의 캡을 열고 익숙하게 삐삐삐삐 비밀번호를 눌렀다. 주르르 물 흐르는 소리를 내며 잠금장치 풀리는 소리가 났고, 손잡이를 비틀자 요술처럼 문이 열렸다. 마치 제집에 들어가는 사람처럼 당당한 모습이었다. 실내가 깜깜하긴 하지만 투명한 유리 사이로 여자애의 모습이 보였다. 여자애는 화분이 놓인 구석진 자리에 앉아 싸움이라도 하듯이 거리 어딘가를 쏘아보고 있었다. 어처구니가 없어 잠깐 그 자리에 서 있던 승재는 문을 밀고 안으로 들어갔다. 여자애가 가볍게 밀던 문은 제법 육중했다. 여자애에게는 그만큼 익숙하다는 뜻일까. 승재는 여자애의 맞은편 자리에 앉았다.

"비밀번호는 어떻게 안 거야?"

울고 난 뒤여서인지 여자애의 투명한 눈동자가 어둠 속에서 반짝반짝 빛을 내고 있었다. 밤을 지키는 정령 같은 모습이었다. 거리를 보던 눈을 거두어 여자애가 승재를 보았다. 비 온 뒤 나무 사이로 보이는 하늘처럼 여자애의 얼굴이 말갛게 하얬다.

"우연히."

"우연히 어떻게 알아?"

"그냥."

"너 금고털이범 뭐 그런 거야?"

"웃기지도 않아. 바보같이."

"좋아, 질문을 바꾸지. 여기 너하고 상관있는 가게야?"

"노, 그냥, 그냥 우연히. 아무 숫자나 눌렀는데 주르르하고 열린 거야. 내가 좀 신기가 있거든."

"신기?"

"응, 무당 같은 거."

승재는 픽 웃음이 터져나왔다. 웃기는 애다, 라고 생각했다.

"너 여기서 잘 거니?"

이번엔 여자애가 피식 웃었다.

"무인 경비 시스템이라도 작동하면 어쩌려고?"

"걱정 마. 여긴 그런 거 없어."

"왜 울고 있었는지 물어봐도 돼?"

"안 돼."

칼날을 들이대듯 단호한 여자애의 대답에 약간 경직되기는 했지만 승재는 어깨를 으쓱했다. 벽을 훑는 자동차 전조등 불빛이 불안함이 어려 있는 여자애의 얼굴을 간단하게 훑고 지나갔다. 여자애는 눈이 크고 코끝이 둥글어서 순하고 귀여워 보였지만 인상과 달리 말투는 쌀쌀맞았다. 눈물이 맺힌 젖은 눈동자를 보니 불빛에 드러난 여자애의 얼굴을 쓰다듬어주고 싶다는 생각이 들었다. 하지만 말하는 본 새로 봐서 그랬다간 따귀라도 한 대 날아올 것 같아 승재는 아무 짓도 하지 않았다. 처음 보는 여자애와 멀뚱하게 앉아 있는 것도 우스워서 30분쯤 후 승재는 혼자 커피숍을 나왔다. 의자 소리를 내며 승재가 몸을 일으켜도 여자애는 꼼짝도 하지 않았다. 탁자에 엎드려 자는 척하는 여자애의 흐릿한 실루엣을 물끄러미 보다가 승재는 간다는 말도 없이 몸을 일으켰다.

할머니는 할아버지 병간호를 하느라 병원에서 지냈다. 집에 가도 어차피 혼자여서 여자애와 함께 밤을 보내도 되지만 그러지 않는 게 좋을 것 같았다. 같이 있다가 순찰하는 경찰에게 발각되거나 무인 경비 시스템이라도 울리면 오해를 받을까 봐 겁이 나서였다. 하지만 막상 여자애를 두고 나오려니 걱정이 되었다. 걱정뿐 아니라 다음 날 아침까지도 여자애가 떠올랐다. 폴인러브하고 소리 내어 말하면 가슴 속에서 여자애의 울음소리와 시크하게 잠긴 목소리가 함께 울렸다. 여자애가 앉아 있던 소파 뒤의 키 큰 나무와 폴인러브의 갈색 유리 같은 것들……. 그렇게 떠올리고만 있으면 아무 문제 없을 텐데…… 시간이 지날수록 새로운 욕심이 생겼다. 내가 걱정하고 있다는 것을 여자애에게 알리고 싶은 간절함 같은 것이었다. 그것이 문제였다.

여자애는 이틀이나 사흘에 한 번씩 커피숍에 있었다. 폴인러브에 도착하면 불 꺼진 커피숍의 유리문에 바싹 눈을 대고 승재는 여자애부터 찾았다. 여자애는 첫날과 마찬가지로 키가 크고 잎이 넓은 나무 옆에 앉아 있었다. 문은 잠겨 있지 않았고, 온기가 없어서 내부는 좀 썰렁했다. 딸랑 소리가 났으나 여자애는 고개도 들지 않고 핸드폰을 들여다보고 있었다.

"넌 여기서 사니? 들키면 어쩌려고 그래?"

승재는 가방에서 콜라 두 개를 꺼내 여자애 앞에 내밀었다. 학원 앞 편의점에서 혹시나 싶어 사온 것이었다.

"뭐 좋아하는지 몰라서 내가 좋아하는 걸로 샀어."

여자애가 캔 콜라의 꼭지를 따서 입에다 대고 쭉쭉 빨았다. 마치 젖꼭지를 입에 문 갓난아기 같았다.

"콜라 좋아하는구나. 초딩들이나 좋아하는 음료수."

"웃겨. 그러는 넌 뭐 대단한 음료 좋아하는데?"

"캐러멜마키아토."

"그게 뭔데?"

"그런 게 있어."

승재는 입을 삐쭉했다. 콜라는 승재가 초등학교 때부터 좋아한 음료가 맞기는 맞았다. 아버지가 돌아가시고 엄마가 집을 나가고 난 뒤 큰아버지 집에 잠깐 살았을 때였다. 냉장고에는 사촌형이 좋아하는 콜라가 항상 넘쳐났다. 한밤중에 그걸 몰래 훔쳐 먹으며 승재는 달콤하고 톡 쏘는 그 맛에 자기도 모르게 중독되었다. 그때 콜라만큼 고독과 서러움을 한꺼번에 달래주는 맛은 없다고 생각했다.

"내 이름은 승재야. 넌 이름이 뭐니?"

"로즈"

"로즈?"

"응."

"그게 진짜 이름이야?"

"그게 그렇게 중요해?"

"집에는 안 들어가니? 가출했어?"

"너 좀 잔소리쟁이구나."

승재는 입을 다물었다. 잔소리쟁이라니 끔찍했다. 아빠가 돌아가신 후 엄마와 함께 살던 1년 동안 엄마는 잔소리만 했다. 떠날 준비를 하느라고 그렇게 잔소리를 해댄 것일까. 아니면 내가 미워서였을까. 엄마가 가출하고 나자 세상이 조용했다. 마치 지구가 멸망해서 세상의 소리들이 모두 지하로 파묻혀버린 기분이었다. 큰아버지 집이나 고모나 이모 집으로 석 달이나 두 달 정도 마치 떠돌이 개처럼 옮겨 다녀야 했던 승재는 마음속의 뜨거운 덩어리가 누가 떠먹기라도 하듯 조금씩 없어지는 느낌을 받았다. 결국 할아버지 할머니와 함께 살게 되었다. 벌거숭이처럼 덜덜 떨고 있던 승재를 할머니의 더덕처럼 거친 손이 쓰다듬어주었을 때 승재는 뚝뚝 눈물을 흘렸다. 무엇보다 할머니는 조용한 분이었다. 할아버지가 오히려 말이 더 많았지만 그건 말이 아니라 이야기였고, 승재는 이야기와 잔소리가 얼마나 큰 차이가 있는지 확실히 알았다. 가장 큰 차이는 받아들이는 사람의 마음가짐에 있었다.

"미안해. 잔소리로 들렸다면."

"너, 그 말도 꼭 어른 같다."

승재는 다시 입을 다물었다. 문득 잔소리는 나보다 어린 상대를 걱정해줄 때 나오는 건가 하는 생각이 들었다. 아무 거리낌 없이 너라고 말하고 있지만 로즈는 아무리 봐도 승재보다 어려 보였다. 승재와 말을 하면서도 핸드폰으로 폭풍 카톡을 하던 로즈가 이어폰을 귀에 꽂았다. 승재도 이어폰을 주머니에서 꺼냈다. 로즈의 발이 까딱까딱 까

불기 시작했다. 이어폰을 핸드폰과 연결시키고 귀에 꽂았지만 승재는 음악을 켜지 않았다. 로즈의 발이 까딱거리면서 탁자의 다리를 착착 차는 소리가 텅 빈 커피숍에 울렸다. 마치 콘트라베이스의 낮은 저음 같았다. 지난번처럼 또 울면 어쩌나 싶었는데 로즈는 울지 않았다. 찢어질 듯한 음악이 이어폰 밖으로 몸부림치듯 흘러나왔지만 로즈의 얼굴은 겨울 호수처럼 무표정하고 고요했다. 그 모든 소리를 승재는 빈 이어폰을 통해 들었다.

캐러멜마키아토 마시고 싶은데……, 라고 중얼거린 로즈는 12시쯤 되자 자리에서 일어나 정수기에서 물을 한 잔 뽑아 마셨다.

"아, 마시고 싶다."

캐러멜마키아토에 대한 미련이 남아서인지 입을 쩝쩝 다시더니 로즈는 고개를 꺾어 어두워서 잘 보이지도 않는 메뉴를 한참 올려다보았다. 승재는 고개를 절레절레 흔들었다. 정말 알 수 없는 아이였지만 정수기에서 물을 한 잔 마신 것 말고는 커피숍의 어떤 물건도 건드리지 않았으니 이런 식이라면 남의 가게 비밀번호를 알고 있는 것도 그리 나쁘지는 않을 것 같다는 생각이 들었다.

"넌 나중에 나올래? 난 이제 갈 거야. 문은 그냥 자동으로 잠기니까 닫기만 하면 돼. 낮에는 잠금장치를 해제시켜놓지만 밤엔 문을 닫으면 바로 잠겨버리니까 어딜 잠깐 나갈 때는 조심해야 해. 비밀번호를 꼭 기억해야 한단 말이야. 비밀번호는 0320이야. 비밀번호 말해봐."

"0320."

"맞아. 외우기 쉬운 번호지? 잊어버리지 마. 혹시 내가 없을 때 놀러와도 되지만, 너 말고 다른 사람한테 알리는 건 싫어."

놀러 와도 된다니 꼭 자기 집처럼 말하는 게 우스워서 승재는 웃기고 있네, 라고 말하려다 참았다. 왠지 로즈의 기분을 상하게 하는 말은 하고 싶지가 않았다.

"먼저 간다."

"나도 갈 거야. 같이 가."

그렇지 않아도 지겨워 죽을 뻔했다, 라는 말은 꿀꺽 삼켰다. 그러다가 승재는 고개를 갸우뚱했다. 말을 하기 전에 스스로 자기 검열을 하다니 이런 이상한 버릇이 왜 갑자기 생겼단 말인가. 승재는 얼른 자리에서 일어났다.

"택시 안 타?"

"난 걸어갈 거야."

로즈가 가로등 불빛이 드리워진 가로수 길을 터덜터덜 걸어갔다. 불 꺼진 창들이 모여 있는 빌딩 속 중앙동의 밤은 쫓겨난 아이처럼 춥고 외로워 보였다. 가로등은 눈을 부라리며 서 있었지만 밤은 이미 거리를 장악했고, 술에 취한 사람들은 그 밤의 한가운데를 물풀처럼 흐느적거리며 걸었다. 로즈도 물풀 같았다. 술에 취하지도 않았는데, 그 애는 어디로 가야 할지 모르는 뿌리 뽑힌 물풀처럼 정처 없어 보였다. 자꾸 마음이 쓰였지만 중앙동 지하철역 13번 출구 앞에서 승재는 걸음을 멈추고 로즈의 뒷모습에 하염없이 눈길을 주고 서 있었다.

할아버지가 갑자기 위독해지는 바람에 이틀이나 폴인러브에 가지 못했다. 사흘째 되는 날 폴인러브에 갔을 때, 로즈는 보이지 않았다. 잠깐 출입문 앞에 서서 망설이던 승재는 도어록의 캡을 열고 번호를 눌렀다. 거짓말처럼 주르륵 문 열리는 소리가 났다.

나무 옆 탁자 위에 콜라가 놓여 있었다. 캔은 아직 차가웠다. 승재는 주위를 휘휘 둘러보았다. 로즈가 다녀갔거나 아니면 커피숍 어딘가에 있다는 말이었다. 승재는 로즈를 위해서 사온 캐러멜마키아토를 콜라 옆에 놓았다.

"로즈."

바깥의 불빛이 떠다니는 실내에 승재의 목소리가 낮게 울렸다. 정적이 내려앉은 실내에는 뿌리에서 힘겹게 올라온 꽃의 향기처럼 커피 향이 진득하게 배어 있었다. 커피 향은 걸음이 느린 노인처럼 슬금슬금 걸어와 승재의 얼굴을 휘감았다. 순식간에 전신을 감싼 향이 오랫동안 숨겨졌던 마음속의 어떤 감정을 일깨우는 것 같았다. 승재는 다시 한 번 로즈, 하고 소리 내어 불러보았다. 로즈라는 이름은 세상에서 커피와 가장 잘 어울리는 이름 같다고 생각했다.

승재는 식지 않게 캐러멜마키아토를 품에다 안고 의자에 앉아 콜라를 집어 들었다. 캐러멜마키아토가 완전히 식고, 손에 든 콜라가 미지근해질 때까지 로즈는 오지 않았다. 마치 장미의 가시에 찔린 것처럼 가슴속 어딘가가 쿡쿡 아파왔다. 치, 제까짓 게 뭐라고. 승재는 제 머리를 손으로 탁 때렸다. 30분쯤 더 기다리다가 폴인러브의 문을 닫고 거리로 나섰다. 텅 빈 얼굴을 한 해쓱한 도로 위로 달도 없는 어둠이 깊게 내려앉아 있었다. 승재는 미지근해진 콜라를 쿨렁쿨렁 소리 내며 마셨다. 차갑지 않아서 그런지 단맛이 더했다. 꺽, 트림이 올라왔다.

커피 블랜딩의 원칙

생각해보니 정수가 제호보다 더 중요한 게 아니었다. 정수와 그 여자가 행복한 꼴이 싫은 거였다. 바로 그거였다. 그들이 행복한 것이 싫은데 그들의 행복은 세희가 통제할 수 없는 세계였다. 제호와 세희를 정수가 통제할 수 없듯이. 그 단순한 사실을 알게 해준 건 경재였다. 경재는 한 달에 두세 번 정도 폴인러브에 들러서 커피전문점 경영 전반에 대한 것을 체크해가곤 했다. 도매상에 생두를 주문한다든가 필요한 물품이 있는지 물어보는 것도 처음 몇 번은 효정이 전화를 해서 해결하곤 했는데, 서너 번의 통화 이후 효정은 더 이상 커피전문점에 관여하지 않고 있었다.

"힘들지 않아요?"

"아뇨, 재밌어요."

실내를 둘러보며 경재가 어깨를 으쓱 올렸다 내렸다. 아픈 아내에 대한 선입견 때문인지 경재의 단순한 이런 행동에서조차 발효된 슬픔이 묻어났다.

"효정 씬 좀 어때요?"

"나아지기도 하고……."

경재는 입을 꾹 다물었다. 늘 그랬다. 경재가 올 때마다 효정의 안부를 묻게 되는데, 그러지 말아야지 하면서도 어색한 침묵을 견디지 못하고 다시 아픈 사람의 이야기를 꺼내곤 했다.

"그래도 곧 좋아질 거예요. 걱정하고 사랑하는 가족들이 있으니까요."

"커피 한 잔 주실래요?"

"오늘은 예가체프예요. 괜찮으세요?"

경재의 입가에 새로 생긴 주름이 눈에 띄었다. 거칠어진 피부와 피곤한 눈매가 수심에 잠긴 표정과 뒤섞여 몇 년은 더 나이 들어 보였다. 세희가 보기에 경재는 아내를 향해 해바라기를 하고 사는 남자였다. 함께 만났을 때 효정을 바라보는 그윽한 눈빛만으로도 너무 설레어서 세희는 부러움에 가슴이 싸해지곤 했다. 부부 동반 모임을 할 때에도 경재가 제 아내를 향해 내미는 사랑에는 무조건적인 것이 있었다. 그에 반해 효정은 조금은 차가운 느낌을 주었는데, 그것마저 경재가 한없는 사랑을 퍼주기 위해 준비된 빈자리처럼 보였다. 그래서였을 것이다. 지금 이 남자의 얼굴에 나타난 저 고독한 감정들, 인간이 견딜 수 있는 한계를 넘어선 듯한 슬픔이 서린 저 표정은 그래서였을 것이다.

"다들 기다리고 있죠. 신의 선물 같은 기적이 일어날 거라고……. 다들 기대하고 있어요. 한 사람만 빼고요."

"한 사람이라뇨?"

"민주 엄마요. 놔버린 것 같아요. 생에 대한 집착 말이에요. 인간이 저럴 수 있을까 싶어요. 그것 때문에 힘들어 죽겠어요."

"힘내세요. 효정 씨 속마음은 그렇지 않을 거예요. 그럴 리가 있겠어요?"

커피를 마시는 그의 손가락이 핏기 없이 창백했다.

"아내에 대한 내 사랑은 충분히 지쳐 있었어요. 지쳤다는 건 사랑이 떠나간 것이고, 그래서 아내를 사랑하지 않는다고 생각했어요. 아주 아주 나쁜 생각이지만 오히려 그래서 아내를 떠나보낼 수 있을 거라고도 생각했죠."

"경재 씨가요?"

"미워하기도 했어요. 그런데 그게 미움이 아니었나 봐요. 못 보내겠어요. 보낼 수 없는데 내 말은 전혀 듣지 않고 제 마음대로 하려는 고집을 참아내기가 너무 힘이 드네요."

가느다란 나뭇가지 같은 그의 손을 잡아주고 싶었다. 그의 빈 잔에 커피를 더 따라주는데 새삼스럽게 손목이 떨려왔다.

"지금 효정인 내가 통제할 수도 없는 세계에 있어요. 그 세계가 나에게서 가장 소중한 것을 뺏어가려고 하고 있는 거예요."

"통제할 수 없는 세계요?"

"네, 내가 서 있는 곳과는 완전히 다른 곳에 있어요."

"효정 씨도 생각이 있겠죠. 조금만 기다려보세요."

세희가 경재의 손을 잡았다. 경재가 지친 백로처럼 고개를 주억거렸다.

"두 사람, 항상 너무 잘 어울렸어요. 잘 혼합된 하우스브랜드 원두처럼요."

"그렇지 않았어요. 난 나만 노력하고 있다고 생각했어요. 집사람은 나에게 너무 무심하다고 불만이 많았죠."

"그랬나요? 전혀 그렇게 보이지 않았어요. 오히려 정수 씨와 제가 그랬죠. 둘 다 개성이 강한 때문인지 우린 자주 삐거덕거렸거든요."

"정수 녀석이 잘못한 게 많아요. 세희 씨처럼 좋은 여자 떠받들고 살아야 되는데, 그 자식 성격에 그게 안 될 거예요."

커피를 블랜딩할 때도 개성이 강한 원두에 섬세한 맛을 보완해줄 수 있는 원두를 섞어야 맛과 향의 균형이 살고 서로 잘 어울린다. 그것이 바로 커피 블랜딩의 기본원칙인 보완과 상승이다. 그러려면 무엇보다 블랜딩하는 사람이 생두의 성격을 잘 알고 있어야 한다. 사람도 마찬가지일 것이다.

"누구의 책임이라고 말할 수 없겠죠. 서로의 성격을 잘 알고 보완해 나가야 하는 건데, 우린 서로의 성격이 어떤지 한 번도 살펴보려고 하지 않았어요."

생두를 로스팅하면 원두가 되고, 그라인더 된 원두가 물을 만나면 커피가 된다. 서로 개성 없는 생두가 만나 향기도 없고, 그 어떤 맛도 나지 않는 최악의 커피를 만들어낸 게 아닐까. 커피를 배우면서 세희는 가끔 정수와의 결혼이 그런 게 아니었을까 하는 생각을 하곤 했다.

경재의 핸드폰이 울렸다. 전화를 받는 경재의 얼굴이 서서히 굳어갔다. 전화를 끊고 일어서는 경재의 손이 부르르 떨렸다.

"무슨 일이에요?"

"아, 나중에 연락드릴게요."

효정에게 무슨 일이 생긴 걸까. 인사도 없이 허둥지둥 경재가 커피숍을 나섰다. 소파와 탁자에 몇 번이나 발이 걸린 키 큰 그의 몸이 툭 끊어질 것처럼 위태로워 보였다.

경재에게 무슨 일이 일어났는지 알게 된 것은 한 시간 후였다. 그의 어머니가 돌아가셨다고 했다. 아프다는 이야기를 들은 적이 없는데 어떻게 된 일일까, 세희가 생각하는 동안 정수가 한 번 더 전화를 걸어왔다. 오랜 친구의 어머니여서인지 정수의 목소리는 비통했고 목감기라도 걸린 것처럼 잠겨 있었다.

"사고래. 난 지금 가보려고."

"아직 장례식장도 준비되지 않았을 텐데……."

"당신은 나중에 마치고 와."

세희는 알바생이 도착하자마자 서둘러 가게를 나왔다. 집에 가서 옷을 갈아입고 가야 할 것 같아서였다. 휘황한 빛들로 거리는 대낮처럼 밝았다. 세희는 눈을 찡그리고 도시의 야경 속으로 천천히 걸어들어갔다. 지나가는 사람들이 만화에 나오는 주인공처럼 입만 벙긋거렸다. 웃고, 떠들고, 화내고, 소리쳤지만 소리 없이 표정만 있을 뿐이었다. 낮에 이야기한 경재와의 대화가 가뭇없이 떠올랐다가 사라졌다. 불치병에 걸린 아내와 갑자기 사고로 돌아가신 어머니, 자신의 인생에 가장 중요한 두 여인의 불행 앞에 허덕이고 있을 경재 생각에 잠겨 있던 세희는 꿈을 깨듯 퍼뜩 정신을 차렸다. 언제 자리 바뀜이 있었는지 경재로 시작되었던 세희의 뇌는 제호와 정수 생각으로 가득 차 있었다.

남편은 바람이 났다. 아내는 어떻게 처리해야 할지 몰라 심각해졌다. 아내의 애인은 그런 애인 때문에 우울해졌다. 아까 오후에 커피숍에 들른 제호의 표정이 어두웠다. 호주에 있는 와이프랑 어젯밤 세 시간 동안 전화로 싸웠다고 말했다. 그러면서 덧붙였다. 이혼하고 싶다. 제호의 그 말은 날개가 넓은 새 한 마리가 머리 위에 짙은 그림자를 드리운 것처럼 막막하게 들렸다. 이혼이라는 말은 제호가 종종 하는 말이었지만, 그 말은 세희를 사랑한다는 또 다른 표현으로 들리곤 했다. 그런데 오늘은 아니었다. 이혼하고 싶다는 제호의 말은 세희에게 어떤 결정을 요구하는 것처럼 들렸다. 정수와의 이혼은 생각해본 적이 없다. 그냥 그렇게 살 줄 알았다.

버스를 타고 막 자리를 찾아 앉는데 전화벨이 울렸다. 정수였다.

"아까 가려고 했는데 아직도 못 갔어. 난 오늘 장례식장에 좀 늦겠어. 회사에 일이 생겨서 처리하고 가야 해. 당신은 문상 가는 길이야?"

"회사에 무슨 일이 생겼는데?"

"급한 일이야."

급한 일, 지금까지 정수가 회사에서 야근을 하고 온 적은 없었다. 회식으로 늦는 일은 있어도 밤늦게까지 남아서 뭔가를 처리할 일은 없었다. 또 여자를 만나는 건가. 여자가 그렇게 중요한 존재가 되어버렸나. 여자가 어디가 아픈 건가. 그래서 그런 건가. 절친한 친구 어머니의 장례식 참석을 미룰 만큼 여자에게 무슨 일이 생겼나. 아니면 그들 사이에 사소한 싸움이 번져서 오늘 꼭 만나지 않으면 안 될 정황이 되어버린 건가. 세희의 머릿속에 정수와 그의 여자가 물큰한 점액질처럼 뭉쳐 있었다. 그것은 뇌 속에서 잠시 흔들리는가 싶더니 다시 또

렷하게 자리를 잡고 붙어버렸다.

"알았어. 너무 늦진 마."

"경재한테는 늦겠다고 전화했으니까 신경 안 써도 돼."

정수가 먼저 전화를 끊었다. 전화를 끊자마자 진동음이 울렸다. 정수와의 통화로 달아오른 핸드폰 때문에 손바닥이 뜨거웠다. 이번엔 제호였다.

"무슨 통화가 이렇게 길어?"

"어디야? 집이야?"

"응, 자긴?"

"난 문상 간다고 했잖아."

"아까 내가 한 말 생각해봤어?"

"무슨 말?"

"아내랑 이혼하고 싶다는 말. 내가 이혼하면 자긴 어떻게 할 거야?"

세희는 주변을 둘러보았다. 스피커에서는 낮게 라디오 소리가 흘러나오고 있었지만 버스 안은 떠드는 사람도, 통화하는 사람도 없이 지나치게 조용했다.

"지금 말할 상황이 아니야. 장난치지 마."

"장난 아니라니까. 난 심각해."

"됐어……."

"문상 갔다가 나 만날 수 있어?"

"그럼 너무 늦어서 안 돼."

갑자기 제호가 낄낄거렸다. 와이프와 이혼하겠다는 말을 세희가 장난으로 들을 수밖에 없는 이유였다. 제호에게 심각한 이야기는 없다. 세희에게 와이프랑 이혼하겠다는 말을 밥 먹듯이 하지만 하루도 빼놓지 않고 아이에게 국제전화를 하는 세심한 아빠이기도 했다.

"공식적인 행사를 최대한 활용한다. 이게 바람의 첫 번째 원칙이라고 우리 과장님이 늘 말씀하셨거든."

"공식적인 행사라니?"

"회식 2차를 빠지고 애인을 만나러 가는 거지. 문상 갔다가, 친구 모임 후에, 회사 늦게 마치는 날은 야근하는 날이 되는 거고. 하루 출장이 1박 2일로 바뀌는 거지. 마누라가 여행 가면 더할 나위 없지. 완벽하게 활용하는 것. 공식적인 행사 활용이 성공하는 바람의 첫 번째 조건이라고 말이야."

"그 과장님 못쓰겠네."

"가정의 평화를 유지하는 건 바람피우는 여자와의 관계 유지보다 더 중요한 일이라고 하셨어. 너도 오늘 밤샘한다고 그래. 그리고 나랑 있자."

"여자들이 문상 가서 밤샘하는 거 봤어?"

"그럼 조금 늦는다고 그래. 사장님 관련 문상이잖아."

"남편하고 친구야. 우리 사장님."

"그래? 그럼 남편이 늦겠네. 그럼 넌 좀 늦어도 되잖아."

제호가 조르기 시작했다. 세희는 나중에 전화하겠다는 말을 남기고 전화를 끊어버렸다. 버스는 밤의 한가운데를 달렸다. 자동차의 불빛이 길게 여운을 남기며 뒤로 앞으로 사라졌다가 나타났다. 가슴이 덜컹덜컹 기차 바퀴 소리를 냈다. 손바닥 안의 요요처럼 뭔가가 손안에 들어왔나 싶으면 다시 땅으로 떨어지는 것만 같았다. 저만큼 장례식장 간판이 보였다. 간판은 백내장 걸린 노인네의 눈으로 보는 것처럼 불빛이 퍼져 있었다. 마치 죽음이란 병균이 사방으로 번지고 있는 현상을 보는 기분이었다. 죽음 앞에서 나는 어떻게 살아야 하는지 막막하고 무서웠다. 거짓과 위선으로 버무려진 채 살다가 죽음을 맞이하고 싶지는 않았다. 그럼 어떻게 살아야 하나, 진실은 얼마나 더 무서운가. 그런 세희의 생각을 방해라도 하듯 끼익 비명 소리를 내며 버스가 섰다. 세희는 마지막 희망 줄이라도 되는 것처럼 손잡이를 꼭 잡은 채 자리에서 일어났다. 장례식장 가까이 다가가자 간판 바로 옆의 어두운 공간에서 담배를 피우던 남자 서넛이 세희를 쳐다보았다. 검은 옷을 입은 그들은 유령처럼 표정이 없었다. 그들을 스쳐 지나가는데 성장통을 앓는 사춘기 소녀처럼 다리가 아팠다.

노력하면 될까요?

밤.

세희는 다용도실로 가서 세탁 바구니를 뒤집었다. 빨랫감 속에서 정수의 팬티를 찾으며 세희는 다용도실 바닥에 구겨지듯 주저앉았다. 사랑의 노역이 피곤했던지 정수의 코 고는 소리가 다용도실까지 선명하게 들려왔다. 향수 냄새가 나는 팬티. 팬티에서 향수 냄새가 나려면 어떻게 해야 하는 것일까. 혹시 너무 예민해져 있는 것일까. 섬유유연제 냄새일지도 모른다. 세희는 안방으로 달려가 속옷 서랍을 열어 다른 속옷의 냄새를 맡아보았다. 하지만 정수가 벗어놓은 팬티에서 나는 냄새와는 확연하게 달랐다. 이렇게 강렬한 냄새는 나지 않는 것이다. 팬티에서 향수 냄새가 나려면 사타구니에 얼굴을 처박아야 하나? 아니면 급하게 벗어놓은 여자 옷 위에 팬티를 벗어 던진 것? 그래서 향수 냄새가 밴 것일까.

세희는 침대 아래로 내려와 바닥에 앉았다. 방바닥의 차가운 기운이 엉덩이를 타고 몸속으로 전류처럼 흘렀다. 이럴 땐 어떻게 해야 하나……. 자는 정수를 물끄러미 바라보았다. 정수는 어제 경재 어머니 장례식장에 가서 밤을 새우고 돌아왔다. 아침에 잠깐 옷을 갈아입고 다시 출근했는데, 오늘 또 늦은 것이다. 말로는 장례식장에 들렀다 오는 길이라고 했지만, 도대체 장례식장 어느 남자 화장실에서 이렇게 팬티에 여자 향수 냄새를 묻혀준단 말인가. 몸을 흔들어 깨우고 싶다. 우리 이혼할까? 그 여자한테 말해. 당신은 당신 혼자가 아니라고, 당신에게는 평생 당신 옆에서 끝까지 혼자였던 권세희라는 여자가 함께 있는 거라고, 그 여자한테 말해, 라고 소리치고 싶다. 하지만 세희는 가슴에 손을 얹을 뿐 아무 소리도 내지 못했다.

질투가 쓴 물처럼 올라왔다. 다른 남자를 사랑하면서도 남편의 외도가 이렇게 자신을 괴롭히는 게, 이게 정상적인 것일까. 혹시 이건 질투가 아닌 게 아닐까.

세희는 덜컥 겁이 났다. 그가 세희와 결혼한 것은 절망 때문이었다는 것을 알고 있었다. 회사 선배의 소개로 6개월 동안 만났지만 정수는 세희에게 언제나 무관심했다. 만날 때마다 지쳐 있었고, 만사를 귀찮아했으며, 그럴 땐 다음번에 다시 만나자는 말을 하지 않았다. 연락하지 않으면 이대로 끝나버리겠다는 느낌이 한계에 다다랐을 때 언제나 세희가 먼저 전화를 걸었다.

"잠시 나올래요?"

"어딘데요?"

"회사 앞 커피숍이요. 마침 이 근처에 친구 회사가 있어서 만나러 왔다가 친구가 약속이 있다는 바람에 좀 빨리 헤어졌거든요."

대답도 없이 뚝 전화가 끊기면 10분이나 20분 후쯤 정수가 나타났다.

"맛있는 거 좀 사주세요. 여기까지 왔는데."

커피만 홀짝이며 마시는 정수의 얼굴은 뭘 해도 상관없다는 듯 미적지근했다. 저녁을 먹기 위해 밖으로 나가면 30분 이상은 목적지 없이 걸어 다니는 게 보통이었다. 세희가 딱히 가고 싶은 데를 말하지 않아서이기도 했지만, 대개는 정수가 목적지를 먼저 얘기하지 않았기 때문이었다. 정수와 길을 걸으면 괜한 오기가 났다. 이 남자가 내 눈을 맞추며 딱 한 번이라도 나를 볼 때까지 식당에 들어가지 않겠다. 내심 세희 혼자서 내기를 하기도 했지만 내기에서 그녀는 무조건 졌다.

이렇게 세희를 혼자 내버려둔 남자는 정수가 처음이었다. 대학교 때나 졸업을 하고 난 뒤나 세희는 언제나 이성들의 관심 속에 있었다. 반듯한 미인형의 얼굴은 아니지만 예쁘다는 말을 듣고 살았고, 화려하고 세련된 세희의 옷차림은 늘 사람들의 이목을 끌었다. 잘 웃었고, 활달했으며 남자친구가 끊이지 않았다. 그들을 먼저 떠나보낸 것도 세희였고, 그래서 한 남자를 진득하게 오래 사귀지 못하는 것이 자신의 성향이라고 스스로 생각하게 되었다. 그런데 왜 이 남자는 자신이 손을 뻗는 것조차 힘들게 하는가. 세희는 30분을 걸어 겨우 들어온 순두부찌개집의 진득진득한 빨간 의자에 앉아 팅팅 부어 있는 제 구두 속의 발을 측은하게 내려다보았다.

"제가 싫으세요?"

"네?"

"제가 싫으시냐고요."

"아, 아뇨. 세희 씨처럼……."

"근데 왜 이렇게 저를 하나도 좋아하지 않는 것 같죠?"

"제가 표현을 잘 못해서 그렇죠. 세희 씨…… 예뻐요."

"표현을 잘 못하신다?"

"네, 좀 그런 편입니다."

"그럼 지금부터 제가 표현을 좀 해도 될까요?"

"네?"

"이제부터 제가 그쪽을 향해 다가가도 되겠느냐고요."

질문을 던짐과 동시에 세희는 그의 볼에 입술을 대고 쪽 소리를 내었다. 정수의 얼굴이 잘 익은 복숭아처럼 붉어졌다. 얼굴이 붉어졌지만 정수는 아무 대답도 하지 않았다. 정수의 얼굴에 떠오른 해독 불가한 암호를 세희는 부끄러움이나 민망함으로 해석했다. 작정을 하고 세희가 정수를 향해 달려갔을 때 세희는 제 마음의 무늬를 보았다. 그것은 하염없는 동심원이었는데, 그 중심에 정수가 있었다. 묵묵한 모습도, 세상의 너머를 그윽하게 응시하는 듯한 모습도, 하다못해 여자에게 무관심한 모습까지 세희에게는 매력으로 느껴졌다. 하루 종일 전화를 기다렸고, 오지 않는 전화기만 쳐다보다가 먼저 전화를 했으며, 외롭다고 칭얼거리고, 사랑을 달라고 요구했다. 정수를 만나지 않으면 안 될 것 같았다. 그를 사랑하고 있었다. 정수와 하룻밤을 보내게 된 것은 세희 자신도 믿기 어렵지만 그의 전화로부터 시작되었다.

"술 한잔 할래요?"

"어? 웬일이에요?"

저녁밥도 먹지 않고 술집으로 간 두 사람의 탁자에 소주병이 하나 둘 늘어가기 시작했다. 대부분 정수가 마신 술이었다. 정수는 세희에게 눈도 맞추지 않고 술을 마시고 또 마셨다. 세 번째 병이 비었을 때 세희는 정수를 안아 일으켰다.

"그만 가요."

"괜찮아, 조금만 더요."

"왜 이러는지 모르겠지만 그만 마셔요."

"왜 이러는지 알려줄까요?"

"네."

엎드린 정수에게서 흐느낌 같은 말소리가 흘러나왔다. 세희는 그것이 울음이 아니기를 간절히 바랐다.

"더 이상 비참해지지 않으려고요. 오늘 이후로 시시하고 또 시시하고 시시한 나를 버리려고요."

"그만 일어나세요."

"다시는……."

"일단 택시를 잡을게요."

술집 주인의 도움을 받아 택시를 탔지만 정수의 집이 어디인지 몰랐다. 정수는 아예 정신을 잃었고 갈 곳은 모텔뿐이었다. 정수는 가자마자 잠에 곯아떨어졌다. 어쩌면 아무 일 없이 그냥 자고 나왔을 수도 있었다. 몇 번 그의 얼굴을 쓰다듬기도 하고 축 늘어진 팔을 억지로 끌어와 머리에 베기도 했다.

'평생 찾아다닌 운명적인 만남이란 이런 걸까?'

정수 옆에 누워 그의 입술에 혀를 집어넣었으나 아무 반응이 없었다. 밤을 꼬박 새우고 새벽녘이 돼서야 세희는 정수의 팔을 팔베개하며 그의 품속에 얼굴을 묻었다. 그제야 잠이 깬 것인지 정수가 세희를 안았고, 두 사람의 몸이 엉겨들었다. 마치 본능에만 길들여진 짐승의 교합 같은 행위였다. 함께 모텔을 나올 때 정수의 얼굴은 단 한 번도 희망을 꿈꾸지 못하고 결국 낭떠러지 앞에 선 사람처럼 절망적으로 보였다. 정수가 말했다.

"미안해요."

"상관없어요. 저 정수 씨 사랑하니까요."

"내게서 사랑을 기대하기는 어려울지도 몰라요."

"그런 게 어딨어요? 지금 집에 가면 당장 내가 보고 싶어 미칠걸요. 걱정 마요. 사랑은 어느 날 갑자기 쳐들어오는 거니까. 예고 없는 전쟁처럼요."

"아니, 어려울 거예요……. 그래도 나를 계속 만날 자신이 있어요?"

"노력할게요. 당신이 나를 사랑하도록."

정수가 세희의 눈을 마치 흉터를 들여다보듯 아련하게 바라보았다.

"노력하면 될까요?"

"노력하면 안 되는 게 있나요?"

잠깐 고개를 돌려 하늘 한 번, 모텔을 한 번 본 정수가 고개를 주억거리며 말했다.

"알겠습니다, 그럼 결혼합시다."

정수의 입에서 갑작스럽게 결혼이라는 말이 튀어나왔다. 놀랐지만 세희는 기회를 놓치고 싶지 않았다. 결혼하면 정수를 제 마음에 붙잡아두는 건 문제없을 거라고 생각했다.

결혼은 일사천리로 진행되었지만, 정수는 결혼에도 소극적이었다. 여전히 세희가 연락을 해야 겨우 만나주었고, 결혼 준비도 마지못해

하는 사람처럼 매사에 꽁무니를 뺐다. 서운했지만 바빠서 그런 거려니 쑥스러워 그런 거려니 이해하려고 애를 썼다. 무뚝뚝하고 무관심한 점들도 정수의 장점으로 여겨졌다. 세희는 정수가 좋았다. 안 보면 보고 싶었고, 함께 있고 싶었고, 무엇보다 헤어지기 싫었다. 그것이 사랑이라고 생각했다. 사랑의 감정이 아니라면 그런 것들을 명명할 다른 낱말은 찾을 수가 없었다.

결혼을 한 후 세희는 정수에게 물었다. 나를 사랑하느냐고? 정수가 말했다. 나한테서 사랑을 기대하지 마라. 그건 결혼하기 전에도 당신한테 말한 거고 나는 변하지 않는다. 그 일로 보름 동안 각방을 썼다. 하지만 세희는 알고 있었다. 그의 대답은 결코 변하지 않을 거라는 것을. 사랑을 포기하고 생활인으로 사느냐, 아니면 사랑을 구걸하면서 남은 생을 피곤하게 사느냐, 둘 중에 하나를 선택해야 했고, 지금까지 세희는 당연히 생활인을 택했다.

이제 남편은 팬티에 향수를 묻혀왔다. 이 사실을 추궁하면 앞으로 향수는 절대 묻히지 않을 것이다. 자신의 추궁이 하나씩 더해질수록 정수는 좀 더 완벽하게 준비하고 조심하며 둘의 관계에 조금씩 두터운 외피를 두르게 될 것이다. 평생 사랑이 뭔지 모를 것 같던 이 남자를 사랑에 빠지게 한 여자는 도대체 누구일까. 김성미 그 여자일까. 그 여자의 어디가 이 남자를 이렇게 만든 것일까.

세희는 정수를 흔들어 깨웠다. 정수가 눈을 떴다. 어제 못 잔 데다 오늘까지 늦게 들어와서 그럴 것이다. 피곤이 얼굴을 장막처럼 덮었다.

"왜?"

우리 이혼할까? 나 애인 있어. 당신도 있지? 목구멍까지 올라온 말을 세희는 꿀꺽 삼켰다.

"우리 안 해?"

"뭘?"

"안 한 지 한 달 됐어. 몰라?"

눈을 크게 깜빡인 정수가 세희를 물끄러미 보았다. 둘 사이에 짧은 침묵이 흘렀다. 제호와 관계를 맺은 후 세희는 가능한 한 정수를 피해 왔다. 보름에 한 번꼴의 모양새를 유지하던 부부관계도 세희가 커피 전문점을 하고 난 후에는 조금씩 달라졌다. 피곤하다는 세희의 말에 정수 역시 원하지 않아서 관계를 피하는 것이 어느 정도는 가능했던 것이다.

"당신, 별로 좋아하지도 않잖아."

"내 탓이라는 얘기야?"

지금은 정수에게 세상의 모든 이유를 덮어씌울 때. 세희는 알고 정수는 모르는 이 상황이 다행이지만 무섭기도 했다.

"부부에게는 중요한 거잖아."

정수가 고개를 끄덕였다. 빤히 세희의 눈을 보더니 이불을 머리까지 끌어 올리며 돌아누웠다.

"인정해. 그렇긴 한데 오늘은 너무 피곤해. 좀 봐주라."

"왜 피곤한데? 딴 데서 하고 왔어?"

"맘대로 생각해라."

돌아누운 정수의 등으로는 어떤 낌새도 눈치챌 수 없었다. 어깨를 확 뒤집어 흔들리는 그의 표정을 확인하고 싶다고 세희는 생각했다. 정수가 세희에게 같은 질문을 한다면 세희 역시 흔들릴 것이기 때문이다.

그럼, 확인하고 난 뒤에는? 제호와 새 출발이라도 하겠다는 말인가? 그것은 아니지 않은가. 입으로는 이혼한다 하면서도 제호는 가족과 결별할 생각은 없는 남자다. 외로움에 지친 대부분의 남자들이 그렇듯이 제호 역시 감정에는 약하고 실천에는 비겁했다. 그렇다면 정수에게 좀 더 쿨해져야 하는 게 아닌가. 자신이 제호로 인해서 위안을 받고 있다면, 정수가 여자로부터 받는 위안은 왜 이해하려 들지 않는가.

남편의 연애를 방해하면

아침.

된장국을 떠먹는 정수의 목덜미가 검다. 어디서 저렇게 몸을 태우고 돌아다니는 것일까. 세수를 할 때 목을 씻기는 하는 것일까. 귀도 깨끗하게 씻어야 여자가 좋아할 텐데. 거기까지 생각하다 세희는 흠칫 놀랐다. 남편의 여자 걱정을 해주고 있다니.

아침에 일어나서 씻고 식탁에 앉을 때까지 정수는 말이 없었다. 평소 같으면 어젯밤 자는 사람을 깨워서까지 안 하느냐고 했던 세희에게 농담이라도 던졌을 것이다. 아니, 세희의 바지를 끌어 내리려고 장난을 쳤을지도 몰랐다. 옷을 갈아입을 때 세희의 엉덩이에 손이 부딪혔으나 정수는 아무 짓도 하지 않았다. 평소라면 팬티 안으로 손이 들어와 엉덩이를 주물렀을 수도 있다. 사랑하지 않아도 아무 문제 없이 부부관계를 하고 평범한 부부들처럼 장난도 치는, 정수는 그런 남자였다.

평소, 아니 한 달 전? 아니, 두 달 전? 도대체 정수의 변화는 언제부터였을까. 세희가 제호에게 빠져 있을 때, 그때부터였을까. 이런 변화가 진작 있었는데도 짐작조차 못했던 것을 보면 자신이 변해 있는 동안 그도 변한 것이다. 세희가 이런 생각에 잠겨 있는데 정수가 출근을 한다고 현관문을 나섰다. 갔다 올게. 정수는 현관 앞 거울 속의 자기 얼굴을 보면서 인사를 했다.

저녁.

제호와 저녁 약속을 했다. 세희는 내내 시계를 보며 커피전문점 끝나는 시간만 기다렸다. 그와 만나면 남편을 좀 잊을 수 있을 것 같았기 때문이다. 정수의 여자를 상상하는 일은 하루 종일 커피숍에 서 있는 것보다 더 피곤했다. 피가 손톱 발톱 끝에서 조금씩 말라가는 기분이었다. 7시쯤 전화가 왔다. 제호가 아니라 정수였다.

"같이 저녁 먹을까?"

"왜?"

"같이 먹자. 오랜만이잖아. 우리 외식하는 거."

"왜 갑자기."

"그동안 좀 미안하기도 하고,"

미안하다니, 문자도 향수도 사진도 말하지 않았는데, 지레짐작으로 세희가 알고 있다고 생각하는 것일까.

"회사 일도 좀 바빴고, 그래서 이래저래 좀 소홀했어."

'이래저래'는 어젯밤 일을 이야기하고 있는 것일 테고……. 이제 정수는 세희에게 들키지 않으려고 정신없이 빠져들던 자신의 연애에 스스로 제동을 걸고 있었다.

"나, 약속 있어."

"누구랑?"

세희는 갑자기 말문이 막혔다. 제호와 만날 때는 뭔가 핑곗거리를 미리 만들어두었는데, 오늘은 약속부터 잡아버린 탓이었다.

"친구랑."

"친구 누구? 아침에 그런 말 없었잖아."

"갑자기 고등학교 동창이 전화가 와서 만나기로 했어. 당신은 잘 몰라."

"그래? 늦진 않을 거지?"

"글쎄."

"씻고 있을까?"

정수의 말에는 은근함이 묻어났다. 그동안 세희가 딴생각에 빠져 있는 것 같다며 제호는 불만이 많았다. 오늘 만남을 제호는 벌써부터 벼르고 있었다. 세희는 입술을 깨물었다. 어젯밤 자는 정수를 깨우지 말았어야 했다. 정수는 내성적인 성격인 데다 마음이 약했다. 정수의 연애를 방해하면 그것은 반작용으로 세희에게 고스란히 돌아오는 결과를 가져오는 것이다. 순간적인 질투에 눈이 멀어 그걸 깨닫지 못했다. 정수의 제안을 수락할 수도 거절할 수도 없는 처지가 되고 말았다.

"쓸데없는 소리 하지 마."

"왜?"

"어젠 장난한 거야. 신경 쓰지 마."

"아냐, 어제 당신 말 듣고 이러는 거 아니야."

"당신 피곤할 텐데 먼저 자고 있어. 늦을지도 몰라."

세희는 전화기를 만지작거렸다. 그의 연애를 방해하면 안 된다, 남편을 방해하면 내가 방해받는다. 아아, 코미디다.

밤.

키스를 하는 제호의 얼굴을 떼어냈다. 제호가 의아한 눈으로 세희를 보았다.

"자기 요즘 이상해. 왜 그래?"

세희는 흐트러진 옷을 바로 하고 백미러를 보았다.

"집에 가야겠어."

연애 행위가 도무지 설레지 않았다. 정수가 이 시간을 방해하는 것은 아니었다. 머리 한쪽 끝이 구멍이 나서 뻥 뚫려 있는 것 같았다. 그 구멍으로 움켜쥔 손안의 모래가 솔솔 빠져나가고 있었다. 이런 기분으로는 제호에게 집중할 수가 없었다. 머릿속으로 온통 딴생각에 빠져 있는데 함께 시간을 보낸다는 것은 오히려 제호를 모욕하는 일이 될 것이다.

"시동 걸자. 집에 가야겠어."

망설임 없이 제호가 시동을 걸었다. 시동 소리는 신경질적이었다. 말없는 제호의 옆얼굴도 신경질적이었다. 남편이 바람이 났다고 이야기하면 제호는 좋아할까. 남편이 바람난 것을 세희가 질투하며 신경 쓰인다고 말하면 제호는 어이없어할까. 액셀을 밟는 제호의 발이 거칠어지고 핸들 조작은 전혀 조심성이 없었다. 앞서 가는 차를 향해 클랙슨을 울리고 끼어들려는 차량에게 헤드라이트로 위협적인 신호를 보냈다. 세희의 안전벨트가 팽팽해지며 차 안에 긴장감이 감돌았다.

평화를 유지하는 방법

"먹고 오라면 먹고 가고, 그냥 오라면 그냥 가고."

회식도 아니고, 그냥 밖이라고 했다. 도대체 먹고 갈 수도 있고, 안 먹고 갈 수도 있는 상황이란 어떤 것일까. 회식 아니라 그 누구를 만나더라도 그럴 거라는 얘기다. 이 시각에 밥을 안 먹고 와이프 눈치를 보며 식사가 달라질 수도 있다는 건, 정수는 지금 여자와 있다는 말이다. 엊그제 다투기도 했고, 화해를 위한 섹스까지 한 마당에 저녁 먹기 전에 미리 전화하는 것은 기본이 아닌가. 정수는 여자 집에 있을 수도 있다.

"아직 저녁 안 먹었어?"

"응, 당신이 오는 시간에 맞춰서 집에 가서 먹을까 어쩔까 생각했지."

"회사 사람들이랑 같이 있는 거야?"

"으응, 아 아니, 친구들이랑."

"친구들이랑 같이 있는데 밥을 먹어도 되고, 안 먹어도 되는 건 또 뭐야?"

"뭐라고? 좀 크게 말해. 안 들려."

정수는 일부러 안 들린다고 하는 것일까. 정수가 하는 모든 행동이 의심이 갔다. 혹시 다른 인기척이라도 들리지 않을까 세희는 숨을 죽이고 귀를 기울였다. 문득 정수가 안됐다는 생각이 들었다. 이 남자는 그래도 노력하고 있구나 하는 생각이 드는 것이다. 밥 먹고 간다고 이야기해도 될 텐데, 자신의 데이트 결정권을 세희에게 맡기고 있는 것이다. 세희는 마음을 고쳐먹기로 했다. 안됐지 않은가. 그가 결정하기 쉬운 쪽으로 말해주고 싶었다.

"밥 먹고 와. 난 먹었어."

"그래? 알았어."

전화를 끊고 여자의 손을 잡으며 눈을 그윽하게 들여다본다. 밥 먹고 가도 되겠어. 우리 뭐 먹을까? 여자가 정수의 어깨에 머리를 기대며 말한다. 아무거나…… 괜찮아.

마음이 조금씩 차분해졌다. 한 공간 안에서 부부가 각자의 개체로 살아가는 것이다. 사생활이 존중되지 않으면 각자의 사생활이 침해받는다. 그것은 조금 우스운 일이 되겠지만 불편하지는 않을 것이다. 서로가 서로의 상황을 알고 있다면 이 평화는 불가능할 것이다. 비도덕적인 부부로 지탄받을 일을 둘이서 공모해나가기란 결코 쉬운 일이 아닐 테니까. 하지만 이 상황을 유지시키고 싶은 어느 한쪽만 알고 있다면 이야기는 달라진다. 세희만 알고 묵인한다면 이 관계는 이 상태로 평화롭게 지속될 수 있을 것이다.

그렇다면 버려야 할 것들이 있었다. 집착과 질투를 버려야 했다. 정수에게 조금만 불만을 토로해도 화살은 그대로 세희에게 돌아왔다. 늦게 왔다고 불평하면 정수가 빨리 올 것이고, 정수가 빨리 오면 세희는 제호를 만날 수가 없는 것이다. 섹스에 있어서는 말할 것도 없다. 굳이 부부의 상태를 정상으로 돌려놓을 필요가 없다면 겉으로 정상적인 모습만 차용하고 있다고 해서 크게 달라질 일은 없을 것이다. 그것이 어쩌면 아무에게도 상처 주지 않고 평화를 유지하는 방법인지도 몰랐다.

정수는 정확하게 10시에 집으로 돌아왔다. 왔어? 라는 세희의 말에는 대답을 하는 둥 마는 둥이었다. 눈도 마주치지 않고 방으로 들어가는 그의 뒷모습은 어딘지 모르게 허룩해 보였다. 영혼이 허겁지겁 제 몸을 막 찾아드는 사람처럼 어수선하기까지 했다. 평소 같으면 텔레비전 앞에 먼저 앉았을 사람이 옷을 갈아입더니 화장실로 들어갔다. 샤워 물소리가 나는가 싶더니 5분도 안 되어 물소리가 사라지고 정수가 거실에 얼굴을 내밀었다. 씻는 일에는 워낙 게으른 탓에 정수는 물로만 샤워를 했다. 그나마 샤워를 하지 않을 때도 있었다.

"또 물로만 씻었지?"

"응, 뭐……."

"비누로 좀 씻어."

"왜 냄새 나?"

"그렇지는 않지만, 혹시 누가 알아? 회사 안에 당신 좋아하는 여자가 있을지……."

이왕 내뱉은 말은 묘한 중독성이 있었다. 놀리고 싶거나 뭔가를 확인하고 싶거나……. 형체를 알 수 없는 못된 감정이었다.

"그런 여자가 있겠어? 늙어가는 마당에."

"누가 늙었대? 당신 나이가 얼만데? 이제 마흔 넘었는데, 마흔 초반이면 한창때지."

"그래서 뭐? 바람이라도 피우란 말이야?"

세희는 정수의 눈을 빤히 보았다. 설핏 바람이 불어 흔들린 꽃잎처럼 눈동자가 움직인다 싶었는데 정수가 고개를 돌렸다. 이 남자는 농담을 통해서 진실을 전달하고 있다. 상대방이 눈치채지 못했을 거라고 믿으면서 자기 스스로는 마음이 편해지는 이중 효과를 노리는 것이다.

"그러시든지."

그건 세희도 마찬가지였다. 확실한 물증이 없지만 불증을 삽고 싶지도 않았다. 뭔가를 확인한다는 것은 두려운 일이며, 동시에 세희를 방해하는 일이기도 하니까.

"양치했어? 양치할 땐 혀도 좀 깨끗이 닦고."

"알았어."

"점심 먹고 나면 물로만 양치하지 말고 치약 짜서 깨끗하게 좀 해."

정수는 이제 대답도 하지 않았다.

"코털이 그게 뭐야? 코털 좀 깎든지 뽑든지. 여자들이 얼마나 싫어하는 줄 알아? 코 바깥으로 코털이 비죽이 나와 있는 걸 보면 같이 밥먹기도 싫어져."

부부끼리는 섹스하면 안 된다, 가족이니까. 이런 우스갯말도 있다.

그렇다면 이제 정수와는 진정한 가족이 된 건가.

함께 산 세월만큼 남편에 관한 일이라면 아주 사소한 부분까지 다 알고 있다. 왼쪽으로 돌아눕는 잠버릇, 생김치보다 더 좋아하는 볶음김치, 데워야만 먹는 우유, 드로즈만 고집하는 그의 속옷 스타일, 생활이라는 덫을 빠져나와 늘 일탈을 꿈꾸지만 그가 그동안 이룩한 것들이 인생을 살아가는 튼튼한 발판이 되어야 한다고 믿기에 늘 그 자리에 서 있는 자신을 가끔은 경멸하는 것까지. 그게 남편이었다. 그래서 뭐? 라고 세희는 말했다. 그래서 그를 자식처럼 여기기라도 해야 한단 말이냐. 남편의 연애까지 걱정해주는 것, 지금 네가 하려고 하는 게 바로 그런 거냐고 반문했다.

세희는 불 꺼진 거실 소파에 걸어놓은 빨래처럼 쓰러졌다. 시계 소리와 냉장고 돌아가는 소리, 그리고 어디선가 화장실 물 내려가는 소리가 들렸다. 내일이면 지구의 종말이 와서 저 일상의 소리를 듣지 못하게 될 것 같은 기분이 들었다. 아니, 지구의 종말이 와서 못 듣는 게 아니라 세희 혼자 세상을 향한 귀를 틀어막고 있을지도 몰랐다. 베란다 창에 비친 가로등도 푸른 어둠에 조금씩 밀려나는 밤이었다. 거실을 장악한 어둠이 소파에 누운 세희의 몸 위로 낙엽처럼 쌓이고 있었다.

로즈 그리고 선물

중앙동의 불빛은 스산했다. 거대한 폐허 같은 사무실의 어둠 속에 점점이 박혀 남아 있는 술집들의 불빛은 이 거리와 전혀 어우러지지 않았다. 마치 사랑에 패배한 자들의 푸념 같은 동네라고 승재는 생각했다. 정열적일 수도 화려할 수도 없으면서 초라하지 않으려고 안간힘을 쓰는 것이다. 과거에 화려했던 호텔은 아무리 리모델링을 해도 오래된 배처럼 그 낡음을 숨길 수가 없었다. 얼굴에 잔뜩 보톡스를 맞은 노인네 같은 모습을 하고 제 알몸을 고스란히 드러내고 있는 것이다. 영락한 명성일지라도 추억은 유려해서 그것만으로도 충분하다는 말일까. 그런 건물 사이에 카페와 커피전문점들이 마치 끼워팔기 하는 물건들처럼 들어서 있었다. 승재는 새롭게 들어선 세련된 모습의 가게들을 눈으로 훑으며 중앙동 거리를 바쁘게 걸었다. 폴인러브가 가까워오자 마음이 무거웠다. 할아버지는 사흘 전부터 의식이 흐려지고 있었다. 그와 함께 말문을 닫아버렸다. 의식이 흐려지고 난 뒤부터 병의 진행도 더 빨라지고 있다고 했다. 할아버지를 꼭 모셔오고 싶었는데 시간이 갈수록 마음만 조급해졌다.

로즈는 벌써 도착해 있었다. 승재는 문이 조금 열려 있는 것을 보았다. 비밀번호를 누르지 않아도 되게 커피 스푼이 문틈에 끼여 있었다. 승재는 먼저 커피 스푼을 집어 들고 폴인러브의 문을 몸으로 밀고 들어갔다. 바깥의 차가운 바람이 승재보다 먼저 실내로 들어와 탁자와 의자 사이의 공기를 휘저었다. 승재는 움츠린 몸을 펴듯이 팔운동을 했다. 오빠! 로즈가 손을 흔들었다. 지난번부터 로즈는 승재에게 꼬박꼬박 오빠라고 불렀다. 로즈에게 듣는 오빠라는 호칭은 기분 좋은 울림을 주었다. 승재는 손을 마주 흔들며 로즈를 향해 성큼성큼 걸어갔다. 로즈가 앉아 있는 바로 앞 탁자 위에 하얀 케이크가 놓여 있었다.

"어? 네 생일이야?"

대답 대신 로즈는 케이크 위에 초를 꽂고 불을 붙였다.

"진작 말하지."

"그럼 뭐? 선물이라도 사오려고?"

"물론이지."

"됐어. 노래나 불러봐."

오늘따라 유리창 바깥으로 지나가는 사람은 보이지 않았다. 어쩌다 지친 도망자 같은 모습으로 다리를 끌며 지나가는 취객들만 눈에 띌 뿐이었다. 맞은편 노래주점도 영업을 하지 않은 것인지 간판엔 불이 꺼져 있었다. 바람도 없는데 촛불이 흔들리고, 흔들리는 불빛 따라 로즈의 얼굴도 마치 햇살 아래 놓인 호수의 잔영처럼 흔들렸다. 승재는 로즈의 얼굴을 보며 노래를 부르기 시작했다.

"겨울에 태어난 사랑스런 당신은 눈처럼 깨끗한 나만의 당신……."

승재의 노래가 끝나자 로즈가 우와 하면서 박수를 쳤다. 박수를 치는 로즈의 눈시울이 넘칠 것처럼 젖어 있었다. 로즈가 민망해할까 봐 승재는 거리를 바라보며 딴청을 피웠다. 꾹꾹 소매로 눈을 눌러 닦은 로즈가 고개를 기울이며 승재를 보았다.

"그 노랜 뭐야? 처음 듣는 노랜데?"

"난 겨울이 생일이거든. 내 생일이 되면 할머니가 항상 이 노래를 불러주셨어."

"겨울은 벌써 다 끝났잖아."

"아직 추우니까."

로즈가 촛불을 껐다. 사방은 금세 다시 어두워졌다. 로즈가 오빠, 하고 불렀다.

"우리 할머니도 내 생일날 항상 노래를 불러주셨어. 근데 얼마 전에 할머니가 돌아가셨어. 너무 슬프게 돌아가셨어. 그래도 나 울지 않으려고. 내가 우는 거 보면 할머니가 너무너무 슬퍼하실 테니까. 이제 씩씩하게 살려고. 할머니가 그렇게 슬퍼하신 줄도 모르고 그동안 너무 어리광만 피웠어. 그래서 이제부터 씩씩하게 살려고. 난, 울지 않아 이제."

둘 사이에 침묵이 흘렀다. 꼴깍, 누군가의 목구멍 안으로 침이 넘어갔다. 고요한 실내에 퍼진 그 소리는 진저리를 치며 떠나는 버스 소리처럼 크게 들렸다. 로즈가 눈을 감았다. 어둠 속이지만 로즈가 승재 앞으로 고개를 내밀고 눈을 감는 것이 또렷하게 보였다.

"선물 줘."

승재는 로즈의 얼굴을 두 손으로 감쌌다. 가슴이 쿵쾅거리며 떨렸는데 로즈의 두 뺨을 만지자 할머니의 손을 잡은 것처럼 마음이 가라앉았다. 승재도 눈을 감았다. 문득, 이렇게 눈을 감으며 앞으로 다가가기만 해도 로즈의 입술에 정확하게 닿을 수 있을까 하고 걱정이 되었다. 천천히 다가가 로즈의 입술, 인중, 턱 그 어디쯤에 입을 맞추었다. 로즈가 승재의 입술을 살짝 깨물었다. 그다음에는 어떻게 해야 할지 몰라서 승재는 얼른 몸을 바로 하고 앉았다.

로즈가 케이크를 잘라 승재의 입에 넣고 제 입에도 넣었다. 두 번째 케이크를 잘라 다시 승재의 입에 넣어주려는 듯하다가 얼굴에 케이크를 묻혔다. 승재도 로즈의 얼굴에 케이크를 묻혔다. 숨죽인 웃음이 폴인러브 안에 은밀하게 퍼져 나갔다. 둘은 어둠 속에 유령처럼 뜬 서로의 얼굴을 보며 깔깔거리고 웃기 시작했다. 한참을 웃던 로즈가 '눈물이 나네'라고 중얼거리며 승재의 어깨에 머리를 기대왔다.

"처음엔 이 커피숍에 불을 지르려고 왔거든."

웃음 끝에 진정되지 않는 숨을 헐떡이며 로즈가 말했다.

"왜?"

"이름이 맘에 들지 않았어. 위선적이잖아. 한 번도 사랑해보지도 못한 사람이 지은 이름 같지 않아?"

"난 이 이름을 찾아서 얼마나 좋아했는데. 정말 사랑하는 사람들이 찾아오는 커피숍 같았거든. 아주 오랜 옛날부터 말이야."

"아냐, 오빠 생각이 틀렸어. 이 집 주인은 사랑을 몰라. 틀림없어. 사랑하는 방법도 몰라. 틀림없어."

"그래, 그건 그렇다 치고, 근데 그게 왜 불을 지르는 이유가 되는 거지?"

"사랑을 모르니까. 모르면서 아는 척하니까. 그건 내가 제일 싫어하는 일이니까."

"그런데 왜 이 커피숍에 오는 거지? 이름이 싫다면서?"

"그게 나도 의문이야. 너무너무 미운데, 발걸음이 자꾸 이쪽으로 와."

어쨌든 알 수 없는 아이라고 승재는 생각했다. 그리고 알 수 없는 그 어떤 것이 로즈를 승재의 가슴속으로 자꾸 끌어당기고 있었다. 마치 장미 향기처럼 승재가 몸을 움직일 때마다 로즈 냄새가 났다. 그 냄새는 학교에서도 학원에서도 장소 불문하고 났는데, 승재에게는 정말 새로운 경험이었다. 아니, 다른 어떤 것에도 집중하지 못하게 하는 아주 위험한 경험이었다.

"그래도 불 지르고 그러진 마."

로즈가 피식 웃었다. 하얀 이가 순식간에 드러났다가 입술 안으로 사라졌다. 승재는 한 번 더 입 맞추고 싶다는 생각을 했다. 로즈가 손가락으로 케이크를 푹 떠서 입안으로 가져갔다.

"나, 이 케이크에 얼굴 박은 적도 있었어."

"언제 그랬는데? 친구들이랑? 재밌었겠다."

"난 여자애들보다 남자애들이랑 노는 게 편했어. 남자애들은 뭘 설명하지 않아도 됐거든. 내가 암말 안 하고 있어도 물어보지 않았어. 구질구질하게 내 감정에 대해 설명하는 거 난 딱 질색이거든. 아니, 무엇보다 남자애들은 나에게 좀 더 친절했어. 그러다 보니 남자애들이 뭘 어려워하면 내가 도와주기도 하고 그랬는데, 그게 여자애들은 맘에 안 들었나 봐. 어느 순간 내가 왕따가 되어 있더라고. 여자애들은 노골적으로 날 밀어냈어. 남자한테 눈웃음이나 치고 꼬리나 흔든다며 날보고 걸레라고 그랬지. 생일날 화장실에서 케이크 세례도 받았어. 죽고 싶었지……. 엄만 나한테 관심도 없었어. 날 자세히만 들여다봤어도 내 몸에 거머리처럼 달라붙은 상처를 조금은 눈치챌 수 있었을 거야."

"왜 네가 먼저 말하지 않은 거지?"

"말한다고 해서 뭐가 달라지는데? 난 전학을 갈 거고, 그곳에서 또 똑같은 일들이 반복될 거야. 내가 바뀌진 않을 테니까. 새로운 아이들한테 당하느니 익숙한 애들이 낫다고 생각했어. 아냐, 무엇보다 엄마가 어떤 식으로 일을 처리할지 그게 겁이 났어. 나를 야단친다거나 그 애들을 경찰에 고발한다거나 하는 것이 아니라 아무 조치도 취하지 않을까 봐 겁이 났어. 무서웠어."

"그럴 리가."

"아니, 그럴 수도……. 차갑고 어두운 눈으로, 네가 알아서 하라고, 너 스스로 해결책을 찾는 거야, 라고 말할까 봐…… 정말…… 무서웠어."

탁자에 엎드린 로즈의 등은 길 건너편 사케집 조명이 되비쳐 파랗게 빛이 났다. 이제 소리는 로즈의 입술이 아니라 그녀의 등에서 나오는 것 같은 기분이 들었다.

"손목을 그었어. 피가 났고, 그걸 세면대에 담갔지. 추운 날씨 탓에 물은 얼음처럼 차가워서 금방 얼어버릴 것 같았는데, 피는 물속으로 끊임없이 풀어지더라. 그때 처음으로 피가 뜨겁다는 실감을 했어."

"로즈……."

"작년 겨울, 친했던 같은 반 남자친구의 자취방에서였어. 약국에서 사온 지혈제를 뿌리며 그 남자애가 그러더라. 너 무섭다, 다시는 우리 집에 오지 마. 그 앤 날 병원에 데리고 가지 못했어. 자기가 드러날까 봐. 혹시 자기가 무슨 성폭행이라도 저질렀다고 사람들이 오해할까 봐. 다행인지 몰라, 상처가 깊지 않아서 그런지 피가 멈췄어. 반창고를 붙이고 있는 걸 보고 엄마가 물었지. 넘어져서 다쳤다고 했어. 많이 다친 거 아냐? 조심해야지, 라고 엄마가 말했을 때 엄마가 미웠어. 왜 엄마는 엄마이면서 나를 알려고 들지 않는 것인지 이해할 수 없었어."

"네가 솔직하게 말 안 했으니까, 넘어져서 다쳤다고 생각했으니까 그러셨을 테지."

"그런 걸 말로 하는 자식도 있니?"

"엄마가 어떻게 알겠어? 네가 말하지 않는 한 하느님도 알 수 없어."

"흉터를 봐야 안다면 그게 엄마야? 흉터를 보면 누구나 다 알아. 무슨 나쁜 일이 있었는지 그건 유치원생도 알 수 있어. 상처를 보지 않아도 제 새끼 얼굴만 봐도 아는 게 엄마야. 애완견 키우는 애들이 그러더라. 자기 집 강아지가 어디 아프면 얼굴만 딱 봐도 안다고. 알겠니? 난 엄마한테 개보다 못한 자식이었던 거야."

"그건 좀 비약이 심한 거 아냐?"

"무슨 비약?"

"우리 엄만 날 버렸어. 그래도 난 엄마가 그립거든."

로즈가 고개를 들고 승재를 물끄러미 바라보았다.

"오빠하고 난…… 서로 종류가 다른 병이야. 서로 다른 병을 앓으면서 누가 더 아프다고 비교할 순 없어."

미안해 소리를 삼키며 승재가 로즈를 보았다.

"난…… 그런데, 그런데도…… 엄마를 버리지 못했어. 이런 내가 더 싫어……. 난 끊임없이 엄마를 보고 있었어. 엄마가 사랑해주기를 목마르게 갈망했지. 엄마를 원하면서, 엄마에게 분노했어."

로즈의 어깨가 부르르 떨렸다.

승재는 거지처럼 친척 집을 전전하던 누더기 같았던 시간을 생각했다. 할아버지 집으로 들어가면서 드디어 구걸과 유랑의 시간이 멈췄을 때, 승재는 감사가 아니라 솟구치는 분노를 느꼈다. 이로 물어뜯어 날카로워진 콜라캔을 친구들에게 휘두르며 죽음을 생각했다. 죽음을 생각했기 때문에 아무것도 두렵지 않았다. 반항은 모든 제도적인 생활의 엄폐물이 되었다. 착하지 않아도 되었고, 공부하지 않아도 되었고, 책임지지 않아도 되었다. 자신에게 닥친 불행 정도면 반항과 나쁜 짓은 맘껏 누려도 용서되는 행동이라고 생각했다.

"분노라면…… 나도 이해가 간다. 중학교 때 친구들을 다치게 해서 지구대에 몇 번이나 끌려간 적이 있었어. 그때마다 늘 할아버지가 날 데리러 왔는데, 아무 말씀도 안 하셨지. 지구대에서 나오면 손을 꼭 잡아주셨어. 난 그 손을 징그러운 벌레라도 되는 양 뿌리치고 달아났어. 그러던 어느 날, 쫓아오던 할아버지가 나를 따라 무단횡단을 하다가 차에 치였어. 할아버지의 몸이 공중으로 붕 떠오르는 걸 눈앞에서 봤지."

"어떡해. 할아버진 어떻게 되셨어?"

"할아버진……."

할아버지는 실명이 되었다. 병원에서 실명 판정을 받고 퇴원하던 날, 할아버지는 승재의 손을 잡으며 말했다. 승재야, 이놈아, 이제 넌 나쁜 짓도 못 하게 생겼다. 할아비를 책임져야지, 이놈아.

"그때 가끔 눈을 감아봤어. 할아버지의 세상은 어떨지 궁금해서. 그러면 할아버지 세상이 보였어. 콜라처럼 달콤하고 톡 쏘는 세상."

"그게 무슨 소리야?"

"눈 감으면 캄캄하니까 내게는 그렇게 느껴졌어. 죄책감이 범벅이 되어서 죽으려고 했거든."

"분노에 잠겨서도 죽으려고 했고?"

"어느 날 할머니가 아파서 병원에 잠깐 입원했을 때였어. 전날도 아침밥을 굶고 갔는데, 그날은 일어나보니 할아버지가 더듬거리며 부엌에서 내 아침밥을 차리고 있는 거야. 그 순간 그런 생각이 들더라. 조금만 착하게 살아보고 죽자."

"지금은 조금만 착하게 살아보는 중이고?"

"맞아."

"그런데…… 난 착해지지가 않아."

"로즈."

네 이름을 불러본다, 로즈. 이제 그만 아파하면 안 돼? 하고 말해본다, 로즈. 내가 네 옆에 있어주면 안 되겠니? 로즈.

마치 승재의 마음을 들여다보고 있기라도 한 듯 로즈가 말을 했다. 입술이 떨어지는 소리가 포스트잇 떨어지는 소리처럼 작게 들렸다.

"내 이름은 민주야. 이민주."

민주가 손을 내밀었다. 승재는 그 손을 꼭 잡았다. 전혀 예상하지 못한 곳에서 보내온 편지를 받은 것처럼 민주의 작은 손은 승재를 두근거리게 만들었다. 손목에 그려진 흉터는 마치 누가 찍어놓은 느낌표 같았다. 그것이 민주의 운동화 속에 들어가 자꾸만 그 애의 발을 아프게 한다면 그걸 꺼내줄 사람은 자신이 되어야 한다고 생각했다. 민주의 발을 제 무릎에 올려놓고 운동화를 벗기고 돌멩이를 꺼내서 멀리 던져버리면 그만이었다.

또 불빛 하나가 툭 꺼졌다. 폴인러브는 아까보다 좀 더 어두워졌다. 마치 수수께끼처럼 폴인러브 너머로 보이는 중앙동 거리는 어둠과 불빛이 모호하게 뒤섞였다. 가로등 아래 플라타너스가 들뜬 승재의 마음처럼 흔들리고 있었다.

더치, 커피의 눈물

꽃술이 달린 플랫슈즈

엄마의 사인은 추락사이다. 엄마는 아파트 27층 복도 창에서 뛰어내렸다. 뛰어내릴 때 엄마는 혼자였고, 엄마는 양수 속의 태아처럼 막막하고 외로웠다. 엄마는 죽음 말고 그 어떤 선택도 할 수 없었다. 외로움이 어디서부터 시작됐는지 알 수 없지만 이미 외로움은 눈덩이처럼 불어나 도저히 엄마가 감당할 수 없는 지경에 이르렀다. 엄마는 매일 허연 외로움덩이 속에 파묻혀 허덕였다. 자꾸만 뛰어내리고 싶었다.

사진 속에서 엄마는 웃고 있었다. 엄마의 웃음은 피자 속 뜨거운 치즈처럼 흘러내렸다. 경재는 엄마의 치즈 같은 웃음을 닦아주고 싶었다. 그러면 가슴이 텅 빈 것 같은 이 허전함이 조금은 사그라질 것 같았다. 아내의 암과 엄마의 죽음, 그리고 무서울 정도로 침착한 아버지. 지구라는 별이 자신에게 던져주는 배신감을 경재는 참아내기가 힘들었다.

정수는 말했다.

"네 아버지, 이해할 수 있을 것 같다. 정말 사랑하셨다면 말이야. 정말 사랑하는 여자랑 살고 싶은 게 그렇게 큰 잘못일까? 어머니의 죽음으로 아버진 더 많은 비난을 감수하셔야 하고 더 큰 제약을 받게 되시겠지만, 그렇더라도 그 열망을 숨기지는 못하실 거야."

그때 자기도 모르게 주먹이 나가고 말았다. 정수가 혜인을 만나고 있다는 사실을 경재가 알기에 그런 말을 했을 것이다. 하지만 화가 났다. 누군가가 하는 사랑이 누군가에게는 죽음의 씨앗이 된다. 그게 내 엄마일 경우에는 상대를 더욱 용서할 수 없는 것이다.

앰뷸런스가 와서 엄마를 병원으로 옮겼다. 앰뷸런스에 동승한 막내 지은은 목을 놓아 울며 엄마를 불렀다. 자동차를 타고 앰뷸런스 뒤를 쫓다가 문득 경재는 도로 한가운데서 유턴을 해 엄마 집으로 향했다. 엄마는 양말도 신지 않은 맨발이었다. 엄마는 한여름에도 밖에 나갈 때에는 꼭 양말을 신었다. 다른 사람 앞에 발을 내놓는 것을 벌거벗는 것만큼이나 수치스럽게 생각했다. 엄마가 맨발이라니 상상할 수 없는 일이었다. 괴물 같은 엄마의 외로움이 그녀의 수치를 덮어버린 것이다.

엄마의 집 현관문을 열었을 때, 경재는 모퉁이에서 낯선 사람을 마주친 것 같은 섬뜩함을 느꼈다. 머리끝이 쭈뼛거렸다. 추락한 엄마의 영혼이 사방으로 흩어진 걸까, 팔의 솜털이 오소소 일어나고 근육이 경직되기 시작했다. 그것은 공포에 가까웠다. 방향제를 뿌려놓은 듯 거실 가득 퍼져 있는 알 수 없는 향수 냄새는 더욱 수상했다.

하지만 촉각은 시각을 능가할 수 없었다. 경재의 팔이 덜덜 떨리기 시작했다. 현관에 아무렇게나 벗어놓은 신발 때문이었다. 그것은 나풀거리는 꽃술이 달린 플랫슈즈였는데, 3년 전 아버지가 똑같이 엄마와 그 여자에게 사준 것이었다. 엄마 신발은 27층 복도에 가지런히 놓여 있었다고 했다. 지은은 경재 앞에서 펄쩍펄쩍 뛰며 울부짖으면서도 그 신발을 손에서 놓지 않았다. 금방 엄마가 살아서 그 신발을 신기라도 할 것처럼 신발을 품에 안고 앰뷸런스를 탔던 것이다. 그러므로 현관에 화장실이 급해서 마구 벗어 던져놓고 간 것 같은 저 신발의 주인은 엄마가 아닌 것이다. 그 여자인 것이다.

엄마 신발과 똑같은 신발을 본 것은 엄마와 함께 여자의 집을 찾았을 때였다. 여자 집 현관에 나란히 놓였던 두 켤레의 플랫슈즈를 봤을 때의 절망감을 경재는 지금도 잊지 못한다. 죽는 날까지 지울 수 없는 기억이 있다면 분명 그날 여자 집의 현관일 것이다. 어느 것이 자기 건지 몰라 선뜻 신발을 찾아 신지 못해 당황해하던 엄마……. 그런데도 엄마는 그 신발을 버리지 않았다. 아니, 엄마는 생을 놓는 마지막 순간에 그 신발을 선택했다. 신발을 버릴 수 있었다면 엄마는 죽지 않았을지도 모른다.

여자는 뜻밖에도 안방에 있었다. 엄마의 화장대 앞에 앉아 뭔가를 보고 있던 여자는 문을 열고 갑자기 들어온 경재를 보고 손에 든 종이 같은 것을 급하게 구겨 뒤로 숨겼다.

"당신, 당신 여기서 뭐 하는 거야!"

돌아본 여자의 팔이 겨울바람에 무방비하게 선 헐벗은 가지처럼 덜덜거렸다. 볼살이 흔들릴 정도로 여자는 떨고 있었다. 막상 여자의 얼굴을 확인하자 경재는 정신을 차릴 수 없었다. 눈이 뒤집힌다더니 꼭 그랬다. 경재는 여자의 두 팔을 있는 힘을 다해 잡았다. 완력으로 경재를 이길 수 없었다. 여자의 고운 얼굴이 마녀처럼 일그러졌다.

"아, 아파. 이것 좀 놔."

"아파? 이게 아파? 우리 엄마는 당신 때문에 옥상에서 몸을 던졌는데, 당신은 팔이 아파?"

겁먹은 여자의 동그란 눈이 금방 젖어들었다. 저런 모습 때문에 아버지가 여자를 놓지 못하나. 여자의 눈물은 패전국 창녀들의 웃음처럼 가증스러웠다.

"엄마 괜찮으실 거야. 내가, 정말 미안해."

경재가 너무 꽉 쥐고 있어서인지 여자의 손이 하얗게 바래갔다. 하얗고 가느다란 여자의 팔은 앰뷸런스에 실려가던 엄마의 딱딱한 나무토막 같은 팔과 대조되어 경재의 속을 뒤틀리게 했다. 경재는 마치 징그러운 벌레라도 잡은 것처럼 여자의 팔을 쥐고 있던 손을 탁 뿌리쳤다. 팔이 아팠을 텐데도 여자는 손에 쥐고 있는 것을 끝까지 놓지 않았다. 경재는 손목을 움켜잡고 여자의 손에서 종이쪽지를 뺏어 들었다. 그것은 엄마의 유서였다! 검은색 볼펜으로 쓰인 유서는 엄마의 필체가 틀림없었다. 워낙 필체가 좋았던 엄마였는데 날림 없이 또박또박하게 써서 그런지 마치 처음 글을 배운 아이가 쓴 것처럼 서툴러 보였다.

사랑하는 아들, 딸아, 엄마가 미안하구나. 엄마를 용서해다오. 그 누구 때문도 아닌, 바로 내가 나를 못 견뎌서 이런 선택을 한 것이니 나를 원망해라. 미안하다. 사랑한다.

경재의 눈에서 눈물이 주르륵 쏟아졌다. 눈물이 흘러내리는 볼이 불에 덴 듯 뜨거웠다.

"당신이 여기는 왜? 왜!"

"사고가 났다길래 걱정이 돼서……."

"걱정? 당신이 걱정?"

"나도 걱정 많이 했어."

"당신이 왜? 당신이 원하던 게 이런 거 아니었어? 그런데 당신이 무슨 자격으로 걱정을 한단 말이야!"

"무슨 그런 말을……."

"현관 비밀번호는 어떻게 알고?"

여자의 튀어나온 이마와 좁은 인중에 땀이 맺혔다.

"아버지가……."

"아버지가 왜요!"

"당신은 병원으로 바로 가야겠다고. 집에 아무도 없을 거라고…… 유서 같은 게 있나 찾아보라고……."

"엄마 유서를 당신들이 왜 보는데!"

"다른 사람들이 보기 전에 먼저 찾아야 한다고 했어. 아버지 입장에선 그러실 수밖에 없었을 거야. 이상한 거라도 적혀 있으면……."

"이상한 거? 당신들, 미쳤구나. 엄마는 죽어가는데, 당신들은 고작 당신들 안위나 걱정하고! 왜 유서에 당신들 때문에 죽는다고 엄마가 적어놓기라도 할 것 같았나? 그래서 유서를 없애려고 온 거야? 소문날까 두려워서?"

엄마를 두고 다른 여자를 사랑한 일, 엄마를 외롭게 한 일, 엄마의 외로움이 병이 되도록 한 일, 그런 엄마에게 아무런 관심도 조치도 하지 않은 일. 그게 아버지가 한 일이었다. 그것만으로도 용서할 수 없었다. 그런데 아버지는 엄마가 죽음을 선택한 그 순간까지도 오로지 자신과 여자만을 걱정했다. 언젠가는 돌아올 거라고 생각했는데, 아버지는 그게 아닌 모양이었다. 대학 1학년 라일락이 피는 봄의 교정에서 처음으로 만났다는 두 사람. 서로 사랑하고, 학교를 졸업하기도 전에 결혼해서 주변을 떠들썩하게 만들었던 두 사람. 그 후 단 한 번의 곁눈질 없이 40년을 함께 산 아내가 정말 아무것도 아니었나. 함께해 온 시간, 단단한 뼈가 구멍이 뚫리고 엉성해질 때까지 같이했던 세월의 깊이 따위는 정말 아무것도 아닌 것인가.

한 달 전쯤이었다. 저녁이나 먹고 가라. 너 좋아하는 잡채 했어. 민주도 좀 갖다 주고. 엄마의 전화에 함께 저녁을 먹었다. 식사 후 맥주 한잔을 하고 있는데, 경재 앞에서는 한 번도 술을 마신 적이 없는 엄마가 나도 한 잔 다오, 라고 중얼거리더니 경재의 술잔을 들어 독약을 들이켜듯 단숨에 꿀꺽 마셔버렸다. 술이라도 마시면 맺힌 응어리 같은 것이 좀 풀리려나 싶어서 모른 척 내버려둔 것인데, 두 잔을 채 마시지 못하고 엄마는 가슴을 움켜쥐고 쓰러져버렸다. 이마와 목덜미는 갑자기 떼어낸 반창고 자국처럼 벌겋게 물들어 있었다.

"그러게 마시지도 못 하는 술을 왜 마셔!"

버럭 소리를 지르던 경재는 엄마의 눈에 맺힌 물기를 보고 입을 꾹 다물었다.

"경재야, 제일 힘든 건, 가장 힘든 건, 그 여자의 존재가 아냐. 내가 어찌할 수도 없는 그 존재가 아니라…… 너희 아버지가 나한테 해줬던 그 모든 것들…… 그것들을 기억하는 일이 너무 힘들어. 살뜰하고 자상하고 세상에서 내가 가장 사랑스럽다는 눈길로 보던 따뜻하고 달콤하던…… 젊은 시절, 매 순간 나를 감동케 했던 눈길들……. 그 눈길들, 손길들, 그 마음들……. 지금 내게는 전혀 보내오지 않는, 하지만 충분히 상상할 수 있는, 사람을 사랑하면 그 속에 온전히 빠지게 되는…… 너희 아버지. 그걸 내가 너무나 잘 알고 있다는 사실이…… 그 사실이 견딜 수가 없어. 그걸 아니까 너희 아버지 세상은 지금 그 여자밖에 안 보인다는 걸…… 내가 너무나 잘 알고 있다는 사실이, 그 여자한테 지금 얼마나 잘해줄까, 얼마나 빠져 있을까…… 그걸 아니까…… 그게 너무 힘들다…….”

술잔을 쥔 경재의 손에서 핏기가 빠져나갔다. 뼈마디가 불거져 나오고 살갗은 곧 찢어질 것처럼 투명해졌다. 엄마의 눈에서 물방울이 뚝 떨어졌다. 차라리 물건을 집어 던지고 못 살겠다며 발악을 하는 엄마를 보는 편이 훨씬 나았을 것이다. 엄마의 눈물을 보는 것은 당혹스러운 일이었다. 경재는 벌떡 일어나 집을 나와버렸다.

그래, 지금 당신 옆에 있는 아버지는 그렇게 변해버렸다. 엄마의 말처럼 아무것도 눈에 보이지 않는다. 바로 당신 외엔. 여자는 경재 앞에서 바들거리며 상처 입은 참새처럼 떨고 있지만, 이것은 아버지를 곧잘 엎어지게 하던 여자의 잘 계획된 리액션에 지나지 않을 것이다.

“미, 미안해. 정말 죽을죄를 졌어.”

“미안해? 그렇게 미안하면 당신 가, 꺼지라고. 아버지 몰래 짐 싸서 다른 곳으로 가란 말이야. 죽을죄를 졌으면 그냥 죽어. 죽으라고!”

“미안해, 민주 아빠. 난 정말 아버지 사랑해. 더 이상 어떻게 할 수가 없어."

경재는 화장대 위에 있던 화분을 집어 바닥에 던져버렸다. 화분이 깨어지며 흙과 화분 조각이 사방에 튀었다. 비명을 지르며 두 손으로 입을 틀어막고 있던 여자가 안방을 뛰쳐나갔다. 경재는 여자가 구겨 놓은 엄마의 유서를 펴고 또 폈다. 구겨진 것이 그동안 쪼그라든 엄마의 심장인 것만 같아 견딜 수가 없었다. 눈물이 두두둑 종이 위로 떨어졌다.

그렇게 엄마는 갔다. 아버지는 벌인 사건을 허겁지겁 마무리하고, 집을 처분하는 일을 모두 경재에게 맡기겠다는 말을 남긴 채 본격적으로 짐을 싸서 그 여자 집으로 들어갔다. 아버지를 향해 원망의 말을 쏟으며 발악을 하던 자식들은 공포 영화의 마지막 같은 허무한 표정을 지은 채 각자의 집으로 돌아갔다.

장례가 끝나고 집으로 돌아왔을 때 효정의 얼굴은 핏기 빠진 혼령처럼 창백했다. 효정은 경재의 품으로 그 작은 몸을 말아서 들어왔다.

"어머니처럼 그렇게, 내가 가야 하는 거지?"

경재는 아무 말 없이 효정을 꼭 껴안았다. 효정의 몸뚱이가 작은 새처럼 푸득거렸다. 잠시 정지된 듯 멈추어 있던 효정이 경재의 바지를 벗기기 시작했다. 경재는 효정의 손을 잡았다. 손을 잡은 채 꼼짝도 하지 않던 경재가 이윽고 체념한 듯한 표정으로 스스로 바지를 발끝까지 내렸다.

벚꽃 구경

꽃비가 내리고 있다. 분분히 날리는 꽃잎은 눈처럼 희고 뽀얗다.

추운 날씨 탓이었는지 축제가 끝날 즈음이 되어서야 꽃은 제 모습을 환히 드러냈다. 나무에는 솜덩이처럼 탐스럽고 여인의 속살처럼 부드러운 꽃들이 흐드러지게 피어났다. 바람이 조금만 불어도 그것들은 우두둑 쏟아져 내렸다.

효정은 입을 벌렸다. 엄지손톱만 한 꽃잎들은 효정의 얼굴로 쏟아지기는 했지만 입속으로 들어오지는 않았다. 그래도 효정은 입을 다물지 않았다. 꽃잎이, 바람을 타고 내려오는 꽃잎이, 하늘거리며 유혹하는 꽃잎이, 효정의 입속으로 쏟아지기를 바랐다. 하지만 미지근한 공기만 겨우 입속 혀끝에서 느껴졌다. 옆에서 걷던 경재가 효정의 팔을 잡았다.

"넘어지겠어."

효정은 걸음을 멈추고 하늘을 보았다. 목이 꺾이도록 고개를 들고 입을 벌린 채였다. 경재는 효정의 팔을 놓고 하늘을 보다가 흩날리는 꽃잎을 모기 잡듯이 두 손바닥을 마주치며 잡았다. 경재의 손바닥에 꽃잎이 문신처럼 붙어 있었다. 경재가 효정에게 꽃잎을 내밀었다. 효정이 손가락으로 손바닥에 놓인 꽃잎을 꾹 눌렀다. 마치 스티커처럼 꽃잎이 효정의 손가락에 묻어났다. 가만히 손가락을 보던 효정이 꽃잎을 입속에 집어넣었다. 그러고 보니 손가락을 입에 물고 있는 것이 아니라 효정은 손가락을 빨고 있었다. 그 모습을 물끄러미 보던 경재의 미간이 짧은 순간 찌푸려졌다. 도대체, 경재는 혀끝에 맴도는 말을 꿀꺽 삼켰다. 입속으로 천천히 들어갔다가 나오는 효정의 손가락은 침이 젖어 번들거렸다. 효정의 손가락에 눈을 주다가 얼핏 시선을 들었는데 경재는 그만 그녀와 눈이 마주치고 말았다. 경재는 얼른 고개를 돌렸다.

병원에 다녀오는 길이었다. 진해 군항제 보러 가자, 효정이 말했고 경재는 집으로 가는 길을 돌려서 진해로 향했다. 축제는 뒤끝이었지만 꽃은 만발해 있었다. 그것이 효정의 마음을 뒤흔들었다. 늘 개화기에 맞추어서 축제를 시작했지만 꽃은 피지 않았고, 축제가 끝이 나고 나서야 꽃은 피었다. 축제가 시작되어 사람들은 몰려들었지만 꽃은 피지 않았고, 이제 꽃은 피었지만 한 번 왔던 사람들은 다시 오지 않았다. 그래서 꽃은 피었지만 거리는 한산했다.

효정이 말했다. 축제가 끝난 거야. 바람이 불자 아기 손톱 같은 분홍색 꽃잎이 눈처럼 날렸다. 눈앞이 보이지 않을 정도였다. 효정이 하늘을 향해 활짝 입을 벌렸다. 효정의 목젖이 까맣게 보였다.

몸이 이상하다는 것을 알게 된 건 커피전문점 준비를 위해 대형마트를 여러 번 방문했을 때였다. 계산대 위에 올려둔 쇼핑한 물건들을 계산원 가까이 밀었는데, 분명히 밀었는데 효정의 손에 아무것도 집히지 않았다. 물건의 위치를 잘못 집은 것이었다. 피곤해서 그렇겠거니 생각하고 그냥 지나쳤다. 그다음 번엔 계산이 끝난 물건을 장바구니에 담으려고 손을 뻗는 순간 쌓아둔 물건이 계산대 아래로 와르르 쏟아져버렸다. 물건이 더 앞쪽에 있다고 생각했고, 효정의 팔꿈치가 물건을 쳐서 아래로 떨어뜨린 것이었다. 그런 일이 되풀이되자 효정은 혼자 마트 가는 것을 두려워했다. 주말에 경재와 함께 갔을 때, 다시 같은 일이 반복되었다. 급하게 물건을 담아 나가는 경재의 팔을 계산원이 잡아끌었다. 계산원은 효정을 기억하고 있었다. 계산원은 경재에게 말했다. 아줌마, 아픈 게 틀림없어요, 그것도 아주 심각하게. 처음엔 40대에 찾아온 조기 치매라고 생각했다. 머리가 아프고 했던 말을 또 하고 아침밥을 두 번씩 먹었을 때에도 건망증이 심해진 것이겠거니 생각했다. 어느 날 퇴근하는 경재를 붙잡고 효정이 말했다. 여보, 나 치매인가 봐. 무서워. 병원에 가봐야겠어. 거실 바닥에 소변을 봤다는 것이었다.

병원에 가서 의사에게 진찰을 받고 일어서자 의사가 효정에게 악수를 청했다. 의사는 보통 사람보다 훨씬 낮은 위치에서 효정에게 손을 내밀고 있었다. 효정은 당연히 그 손을 잡지 못했다. 효정의 손은 허공에 떠 있었다. 효정이 진료실을 나가고 나자 의사는 경재에게 말했다.

"정밀검사를 해봐야 알겠지만 뇌종양일 가능성이 아주 높습니다."

큰 병원을 세 군데나 돌아다니고 MRI를 세 번이나 찍었다. 그들이 하는 말은 모두 똑같았다. 악성 뇌종양이라는 것이다. 많이 퍼져 있어 수술은 안 되고 방사선치료밖에 기대해볼 수 있는 것이 없다고 했다. 그것도 완치는 불가능하다고 했다. 치매라고 해도 날벼락인데 뇌종양이라니, 게다가 수술도 안 되고 앞으로 1년 정도밖에 살 수 없다니……. 효정은 밥도 먹지 않고 방에 틀어박혀 울기만 했다. 경재가 방사선치료 예약을 하고 인터넷을 뒤져서 생전 처음 접해본 뇌종양이라는 단어를 검색하고 암에 좋다는 민간요법들을 찾는 동안 3주가 지났다.

그날도 민간요법에 대한 책을 읽다가 막 자려는데 효정이 경재의 손을 잡았다. 경재가 효정의 손을 두 손으로 꼭 맞잡았다. 걱정 말라는 마음속의 말들이 효정에게 전해졌으면 싶어서였다. 그런데 잠시 멈춰 있던 효정이 손을 빼내더니 경재의 가슴을 쓰다듬기 시작했다. 그냥 쓰다듬는 것이 아니었다. 효정의 손끝에서 미묘한 색깔의 떨림이 전해져왔다. 젖꼭지를 꼬집듯 만지작거리던 효정의 손이 배꼽으로 내려오는가 싶더니 경재의 팬티 속으로 들어왔다. 반쯤 몸을 일으킨 경재가 효정의 손을 잡았다. 왜 그래? 말은 하지 않았지만 충분히 전달될 수 있는 거부의 몸짓이었다. 하지만 효정은 멈추지 않았다. 효정의 손이 축 늘어진 경재의 성기를 잡았다. 효정이 스스로 경재의 성기를 잡은 것은 처음 있는 일이었다. 효정의 손을 잡은 경재의 손에 힘이 주어졌다. 그만하라는 의미였다. 효정이 몸을 일으켰다. 따라서 일어나려는 경재의 가슴을 효정이 손으로 눌렀다. 야단맞는 아이처럼 경재는 그대로 자리에 누웠다. 효정이 경재의 팬티를 내렸다. 효정의 머리가 천천히 경재의 배꼽으로 내려왔다. 효정의 입술이 아랫배를 훑고 마치 바람에 저 홀로 움직이는 배처럼 더 아래로 내려왔다. 멈칫하는 순간도 없이 효정이 경재의 성기를 입에 물었다. 서늘한 바람이 어디선가 불어와 이마를 스치고 지나간 것 같았다. 꿈속에서 발을 헛디뎌 절벽 아래로 떨어질 때처럼 가슴이 쿵 내려앉았다. 얼굴이, 목덜미가, 그리고 가슴이 차가워졌다. 그래도 성기는 부풀어 올랐다.

결혼은 섹스에 대한 기대와 환상을 함께 몰고 오는 공식적인 제도라고 경재는 생각했다. 하지만 경재의 결혼은 그렇지 못했다. 효정과의 부부관계는 만족스럽지 못했다. 효정은 체위를 바꾸는 것조차 용납하지 않았다. 오럴 섹스는 생각할 수도 없었다. 처음 오럴을 요구했을 때가 생각났다. 결혼을 하고 일주일쯤 지난 때였을 것이다. 몇 번 망설이다가 시도한 효정이 목구멍을 틀어쥐고 화장실로 달려가 토악질을 했을 땐 뭔가 저질스러운 짓거리를 시킨 것 같아 얼굴이 화끈거렸다. 정말 잘못한 짓일까를 생각할 틈도 없었다. 효정의 토악질은 멈추지 않았고, 경재는 자신이 야동을 너무 많이 본 것이 아닐까 반성했다. 효정의 등을 두드려주며 미안하다고 정말 미안하다고, 다시는 그러지 않겠다고 애원하듯 말했다. 힘들어하는 효정을 보니 성폭행이라도 저지른 것 같았다. 조금 전 흥분에 들떠 효정의 머리를 억지로 누른 것이 후회스럽기 그지없었다. 내가 도대체 무슨 짓을 한 거야. 얼굴을 들 수 없었다. 울먹이는 효정의 등을 쓸어주며 부끄러움과 쑥스러움이 뒤범벅된 채 그날 밤을 보내야 했다. 그다음 번의 관계는 더욱 힘들었다. 겨우 삽입을 할 수 있었지만 효정의 몸은 다른 날보다 훨씬 더 움츠러들어 있었다. 그래도 부부 사이인데 무리한 요구였을까 따위의 의문을 품는 것조차 용서되지 않았다. 관계를 시도할 때마다 나무토막처럼 굳어 있는 효정의 몸을 대하다 보면 지금 도대체 뭐 하고 있는 건가 하는 회의감마저 들었다. 섹스를 정상적인 부부의 행위로 받아들이는 데 오랜 시간이 걸렸다. 친구들과의 술자리에서 우연히 부부관계에 대한 이야기가 나왔을 때 경재는 그 행위가 아름다울 수도 있다는 데, 그것을 아름다움으로 생각할 수도 있다는 데 놀랐다.

"신혼 때는 섹스가 예술이 되잖아. 조금만 지나봐라. 그냥 그게 습관이 되는 거야. 섹스가 습관이 되는 순간부터 생활도, 사랑도 습관이 되어버리는 거지. 그게 예술일 때, 그때가 인생의 황금기 아니냐."

친구들은 킬킬거리며 신혼인 경재를 부러워했다. 얼굴이 홀쭉해졌다며 예술 생활이 너무 힘들면 몸이 축나게 되니 쉬엄쉬엄 하라고 했다. 예술도 종류에 따라 여러 가지가 있지만 전위예술을 너무 심하게 하면 후유증이 오래가니까 실험은 적당히 하라는 것이다. 실험은커녕 입도 뻥끗 못 하고 있다고 말을 할 수 없어 경재는 술잔만 비워댔다. 술이 술을 마셨다. 술이 들어가니 화가 났다. 취한 김에 효정에게 따지고 물었다.

"이야기 좀 하자."

술 취한 남편과는 상대하지 않겠다는 듯이 효정은 집 안의 모든 불을 끄고 자고 있었다. 스위치를 올리자 전등 때문에 눈이 부신지 효정이 눈을 가리고 일어났다.

"부부라는 게 당신한테는 도대체 뭐야?"

"갑자기 무슨 말이야?"

"갑자기가 아냐. 결혼하고 지금까지 내겐 그게 의문이야."

"지금 무슨 얘기 하는 거야?"

"내가 무슨 말 하는지 알잖아. 난 지금 섹스에 대해 말하고 있는 거야."

효정은 대꾸할 가치도 없다는 듯 벽 쪽으로 돌아누워버렸다. 효정의 차가운 등은 '섹스'라는 단어조차 자신에게는 금기어에 해당하는 말이라는 단호한 뜻을 담고 있는 듯했다.

"당신 하고 싶은 것만 하는 게 부부야? 왜 남편 입장에서는 한 번도 생각을 안 해주는 거야? 그게 부부야?"

"술 취했어. 밝은 날 얘기해."

"술이 안 취하면 도도하고 고매한 당신한테 이런 얘기 꺼낼 수나 있고?"

발딱 몸을 일으킨 효정이 경재를 노려보았다. 치욕스러운 표정으로 경멸의 눈빛을 되쏘고 있는 효정은 마치 낯선 사람 같았다. 술김이라고 치부해버리기에는 그 눈빛이 너무 강렬했으므로 경재는 마음이 아팠고, 무엇보다 화가 났다.

"조금만 봐줘. 당신이 처음이라 그럴 거야. 우리 서로 조금씩 양보하고 노력하자. 나도 다른 부부들처럼 즐기고 싶어."

"즐겨?"

"그러면 안 돼? 부부 사이인데, 신혼인데 그러면 안 돼?"

"그럼 나도 한번 물어보자. 부부니까 내가 하기 싫은 거, 역겨운 거 다 참아야 해? 부부란 서로 배려해주어야 하는 거 아냐? 내가 역겹고 하기 싫은데도 남편이 원하면 억지로 해야 하는 그런 건 그럼 부부야?"

"뭐? 역겨워?"

"그곳은 배설하는 곳이야."

"배설?"

"항문이나 같은 곳이야. 엄연히 당신은 당신 그곳으로 배설 행위를 하고 있잖아. 내 입이 화장실이야?"

"뭐? 화장실? 당신 그 말, 너무 심한 거 아냐?"

효정은 이불을 머리끝까지 뒤집어쓰고 다시 누워버렸다. 효정이 뒤집어쓴 이불 뭉치는 마치 근접하기 힘든 거대한 무덤 같았다. 효정을 따라 '화장실'이라고 되뇐 경재가 피식 소리 내어 웃었다. 그날 밤 경재는 거실에서 옷도 갈아입지 않고 잤다. 그 이후 경재는 부부관계에 있어서 효정이 비정상으로 생각하는 그 어떤 스킨십도 먼저 요구하지 않았다. 참았기 때문에 더 부족하게 느껴졌고, 그 부족함으로 경재는 언제나 목이 말랐다. 표현되지 못한 사랑은 말라비틀어져 침대 발치에 버려져 있었고, 경재는 젖이 모자라 발악을 하는 아이처럼 한동안 혼자서 몸부림쳤다. 그러다가 어느 순간 효정에 대한 욕망을 포기한 자신을 발견하게 되었다.

숙성된 커피는 산패를 향해 달린다

효정은 경재가 열어놓은 승용차 안으로 몸을 들이밀었다. 몸이 세탁기 안에서 몇 바퀴 돈 젖은 빨래 같았다. 피곤했다. 그래도 방사선치료를 받을 때보다는 훨씬 가벼운 느낌이었다. 남아 있는 시간들을 그 힘겨운 고통 속에서 보내고 싶지 않았다. 방사선치료를 중단한 것은 살아온 지금까지의 생에서 내린 가장 현명한 결정이었다. 방사선치료를 하고 나면 온몸이 산산조각 나는 것 같았다. 간호사와 경재가 팔을 잡고 있었으나 효정은 링거 바늘을 빼버리기 위해 온 힘을 다해 발버둥 쳤다. 너무 고통스러워서 링거를 맞고 있을 수가 없었다. 뼈가 으스러지고 장기들을 누군가가 훑어내리는 것 같았다. 방사선치료가 끝나면 경재와 효정은 마치 난투극이라도 벌인 사람들처럼 땀에 흠뻑 젖었다. 옷섶은 벌어지고 단추가 떨어져 나가기도 했다. 땀에 젖은 머리카락은 찢어진 종이처럼 아무렇게나 얼굴에 붙어 있었다. 효정은 더 이상 방사선치료를 하지 않겠다고 선언했다. 의사는 1년이라고 했지만 그 말도 믿을 수 없었다. 그나마 남은 짧은 생을 지옥 같은 치료를 견디며 병원의 딱딱한 침상 위에서 보낼 수는 없었다.

방사선치료의 부작용은 곳곳에서 나타났다. 치료를 받는다고 생이 길어지는 것도 아니었다. 경제적 물리적인 고통만 가중될 뿐이라고 효정은 판단했다. 인터넷이나 도서관에서 암의 민간요법 치료와 방사선치료의 부작용을 찾아 읽었다. 대부분의 환자들에게 방사선치료는 효과가 없었다는 기사도 있었다. 죽음이 임박한 환자들이 자신의 집에서 눈을 감기를 원하는데도 방사선치료를 하기 위해 병원 측에서 일부러 퇴원시키지 않았다는 연구 보고도 있었다. 이런 경우 환자들은 방사선치료로 큰 고통을 받으면서 병원에서 사망하는 경우가 흔하다고 했다. 그렇다면 병원에서의 삶이란 죽어야만 방사선치료의 고통이 끝난다는 것을 의미했다. 어차피 암은 현대 의학으로는 완치가 불가능하다. 효정은 고집을 부려서 퇴원을 했다. 꼭 하고 싶은 일이, 아니 꼭 해야만 하는 일이 있었기 때문이다. 방사선치료가 계속되면 할 수 없는 일이었다.

경재가 효정의 손을 잡았다. 경재의 손가락이 효정의 손바닥을 꾹꾹 눌렀다. 손가락을 하나하나 주무르더니 깍지를 끼고 손가락을 폈다 오므렸다를 반복했다. 이제 경재의 스킨십은 자연스럽고 일상적인 일이 되었다. 그것을 경재는 아마 스스로 자각하지 못하고 있을 거라고 효정은 생각했다. 효정은 눈을 감고 경재의 손길을 느꼈다. 으깨질 것 같던 두통이 차츰 잦아들었다. 누군가 구둣발로 짓밟는 것 같던 가슴의 통증도, 무뢰한이 마구 두들기는 것 같던 가슴의 쿵쾅거림도 조용해졌다. 차가 신호에 대기하자 경재가 라디오를 틀었다. 음악이 흘러나왔다. 익숙한 곡인데 제목이 생각나지 않았다. 요즘 들어서 기억력이 빠른 속도로 감퇴하는 것을 느꼈다. 첼로, 첼로는 틀림없는데, 제목과 작곡자는 알 수 없었다. 단지 첼로의 선율이라는 것만 알 뿐이었다. 첼로의 흐름에 전신을 맡기자 몸이 한없이 가벼워졌다. 효정은 경재의 손을 제 가슴에 올렸다. 아까부터 상처의 딱지처럼 앉아 있던 장면 하나가 머릿속에 떠올랐다.

결혼한 지 얼마 되지 않은 어느 저녁, 경재와 함께 비디오 영화를 보던 날이었다. 영화 속의 여자 주인공이 남자의 손가락을 입에 넣고 애무를 했다. 에로틱하고 뜨거운 장면이었다. 맥주잔을 들고 있던 경재의 손이 효정의 얼굴을 쓰다듬었다. 맥주잔에 묻어 있던 물기 때문에 효정의 뺨에 차가운 습기가 묻어났다. 효정의 코를 만지고 인중을 쓰다듬던 경재의 손이 입술에 머물더니 영화 속 남자처럼 효정의 입 안으로 쑥 들어갔다. 경재의 손가락에서는 오래된 담배 냄새가 났다. 어린 시절 코딱지를 입에 넣었을 때 같은 비린 맛이 났으며 그 맛은 효정의 비위를 상하게 했다. 경재의 손가락을 뱉어내고 싶었지만 경재가 무안해할까 봐 효정은 잠깐 동안 숨쉬기를 멈추었다. 하지만 숨을 언제까지 참을 수는 없었다. 그렇다고 침입자처럼 밀고 들어온 경재의 손가락을 여배우처럼 쭉쭉 빨며 받아들일 수는 더더욱 없었다. 기름 냄새가 고스란히 밴 낡은 버스를 탄 것처럼 멀미 기운이 일었다. 입천장에 맑은 침이 고이기 시작했다.

영화의 장면은 침대로 옮겨졌다. 장면이 바뀌자마자 효정은 얼른 경재의 손가락을 입에서 빼내고 그의 손에 맥주잔을 들려주었다. 맥주잔을 든 경재의 손이 얼음처럼 굳어 있었다. 잠시 허공에 어색하게 떠 있던 경재의 손이 움찔하더니 탁자 위에 맥주잔을 탁 내려놓았다. 영화를 끝까지 봤으나 영화가 끝날 때까지 경재는 아무 말도 하지 않았다. 평소 같으면 어깨를 툭툭 치며 웃기도 하고 배우들의 행동이나 대사에 제법 긴 훈수를 뒀을 터였다. 영화가 끝나고 어지럽게 늘어놓은 맥주잔과 땅콩 껍질 따위를 치운 뒤 방에 들어갔을 때 경재는 벽쪽으로 등을 돌리고 침대에 누워 있었다. 효정이 잠들 때까지 경재는 몸부림 한 번 치지 않았다. 효정은 잠을 잘 수가 없었다. 아니, 잠이 오지 않았다. 잠을 자다가 꼭 다리를 효정의 몸 위에 올리는 버릇이 있는 경재가 죽은 것처럼 조용했으므로 효정은 간혹 이마가 서늘해지기도 했다. 새벽 3시가 될 때까지 효정의 정신은 씻은 듯이 말갰다. 효정은 오른손 검지를 입에 넣었다. 혀가 손가락에 닿았다. 손가락을 천천히 빨아보았다. 아무 맛도 느껴지지 않았다. 아니, 맛이 아니라 어떤 성욕이나 희열도 맛볼 수 없었다.

음악이 끝나자 운전대를 잡고 있던 손을 잠시 놓은 채 경재가 박수를 쳤다.

"〈G선상의 아리아〉, 그냥 아리아보다 난 G선만으로 연주하는 이 아리아가 좋더라. 슬프고 비장하고 아름다워."

"〈G선상의 아리아〉?"

"그래, 당신이 제일 좋아하는 곡이잖아."

"아, 〈G선상의 아리아〉. 바이올린 곡이었어."

"맞아. 바이올린."

엄마가 떠난 후 가슴속의 응어리를 누르고 살던 어느 날, 라디오에서 흘러나오는 이 음악을 듣고 한 시간 동안 울었다. 그런데 그 〈G선상의 아리아〉를 잊다니, 바이올린인지 첼로인지 잊다니. 효정은 두려움에 눈을 꾹 감았다.

"나, 또 잊었어. 어떡하지."

"걱정 마. 내가 있잖아. 당신이 잊은 거 내가 다 알려줄게."

효정의 어깨를 꼭 감싸 안으며 경재가 말했다. 말을 하는 대신 경재는 몸짓으로 의사를 전달했다. 그럴 때 효정은 경재와 하나가 되는 듯한 느낌에 사로잡혔다. 이것이 육체가 선사하는 정신적인 감흥이라는 것을 효정은 미처 몰랐다. 한참 후 경재가 효정의 허벅지에 손을 올리고 노크하듯이 톡톡 두드렸을 때 효정은 감았던 눈을 떴다.

"다 왔어."

차에서 내려 밖으로 나간 경재는 효정이 앉아 있는 조수석의 문을 열어주었다. 땅에 발을 내디디려는 순간 효정은 앉은 자리에서 휘청하며 앞에 있는 경재의 다리를 잡았다. 다리에 아무런 감각이 없었다. 발을 움직이려고 했지만 다리가 꼼짝도 하지 않았다.

"마비가 오기 시작하나 봐. 어떡해"

"아니야, 그럴 리가 없어. 이리 펴봐."

쪼그리고 앉은 경재가 효정의 다리를 주무르기 시작했다. 허벅지와 종아리를 주무르는 경재의 손에 조급함이 묻어났다. 손등에 핏줄이 툭 불거지고 관자놀이에는 금방 땀이 솟아났다. 딱딱하던 효정의 다리가 조금씩 풀리더니 움직이기 시작했다. 효정은 경재의 어깨를 손톱이 파고들듯이 꽉 붙잡았다.

"됐어. 이제 괜찮아."

마비가 올 수도 있다는 의사의 말을 들은 것이 불과 두 시간 전이었다. 마비가 올 수도 있습니다. 의사는 담담하게 말했지만 효정은 뇌종양입니다, 라는 말을 들었을 때처럼 머릿속에서 무거운 뭔가가 쿵 하고 떨어지는 소리를 들었다. 마비가 오면 아무것도 할 수 없게 된다. 그때는 죽을 때가 다 된, 버리기도 귀찮은 병들고 늙은 개와 다를 게 뭐가 있을까.

경재가 효정의 등을 감싸 안았다. 효정은 경재의 허리에 손을 둘렀다. 약간 두툼한 살집이 만져졌다. 단단한 근육은 없지만 두부처럼 물렁거리는 것도 아니었다. 만지고 쓰다듬기에 적당한 부드러운 살집이었다. 효정은 문득 경재의 허리가 처음에도 이랬을까 생각했다. 처음에는 어땠는지 기억이 나지 않았다. 스스로 경재의 몸을 탐색한 적이 없으니 기억을 잃은 것이 아니라 기억이 없는 것이 당연했다. 효정의 손이 허리를 거쳐 엉덩이로 내려갔다. 엉덩이는 납작한 편이고, 약간 짝짝이 느낌이 났다. 경재는 항상 오른쪽 엉덩이에 지갑을 넣고 다녔다. 그것을 안 지는 얼마 되지 않았다. 뒷주머니에 지갑을 넣는 것은 짝궁둥이로 만들기도 하고 허리 건강에도 좋지 않다고 하는데, 버릇이 됐는지 이야기를 해도 말을 듣지 않았다. 효정이 엉덩이를 주물럭거리기 시작하자 경재가 엉덩이에 붙어 있는 손을 떼어냈다.

사람이 있는 곳에서는 잡힌 손도 빼내던 효정이었다. 길을 걸을 때에도 1미터 이상은 떨어져서 걷던 효정은 이제 에로영화 속의 주인공처럼 과감해졌다. 경재의 어깨에 머리를 기대고 경재의 가슴을 더듬는 스킨십이 언제부터 밥 먹는 일처럼 자연스러워졌는지 모를 일이었다.

효정은 엄마를 떠올렸다. 엄마의 얼굴은 기억나지 않았다. 하지만 엄마라는 존재는 분명히 있었다. 엄마는 효정이 네 살 때 집을 나갔다. 그때부터 아버지를 도와 집안일을 맡아 해야 했고 동생도 보살펴야 했다. 고등학교 3학년 때 잠시 집안일에서 해방이 되었지만 효정이 커갈수록 아버지의 시선은 더 집요해졌다. 효정이 엄마를 떠올리는 것보다 훨씬 더 많이, 아버지는 딸을 보며 제 아내를 떠올렸던 것이다. 대학을 졸업하고 직장에 다니고 경재와 연애를 하던 때에도 효정은 아버지 눈치를 보고 8시가 넘으면 집에 가야 한다고 종종걸음을 쳤다. 짧은 치마도 못 입었고, 머리카락을 마음대로 자르지도 못했다. 가장 힘든 건 경재를 이해시키는 일이었다. 경재는 효정의 처지를 누구보다 잘 알고 있으면서도 입에 넣은 사탕을 빼앗긴 아이처럼 떼를 쓰고 억지를 부렸다. 효정의 집 앞에서는 데이트 때마다 실랑이가 벌어졌다.

"조금만 더 있다 가면 안 돼?"

"지금 들어가도 난 죽었어."

"보내기 싫어. 조금만 더 있다가 가."

"가야 해. 내일 만나."

"우리 같은 연인들이 어디 있겠어? 지금 겨우 7시야."

"우리 아버지 알잖아."

"엄마 없이 딸 둘 키우는 너희 아버지 입장에서 당연히 그럴 수 있다

하루에도 몇 번씩 이해하려고 하는데도 진짜 이럴 때마다 화가 난다."

경재의 말이 채 끝나기도 전에 효정은 대문 안으로 들어가버리곤 했다. 아버지가 어디선가 보고 있을 거라는 생각에서였다.

귀가 시간보다 더 경재를 애타게 한 것은 스킨십이었다. 효정은 키스 이상은 허락하지 않았다. 키스를 하면 자연스럽게 가슴을 만지게 되었는데, 그때마다 효정은 경재의 손을 움켜잡고 꼼짝도 못하게 했다.

"조금만, 옷 위로 만질게."

"안 돼. 왜 꼭 만지려고 하는 거야?"

"사랑하니까. 내가 얼마나 참고 있는데 만지는 것도 안 돼?"

"그럼 조금만 더 참아. 가슴 만지면 다른 것도 금방 하고 싶어질 거야."

"효정아, 좀 봐주라."

"너 짐승 같아."

"짐승이라도 좋아. 한 번만, 응?"

한 번만, 이라며 경재가 효정의 가슴을 잡는 순간 효정이 비명을 질렀다. 그런 해프닝은 데이트 때마다 반복되었다. 경재가 화난 사람처럼 하루 종일 툴툴거려도 효정은 오로지 그에게 인내만 요구할 뿐 다른 어떤 해결책도 제시하지 않았다. 순결을 지키고 싶어 하는 효정을 이해하려고는 하지만 온몸에 정조대라도 두른 것처럼 구는 그녀는 도무지 납득하기 힘들었다.

신혼 첫날밤 효정의 몸을 여는 데 얼마나 많은 시간을 소비했는지 아침에는 서로 피곤해서 일어나지도 못할 지경이었다. 효정의 다리는 빳빳하게 굳어 있었고, 팔은 칡넝쿨처럼 팔짱을 낀 채 몸을 감싸고 있었다. 키스를 하고 목덜미에 애무를 해도 가슴을 열어주지 않았다. 애원을 하고 사정을 해서 겨우 효정의 팔을 풀었을 때, 성이 난 듯 솟아 있던 경재의 성기는 데친 시금치처럼 죽어 있었다. 경재는 다시 키스를 시도했고, 효정의 몸에 천천히 다가갔다. 효정의 입에서 아, 하는 신음이 터져나온 것은 침대에 몸을 눕힌 지 두 시간이 지나서였다.

신혼 첫날의 노역이 끝나자마자 효정은 잠옷을 꼼꼼하게 챙겨 입은 후 경재의 팔을 베고 누웠다. 부부관계라는 절차가 힘겹게 끝나자 비로소 결혼식의 모든 형식적인 순서가 마무리된 기분이었다.

경재는 효정이 지나치게 스킨십을 거부하는 것은 오로지 아버지의 영향일 거라고 여겼다. 효정이 남자에 서툰 것도 처음이기 때문에 그렇다고 생각했다. 때로 애가 타기는 해도 그것이 오히려 효정의 매력으로 보이기도 했다. 결혼을 하면 효정과 사랑을 나누는 일에서 생기는 모든 문제점은 사라질 것이라고 생각했다. 하지만 결혼을 하고 나서도 효정은 달라지지 않았다. 이불 속에서 옷을 벗고 함께 눕는 것조차 거부했다. 함께 목욕하자고 했다가 성추행범 취급까지 받았다. 효정의 목숨이 이제 1년도 남지 않았다면 효정은 평생을 그렇게 살다가 가는 셈이었다.

그런데 지금 효정은 평생을 치욕스러워하고 부끄러워하던 욕정의 발산에 골몰하고 있다. 죽음을 앞둔 환자와 매일 관계를 해도 되는지, 잦은 관계가 이 병에 미칠 악영향은 없는 것인지 의사에게 물어보고 싶었지만 차마 할 수가 없었다. 길 가는 어린아이에게 물어도 '그건 말도 안 될 말'이라는 대답이 돌아올 게 뻔했기 때문이다.

처음에는 얼결에 경재의 몸을 찾게 된 것이라고 생각했다. 하지만 첫 관계 이후 지금까지 하루도 빼지 않고 섹스의 행진은 계속되었다. 시간이 정해진 것은 아니었다. 고통이 찾아오지 않는, 진통제의 효력이 발휘되는 동안이었다. 이 기묘한 행위가 시작된 지 세 번째 날 효정이 경재의 팬티에 손을 댔을 때, 뭐 하는 짓이냐고 급기야 경재는 버럭 화를 내고 말았다. 효정의 눈이 한여름 바닷가의 모래바람처럼 뜨겁게 일렁였다.

"나를 천하에 흉악무도한 놈으로 만들 작정이야, 당신. 도대체 왜 이러느냐고. 당신이 이 짓을 언제까지 견딜 수 있을 것 같아? 제발 이러지 마. 도대체 왜 이러는 거야?"

아무 말도 없이 경재의 눈을 들여다보던 효정이 경재의 손을 잡아 자신의 팬티 속으로 집어넣었다. 경재는 손을 와락 빼버렸다.

"이건 안 돼. 안 될 말이야. 당신 못 견뎌. 이건 죽음을 재촉하는 일이 될 거야. 당신 치료를 포기한 거야? 그래서 이러는 거야? 도대체 왜 이래? 제발 나한테 이러지 마. 나더러 어떻게 하라고, 어떻게 견디라고 이러는 거야?"

"우린 부분데, 이러면 안 돼?"

"부부? 부부니까, 당신 내 아내니까 이럴 수 없어. 당신이 얼마나 힘들지 아니까. 당신, 생각해봤어? 나는 어떨 것 같아? 죽음을 넘나드는 고통 속에서 하루하루를 겨우겨우 견디고 있는 마누라 몸이나 찾는 나는 어떨 것 같으냐고? 내가 얼마나 괴로울지 생각 안 해봤냐고? 도대체 나한테 왜 이러느냐고?"

"여보, 민주 아빠. 난 지금 시간이 없어."

"그러니까, 그러니까 우리 이러지 말고 병원으로 가자."

"병원은 이제 갈 필요가 없어. 그건 당신이 더 잘 알잖아. 방사선치료 외에 다른 방법이 없다는 걸 당신도 잘 알잖아. 그걸 1년 하다가 죽으란 말이야?"

"방사선치료를 하면 더 오래 버틸 수도 있잖아. 당신 정말 이러지 마. 누구 먼저 죽는 꼴 보고 싶어?"

"여보, 민주 아빠."

"제발, 효정아, 제발……."

"민주 아빠…… 아무리 좋은 생두로…… 최상의 상태로 로스팅 되었다고 해도 가스가 다 빠져나가고 산패에 접어든 원두는…… 더 이상 좋은 원두라고 할 수 없어. 일단 로스팅 된 커피는 숙성된 후…… 산패라는 종착역을 향해 달리는 거야."

"그게 무슨 소리야?"

"당신에게 내려지고 싶어. 그 종착역에 닿기 전에 내 몸에서 내릴 수 있는, 내 몸에서 뽑을 수 있는 최고의 커피를 내리고 싶어."

신선한 원두일수록 거품이 고르고 풍부하며 고유의 향기를 간직하고 있다. 효정은 자신이 이미 신선도가 떨어져버린 맛도 향기도 없는 불쾌한 맛의 커피가 되었을지도 모른다는 생각을 했다. 하지만 그래도 내리고 싶었다. 아직은, 아직은 산패되지 않았다고 믿고 싶었다.

효정이 경재의 얼굴을 그윽하게 쳐다보았다. 조금씩 효정의 눈에 습기가 차올랐다. 소리도 없이 말도 없이 귀 뒤로 흘러내리는 효정의 눈물은 끝없이 이어졌지만 그녀의 눈동자는 더 이상 흔들리지 않았다.

"손을 줘, 당신 손을……."

효정이 손을 내밀었다. 경재는 효정의 손을 잡았다. 조금 전에 와락 빼버린 손이 생각났다. 효정은 자존심이 강한 여자였다. 다시 손을 내밀 것이라고 생각하지 못했다. 효정이 경재의 손을 꼭 잡아 쥐었다. 그리고 경재의 손을 그녀의 팬티 속으로 집어넣었다.

"여보, 나 좀 흥분시켜줘."

낭떠러지 앞에 선 것처럼 몸이 떨려왔다. 칼바람이 몰아쳐 가슴을 서늘하게 식혀버리고 있었다. 경재는 눈을 감았다. 효정의 몸에 집중하려고 노력했다. 경재는 손을 천천히 움직였다. 하지만 10분이 지나도록 효정의 몸은 아무런 반응이 없었다. 10분이라는 시간은 긴 시간이었다. 효정의 아랫도리는 가뭄의 우물처럼 말라 있었고, 경재의 손은 거스러미가 일 정도로 건조했다. 그것은 둘 모두에게 고통스러운 일이었다. 하지만 경재는 멈출 수가 없었다. 효정의 신음 소리 때문이었다. 마치 감동 없는 에로물처럼 신음 소리는 기계적이었지만 경재는 울컥 목이 메었다. 효정이 말했다.

"여보, 나 이런 기분으로 죽고 싶어."

효정이 경재의 팬티를 벗겼다. 효정은 야단맞은 아이처럼 풀이 죽어 있는 경재의 물건을 두 손으로 천천히 마사지하기 시작했다. 경재는 손을 뻗어 협탁 위에 있는 섹스용 젤크림을 집어 들었다.

더치커피의 사랑

강배전의 원두를 그라인더에 넣고 입도 조절레버를 맞추었다. 적당한 크기로 갈아야 했다. 입자가 고우면 물이 잘 빠지지 않아 넘치거나 물과 오랜 접촉으로 원두의 잡맛이 우러나는 경우가 있고, 또 너무 굵으면 원두의 성분이 미처 우러나지 않았다. 찬물로 내리기 때문이었다. 찬물을 한 방울 한 방울씩 떨어뜨리며 레버로 속도 조절을 했다. 물방울이 떨어지는 속도는 추출된 커피의 맛을 결정짓는 중요한 요소였다. 속도가 느리면 커피가 물을 머금은 시간이 늘어나기 때문에 커피가 진해지고, 속도를 빠르게 하면 상대적으로 연하게 추출되었다. 물이 떨어지면 핸드드립 할 때처럼 거품이 빵처럼 부풀어 오르지는 않지만 원두의 표면에선 한숨을 쉬는 듯한 미세한 움직임이 일어났다.

효정은 더치 기구를 한쪽으로 옮겨놓았다. 내일 아침에는 다 내려져 있을 것이고, 그것을 유리병에 옮겨 담아 그대로 냉장고에 보관하면 되었다. 이렇게 숙성을 시키면 원두 특유의 쓴맛과 신맛이 없어지고 순하고 감미로운 맛이 느껴졌다. 맛뿐만 아니라 더치커피는 크레마가 없어서 시각적으로도 깨끗했다. 마치 순수와 관능을 함께 지닌 여자 같은 느낌이었다.

더치커피는 아프고 난 뒤 유독 손이 가는 커피였다. 설령 카페인이 병을 악화시키는 데 아무런 역할을 하지 않는다고 해도 커피라는 음료가 가지고 있는 일반적인 선입견 때문에 커피를 가까이하기는 어려웠다. 하지만 그것은 가끔 고통스러운 형벌로 다가왔고, 커피를 마시지 않고 하루를 보내면서 효정은 생각도 집중도 할 수 없는 금단증세를 겪었다. 더치커피가 찬물로 오랜 시간 추출하기 때문에 카페인 함량이 거의 없다고 배운 것은 커피전문점 창업을 위한 아카데미에서였다. 찬물에는 커피원두가 갖고 있는 카페인이 녹아내릴 수가 없다고 했다. 과학적으로 사실이든 아니든 지금 상태에서 그 말은 위안이 되었다. 그렇게 마시기 시작한 것이 벌써 두 달이 넘었다. 이젠 카페인 때문만도 아닌 더치커피에 대한 애정이 생겼다. 찬물로 내리기 때문에 아무리 양이 적어도 네 시간가량 걸렸는데 어느 때는 그것이 다 추출될 때까지 꼼짝도 하지 않고 보고 있을 때도 있었다. 천천히 아끼듯이 방울방울 떨어지는 커피를 보면 시간이 얼마 남지 않은 아련한 생명 같기도 하고, 누군가가 흘리는 눈물 같기도 했다. 실제로 더치커피를 커피의 눈물이라고도 부르는 걸 보면 효정의 상상이 아주 잘못된 것도 아닌 셈이었다.

미리 숙성시켜둔 사흘 전의 커피를 냉장고에서 꺼냈다. 오랜 시간 동안 한 방울씩 모여 차가운 온도 속에서 서로 몸이 섞이며 숙성된 커피는 충분히 관능적이었다. 와인 잔에 얼음과 시럽을 넣고 더치커피를 부었다. 손을 천천히 흔들자 얼음이 와인 잔에 부딪치는 소리가 달그락달그락 났다. 얼음 소리와 커피의 쓴맛 그리고 시럽의 단맛이 서로 몸을 섞고 있었다. 한 모금 입안에 머금고 혀를 움직이자 은근한 향기가 입천장을 자극했다. 검고 차가운 액체는 폭우 속의 맹렬한 물줄기처럼 빠르게 온몸의 핏줄을 타고 흘렀다. 효정은 눈을 감았다. 발을 주무르는 경재의 손길이 느껴졌다. 발가락 사이사이를 쓰다듬은 경재의 손이 종아리와 허벅지를 천천히 애무하고 가느다란 발을 가진 벌레처럼 조금씩 전진해 효정의 아랫배를 지그시 눌렀다. 효정은 고개를 뒤로 젖히고 경재가 어디쯤 왔을까 생각했다. 운전대를 잡은 그의 손, 가속페달을 밟는 그의 발, 계단을 오르고 비밀번호를 누르고 현관을 들어서는 그의 체취가 방 안 가득 퍼지는 듯해 효정은 가슴이 팽팽해졌다.

효정은 공책을 펼쳤다. 버킷리스트라고 썼지만 첫 번째 페이지에 민주라고 쓴 이후 아무 단어도, 문장도 적지 못하고 있었다. 벌써 며칠째였다. 불치병에 걸린 드라마 여주인공이 그랬던 것처럼 스무 가지 정도는 쓸 수 있을 줄 알았다. 어떻게 해서 그 여자는 죽기 전에 하고 싶은 일을 그렇게 찾을 수가 있었을까. 막연하게 하고 싶은 일은 너무나 많았고, 반면 하고 싶은 일이 전혀 생각나지 않기도 했다. 효정은 공책을 덮었다. 민주를 보면 눈물부터 쏟아졌고, 경재를 보면 벌거벗은 온몸으로 안고 싶었다. 시험이 코앞인데 공부를 전혀 해놓지 않아서 벼락치기조차 두서없이 갈팡질팡했던 고등학교 첫 시험 때 같은 불안하고 다급한 기분이었다.

효정은 인터넷 검색창에 '체위'라고 썼다. 한 번도 해보지 않은 체위가 수두룩했다. 어쩌면 한 가지도 제대로 해보지 못하고 내일 당장 죽을지도 몰랐다. 한 번에 두 가지씩 해보고 싶지만 그것은 체력이 감당하지 못했다. 진통제를 삼키고 고통이 오기 전의 시간 동안 경재가 당황해할 때마다 효정은 자신이 얼마나 잘못된 일을 하고 있는지에 대해, 경재를 얼마나 힘들게 하는지에 대해 생각했다. 하지만 이것이 정말 나쁜 일인지에 대해서는 말할 수 없었다. 뇌압이 상승해서 두통이 온몸을 누를 때에는 고통이 뼈를 옥죄었지만, 효정에게는 그것을 넘어서는 더 큰 것이 존재하고 있었다. 그를 사랑하는 일이 얼마나 효정의 가슴을 벅차게 하는지, 늘 얼음장 같았던 그녀를 얼마나 타오르게 하는지 그는 알지 못할 것이었다. 무엇보다 열정은 부질없는 질투와 함께 왔다. 질투는 어제보다 더한 열망을 불러왔다. 효정이 이 세상에 없어지고 난 후 경재는 새로운 여자와 사랑을 하게 될 것이다. 그렇게 될 가능성이 많겠지만, 민주를 위해서도 그렇게 되어야 하겠지만, 그 생각을 하면 가슴이 바늘 끝으로 파이는 듯 아팠다. 죽고 난 후, 얼굴도 모르는 여자에 대한 질투라니. 건강하게 살아 있을 때 맘껏 하지도 못한 사랑이라니. 이제 희나리가 되어버린 쓸모없는 몸뚱이라니. 시한부 삶을 살게 된 남편이 치료를 포기하고 이 세상에 혼자 남을 아내를 위해 남자를 구해준다는 이야기를 읽은 적이 있었다. 그것은 거짓말이었다. 효정에게 그것은 위선이었다. 그것은 질투보다 강하지 못했다. 하루에도 수십 번씩 그를 향한 그리움이 효정을 삼키는데 시간은 있는 힘을 다해 거꾸로 달음박질쳤다. 지금 효정에게 간절한 것이 있다면 진통제가 지속하는 시간이 좀 더 길기를 바라는 것뿐이었다.

퇴근하자마자 효정이 경재의 바지를 잡아끌었다. 경재가 바지춤을 잡았다. 밖은 훤하고, 아직 해가 지지 않았다. 작은 불빛이 있어도 용납하지 않던 효정이었다. 관계를 할 때에는 언제나 이불을 경재의 등까지 끌어 올렸다. 더군다나 민주가 올지도 몰랐다. 학원에 가야 할 시간이긴 하지만 혹시 안 가고 집으로 바로 올 수도 있었다. 평소의 효정은 민주가 완전히 잠든 것을 확인하지 않으면 절대로 응하지 않았다. 민주의 방에서 음악 소리만 들려도 경재의 손길을 냉정히 뿌리쳤다. 어쩌다 성급한 경재의 손길은 파렴치한 취급을 당하기 일쑤였다.

경재의 바지 위에서 효정과 경재의 손이 맞부딪쳤다. 효정의 숨이 거칠어졌다. 효정이 원하면 언제든지 해야 하는 것일까. 그녀가 환자라는 것을 배려하는 것이 배려인지 배려하지 않는 것이 배려인지 알 수 없다, 라고 생각했지만 경재는 입을 꾹 다물었다. 판단하기 힘든 건 판단하지 않아야 했다. 효정이 거친 숨을 몰아쉬며 짧게 말을 뱉어냈다.

"급해. 좀 전에 진통제 먹었어. 진통 효과 떨어지기 전에 빨리."

왜 그러느냐고, 꼭 해야 하느냐고, 그렇게 힘든데 왜 해야 하느냐고 이런 상황이 닥칠 때마다 또 새롭게 묻고 싶었지만 이제 경재는 아무 말도 하지 않았다. 오로지 발기에만 신경을 썼다. 발기가 되지 않을 때 효정이 얼마나 실망할지 알기 때문이었다. 경재의 발기부전이 자기 탓이라고 생각할 것이 틀림없었다. 죽음 앞에서 성의 향연이라는 고약한 제안을 해온 효정이 어떤 생각을 하고 있는지 감히 상상할 수 없지만 경재는 이제 다른 것은 생각하지 않기로 했다. 지금은 오로지 사랑하고 싶다는 생각만 하기로 했다.

가끔 효정의 요구를 묵묵히 들어주는 것이 효정의 죽음을 받아들이고 있기 때문은 아닌지 죄책감이 들 때가 있었다. 아내의 마지막 소원이라고 이미 자신이 받아들이고 있는 것은 아닌지 말이다. 상식적인 수준이라면 지금 경재가 할 일은 효정을 설득하여 병원 침대에 눕히고 방사선치료에라도 의존해야 하는 일일 것이다. 마지막이라는, 얼마 남지 않았다는 의사의 말을 스스로 받아들이고, 마지막 선물이라도 던지듯이 효정의 이 해괴망측한 요구를 받아들이고 있는 것은 아닌가.

무엇보다 두려운 것은 섹스 그 자체였다. 이 짓이 정말 평생 이 여자와 함께 해온 일이라는 것을 믿을 수 없었다. 앞으로 어떤 포르노를 보더라도 발기하지 않을 것 같은 공포심을 느꼈다. 하지만 경재는 소리도 없이 기어들어온 두려움을 그냥 내버려두었다. 그것은 의사도 가족도 친구도 모르는 일이었고, 상의가 불가능한 일이었다. 이것은 부부의 일이었다.

그러다가 문득 경재는 그 일을 생각했다. 벌써 10년은 넘었을 그 일이, 경재에게는 섬뜩 가슴을 베었던 날카로운 짧은 기억이지만, 효정에게는 태풍 속의 바닷가에 서 있는 것과 같았다는 그 일이 떠올랐다.

효정이 내민 경재의 핸드폰에 민화의 이름이 수없이 찍혀 있었다. 문자의 내용은 지웠는데 통화 기록은 삭제하지 않았기 때문이다.

"누구야?"

"어, 회사 직원."

"내일 통화 내역서 좀 떼와. 떼오지 않으면 그 여자 내가 직접 만날 테니까."

민화는 회사 여직원이었다. 밤늦게까지 문자를 주고받았으며 일요일에는 효정 몰래 데이트를 했다. 처음 두 달 무렵까지는 키스야 할 수도 있겠지만 잠자리는 절대 하지 않겠다고 다짐했다. 하지만 시간이 지날수록 몸이 먼저 서로를 기억하고 서로를 찾아냈다. 민화와 함께 모텔에 가는 것이 그 당시 경재의 꿈이었다. 하지만 모텔에 가기도 전에 효정에게 들켜버린 것이었다. 경재는 추궁하는 효정에게 아무 일도 없었다고 끝까지 잡아뗐다.

"믿지 않을지도 모르지만 그냥 조금 친한 여직원일 뿐이야. 밤늦게 문자를 주고받기도 하고 저녁을 함께 먹기도 했어. 하지만 맹세코 그 이상은 없었어."

"맹세코 없었다고? 하지만 나한테 들키지만 않았다면 앞으로 충분히 있을 수 있었겠네. 안 그래?"

"그래, 맞는 말일지 몰라. 하지만 맹세할 수 있어. 아무 일도 없었어."

"당신은 나를 얼마나 믿는지 모르지만 나는 당신을 믿지 않아."

"믿어달라고 안 해. 하지만 사실이 그래."

효정은 아무 말 없이 물끄러미 경재를 보더니 잠시 후 결심한 듯 말을 했다.

"그 여자는 어땠어? 당신이 원하는 대로 다 해줬어?"

경재는 잠깐 그 말이 무슨 뜻인지 몰랐다. 당신이 원하는 대로가 체위를 의미한다는 것을, 스킨십의 여러 가지 방법을 의미한다는 사실을 그때는 몰랐다. 왜냐하면 경재는 민화와 관계를 가진 적이 없다고 말했고, 그것을 당연히 효정이 믿어야 한다고 생각했기 때문이었다. 그런데 왜 지금 그 말이 전등처럼 머릿속에 환히 켜지는 것인가. 왜 지금 그 말이 채찍처럼 경재의 등을 내리치는 것인가. 혹시 효정이 그것 때문에 상처를 입은 것인가. 하지만 그것은 효정과 살아온 인생에 잠깐 스친 짧은 해프닝이었다. 그 일 때문에 죽음을 앞두고 섹스에 집착한다는 건 말이 안 되는 일이었다.

계속되는 행위는 발전한다. 세상의 모든 발전은 시간을 단축시키지만 단 한 가지 섹스의 발전은 시간을 연장시킨다.

처음에는 불가능할 것이라고 생각했다. 죽음을 앞둔 환자와의 관계라니, 마음은 물론이고 발기도 되지 않을 거라고 생각했다. 발기부전이 혹시 효정에게 실망감을 안겨줄까 싶어 하루 종일 아랫도리에만 신경을 집중시킨 날도 있었다. 하지만 처음의 걱정과 괴로움과 두려움과 하물며 효정을 향한 알 수 없는 분노까지 시간이 지나면서 사라졌다. 그리고 관계하는 시간이 길어졌다. 효정이 아프다는 것을 깜빡깜빡 잊을 정도로 경재는 행위에 몰입하기도 했다. 습관이 이렇게 무서운 것이었나 스스로 자문하면서 반성했으나 반성도 자기 검열도 차츰 줄어들었다. 즐기는 것이 진정으로 효정이 원하는 바라는 걸 알기 때문이었다.

섹스는 효정의 남은 삶의 전부인 것처럼 보였다. 심지어 세상을 향해 날을 세우고 있는 사춘기 딸, 민주조차 눈에 들어오지 않는 듯했다. 경재와 함께일 때 효정은 오로지 그 행위에만 몰두했다. 다양한 체위를 검색하고 연습했다. 마치 효정의 인생에서 유일하게 빠트린 것이었던 것처럼. 그 속에는 효정의 간절한 염원이 지친 듯 함께 숨을 쉬고 있었다. 매일매일 다양한 체위가 실험되었다. 체위뿐만 아니었다. 효정은 인터넷을 뒤져 상대방을 흥분시킬 수 있는 방법을 찾아내기도 했다.

"이게 뭐야?"

"있어봐."

경재가 퇴근해오니 방바닥 위에 요가 깔려 있고 그 위에 비닐이 펼쳐져 있었다. 비닐은 셀로판테이프로 바닥에 단단하게 고정되어 있었다. 제 옷을 먼저 벗은 효정은 경재의 옷을 벗기고 요에 누우라고 했다. 그러더니 경재의 몸에 오일을 바르기 시작했다. 손바닥으로 넓게 펴서 가슴과 배에 바르고 사타구니와 허벅지 그리고 종아리를 천천히 문질렀다. 효정의 표정은 중요한 의식을 치르는 사람처럼 엄숙하고 진지했다.

"당신은 안 발라? 내가 발라줄까?"

효정이 빙긋이 웃으며 머리를 저었다.

"난 바를 필요 없어. 당신을 껴안고 문지르면 되니까."

이윽고 효정의 몸이 완전하게 밀착되어왔다. 살과 살이 맞부딪치자 미끌거리면서 몸의 모든 감각이 깨어났다. 깨어나고 살아나면서 커지고 요동쳤다. 팔과 팔이 뒤엉키고 다리와 다리가 섞여들었다. 어느 것이 내 살이고, 어느 것이 상대방의 것인지 구분할 수 없었다. 가슴과 가슴이, 성기와 성기가, 입술과 입술이, 손가락과 손가락이 얽혀서 삼킬 듯이 탐닉했다. 서로의 몸을 문지르고 어루만지면서 두 사람은 끝도 없는 열락 속으로 빠져들어갔다. 어느 순간 두 몸이 하나가 되고 경재는 깊이를 알 수 없는 고적한 곳에서 모든 것을 쏟아냈다. 어느새 셀로판테이프가 벗겨진 것인지 구겨진 비닐이 효정의 등에 달라붙어 있었다. 경재는 효정을 비닐과 함께 꼭 끌어안았다.

하지만 늘 열락의 세계를 맛보는 것은 아니었다. 다음 날은 냉장고에서 가지고 온 사각 얼음 여러 개로 등을 문지르는 바람에 기겁을 하고 벌떡 일어나야 했다.

"이것도 꽤 흥분된대. 조금만 참아봐."

"그만, 얼음은 그만해. 어떤 놈이 흥분이 된대? 온몸이 오그라들어. 나한테는 고문이야."

손을 홰홰 내젓는 경재를 보고 효정이 목젖을 드러내며 깔깔깔 웃었다. 뿐만 아니었다. 심지어 촛농을 몸에 떨어뜨리기도 했는데, 비명을 지르는 경재와는 달리 그렇게 뜨겁지는 않던데, 하고 말하는 것으로 봐서 낮에 혼자서 실험을 하기도 하는 모양이었다.

한 번도 경험하지 않은 부부간의 행위는 두 사람을 오묘한 비밀의 세계로 이끌었다. 비밀은 두 사람만 공유할 수 있는 마법 램프 같은 것이었다. 그것은 둘을 더욱 가깝게 만들었고, 그럴수록 사랑은 더욱 아슬아슬하고 절박해졌다.

문제는 시간이 길어진다는 데 있었다. 사정을 하지도 않았는데 효정의 얼굴이 고통으로 일그러지는 순간이 눈에 보였다. 게다가 진통제의 약효 시간이 점점 짧아지고 있었다. 그것은 병이 악화되고 있다는 뜻이기도 했다. 밀물처럼 고통이 빠르게 엄습하는 효정을 보면 찬물을 끼얹은 것처럼 성욕이 순식간에 사라졌다. 경재가 효정의 몸에서 떨어져 나오면 그녀는 황급하게 경재의 허리를 잡았다.

"여보, 끝까지 해줘. 끝까지."

그러면 경재가 효정을 와락 끌어안았다. 헉헉, 효정의 얼굴이 일그러지고 숨이 거칠어졌다. 그것은 오르가슴에 이른 효정의 얼굴과 같았다. 효정은 고통과 오르가슴을 혼동하고 있는 것일까. 아니면 매일 죽음의 제전을 치르고 있는 것일까. 경재는 효정의 머리를 있는 힘껏 끌어안으며 신음을 흘렸다. 매일 밤, 누구의 땀인지 누구의 눈물인지 모를 진한 습기가 서로의 가슴을 흥건하게 적셨다.

전쟁 같은 파티가 끝나면 지쳐 쓰러질 것 같은 피곤이 엄습했다.

"여보, 커피."

효정이 커피 마시는 것을 탐탁지 않게 여겼지만 경재는 이 순간만큼은 냉장고에서 숙성된 더치커피를 가지고 와서 잔에 따라주었다. 심장을 훑고 지나가는 검은 커피는 방금 전 나눈 사랑만큼 강렬했다. 느린 속도로 떨어져 결국 오랜 시간이 지난 후 온몸을 적시고 추출되는 더치커피 같은 사랑이었다. 그렇게 몸을 훑고 또 훑어서 내려온 커피는 누군가 생의 마지막에 처절하게 부르는 노래고, 눈물이었다.

커피나무 훔치기

구토를 하다 지친 효정은 화장실 변기에 머리를 기댔다. 구토 때문인지 눈물이 비어져 나왔다. 눈물 때문에 화장실 안의 모든 사물이 굴절되어 보였다. 아니, 눈물을 말끔히 닦아내도 복시 현상은 계속되었다. 한 달 전부터 눈이 뻑뻑하고 침침하던 것이 이젠 아예 상하좌우로 사물이 겹쳐 보이기 시작했다. 방사선치료와 상관없이 구역질은 끊이질 않았다. 지속적인 두통과 목구멍을 치받으며 올라오는 구토, 그리고 머릿속의 뼈들이 잘게 부서지는 것 같은 통증이 효정의 몸을 휘감았다. 그럴 때 주변의 소음이 일시에 사라지며 긴 전자음 같은 이명만 남는 순간이 있었다. 그 고요는 마치 무덤 속의 적막처럼 효정을 무섭게 짓눌렀다.

그 속에 한 여자가 있었다. 여자 역시 효정처럼 변기에 고개를 박고 온몸을 흔들어대며 구토를 하고 있었다. 효정이 여자에게 다가가 등을 두드렸다. 효정의 손길이 느껴졌는지 여자가 얼굴을 훽 들었다. 여자의 눈은 핏줄이 터져 온통 벌겋게 물들어 있었다. 갑작스러운 무서움에 효정은 몸을 벽에 딱 붙이고 눈을 질끈 감았다. 효정을 보는가 싶던 여자는 곧 다시 고개를 변기에 처박고 웩웩거리기 시작했다. 화장실 입구에 어린 동생의 머리만큼 크고 두툼한 발이 나타난 것은 바로 그 순간이었다. 회색 양말을 신은 발의 엄지발가락이 저 혼자 살아 있는 것처럼 움직였다. 밀려드는 공포심에 효정은 차마 고개를 들고 그 발의 임자를 보지 못했다. 여자는 등을 보인 채 웩웩거리고, 남자는 쉬지 않고 발가락을 꼼지락거렸다. 효정은 벽에 등을 붙이고 서서 다리를 달달 떨어댔다. 가끔 고개를 든 여자의 눈에선 구토를 하느라 힘을 쓴 탓인지 눈물이 볼을 타고 흘러내렸다. 여자는 눈물이 흐르는 벌건 눈으로 효정을 돌아보다가 힘없이 얼굴을 떨구었다. 저것은 구토를 하느라 흘린 것이 아니라 진짜 눈물일 수도 있다, 라고 효정은 생각했다.

쉬지 않고 발가락을 꼼지락거린 남자가 여자를 향해 카악 가래 돋는 소리를 내뱉었다.

"연극하지 마, 당신. 죽으려고 약 먹었으면 그냥 죽어. 죽을 만큼 먹으라고. 이런 식의 소동으로 내가 당신을 용서할 것 같아? 그 더러운 몸뚱이를 내가 받아줄 거라고 생각해?"

여자는 다시 고개를 변기에 박았고, 남자의 발가락이 그 자리를 떠날 때까지 고개를 들지 않았다. 여자가 말했다. 효정아, 엄마 좀 일으켜줄래? 변기 속에 갇힌 여자의 목소리가 웅웅 울렸다. 효정이 여자의 손을 잡았다. 여자의 손을 잡는 순간 남자가 다가와 효정을 끌어냈다. 효정이 발버둥을 치며 울었지만 남자는 효정의 가슴을 조인 팔을 풀지 않았다. 효정을 방 안에 넣고 남자가 문을 탁 닫았다.

엄마의 비명 소리가 들렸다. 엄마의 비명 소리는 끊이지 않았고, 아버지의 거친 숨소리는 축축하고 무거웠다. 귀를 막고 방구석에 쪼그리고 앉아 있던 효정이 귀에서 손을 뗀 것은 사방이 너무 조용해서였다. 효정은 화장실로 달려갔다. 화장실 입구에 선 효정은 마치 홍역을 앓는 아이처럼 몸에서 열꽃이 확확 피어오르는 것을 느꼈다. 발가벗은 엄마 위에 올라탄 아버지가 엄마의 목을 조르고 있었다. 엄마의 몸이 죽은 물고기처럼 축 늘어져 있었다.

그다음은 마치 옛날 영화가 재생되듯이 머리에 떠올랐다. 봉인된 기억의 실마리가 왜 지금 이 순간에 이리도 선명하게 풀리는 것일까. 아버지는 눈을 부릅뜨고 효정의 팔을 쥐어 잡고 흔들며 악을 쓰고 있었다.

"언제 나갔어? 언제 나갔냐고! 내가 엄마 잘 지키라고 했지. 그놈이 데리고 갔지? 어디로 갔어? 말해봐."

아버지의 손이 가슴을 조여와 숨을 쉴 수가 없었다. 효정은 고장 난 인형처럼 이리저리 흔들렸지만 입은 꾹 다문 채 아무 말도 하지 않았다. 엄마는 이부자리에 누워 있는 두 딸에게 작별의 시선 한 번 주지 않고 나갔다. 아버지가 출근하고 난 뒤 부스럭거리는 소리에 눈을 떴다. 엄마가 가방을 챙기고 있었다. 어찌나 서둘렀는지 화장품이 몇 번이나 바닥에 굴러떨어지기도 했다. 어느 순간 엄마와 눈이 마주쳤다고 생각했지만 엄마는 효정을 돌아보지 않았다.

아버지는 외할머니 댁과 이모 집, 엄마 친구들 그리고 알 수 없는 몇몇 장소로 엄마를 찾아다녔다. 아버지는 가는 곳마다 두 살배기 동생과 효정을 꼭 데리고 다녔다.

"더러운 년, 내가 반드시 널 찾아 가랑이를 찢어놓을 테다."

직장에 휴가를 내고 아버지가 미친 사람처럼 헉헉거리며 엄마를 찾아다닌 기간은 딱 일주일이었다. 일주일이 지나자 집은 산속의 절간처럼 고요해졌고, 아버지는 가구처럼 말이 없었다. 아버지와 한방에 앉아 있으면 어디선가 알 수 없는 뜨거운 기운이 올라와 효정을 휘감았다. 역겨운 열기였다. 효정은 학학 입을 벌려 큰숨을 내쉬었다. 그러면 벌건 눈을 하고 이마에 주름을 잔뜩 얹은 아버지가 효정의 입을 틀어막았다. 이 화냥년아, 그 더러운 입 닫아.

효정은 입을 헹구고 나서 손바닥에 입을 대고 화 숨을 내쉰 뒤 냄새를 맡아보았다. 냄새는 아직 나지 않는 것 같았다. 가끔 잃은 기억처럼 말이 입술 끝에서 뚝 잘린 듯 나오지 않는 때도 있었지만 그 정도는 괜찮았다. 어쨌든 다행이야. 혼잣말을 중얼거린 효정이 거울의 제 모습에 손을 갖다 대었다. 거울 속의 여자는 지나치게 익은 당근처럼 물컹해 보였다. 여자는 효정에게 익숙했다. 저 여자는 어쩌면 저렇게 엄마랑 똑 닮아 있나. 나이가 들수록 엄마의 외모와 판박이처럼 똑같아서 가끔 친척들은 효정을 보고는 깜짝 놀라 입을 다물기도 했다. 그럴 때마다 효정은 어디론가 숨어버리고 싶었다. 엄마와 똑같아지는 건 정말이지 죽기보다 싫었다.

거울 속에서 엄마 얼굴을 발견할 때마다 효정은 간혹 아버지를 이해하기도 했다. 바람을 피운 엄마를 용서할 수 없었던 아버지는 효정에게도 엄마의 모든 것을 똑같이 적용했다. 아버지는 끊임없이 의심하고 질책했다. 고등학교 1학년 때 집 앞까지 따라온 남학생 때문에 효정은 새벽까지 잠을 자지 못하고 아버지한테 추궁당해야 했다. 남학생이 여학생 뒤를 따라온다는 것은 빈틈을 보였기 때문이라는 것이었다. 그럴 때마다 아버지는 효정을 앞에 세웠다.

"치마 올려라."

"아버지!"

"속옷은 제대로 입고 다니는 거냐?"

"아버지, 제발 그만하세요. 제발요."

교복 단추가 헐거워져 있지는 않은지, 치맛단이 터지지는 않았는지, 상의가 너무 꼭 맞아 몸이 드러나는 것은 아닌지 아버지는 효정을 돌려세워가며 검사를 했다.

"치마 들지 못하겠냐? 속바지는 입은 게냐?"

"아버지!"

아버지가 치마를 들어 올렸다. 효정은 고함을 지르며 치마를 두 손으로 붙잡고 방바닥에 주저앉았다. 아버지의 나무토막 같은 손바닥이 효정의 등짝을 철썩 때렸다. 등뼈가 휘어지는 것 같았다.

"부끄러운 줄 알면 부끄러운 행동을 하지 말았어야지. 머슴애가 집까지 쫓아오도록 만들어? 네가 지금 제정신이야?"

그게 왜 내 탓이냐고 따지고 싶었지만 효정은 입을 꾹 다물며 울음을 삼켰다. 오물을 뒤집어쓴 것 같은 이 수치심에서 벗어날 수만 있다면 무슨 일이든지 하겠다고 다짐했다. 우수한 성적이 나왔는데도 서울로의 진학을 아버지가 허락하지 않는다면, 대학에 입학하자마자 아무나하고 결혼이라도 하겠다고 생각했다. 학교 가는 효정을 불러 세워 코트의 단추를 목 끝까지 채워주던 아버지는 정작 새어머니를 받아들이고 난 후에는 효정에게서 한발 물러난 듯 보였다.

하지만 정작 효정은 그러지 못했다. 성에 대한 거부감이나 정숙한 여자여야 한다는 검열은 나이가 들수록 더 심해졌다. 효정은 스스로를 끊임없이 돌아보고 단속했다. 그리고 그것은 부부의 침대에까지 영향을 미쳤다. 자식을 가지기 위한 수단이 아니었다면 시도하지도 않았을 부부관계였다. 최소한 남편에 대한 예의라고 생각하며 그 시간들을 견뎠다. 오르가슴이나 쾌락은 성도착증 환자들이나 갖는 변태의 다른 이름이라고 생각했다. 그래서 신혼 때는 늘 힘들었다. 경재는 잠자리만을 위해서 결혼한 남자처럼 보였다. 경재는 지치지도 않고 끊임없이 요구하고 또 요구했다. 그의 색다른 요구는 받아들여지지 않았다. 끈적이는 애무와 정열적인 섹스와 다양한 체위에 대한 경재의 환상은 1년도 안 돼 깨졌다. 어쩔 수 없이 의무적인 관계를 해야 하는 경우도 있었다. 경재의 인내심이 거의 폭발할 지경에 이르렀을 때에야 효정은 문을 열었다. 관계 후에도 효정은 세정제를 질 깊숙이 집어넣고 오랫동안 쪼그리고 앉아 뒷물을 했다.

건강했을 때 단 한 번도 상상하지 못한 육체에 대한 열망은 갑자기 찾아왔다. 그것은 허기처럼 간절했다. 뇌종양 판정을 받고 일주일이 지난 어느 날이었다. 케이블 영화 채널에 맞추어진 텔레비전은 경재가 출근하고 난 뒤부터 쭉 켜져 있었고, 효정은 소파에 앉아 아무 생각 없이 몇 시간째 화면에 눈을 주고 있었다. 초 간격으로 바뀌는 화면은 의미 없는 영화배우들만 들락날락하고 있었다. 잘못 걸린 전화를 한 통

받고 난 뒤 효정은 눈물을 줄줄 쏟아냈다. 마치 그 잘못된 전화가 이제 당신은 이생에서 그만 살라는 사형선고처럼 들렸다. 한참을 흐느끼던 효정은 여전히 텔레비전에 시선을 놓은 채 아직도 쉼 없이 흔들리는 가슴을 진정시켰다. 흐린 시야 속으로 텔레비전 화면이 서서히 밀려들어왔다. 효정은 화면에서 눈을 떼지 못하고 그 자리에 석고상처럼 굳어졌다. 화면에서는 탕웨이와 양조위가 주연한 영화 〈색, 계〉가 방영되고 있었다. 몇 년 전, 오랜만에 만난 고등학교 때 친구들이 보러 가자고 했지만 지나친 정사신으로 미리 알려진 그 영화를 보고 싶은 생각이 없어서 혼자 집으로 돌아와버린 기억이 났다. 햇살이 비껴간 침실에서 남자는 가학적으로 여자를 다루고 있었다. 옷이 찢어지며 뜯겨 나가고 여자는 침대에 내팽개쳐졌다. 거친 호흡이 화면을 가득 메우고 여자의 등에 몸을 맞댄 남자의 손이 여자의 얼굴을 억지로 돌려잡았다. 그것은 정사가 아니라 전쟁이었다. 죽음처럼 참혹하고 불꽃처럼 강렬했다. 서로가 서로를 지독하게 물어뜯고, 그리고 마침내 둘은 하나가 되어 스스로의 몸을 소진했다. 이미 시작해버렸으니 멈출 수 없었다. 예상된 죽음 앞에서조차 멈출 수 없는 욕망과 사랑이었다.

순간 효정은 아, 하는 외마디를 질렀다. 뇌종양 판정을 받은 후부터 내내 가슴을 무겁게 짓누르던 것의 정체가 무엇이었는지 비로소 깨달은 듯해서였다. 효정은 죽음을 생각했다. 죽음 앞에 놓인 자신의 볼품없는 몸뚱이와 하잘것없는 인생과 껍질뿐인 사랑을 생각했다. 그렇게 아무것도 아닌 채로 세상을 떠나고 싶지 않았다. 영화 속의 그들처럼 살과 뼈까지 녹여내는 열정에 휩싸이고 싶었다. 살아 있는 동안 살아 있는 걸 하고 싶었다. 마치 간이 안 된 음식을 먹고 있는 것 같았던 자신의 삶을 바꾸고 싶었다. 있는 힘을 다 짜내어서라도 어떤 조치를 취하고 싶었다. 암 선고를 받았을 때보다 더 간절한 울음이 목구멍을 타고 쏟아졌다. 영화가 끝나고 난 뒤 효정은 몸속의 모든 액체가 증발되어버린 사람처럼 타는 듯한 갈증을 느끼며 침대에 쓰러졌다.

오후가 되어서야 효정은 겨우 정신을 차릴 수 있었다. 효정은 창밖 풍경을 새삼스럽게 둘러보았다. 구름이 떠다니는 푸른 하늘과 코끝을 스치는 바람, 무심하게 흔들리는 나무. 어느 것 하나 생명이 아닌 것이 없었다. 그들은 하나같이 움직였고, 그 조용한 움직임이 병든 효정의 몸을 일깨웠다. 늘 반항적인 딸아이, 무미건조했던 부부 관계. 생활은 마치 한쪽 끝이 뭉그러진 스케치북에 무채색의 그림을 반복적으로 그리는 것 같았다. 그리고 이제 무채색 스케치북인 채로 생을 접어야 한다. 아직 아무것도 하지 않았는데 스케치북을 접어야 하다니 그럴 수는 없었다. 효정은 스케치북에 색을 칠하고 싶었다. 무지갯빛이거나 파스텔톤이거나 촌스러운 파랑, 빨강이라도 상관없었다. 그런데 시간이 없었다. 그것은 아직 살아 있다는 것만큼 너무나 명백한 사실이었다.

생각하기 시작하자 놀랍게도 먼저 몸이 뜨거워졌다. 살아 있는 시간 동안 마지막으로 해야 할 일이 있다면 그것은 사랑이었다. 아니, 마지막이 아니라 시작이었다. 병원 치료를 접고 식이요법과 민간요법으로 치료 방법을 바꾸었다. 그것이 아무리 어리석은 일이라고 손가락질을 해도 어쩔 수 없었다. 방사선치료를 받을 때보다는 몸이 훨씬 가벼워졌다. 특히 사랑을 나누고 나면 몸속의 병이 조금씩 녹아 없어져서 투명한 유리병처럼 되는 기분이 들었다. 말끔하게 다 나은 것처럼 거울 속의 얼굴에 화색이 돌기도 했다. 몸의 변화는 현실이었다. 엄연히 손으로 만져지는 현실은 감동 그 자체였다. 한 번도 해보지 않은 것들, 한 번도 시도하지 못했던 것을 하고 싶었다. 그것은 욕망보다 더 깊게 효정을 파고들었다. 숨기고 모른 척하고 외면하고 경멸했던 그것이 지금 간절하게 필요했다. 늘 미루기만 하고, 언젠가는 나도 그럴 수 있을 거라고 상상만 했던 그것. 내가 이 세상에 존재하지 않을 때 다른 여자가 차지하게 될 그의 몸. 만약 남아 있는 시간이 얼마 없다면, 사랑은 지금이어야 한다고 생각했다. 남편 경재를 뜨겁게 사랑하는 것, 처음부터 다시 사랑하는 것이었다.

하지만 경재는 효정의 변화를 쉽게 받아들이지 못했다. 아니, 효정의 뜨거운 사랑을 매번 경계하고 의심했다. 몇 번의 시도와 소란이 지나갔다. 알몸으로 헐떡이며 다가오는 효정을 밀어내는 것도 한두 번이라 마지못해 받아주는 것이 고작이었다. 하지만 한 번이 두 번이 되고 두 번이 세 번이 되었을 때, 경재는 가슴속에서 뭔가가 꼼지락거리며 올라오는 것을 보았다. 그것은 변화였다. 효정의 부탁이 아니라 효정을 보면 아랫도리가 먼저 단단해져왔을 때, 경재는 제 마음가짐이 바뀌고 있다는 것을 알았다. 경재는 처음 자신의 변화를 감지했던 그 때를 떠올렸다. 효정이 해준 커피나무 이야기, 그 이야기를 처음 들었을 때 경재는 나무의 연둣빛 싹이 가슴에서 뾰족하게 돋아나는 느낌을 받았다. 그것이 새로이 자라난 사랑의 싹이었음을 그 당시에는 눈치채지 못했다.

"효정아, 당신의 변화를 난 감당하지 못하겠어. 속임수 같아……."

"속임수 맞아, 속임수. 당신을 속여서 내가 가지고 싶은 것을 가질 거야."

"그게 뭔데?"

효정은 경재의 손을 마주 잡았다. 습기 없이 건조한 효정의 손은 며칠 전보다 뼈가 도드라져 생의 여운이 조금씩 빠져나가버린 것 같았다.

"커피 이야기 하나 해줄까?"

커피 이야기를 할 때 효정은 세상에서 가장 아름다운 여인이 되었다. 효정의 두 볼이 홍조를 띠고 빛나기 시작했다.

"브라질은 지금 세계 제1의 커피 생산국이지. 그런데 커피는 유럽에서 시작되었어. 유럽의 커피가 브라질로 어떻게 전파되었는지 알아?"

경재는 대답 없이 드러난 효정의 몸을 쓰다듬었다.

"15세기 커피 수출은 자국에 상당한 이윤을 남기는 품목이어서 남미의 포르투갈 식민지였던 브라질은 커피 재배가 절실했어."

"그랬겠지, 천혜의 자연을 가졌으니까."

"맞아. 남미의 기아나 지역은 프랑스와 네덜란드가 분할 통치하면서 커피 재배를 통해 수익을 내고 있었지. 높은 수익률 때문에 커피 묘목과 생두는 외국으로 절대 반출 금지였어. 그런데 마침 프랑스와 네덜란드가 국경분쟁을 일으켰어. 분쟁을 조정한다는 이유로 브라질은 잘생기고 젊은 포르투갈 육군대위를 기아나로 보내게 되지. 대위의 주임무는 커피나무를 훔치는 거였어. 잘생긴 연하의 대위는 프랑스 총독부인의 마음을 먼저 훔치지. 총독부인은 자신도 어찌할 수 없는 욕망에 휩쓸려 사랑에 빠지게 되고 자신의 모든 것을 대위에게 바쳐."

"반출 금지 품목인 커피나무까지 바치게 되었단 말이지."

브라질의 넓은 영토와 풍부한 수자원, 그리고 따뜻한 열대기후 조건은 커피를 재배하는 데 최적의 조건이었다. 사랑에 빠져 허우적거리는 한 여인의 어리석음이 나라의 운명을 갈라놓았다.

"난 당신에게서 그 커피나무를 훔치려고 해."

효정이 경재의 가슴을 어루만졌다. 경재가 효정의 얼굴을 들어 올리며 물었다.

"그걸 어디로 반출하려고?"

효정이 대답했다.

"……나에게 심을 거야."

동물의 냄새

효정은 노트를 펼쳤다. 첫 장에 '민주'라고 적은 이후에 민주에게 아무 일도 시도하지 못했다. 민주에게 다가가면 갈수록 민주는 입구를 알 수 없는 유리병 속으로 숨어버리기만 할 뿐이있다. 민주에게 아무것도 못하는 날이 길어질수록 효정은 경재에게 집착했다. '민주'는 자신의 힘으로 풀 수 없는, 차원이 다른 문제를 접하고 있는 기분이 들게 했다. 어떻게 자식이 그럴까. 엄마가 딸을 제힘으로 풀지 못하는 어려운 문제라고 단정 짓는다면 도대체 그 문제는 누가 풀 수 있을까. 다가가면 갈수록 안개는 짙어졌다. 절벽은 코앞이었고, 효정은 여전히 미로 속을 헤매고 있었다. 시간은 효정을 삼킬 듯 째깍거리며 다가왔고, 숨이 막힐 즈음 다행스럽게도 그곳에는 언제나 경재의 손이 있었다.

두 번째 페이지에는 '섹스'라고 적혀 있었다. '섹스'라고 적고 나서 효정은 아직까지 그다음 것을 쓰지 못했다. 한참 빈 페이지를 들여다보던 효정은 '저녁밥 맛있게 차리기'라고 썼다. 오늘 차리는 저녁밥이 어쩌면 마지막일 수도 있으므로.

시어머니는 그 마지막을 알고 있었지만 효정은 알 수가 없었다. 시어머니가 미련 없이 놓아버렸던 생의 끈을 지금 효정은 그악스럽게 움켜쥐고 있다. 시어머니가 돌아가신 후 슬픔 때문이 아니라 억울해서 자식들 앞에서 눈물을 보였던 시아버지는 일주일 만에 짐을 싸가지고 여자의 집으로 들어갔다. 외롭고 무서워서 못 살겠다는 것이 이유였다. 시어머니의 죽음은 아무 역할도 하지 못했다. 가족은 모두 엄마의 죽음이 뭔가를 바꾸어놓을 것이라고 생각했다. 하지만 시아버지가 말하는 것이 정말 사랑이라면 사랑은 죽음보다 위대한 것이 틀림없다는 말이 된다. 뿐만 아니다. 암환자와 사랑을 불태우는 일에서 느끼던 경재의 죄책감은 그렇다면 불필요하다는 말이 되는 것이다. 효정은 '저녁밥 맛있게 차리기'에 밑줄을 그었다. 사랑을 위해서 그러므로 오늘, 지금 당장 시장을 보러 가자.

벌써 한 시간째였다. 오늘따라 사람들은 유난히 많았다. 여러 학교에서 한꺼번에 소풍이라도 온 유원지처럼 마트는 복잡했다. 하지만 사람들은 인솔교사 없이 돌아다녀도 아무 문제가 없는 아이처럼 카트를 배로 밀며 느긋하게 쇼핑을 즐기고 있었다. 오로지 효정만이 이 시간에 해야 할 일이 뭔지, 목적이 무엇인지 잊고 멍하니 서 있었다. 카트를 밀며 야채 코너 쪽으로 가야 할지 냉장식품 코너로 가야 할지 선뜻 결심이 서지 않았다. 가족인 듯한 한 무리의 사람들이 왁자하게 웃으며 효정의 등을 툭 치고 갔다. 그 바람에 효정은 카트와 함께 쑥 앞으로 밀려났다.

식료품 코너로 가자 그제야 노트에 적은 '저녁밥 맛있게 차리기'라는 문구가 생각이 났다. 한 바퀴를 돌면서 오이나 당근 따위를 들었다 놓았다. 하지만 그것도 딱히 아닌 것 같아 벽면에 전시된 유제품 코너를 돌다가 우유 하나를 넣었다. 이 많은 야채와 식품들 중에서 무엇을 사야 하는 것일까, 머릿속은 텅 비기만 했다. 한 바퀴만 더 돌면 질긴 음식을 먹다가 이 사이에 낀 것처럼 찝찝한 기분이 풀릴 것도 같다는 생각이 들어 효정은 다시 식료품 코너 속으로 카트를 천천히 디밀었다. 사람들은 아까보다 더 많아진 것 같았다. 효정의 몸을 쿡쿡 쥐어박는 주변의 카트들에는 더 이상 담을 공간이 없을 정도로 많은 식품과 물건들이 쌓여 있었다.

효정은 반찬 코너 옆 작은 공간에 쭈그리고 앉아 고개를 주억거렸다. 효정은 그제야 자신이 왜 아까부터 식품 코너를 돌면서도 식품들을 카트에 담지 못했는지 깨달았다. 산더미처럼 쌓인 저 식품들을 다 먹지도 못하고 죽게 되면 어쩌나, 냉장고 안에 우유와 음료수만 있다고 생각하는 남편과 딸이 야채 박스를 들여다볼 리가 없었다. 냉장고 야채 박스 안에서 식품과 채소, 과일들은 냄새를 풍기며 썩어갈 것이 분명했다. 두부는 문드러지고 당근은 물크러지고 치즈는 곰팡이가 필 것이다. 한 달이 지나도 두 달이 지나도 야채 따위에 눈길을 줄 사람들이 아닌 것이다.

거기까지 생각하는데 뇌압이 상승하고 있다는 것이 느껴졌다. 관자놀이로부터 정수리까지 머리가 깨어질 듯 아팠다. 효정은 머리카락 속에 손가락을 집어넣고 지압을 하듯 머리 밑을 꾹꾹 눌렀다. 누군가가 들여다보겠지. 하다못해 시아버지의 그 여자라도 들르겠지. 죽고 난 뒤의 냉장고 걱정이라니. 효정은 끙 소리를 내며 카트에 의지해 몸을 일으켰다. 발목에 쇳덩어리라도 단 것처럼 걸음이 걸어지지 않았다. 지나가는 아이가 효정의 손을 잡아주었다. 효정은 아이의 손을 꽉 잡았다가 놓았다.

시식 코너의 여자는 바쁘게 소시지를 잘라놓았다. 사람들은 며칠 굶기라도 한 것처럼 제 엄지손톱만 한 소시지를 넙죽넙죽 집어 먹었다. 냉동만두 코너에서는 사람들이 우르르 모여드는 바람에 아이가 넘어지면서 작은 소란이 생기기도 했다. 효정은 무표정하게 그들을 지나쳤다.

반찬 코너를 지나자 냄새는 확연히 달라졌다. 여기서부터는 동물의 냄새였다. 간장과 고추장, 인공 조미료와 소금과 설탕. 그리고 그것들을 뒤집어쓴 검붉은 육고기들이 효정의 시선을 사로잡았다. 혀 밑으로 침이 고였다. 마치 부드러운 육질의 고기가 입안 가득 씹히기라도 한 것처럼 효정은 신선한 식감을 느꼈다. 효정은 식육 코너를 찾아 발을 옮겼다. 식육 코너가 가까워지자 효정의 피부는 개구리처럼 헐떡였다. 육고기 냄새가 피부로 스며들었다. 몸의 구멍들이 바닷물을 만난 조개처럼 입을 쩍 벌리고 원시의 냄새를 받아들였다. 육고기 시식 코너를 지나면서 효정은 침을 꿀꺽 삼켰다. 카트를 냉동육 가판대 옆에 세워두고 효정은 모여 선 사람들 사이를 비집고 들어가 자리를 차지하고 섰다. 막 오븐 위에서 지글거리는 소리를 내기 시작한 고기를 손으로 집어 입으로 얼른 집어넣었다.

"아, 아줌마. 그건……."

사람들이 흘끔거리며 효정을 보았다. 겨우 불기운만 쐰 고기는 입속에서 껌처럼 질겅거렸다. 비릿한 핏물이 잇몸을 적시자 몸의 잔털이 왈칵 일어나는 느낌이었다. 감전이라도 된 것처럼 아랫도리가 저릿저릿했다. 효정은 순간 화들짝 놀랐다. 아프고 난 뒤부터 스스로에게 육고기는 금하고 있었다. 그런데 자신의 의지와는 달리 손이 먼저 나가버린 것이다. 차마 제 손으로 집어넣은 고기를 뱉을 수 없어 효정은 아무렇지도 않게 고기를 삼켰다. 피비린내를 풍긴 채 미끄덩거리며 고깃덩어리가 목구멍으로 넘어갔다. 흘깃거리는 사람들의 시선을 피해 얼른 그 자리를 빠져나오며 효정은 목과 가슴을 쓸어내렸다. 목구멍으로 넘어간 고기는 제가 태어나고 자란 곳을 깡그리 잊은 것 같았다. 그에게서는 풀이나 들판의 기억은 전혀 남아 있지 않았다. 입속에서는 오로지 질겅거리는 육질의 여운만 남아 있을 뿐이었다. 좀 전의 비린내는 어디로 사라졌는지 없고 효정은 다시 입맛을 다셨다. 어느 날 자신을 향해 돌진해온 그와의 섹스처럼 이 순간 고기는 황홀하리만큼 효정을 갈증 나게 만들었다.

효정은 냉동육 바로 옆 코너인 식육점을 들여다보았다. 벌건 몸을 드러낸 채 가지런히 놓여 있는 생고기는 육질이 아주 부드러워 보였다. 안창살은 그냥 날로 먹어도 좋을 것같이 싱싱했다.

"고기 보시게요. 오늘은 안창살이 참 좋아요. 꽃갈빗살도 좋고요."

가격은 돼지고기와는 비교도 되지 않을 만큼 비쌌다. 효정이 가격을 보며 고개를 갸웃하자, 식육 코너의 여자는 화들짝 놀라는 제스처를 취했다. 여자의 과장된 행동은 다소 우스꽝스러웠지만, 한편으로는 고기에 대한 신뢰를 가지고 있다는 생각을 하게 해주었다.

"가격이 문제가 아니죠. 집에 가서 한번 드셔보시면, 가격이 비싸다는 생각을 안 하실 거예요. 우리 마트 한우는 다 알아주는걸요."

효정이 투명 유리 안을 이리저리 훑어보다가 불고깃감으로 시선을 돌리자 여자는 얼른 꽃갈빗살에서 불고깃감으로 주제를 넘겼다.

"사실, 갈빗살은 너무 비싸고, 맛은 좋지만 먹을 것도 없고요. 온 가족이 함께 먹기에는 아무래도 불고기가 낫죠. 얼마나 드릴까요?"

여자는 벌써 비닐봉지를 준비해 담고 있었다. 여자의 고객에 대한 판단은 이미 끝난 것이다. 더 이상 실랑이를 벌인다고 해도 불고기에서 꽃갈빗살로 바뀌지 않을 것이라고 스스로 결론을 내린 것이었다.

"불고기 양념하실 때요, 양념장에 커피를 섞어서 넣어보세요. 커피는 냄새 제거에도 좋고요. 탄 고기의 발암물질도 중화시킨다잖아요. 와인을 넣으면 고기 맛이 훨씬 좋아지는 거 아세요? 그리고……."

여자는 자기가 알고 있는 고기에 대한 상식을 모두 다 이야기할 모양이었다. 효정은 비닐봉지를 받으며 미간을 찌푸렸다. 녹차 강의가 시작되었지만, 얼른 눈인사를 하고 카트에 비닐봉지를 집어넣었다.

치약 하나를 사고, 과자 몇 개와 라면을 샀다. 찧어놓은 마늘이나 파, 양파가 있는 쪽은 아예 거들떠보지도 않았다. 고기를 양념하려면 꼭 필요한 것들이긴 하지만 요즘 들어 유난히 자극적인 냄새를 풍겨대는 식물이 싫었다. 집에 없는 게 뭐더라 혼자 생각하다가 효정은 식료품 코너를 지나쳐 다시 육류 코너로 갔다. 먹고 싶었던 것이 안창살이나 불고기가 아니었던 것이다. 이제야 생각이 났다. 효정은 급하게 쇠고기 코너로 달려갔다. 여자는 효정을 알아보고는 눈웃음을 쳤다.

"저기요. 육회거리요. 육회거리, 그거 주세요."

여자는 함빡 웃으며, 비닐봉투를 열어 육회거리를 담았다. 여자가 참기름 어쩌고, 배를 채 썰어 어쩌고 하며 육회에 대한 강의를 늘어놓았으나, 효정은 아무 소리도 들을 수 없었다. 무중력의 공간 속에 발을 디딘 것처럼 주변의 소음이 일시에 멈추어버렸다. 효정은 다급하게 말했다. 타인의 목소리가 정전이 되자 제 목소리는 더 크게 울려 퍼졌다.

"좀 더요. 좀 더."

여자가 흘끗 효정을 쳐다보았다. 효정은 봉투를 휙 잡아채어 손에 꽉 감아쥐고 카트를 씩씩하게 밀며 계산대로 갔다. 날것으로 먹고 싶었다. 효정의 목구멍으로 고인 침이 넘어갔다. 유실된 도로 아래에서 솟아나는 지하수처럼 침은 혀 밑에서 솟아나고 또 솟아났다. 식이요법에서 육식은 금하고 있었지만, 경재와 격렬하게 몸을 섞고 난 후면 마치 누가 시키기라도 한 것처럼 육고기가 먹고 싶었다. 늘 입에 달고 사는 진통제 알약과는 맛의 차원이 다른, 비릿한 동물의 냄새가 입안에 진동을 하면 몸에 새로운 피가 다시 돌 것만 같았다. 빨리 집으로 가야겠다는 생각뿐이었다. 경재의 몸을 헤집고 들어가 모든 것을 놓아버리고 싶었다. 효정은 액셀러레이터를 깊게 눌러 밟았다. 거리의 가로수들이 마치 오래 품어온 비수처럼 효정에게 검은 그림자를 들이대고 있었다. 중요한 구성 요소 하나가 빠진 듯 허술하기 짝이 없는 세상의 한가운데를 효정은 빠르게 지나쳤다.

캐러멜마키아토

민주의 키는 효정의 머리를 훌쩍 넘어섰다. 저렇게 커버린 아이와는 잔소리가 아니라, 싸움을 할 수밖에 없다는 사실을 효정은 종종 깨달았다. 고등학생이 되면서 아이는 아예 집에서는 상대가 누구든 이쪽의 눈을 쳐다보려고 하지 않았다. 모녀의 관계는 분명 뒤틀려 있었다. 하지만 왜 그런지 이유는 모른 채 쓸데없는 시간을 소모하곤 했다. 지금 이 시간 역시 그런 시간들 중의 하나일 것이다.

효정은 민주를 노려보다 말고 싱크대로 돌아섰다.

"내가 다시 태어나면, 엄마의 엄마로 태어나주겠어!"

효정은 고무장갑을 끼던 손을 순간 뚝 멈추었다. 처음부터 존댓말을 사용하라고 버릇을 들일 걸 그랬나, 그랬다면 지금의 이 관계가 조금은 나아졌을까. 효정은 머리를 흔들었다. 그럴 리가 없었다. 그런 사소한 방법이 이렇게 힘든 과제를 해결하는 정답일 리가 없었다. 아이의 거친 숨소리가 효정의 야윈 등을 긁었다. 아이는 아픈 엄마 따위는 안중에도 없었다. 암이라는 고약한 병까지는 아니더라도 어딘가 몸이 아프다는 사실을 알고 있는데도 아이의 혀를 통해 나오는 여과되지 않은 말들은 거칠고 상스럽기까지 했다. 가끔 씨발 하고 내뱉으며 일부러 문을 큰 소리 나게 닫을 땐 이마에 서늘한 바람이 한 줄기 지나가기도 했다.

"그때 한번 당해봐."

민주의 말은 효정에게 머리끄덩이를 확 잡힌 채 바닥에 내동댕이쳐진 느낌이 들게 했다. 효정은 들고 있던 수세미를 개수대에 던지고 획 돌아섰다. 하지만 꽝 하고 닫히는 문소리가 먼저 효정의 귓바퀴를 울렸다. 수세미 떨어지는 소리와는 비교도 되지 않을 만큼 큰 소리였다. 비명 같은 울음이 쏟아져 나와 효정은 수도꼭지를 잡아 틀었다. 물은 비 온 뒤의 폭포처럼 쏟아져 사방으로 튀었다. 싱크대는 경재가 어설프게 설거지한 뒤처럼 금방 지저분해졌다. 갑자기 스스로 제어할 수 없을 만큼 화가 났다. 그릇들이 서로 부딪치며 쟁쟁거렸다. 앞치마도 하지 않은 효정의 배 부분은 물이 튀어 금방 젖어들었다. 효정에게 안겨 있던 갓난아기 민주가 오줌을 쌌을 때처럼 배에는 둥글게 자국을 남겼으나 그때처럼 행복하지 않았다. 여보, 민주가 오줌 쌌어. 옷 갈아입혀야 할까 봐. 뭐 하러 나가던 길이었을까. 낄낄 웃는 경재를 기다리게 하고 민주의 옷을 벗겨 목욕탕에 들어가 함께 몸을 씻었을 때, 누가 알았을까. 그 평범한 시간을 절절하게 그리워하는 순간이 오리라는 것을.

민주는 손톱을 길게 기르고 분홍색 펄이 들어간 매니큐어를 칠하고 있었다. 처음에는 분명 그것 때문이었다. 손톱이 그게 뭐냐고, 선생님이 뭐라고 하지 않느냐고 한마디 했더니 대뜸 엄마는 신경 끄셔, 라는 대답이 돌아왔다.

"말버릇이 그게 뭐니? 높임말은 못 쓸망정."

"갑자기 왜 그래? 관심도 없었으면서."

"자식한테 관심이 없는 엄마가 어디 있니?"

"헐, 그걸 말이라고 해?"

"너, 말버릇이 지금……. 나 좀 봐."

"됐어. 바빠."

민주는 언제나 이 두 마디로 모든 걸 대변했다.

깨어질 듯한 두통이 다시 몰려오며 몸의 횡포가 시작되었다. 효정은 비칠거리며 자리에서 일어나 화장대 서랍을 열어 진통제를 찾았다. 금방이라도 터질 듯하게 도드라진 이마의 파란 핏줄은 괴물처럼 징그러웠다. 눈을 질끈 감아버린 효정이 알약을 물도 없이 입에 털어 넣고 소파에 주저앉았다. 아이에게 아무것도 알려주지 않고 이 상황을 맞게 할 수는 없었다. 언젠가는 이야기해야 한다는 것을 알고 있지만 아이에게 엄마가 아프다는 말을 어느 부모가 선뜻 말할 수 있을까. 하지만 민주에게도 준비할 시간은 필요할 것이다. 효정이 없어지고 난 후 덩그러니 제 앞에 놓일 시간들이 정작 그 아이를 얼마나 괴롭힐 것인가. 엄마에게 대들고 맞서며 버릇없이 내던진 말들이 평생을 따라다니며 민주를 고통스럽게 만들 것이다. 이대로 이 세상에서 사라져서 딸아이의 가슴에 지울 수 없는 멍을 남긴다면 그것은 효정이 살아 있는 시간 동안 저지른 가장 잔인한 일이 될 것이다. 하지만 용기가 없었다. 내가 이 세상에서 사라져서 더 이상 너를 볼 수 없게 된다는 말을, 더 이상 너와 싸울 수도 없게 된다는 사실을 어떻게 알린단 말인가.

두통이 가라앉자 효정은 핸드밀로 커피를 갈았다. 시간이 지날수록 점점 손목에서 힘이 빠졌다. 이젠 커피를 가는 것도 스스로 하기 힘들어진 것인가 생각하니 불속에 집어넣은 비닐처럼 심장이 오그라드는 기분이었다. 제발 그 순간만은 오지 않았으면 하고 바랐다. 커피를 가는 작은 힘마저 허락되지 않는다면 구차하게 생을 이어갈 이유가 없었다. 그 순간이 되면 가족을 비롯한 모든 사람들에게 힘겨운 존재가 되고 말 것이다. 민주에게만은 정말 그런 엄마가 되기 싫었다.

모카포트로 에스프레소를 내렸다. 모카포트는 가정식 에스프레소 추출 도구이다. 머신을 사기 전에 아쉬운 대로 에스프레소를 추출할 수 있어서 효정이 즐겨 사용하던 기구였다. 모카포트로 에스프레소를 내리면 기계가 아니라 커피를 직접 손으로 만들고 있다는 기분이 들었다.

캐러멜마키아토를 만들 계획이었다. 캐러멜마키아토는 민주가 좋아하는 베리에이션이라고 했다. 아카데미에서 해본 이후로 한 번도 만들어보지는 않았지만 레시피를 따라 하면 그리 어렵지는 않을 것이다. 프렌치프레스로 마키아토에 필요한 거품을 만들 때에 강습생 중 그 누구보다 효정이 거품을 잘 만들었다. 대부분 거품이 잘 만들어지지 않거나 너무 거칠어 세탁기 안의 세제 거품처럼 입자가 굵고 왕성했지만 효정의 것은 그렇지 않았다. 효정의 거품은 부드럽고 조밀했고 풍부했다. 강사는 효정을 향해 엄지손가락을 치켜들었고 수강생들 모두가 박수를 쳐주었다.

빈 잔에 캐러멜 시럽을 두 번 펌핑하고 스팀을 친 고운 우유를 부었다. 우유 거품이 생긴 가운데에 모카포트로 내린 에스프레소로 갈색 점을 찍었다. 거품 위에 갈색 얼룩이 생겼다. 마키아토는 '얼룩지다'라는 뜻이다. 눈부시게 하얀 거품 위에 생긴 얼룩은 지워지지 않는 흉터처럼 슬퍼 보였다. 민주에게는 그 어떤 얼룩도 만들어주지 않으리라 다짐했는데, 자식은 부모 뜻대로 되는 것은 아닌 모양이었다. 아니, 아니었다. 민주 가슴의 커다란 얼룩은 결국 효정이 만들어준 것이었다.

민주가 중학교에 들어가면서 효정은 커피 공부를 시작했다. 민주 스스로 자신의 일들을 잘 해결해나갈 수 있을 거라고 생각했기 때문이었다. 아이에게는 엄마로서 최소한의 제재만 가해야 한다고 믿었다. 효정은 커피에 빠져들었다. 그렇게 뭔가에 집중하며 빠져든 것은 처음 있는 일이었다. 커피는 효정의 몸 세포 하나하나를 일깨웠다. 집 안에 에스프레소 머신을 들여놓고 커피와 관련된 기구들을 하나씩 구입했다. 마치 갓 태어난 자식처럼 커피 잔 하나, 커피 스푼 하나도 정성을 다해 닦았다. 주방 한편을 커피 코너로 꾸미고 하루 대부분의 시간을 그곳에서 보냈다. 그곳에 앉아 커피를 내리고 책을 읽고 음악을 들었다. 사랑에 빠지듯 운명 같은 그 시간은 효정을 들뜨게 했고, 향기로운 커피 향은 마약처럼 그녀의 모든 상념을 날려주었다. 급기야 작년에 효정이 커피전문점을 하고 싶다고 하자 경재는 그게 가능하겠느냐는 표정으로 고개를 흔들었다.

"당신이 그 일을 할 수 있겠어?"

"각오는 해야지. 커피 아카데미 선생님도 도와준다고 하고."

"당신이 뭘 하고 싶다고 말한 건 처음 있는 일인데……. 한번 알아볼게."

일주일도 안 되어 경재는 확신에 찬 어투로 한번 해보자는 말을 전해왔다. 효정이 뭔가를 하겠다는 생각 때문만은 아닌, 사업적인 측면에서 승산이 있다고 믿는 모양이었다.

"이거 될 것 같은데? 우리나라 사람들 커피 소비가 엄청나더라고."

경재가 손을 내밀기 시작하자 일은 누가 밀어주기라도 하는 것처럼 척척 진행되었다. 그즈음 민주의 담임으로부터 연락을 받았다. 담임은 효정을 보자마자 민주의 흉을 늘어놓기 시작했다. 이미 제어가 불가능한 상태라고, 수업을 빼먹는 건 예사고 아이들과 싸우고 제 분을 못 이겨 자해까지 저지른다고 했다. 손목에 있는 흉터를 보지 못했느냐고 힐난하듯 담임은 효정에게 물었다. 흉터는 보았지만 대수롭지 않게 생각했다. 무슨 흉터냐고 물었을 때 다쳤다고 대답한 민주의 말이 거짓이라고 생각하지 않았다. 그것이 자해였다는 사실에 효정은 그럴 리가 없다며 고개만 쩔쩔 흔들었다. 초등학교를 지나면서 효정에게 대들기도 하고 반항하기도 했지만, 그 나이 아이들에게 흔히 있을 수 있는 일이라고 생각했다. 때론 폭풍이 일고 방황도 하겠지만, 그것들을 지나고 나야 싱싱한 잎이 무수히 달린 멋진 나무로 성장해갈 것이라고 믿었다. 그리하여 자신에게 주어진 시간들을 요리하고, 제어하고, 다듬을 수 있는 주체성 있는 아이로 자랐으면 했다.

그날 민주와 이야기를 나누려고 했을 때, 민주는 엄마와 이어져 있다면 이 세상의 그 어느 것과도 소통을 거부하겠다고 선언했다. 그리고 뜬금없이 초등학교 3학년 때 이야기를 꺼냈다.

"초등학교 3학년 때, 엄마가 나를 보던 그 눈빛 나는 아직도 생생하게 기억해."

얼굴이 벌겋게 달아오르며 효정은 민주의 눈을 피했다. 아이가 무슨 이야기를 하는지 알고 있었다. 민주를 기르면서 가학적으로 자신을 배반하던 때가 있었다. 앙심을 품은 것처럼 몸 깊은 곳에서 뾰족하게 올라오는 그 기분은 마치 두 개의 인격체가 몸을 반으로 나누는 느낌이 들게 했다. 그것은 아이를 버릴지도 모른다는 불안함이었다. 아버지처럼 억압하며 키우지 않는다면 엄마처럼 아이를 버릴 것 같았다. 그런 느낌에 사로잡히면 효정은 냉랭해졌고, 가능한 한 아이에게 다가가지 않으려고 애를 썼다. 민주가 아기였을 때 그 느낌은 수시로 찾아와 효정을 괴롭혔지만 아이가 자라면서 어느 정도 극복이 되었고, 그리고 대부분 잊고 지냈다고 생각했다.

사건은 그리 심각한 것은 아니었다. 민주와 옆집 아이 사이에 싸움이 났는데 얼굴을 맞은 민주가 옆집 아이를 넘어뜨린 뒤 올라타서 목을 조른 것이었다. 나중에 알고 보니 목을 조른 것이 아니라 목 조른 흉내만 내었다고 했지만 효정은 도저히 민주를 용서할 수 없었다. 효정은 옆집 아이를 일으켜 세운 뒤 벌겋게 부어오른 얼굴로 어깨를 들썩이며 울고 있는 민주를 죽이기라도 할 듯이 노려보았다. 민주가 흉포한 살인자처럼 보였다. 옆집 아이를 달래서 집으로 돌려보낸 뒤 거실로 돌아와보니 민주는 이미 제 방으로 들어간 뒤였다. 방문을 열고 아이를 본다면 아이를 두고 그 집을 나가버릴 것만 같았다. 효정은 안방에 틀어박혀 저녁때가 지나도록 방에서 나오지 않았다. 그날 민주가 잠이 들 때까지 효정은 아이를 의식하지 않으려고 애를 썼다. 목을 조르는 모습을 보고 아버지를 떠올렸던 것일까. 하지만 어린아이가 아닌가. 침대에 오도카니 앉아 효정은 무서운 자신의 눈빛을 아이가 기억하지 않기를 바랐다.

그 이후로 그런 기억은 없었다. 아니, 스스로를 다잡으며 노력했고 한발 물러서서 아이를 지켜보려고 애썼다. 그런데 민주는 그날을 어떤 식으로 마음에 담고 있었던 것일까. 엄마의 눈빛을 기억한다고 하는 말이 혹 엄마의 비밀을 알아버렸다는 뜻이면 어떡하나. 효정은 갑자기 눈앞에 내려진 검고 높은 벽을 마주한 기분이 되었다. 당황스럽기에 앞서 낯설고 무서웠다.

민주는 스스로 얼룩을 만들고 그 얼룩으로 엄마를 공격했다. 화장품가게나 옷가게에서 물건을 훔치다가 걸려 경찰의 연락을 받기도 했고, 가방에서 담배가 나오기도 했다. 엄마가 하는 이야기는 듣기 싫어할 뿐 아니라 사사건건 반항했다.

한참 커피숍의 내부 인테리어가 진행될 무렵이었다. 훤한 대낮에 화재가 발생했다. 인부들이 점심을 먹는 잠깐 사이였는데, 교복을 입은 여자애 하나가 쌓아놓은 나무 자재 아래에 제 수학 문제집을 놓고 거기다가 불을 지른 것이었다. 바로 옆에서 밥을 먹는 인부들도 불이 붙은 것을 몰랐다고 했다. 뭔가 냄새가 나기는 해도 처음에는 음식 냄새인 줄 알았다는 것이다. 여자아이가 얼쩡거렸지만 문도 활짝 열려 있었고 한밤중도 아니고 들락거리는 것이 크게 문제될 것은 없다고 생각했다는 것이다. 여자아이는 도망가지도 않고 불꽃을 보고 있더라고 했다. 그 아이가 민주였다.

인부들에게 잡혀서 한쪽 구석에 팔을 들고 서 있던 민주는 경재가 다가오자 입술을 깨물어 피를 내고 그 피를 쭉쭉 빨아 먹었다. 눈에서는 퍼런 인광이 비치는 듯했다. 경재는 아무 말도 하지 않고 아이를 차에 태웠다. 경재의 뒤통수에다 대고 인부들이 흥분한 목소리로 고함을 질러댔다. 파출소에 끌고 가야 한다고, 그런 애는 혼이 나봐야 한다고 차 문을 닫는 그 순간까지 그들은 고함을 멈추지 않았다. 차에 타서도 민주는 말이 없었다. 어떤 변명도, 하다못해 억지도 쓰지 않았다. 집에 와서도 마찬가지였다. 거실 소파에 앉아 먹물 같은 베란다 창만 뚫어지게 보고 있었다. 민주는 마치 악마의 조종으로 영혼이 빠져나가고 몸뚱이만 남은 좀비 같았다. 효정이 올 때까지 민주는 손가락 하나 움직이지 않았다.

"너, 미쳤니? 도대체 왜 그런 거야?"

흥분을 가라앉히지 못한 효정이 민주를 향해 소리를 질렀다. 민주가 효정을 노려보았다. 민주의 얼굴에서는 선한 감정이라곤 찾아볼 수가 없었다. 민주야, 하고 경재가 불렀다. 그러면 안 된다, 또는 그러지 마라, 라는 의미로 부른 것이었다. 하지만 민주는 경재 쪽으로는 얼굴을 돌리지도 않았다.

"미쳤느냐고?"

경재의 어떤 야단이나 물음에도 조개처럼 입을 꽉 다물고 있던 민주가 효정을 향해 되물었다. 민주의 이마는 누군가에게 세게 얻어맞은 것처럼 발갛게 물들어갔다.

"내가 뭘 어쨌는데? 내가 엄마 재산을 태우기라도 했어? 내가 뭘 어쨌는데 나보고 미쳤느냐는 말이야!"

"그럼 그게 잘한 짓이야? 그동안 엄만 널 믿었어. 네 의사를 존중해주고 네가 원하는 대로 해줬어. 그런데 너 요즘 왜 이래?"

"내가 뭘? 내가 요즘 뭘 어쨌는데?"

"너 도대체 왜 이러는 거야?"

"날 존중한다고? 그게 존중하는 거야? 그런 걸 무관심하다고 하는 거야. 엄마가 나한테 한 번이라도 관심 있었던 적이 있었어? 엄만 항상 다른 생각, 다른 나라에 사는 사람이잖아. 흥, 근데 내가 자식이긴 한 거야, 씨발."

"너, 도대체, 도대체 어디서 그런 상스러운 말을……."

"상스러운 말? 흥, 말이 아니라 욕이겠지. 요즘 애들 욕 다 써. 안 쓰는 애들 없어. 씨발만 할 줄 아는 줄 알아? 개새끼, 씹새끼……."

민주의 고개가 휙 돌아가는 것과 동시에 다리가 휘청했다. 경재는 바로 서는 민주를 향해 다시 한 번 손바닥을 날려버렸다. 빰이 벌겋게 부어오른 민주가 쿵쿵 바닥에 발바닥을 찍을 듯이 걸어가더니 효정이 주방 한쪽에 만들어놓은 커피 방의 에스프레소 기계를 두 손으로 들고 바닥에 내동댕이쳐버렸다. 순식간에 일어난 일이었다. 너무 놀란 경재와 효정이 입을 쩍 벌리고 있는 동안 민주는 집을 나가버렸다.

중학교에 올라가자 초등학교 때와는 달리 성적은 형편없이 곤두박질쳤다. 중학교가 아직은 낯설어서 그렇겠거니 했다. 다그치면 더 힘들어할 것 같아 그냥 모른 척했다. 공해 속에서도 가로수는 스스로 자정 능력을 발휘하듯이 아이도 그럴 거라고 생각했다. 제 일은 제가 결정할 수 있는 강단 있는 아이로 키우고 싶었다.

결국 자유롭게 키우겠다는 효정의 열망이 민주를 그렇게 만든 것이었다. 집안일과 억압적인 아버지 밑에서 숨도 제대로 쉬지 못하고 살아온 자신 같은 여자는 만들지 않겠다는 욕망이었다. 남자에게 사랑받을 줄도, 남자를 사랑할 줄도 모르는 바보 같은 여자로 만들지 않겠다는 욕심이었다. 그 욕심이 결국은 간섭하지 않는 것을 넘어서 아이는 엄마가 저를 방치한다고 믿어버린 것이었다. 그리고 결과는 그 누구도 예상하지 못할 정도로 최악의 상태로 치달았다. 사람이 누구나 똑같지 않다는 것을 효정은 간과했다. 누군가는 세상에서 탈출하고 싶을 정도로 자유가 필요했지만, 또 누군가는 절실히 자신을 붙잡아줄 사랑을 필요로 했다. 누군가는 고독을 원하지만 또 누군가는 외로움이 죽음보다 깊게 가슴에 상처를 냈다. 아이를 버릴지도 모른다는 강박감에 시달렸던 젊은 날 한때, 그 비밀을 들켜버렸다는 사실을 알았을 때에야 비로소 효정은 민주에게 얼마나 큰 죄를 짓고 살아왔는지 깨달았다. 그 비밀을 들키지 않으려고 아이에게 스스로 일어서기를 그렇게 강요했던 것은 아니었을까.

효정은 거품 위에 캐러멜 소스로 별 모양의 그림을 그렸다. 민주는 어릴 때부터 별 모양을 좋아했다. 머리핀도 방울도 옷에 그려진 캐릭터도 온통 별 모양이었다. 거기서부터 다시 시작하고 싶었다. 이제 열일곱 살인 민주. 그 아이를 포기하고도 엄마라고 할 수 있을까.

민주가 캐러멜마키아토를 좋아한다는 걸 알게 된 것은 우연히 엿듣게 된 친구와의 전화 통화에서였다.

"캐러멜마키아토 너무너무 맛있어. 걔랑 그걸 마시는데, 걔 목소리까지 달콤하게 느껴지더라니까. 하마터면 좋아한다고 고백할 뻔했어."

민주의 방에서 새어 나오는 목소리는 달콤하고 가벼웠다. 효정에게 한 번도 들려주지 않은 목소리이기도 했다. 효정은 그게 캐러멜마키아토의 힘이라고 생각했다. 이제 민주를 위해 남은 시간이 있다면 캐러멜마키아토를 만들어주는 것이었다. 민주의 책상 위에 컵을 놓았다. 별 모양은 아직 선명했다.

모든 사람에게 제 몸의 가시를 겁 없이 내보이는 민주를 제일 잘 다루는 사람은 시어머니였다. 시댁에 가면 민주는 할머니 방으로 들어가 문을 꼭 걸어 잠갔다. 할머니와 무슨 이야기를 나누는지 몰랐다. 나중에 무슨 이야기를 했느냐고 물어도 시어머니는 비밀은 지키는 것이라며 말하지 않았다.

경재에게는, 효정을 꽁꽁 싸매려고만 했던 아버지에게 받은 그대로 단호하고 엄격한 잣대를 들이대고 살았다. 민주에게는, 자신이 단 한 번도 받지 못한 것을 자유롭게 주겠다는 생각으로 훨훨 풀어놓고 대했다. 둘 다 진심이 아니었다. 귀가 시간을 지키지 않고 짧은 치마를 입는 민주를 보면서, 좋겠다, 저렇게 자유를 누릴 수 있어서, 라고 생각했다. 넌 엄마를 잘 만나서 얼마나 다행이냐, 널 버리고 도망가지도 않고, 네 등에 거머리처럼 달라붙어서 간섭하지도 않는 엄마를 만난 게 얼마나 행운이냐, 그렇게 중얼거린 적도 있었다.

하지만 민주가 엇나가기 시작하자 효정은 그제야 겁이 났다. 뒤늦게 아이를 잡으려고 했지만 그 때문에 둘 사이는 모녀지간이 아니라 원수지간이 되어버렸다. 전쟁이었다. 아이의 눈은 언제나 날이 서 있었다. 대상은 정해져 있지 않았지만 효정을 대할 때 아이의 날은 가장 날카로워졌다. 뒤늦게야 효정은 시어머니를 찾아갔다. 시어머니는 민주가 태어나고 첫돌이 될 때까지 키워주셨다. 민주는 엄마보다 할머니를 더 좋아했고, 서너 살이 지나면 엄마에게로 돌아온다는 다른 집 아이들과는 달리 초등학교에 입학하고 나서도 할머니 품을 더 그리워했다. 할머니 집에 가면 민주는 효정과 눈도 맞추지 않았다.

시어머니가 효정에게 한 말은 충격적이었다.

"네가 물으니 한마디만 하자. 민주가 제일 힘들어한 게 뭔지 아니? 에미 네가 '너 알아서 해'라고 할 때였단다. 어릴 때 그 말을 듣는데 그건 어려운 수학 문제를 푸는 것보다 더 힘들고 어려웠다고 하더라. 어떻게 해야 할 줄 모르겠는데 엄마는 가르쳐주지도 않고, 시간이 지나면 뭔가를 해놓아야 하고……. 그런 결정 하는 게 너무 어려워서 방구석에서 울고만 있었을 때가 한두 번이 아니었단다."

"어머니, 제게 귀띔이라도 좀 해주시죠."

"내가 말을 안 한 줄 아니? 네가 내 말을 잘못 받아들이면 오히려 말을 안 하느니만 못하다고 생각한 적도 있었다. 하지만 그런 게 아니다 싶어 내가 몇 번 너에게 귀띔했다. 애가 알 때까지는 가르치는 게 부모가 할 일이라고. 그랬더니 네가 그러지 않았어? 애한테 스스로 결정할 수 있는 능력을 키워주겠다고."

효정은 시어머니가 몇 번이나 그 말을 한 것을 기억했다. 그것을 그냥 귀찮은 간섭으로 흘려들었다. 시어머니의 방식이 아니라 내 방식대로 아이를 키우겠다고 다부지게 대꾸한 적도 있었다.

"그게 애의 반항심을 키웠다. 민주가 얼마나 엄마를 간절히 원했는지 아니? 민주에게 그 간절함은 암 같은 존재였어. 애를 파먹어 들어간 거야. 민주의 교육에 관한 이야기라면 아예 네가 귀부터 닫았지 않니? 넌 누구의 조언도 거부했어."

그러면서 시어머니는 쓸쓸하게 덧붙였다. 외로웠기 때문에 그런 민주를 한번에 알아봤는지도 모르겠다. ……평생 외로웠다. 그런데 그 외로움을 또 어린 딸에게 대물림하고 있었다니.

사실 민주보다 더 겁이 났던 건 효정 자신이었는지도 몰랐다. 효정도 어떻게 사는 것이 옳은 삶인지 몰랐다. 아무것도 몰랐기 때문에 자유를 준다는 명목으로 아이를 방치한 것은 아닌가. 아버지와는 다른 방법으로 교육을 시킨 것이 아니라 자신이 편하고자 결국 자신의 이기심을 위해서 아이가 희생된 것이 아닌가. 혹시 아이에게 자유를 준 것이 아니라 아이를 내버리려 했던 것은 아닌가.

시어머니가 돌아가시고 이제 민주는 이야기할 상대를 잃어버렸다. 효정이 세상을 떠나고 나면 민주는 원망하고 퍼부어댈 대상마저 잃게 될 것이다. 그때 민주가 감당해야 할 무게를 생각하자 가슴에 매몰된 흙덩이가 쌓이는 것 같았다.

싱크대에 캐러멜마키아토가 엎어져 있는 것을 본 것은 경재였다. 온몸이 풀어진 채로 침대에 누워 있는데, 민주가 들어오는 소리가 났다. 평소보다 이른 귀가였다. 거실에 들어선 민주가 제 방문을 열었다. 효정은 침대 아래로 내려서서 옷매무새를 가다듬었다. 캐러멜마키아토를 볼 것이다, 라는 생각에 가슴이 쿵쾅거렸다. 하지만 곧 뭔가 의도를 알 수 없는 시끄러운 발소리가 났고, 부엌 싱크대에 사기그릇이 신경질적으로 떨어지는 소리가 났다. 화장실에 들어갔던 경재가 거실로 나가는가 싶더니 민주 방문을 거칠게 열었다.

"너, 이게 무슨 짓이야?"

"왜? 내가 뭘 잘못했는데?"

"싱크대에 왜 이 컵이 엎어져 있느냐고?"

"웃겨. 누가 먹겠다고 했어?"

"먹기 싫으면 그만이지. 이게 무슨 짓이냔 말이야?"

"엄만 언제나 엄마 식대로 생각해. 이런 커피 한 잔으로 뭐가 어떻게 확 변할 줄 아나 본데, 웃기지 말라고 그래."

"도대체 너 왜 그러니? 엄마한테 제발 좀 그러지 마."

"됐어. 엄만 나한테 돈만 주면 다 된다고 생각하는 사람이야."

"그게 무슨 소리야?"

"엄마는 내가 언제 첫 생리를 시작했는지 알지도 못할걸."

"그렇지 않아, 민주야. 엄마도 알고 있어. 네가 생리 시작했다고 엄마가 나한테 알려주기까지 했어. 엄만 항상 널 사랑해."

"아빠가 변명하지 않아도 돼. 엄마는 언제나 날 미워했고 무관심했어."

"그건 네 오해야."

"아빠도 마찬가지잖아? 난 엄마가 아빠를 정말 사랑한다고 생각하지 않아. 엄마는 아빠한테도 언제나 냉랭했어. 내가 그걸 모를 줄 알아? 엄마는 다른 데 가족이 따로 있는 사람처럼 우리한테 굴었다고."

"너 그게 무슨……."

"내 소원이 뭔 줄 알아? 어서 빨리 커서 독립하는 거야. 이 집 나가는 거라고. 엄마 꼴 안 보는 거란 말이야."

"이 계집애가, 너 지금 말이면 단 줄 알아? 그런 생각이면 지금 당장 나가."

"나가라고 그러면 못 나갈 줄 알아?"

"너, 이 나쁜 계집애. 엄마가 지금 어떤 줄 알아?"

민주가 방문 앞에 서 있는 효정의 어깨를 탁 치고 밖으로 나갔다. 경재가 야, 너 거기 안 서, 고함을 질렀다. 급하게 따라 나가는 경재 발소리가 효정의 머리를 쿵쿵 짓눌렀다. 갑자기 눈앞이 캄캄해지며 앞이 보이지 않는데 저 밑바닥에서부터 토악질이 올라오더니 헛구역질이 끊임없이 쏟아졌다. 민주를 따라 나간 줄 알았던 경재가 어느새 돌아와 효정의 어깨를 감싸 안았다. 효정이 고개를 흔들며 경재에게 손사래를 쳤다.

"당신, 민주 따라가봐. 어서."

"이미 가버렸어. 걱정 마. 우리 민주, 그렇게 약하지 않아. 지금은 오히려 혼자 있는 편이 더 나을 수도 있어. 당신이나 진정해."

경재가 효정을 침대에 눕혔다. 경재가 손가락으로 천천히 효정의 머리카락을 빗질했다. 울음을 삼킨 효정의 목에서 쉰 목소리가 났다. 벌써 며칠째 효정의 목소리는 감기 걸린 사람처럼 허스키해져 있었다. 목소리가 변하고 있는 거였다. 30분쯤 지나자 진정이 되었는지 효정은 자리에 일어나 앉았다.

"커피 마시고 싶어. 커피를 마시면 속이 좀 진정될 것 같아."

경재는 고개를 끄덕였다. 죽음과 함께한 섹스라는 기이한 행위를 받아들이듯이 커피 역시 제재하지 않는 것이 옳은 일인지 알 수 없었다. 하지만 요즈음 경재는 효정의 생각대로 움직이려고 애썼다. 병마와 싸우는 힘든 순간에도 그것들이 그녀를 다독이고 있다는 것을 알기 때문이었다.

"멜리타와 칼리타가 있어."

"드리퍼 말이야?"

응, 효정이 고개를 끄덕였다. 멜리타나 칼리타는 원두를 핸드드립 할 때 쓰는 도구였다.

"추출구가 세 개라 초보도 손쉽게 드립 할 수 있는 칼리타와는 달리…… 멜리타는 커피에 물을 잔뜩 스며들게 해서 우려내는 방식이야. 추출구가 하나뿐이고, 그마저도 아주 작아. 그러니 멜리타로 커피를 내리려면…… 원두가 물을 머금고 있는 시간이 아주 길어져. 전문가가 아니면 커피 맛은 형편없어지지. 커피의 모든 잡맛과 쓴맛이 추출되고 말아. 하지만…… 잘만 추출한다면 정말 바디감 있는 진한 커피가 되는 거야."

"멜리타는 실패할 확률이 높다고 당신도 잘 쓰지 않잖아."

"맞아. 그래도 난 멜리타 드립 방식이 좋았어. 내가 정말 커피를 잘 알게 되면 꼭 멜리타로 바디감이 풍부한 커피를 내려보고 싶었어."

"당신, 꼭 그렇게 될 거야."

"난 그렇게 아이를 키워보고 싶었어. 멜리타를 알고 난 뒤 아, 정말 이거다 싶었지. 그래서…… 그런 사랑을 민주에게 주려고 노력했어. 민주의 행동 하나하나에 즉시 반응하지 않아도 모든 것들이 제 속에서 잘 버무려져서 멋진 사람이 될 거라고 생각했어. 그리고 결국 민주도 내가 하는 사랑의 방식을 이해하리라고 생각했어. 엄마처럼 부족한 인간이 아니라…… 멜리타처럼 오랫동안 속에 품어서 깊이 있는…… 그래서 정말 향기롭고 바디감 있는 사람이 될 거라고 믿었어."

"민주는 아직 어려."

"그래, 하지만 제대로 알지 못하면서 민주를 다 안다고 생각했어. 결국 쓴맛만 추출되고 말았지."

"민주는 완전히 추출된 커피가 아냐. 이런 힘든 과정들도 민주에게는 멜리타 속의 시간일 수 있는 거야."

경재가 효정을 안았다. 한참을 침묵하던 효정이 조그맣게 중얼거렸다.

"나에게 주어진 시간이 너무 없어……."

결국 경재가 민주에게 효정의 병에 대해 털어놓았다. 커피전문점을 세희가 운영하게 된 것이 엄마가 아프기 때문이라는 것까지는 민주도 알고 있었다. 하지만 엄마의 병이 그렇게 깊은 줄은 모르고 있었다. 밤 9시가 넘어서 들어온 민주는 제 방에 들어가서 문을 잠그고는 꼼짝도 하지 않았다. 효정은 민주 방 앞에 털썩 주저앉았다.

"민주야, 엄마가 미안해."

"아프다고 하면 내가 뭐 죽은 듯이 살 줄 알았어? 착각하지 마. 엄마가 아프다고 하면 밉던 엄마가 갑자기 좋아지기라도 할 줄 알았어?"

민주의 목소리가 먼 곳에 있는 교회의 종소리처럼 뎅뎅거렸다. 교회 종소리는 효정의 머리를 망치처럼 두들겨댔다. 효정은 머리를 감싸 쥐었다.

"엄마는 날 언제나 어른 취급 했어. 내가 얼마나 힘들었는지 엄마가 알기는 해? 내가 어떤 짓을 해도 엄마는 괜찮다고만 했어. 네가 책임질 일이니까 너 알아서 하라고. 난 엄마 잔소리가 듣고 싶었어. 엄마가 날 보호해주기를 끊임없이 원했다고."

"민주야, 그건……."

"결국 엄마는 나를 버린 거야."

"그렇지 않아. 난 널 사랑해……."

"아빠는 엄말 용서해도 난 못 해. 늘 엄마 주위를 맴돌기만 했던 아빠. 내 눈에도 그게 보였는데 아빠는 얼마나 외로웠을까. 그런 생각으로 나를 위로하기도 했어. 열 살 때 그런 생각을 했다고. 알기나 해? 엄마가 우리 가족한테 휘두른 폭력이 어떤 것이었는지."

오, 미안하다, 아가야. 효정은 입을 틀어막았다. 왜 이렇게 엉망으로 살다가 가는 것일까. 하느님은 왜 잘못 산 인생을 수습할 시간도 제대로 주지 않는 것일까. 효정의 이마가 바닥에 닿았다. 제어할 수도 없이 온몸이 흔들리기 시작했다. 지진이라도 난 것처럼 거실 바닥이 둥둥 흔들렸다. 아련하게 엄마, 엄마, 왜 이래, 엄마, 정신 차려! 하는 민주의 소리가 들렸다. 아가, 미안하다. 민주가 효정을 안았다. 아아, 얼마 만에 안아보는 것인지, 이 따뜻하고 부드러운 촉감을 생생하게 기억하고 있다니. 민주가 효정의 얼굴에 제 얼굴을 대고 문질렀다. 비라도 온 듯 물기가 얼굴에 가득했다. 엄마, 죽지 마. 제발 죽지 마. 민주의 말소리가 아득히 멀어지고 있었다.

바람 때문에 병원의 나무들은 끊임없이 건들거렸다. 검은 비닐봉지 하나가 높이 솟아올랐다가 팽그르르 돌며 땅으로 떨어졌다. 바람에도 꼼짝 않던 구석진 곳에 웅크린 어둠이 헤드라이트 불빛에 간단히 나타났다가 사라졌다. 원무과에서 계산을 하고 나오는데 병원 현관 앞에 효정이 흔들거리며 서 있었다. 이제 곧 풍경의 일부가 될 것처럼 효정의 몸은 존재감이 없어 보였다.

응급실에서 집으로 오니 12시가 넘었다. 경재는 침대에 누운 효정의 머리를 쓰다듬었다. 경재가 효정의 귀에 대고 말했다. 사랑해. 당신, 정말 사랑해. 누가 빼간 것처럼 팔에는 힘이 없었지만 효정은 있는 힘을 다해 경재의 목을 끌어당겨 안았다.

"민주는?"

"울다가 잠들었나 봐."

"난 정말 몹쓸 엄마에 몹쓸 아내였어."

"그렇지 않아. 방법이 조금 달랐을 뿐이야."

경재가 효정의 입술에 입술을 대었다. 효정이 고개를 돌렸다.

"냄새 날 거야. 하지 마."

경재의 혀가 입안으로 들어왔다. 혀가 뒤엉켰다. 효정의 귀에 대고 경재가 말했다. 할 수 있겠어? 효정이 대답 대신 경재의 바지 지퍼를 내렸다. 효정에게 섹스는 욕정뿐 아니라 따뜻한 위로의 한 방법이 되기도 한다는 걸 이제 경재도 알고 있었다. 그걸 효정은 느꼈다.

엄폐물을 걷어내다

죽음 앞에 있는 엄마라니. 병원 치료를 거부하고 다른 방법으로 암과 맞선 엄마라니……. 말도 안 된다. 아빠는 말했다. 엄마는 그동안 숨기기만 했던 사랑을 지금 간절하게 펼쳐 보이고 싶어 한다고. 그것이 엄마가 암과 마주한 방식이라고.

그 이야기를 들었을 때 먼저 화가 났고, 세상의 무엇이든 용서하고 싶지 않았다. 집으로 돌아가선 죽어가는 엄마라고 해도 봐주지 않고 위선 떨지 말라고 고함을 질러줄 참이었다. 그런데 정말 엄마가 쓰러졌다. 꽉 닫힌 문 뒤에서 엄마가 쓰러지는 소리가 들렸다. 문을 열자 엄마의 마른 몸뚱이가 엎어지는 책장처럼 쏟아졌다. 무슨 짓을 했나 싶었다. 이렇게 가랑잎처럼 가벼운 여자에게 무슨 짓을 하고 있나 싶었다. 지금 엄마는 병과 싸우는 것을 포기하고 가족 앞에 섰다고 하는데…….

민주는 방문을 열고 거실로 나왔다. 조금 전에 조심스럽게 현관문이 열리더니 삐리릭 자동으로 문이 잠기는 소리가 났다. 오늘은 일요일이었다. 일요일 아침 일찍 등산을 가는 것은 아빠의 오래된 습관이었다. 거의 뜬눈으로 밤을 새웠다. 이불을 뒤집어쓰고 잠을 자려고 했으나 머릿속은 불이 켜진 듯 환하기만 했다. 그동안 엄마에게 퍼부은 말들이 여러 개의 바늘이 되어 머리를 쿡쿡 쑤셔댔다. 그 말들은 분노와 야유를 먼지처럼 뒤집어쓰고 있었고, 먼지들은 전염균처럼 날아오르며 퍼져 나갔다. 한번 시작하자 멈출 수 없었고 반복되자 쉬워졌다. 하지만 그 대상이 지구에서 없어질 수도 있을 거라고는 한 번도 생각하지 않았다. 엄마가 없는 세상이라니……. 가슴은 돌을 얹은 듯 무거웠고 돌 아래 상처는 쓰리고 아팠다.

욕을 하고 미워하면서도 언제나 엄마를 보고 있었다. 그 사실을 인정하기 싫어서 엄마 앞에만 서면 더 뾰족해지곤 했다. 엄마를 미워한다고 떠들고 다녔다. 그렇게라도 떠들지 않으면 냉정하고 무심한 엄마에게 사랑을 구걸하게 될까 봐 두려웠다. 차가운 눈으로 외면당할까 봐 무서웠고, 그것은 공포로 다가왔다. 그 공포를 이기는 방법이 민주에게는 반항이었다. 반항하는 것이 자신을 보호해준 엄폐물이었다고 승재는 말했다. 그 말을 들었을 때, 비로소 알게 된 사실이었다.

민주는 안방 문을 열었다. 효정은 이불을 가슴까지 반듯하게 덮고 자고 있었다. 새벽의 여명 속에 효정의 얼굴은 담담해 보였다. 너무 평안해 보여서 문득 말도 없이 떠나버린 건 아닌가 하는 무서운 생각마저 들었다. 민주는 얼른 귀를 효정의 코에 갖다 대었다. 효정의 따뜻한 숨결이 귓속으로 밀려들어왔다. 어린 시절, 유치원 차를 타기 전에 엄마의 품에 안기면 느껴지곤 하던 그 빵 굽는 냄새가 피부 속으로 스며

드는 기분이었다. 민주는 이불을 들추고 효정 옆에 누웠다. 효정의 팔을 들어 제 몸 위에 올리고 효정의 품속으로 파고들었다. 자는 줄 알았던 효정이 민주를 바짝 끌어당겼다. 두 사람 사이에 더 이상의 틈은 없어 보였다. 드문드문 새치가 보이는 효정의 머리카락 몇 가닥이 민주의 얼굴을 가렸다. 민주는 효정의 머리카락을 조금씩 쓸어 뒤로 넘겼다. 헝클어진 실타래를 푸는 듯 민주의 손길은 조심스러웠다. 항암 치료를 중단했다고 하는데도 효정의 머리숱은 눈에 띄게 듬성듬성했다. 한없는 깊은 정적이 내려앉은 방 안에 머리카락 넘기는 소리가 스읏스읏 실선을 그어댔다. 실선은 가늘게 떨리고 그 떨림이 민주의 몸으로 전해져왔다.

"엄마."

"그래, 내 딸."

"미안해. 엄마."

"아냐, 엄마가 미안해. 설명하기 어렵지만 널 사랑하지 않은 적은 한순간도 없어. 네가 아주아주 어렸을 때 잠깐…… 엄마가 엄마답게 살지 못할까 봐 두려워했던 적이 있었어. 미숙한 엄마였어……. 용서해줘."

"아냐, 엄마. 내가 더 미숙하고 모자란 딸이었어. 엄마가 날 용서해……. 욕해서 미안해. 말 안 들어서 미안하고, 엄마한테 소리 지른 거, 엄마한테 말도 안 하고 문 꽝 닫은 거, 모든 걸 엄마 탓이라고 한 거 다 미안해."

"아냐, 엄마가 미안해. 널 내버려뒀어."

"엄마 마음을 몰라서 미안해."

"내 딸, 딸 마음도 모르는 엄마가 엄마 자격이 있을까."

"엄마……."

"그래, 딸……."

효정이 두 손으로 민주의 얼굴을 감쌌다. 민주가 엉엉 소리 내어 울기 시작했다. 효정이 흐르는 민주의 눈물을 두 손으로 닦아내고 또 닦아냈다.

"나 정말 바보 같아."

"아냐, 얼마나 예쁜데 바보라니."

"멍청하고……."

"다음 세상에 다시 민주 엄마로 태어나도 될까? 그땐 정말 잘할 거야. 진짜 멋진 엄마가 될 거야."

"싫어!"

민주는 고개를 흔들며 고함을 질렀다.

"지금 잘해줘. 지금! 무슨 다음 세상이야!"

"미안해, 민주야. 엄마가 자신이 없어……."

"왜 자신이 없어? 왜 이렇게 약해. 병은 의지래. 의지만 있으면 기적도 일어난대. 엄마는 아직도 엄마만 생각하는 거지? 아빠랑 내 생각은 안 해? 엄마 없으면 우리 죽어. 우린 못 살아."

효정은 민주를 꼭 껴안았다.

"알았어. 미안해. 엄마, 살게. 열심히 살 거야. 살아서 우리 딸, 예쁜 우리 딸 결혼하고 아기 낳는 것까지 봐야지."

"약속해, 엄마."

민주가 새끼손가락을 내밀었다. 효정이 새끼손가락을 걸자 민주는 엄지손가락으로 도장을 찍고 복사하는 시늉을 했다.

"꼭 할머니 되는 거, 약속."

민주는 효정의 얼굴을 가만히 쓰다듬었다. 그러더니 효정의 얼굴에 나 있는 점 하나 뾰루지 하나도 모두 눈 속에 새겨 넣기라도 할 것처럼 뚫어지게 보았다.

"엄마가 이렇게 생긴 줄 몰랐어. 그러고 보니 점이 꽤 많네. 코는 좀 오른쪽으로 삐뚤어진 것 같아. 눈은 왜 이렇게 큰 거야? 엄마 눈을 닮았으면 훨씬 예뻤을걸."

"네 눈이 더 예뻐."

효정은 민주의 등을 도닥도닥 두드렸다. 아이의 마음속에 들어 있었던 이런 따뜻한 생각은 도대체 어디에 숨어 있었을까. 이 넘치는 사랑을 쏟아내고 싶은 걸 참느라 그동안 아이는 그렇게 뾰족한 가시를 내보였던 것일까. 아, 엄마인 나는 얼마나 어리석었나. 아이가 쏟아내던 모든 것들을 불만과 치기와 분노라고만 읽고 있었던 나는 얼마나 엄마답지 못했나. 그것을 이제야 읽게 해준 것이 자신의 병이라는 사실에 효정은 경악했다. 뭔가를 점점 깨닫게 되면서 다가오는 고통은 이전과는 전혀 다른 것이었다.

현관문 여는 소리가 들렸다. 민주가 자리에서 일어났다. 효정은 민주의 손을 꼭 잡았다.

"오늘 일요일이야. 좀 더 누워 있어도 돼."

"아빠 온 것 같아."

"우리 딸하고 좀 더 있고 싶은데?"

민주가 눈을 찡긋하며 말했다.

"아빠도 엄마가 필요해."

민주가 일어나 밖으로 나가자 효정의 눈에 또다시 습기가 고였다. 이렇게 행복한데 눈물일 리가 없었다. 같은 원두도 어떻게 로스팅하느냐에 따라 전혀 다른 맛을 내는데, 그동안 자신이 로스팅한 인생은 약배전도 강배전도 아닌, 그냥 시작하다가 만 것이거나 타버린 것이거나였다. 어쩌면 이렇게 맛없는 최악의 커피가 추출되도록 내버려둔 것일까.

"아빠, 완전 땀으로 젖었어. 어휴, 냄새."

"일요일인데 웬일이야? 우리 공주님, 이렇게 일찍?"

"흥, 나 원래 부지런하거든."

오랜만에 들어보는 민주와 경재의 과장되게 유쾌한 대화가 이불처럼 포근하게 효정을 감쌌다. 경재가 커피를 내리는지 달콤하고 구수한 커피 향이 민주의 목소리와 함께 방 안에 퍼지기 시작했다. 효정은 언젠가 저 목소리를 들을 수 없고 저 향기를 맡을 수 없는 날이 온다는 사실을 생각했다. 지금은 그 일이 가장 고통스러웠다.

멜리타 핸드드립

0320

비밀번호는 아직 바뀌지 않았다. 아마 앞으로도 비밀번호가 바뀌는 일은 없을 것이다. 3월 20일은 민주의 생일이다. 민주는 이 커피숍이 자기 엄마 거라고 했다. 그 사실을 승재에게 말해준 것은 지난주였다.

"근데 엄마가 아프대. 엄마한테 따질 게 얼마나 많은데, 할 말이 산만큼 쌓였는데, 그거 내가 따질 시간도 없이 많이 아프대."

"어디가 아프신 거야?"

"아픈 건 알고 있었어. 엄마가 미웠지만 엄마가 빨리 낫기를 기도했어. 그런데 이 정도일 줄은 몰랐어. 어쩌면 곧 엄말 볼 수 없을지도 모른다고 했어."

그 말을 하고 민주는 엉엉 소리 내어 울어버렸다. 승재는 집 잃은 아이처럼 서럽게 울고 있는 민주를 가만히 안아주었다.

"엄만…… 엄만 비겁해."

울먹임과 흐느낌 속에 민주는 엄마에 대한 원망을 쏟아냈다. 이미 원망이 아닌 원망들이었다. 싸워야 화해를 하는데 싸울 시간도 부족하다고 했다.

"나를 사랑하는 걸 들킬까 봐 두려워했다고 했어."

"왜 그러셨을까?"

"사랑의 표현이라는 것이 혹 자식을 잡아두는 것과 같은 의미라고 착각할까 봐 무서웠대. 지나친 간섭으로 비칠까 봐. 사랑을 간섭으로 혼동하는 어른이 되지 않으려고 애를 썼대. 그걸 이제 후회한다고 했어. 표현하지 않는 사랑은 마치 익지 않은 음식과 같은 것이라는 걸 이제야 알았다고……."

"그렇구나."

"엄마가 미워. 그런데 엄마가, 엄마가…… 너무…… 불쌍해."

"이제부터 잘하면 돼. 너도, 어머니도."

"엄마가 그랬어. 줄 게 너무 많은데 그걸 언제 다 주느냐고. 엄마에겐 사랑이 겨울나무의 진처럼 깊숙한 곳에 숨어 있었다고. 그걸 조금씩 하나씩 꺼내주려고 그랬다고. 그런데 이제 시간이 없는데, 그걸 언제 다 주느냐고……."

"말도 안 돼. 그런 말이 어딨어? 시간이 많은 사람만이 사랑을 줄 수 있는 건 아냐."

"맞아, 그렇지? 아냐. 엄마가 시간이 없다고 말하는 것 자체가 말이 안 되는 거야. 시간이 없다는 말은 삶을 이미 포기했다는 말이잖아. 진짜 그런 말이 어디 있어. 지금 시퍼렇게 살아 있는데……."

거기까지 이야기한 민주가 갑자기 벌떡 자리에서 일어났다.

"엄마가 주려고 했던 걸 받아야겠어. 미안해, 당분간 못 올지도 몰라."

민주가 밀고 나간 출입문이 숨 막히는 소리를 내며 잠잠해질 때까지 승재는 민주의 뒷모습을 좇고 있었다. 민주가 택시를 타고 사라질 때까지 그 여운은 계속되었다.

그 이후로 민주는 폴인러브에 나타나지 않았다. 민주가 오지 않아도 승재는 매일 폴인러브를 찾았다. 할아버지 병원에 갔다가 폴인러브에 오는 것이 승재의 중요한 하루 일과가 되었다. 가끔 미술학원에 가기 싫을 때는 저녁 시간에 들르기도 했다. 승재는 이제 폴인러브의 중요한 손님이었다. 세희는 승재가 오는 것을 좋아했다. 탄산음료는 절대로 마시지 않는다면서도 어떨 때는 콜라를 사두었다가 승재가 오면 내주기도 했다. 그러면서 꼭 할아버지의 병세를 잊지 않고 물어보았다. 이제 할아버지가 폴인러브에서 옛날 커피를 마실 수 있을지의 여부는 승재에게 풀기 어려운 숙제가 되고 말았다. 할아버지가 보이지 않는 눈을 스스로 감아버렸기 때문이다. 의사의 말이 아니더라도 할머니는 마음의 준비를 이미 끝낸 것 같았다. 폴인러브에 오기 위해서라도 다시 일어날 수 있을 것이라고 기대하는 사람은 승재밖에 없었다.

민주가 나타난 것은 거의 열흘 만이었다. 가끔 늦은 손님 때문에 11시가 넘어서까지 커피숍 불이 꺼지지 않을 때도 있었다. 마감 시간에는 늘 대학생 형이 카운터를 지키고 있었는데, 그럴 때 승재는 밖에서 커피숍을 지켜보다가 그냥 집으로 돌아갔다. 그런 날 외에는 매일 폴인러브를 찾았지만 그동안 민주는 한 번도 오지 않았다. 엄마랑 함께 있으라고 말하긴 했지만 막상 보이지 않으니 서운하고 보고 싶었다. 그런데 마치 마술처럼 늘 앉았던 화분 옆자리에서 문을 밀고 들어서는 승재를 향해 활짝 웃으며 손을 흔들고 있는 것이었다.

"오랜만이야."

얼굴이 조금 해쓱해진 민주는 승재를 부드럽게 포옹했다. 보이지 않던 시간 동안 무엇이 민주를 바꿔놓은 것인지 알 수 없으나 민주는 가을이 되어 모습이 바뀐 나무처럼 다르게 보였다. 마치 서른 살쯤 된 성숙한 여인 같은 모습이었다.

"그동안 굶고 다녔어? 얼굴이 왜 그래?"

승재가 묻는 말에는 아랑곳하지 않고 민주는 승재를 향해 생글생글 웃기만 했다.

"목표가 생겼어."

"목표?"

"응, 바리스타. 커피 공부를 해야겠어. 근데 시간이 없어. 다른 건 나중에 배우기로 하고 우선 이것부터 하려고."

민주가 주방에서 들고 온 것은 서버와 드리퍼였다. 그것들이 커피 추출 도구라는 것을 세희에게 들어서 알고는 있었지만 어떻게 사용하는지 승재는 몰랐다. 그건 민주도 마찬가지일 것이었다. 그런데 커피라면 캐러멜마키아토만 먹는 아이가 전문가들이 하는 것처럼 이상한 도구들을 주방에서 척척 내온 것부터가 심상치 않았다.

"엄마한테 타줄 거야. 내가 내린 커피 한 잔."

"너, 너무 성급하게 생각하는 거 아냐? 바리스타가 하루아침에 될 수 있는 것도 아니고."

"바리스타는 나중에 될 거야. 꼭. 대학도 그쪽으로 가려고 생각 중이야. 그전에 핸드드립 하는 걸 먼저 배우려고 하는 거야."

"핸드드립? 그게 바리스타 자격증이랑 상관있는 거야?"

"아니, 꼭 그런 건 아냐. 하지만 지금 나는 그게 필요해. 그동안 엄마랑 이야기를 많이 했어. 엄마가 관심 있는 거, 내가 관심 있는 거. 엄마가 좋아하는 거, 내가 좋아하는 거. 그런 이야기를 했어. 지금껏 서로가 서로에게 오해만 하고 살았어. 난 그 오해를 풀 시간이 너무 부족하다고 생각하지 않을 거야."

"당연히 부족하지 않지."

"엄마 이야기를 듣다가 정말 엄마에게 해주고 싶은 일이 생겼어."

"그게 핸드드립이야?"

"응. 엄마가 커피에 대해 많이 가르쳐줬거든. 핸드드립 하는 것도 배웠는데, 연습할 곳이 없잖아. 엄마 몰래 연습해서 엄마를 깜짝 놀라게 해주려고. 엄마한테는 수학 때문에 학원 다녀야 한다고 거짓말했어. 그동안 거짓말을 하도 많이 했더니 그건 별로 어렵지 않더라."

킥킥거리며 민주가 웃었다. 저렇게 장난스럽게 웃는 모습은 정말 오랜만이었다.

"근데 네가 할 수 있겠어? 아무리 연습해도 쉬운 일이 아닐 텐데."

"맞아. 하지만 그러니까 더 연습해야지. 머뭇거리면 중요한 일은 금방 닥쳐버려. 할머니도 그랬어. 아무것도 못한 채 가버렸어. 고맙다는 말 한마디 못하고……. 엄마는, 나을 수 있어. 엄마 자신뿐 아니라 아빠조차도 엄마에게 희망이 없다고 생각하는 것 같아. 하지만 난 아니야. 희망이란 게 뭐야? 원래부터 만들어져 있었던 건 아니잖아? 그러니까 우리가 있다고 하면 그건 있는 거야. 산속에 길이 처음부터 만들어졌겠어? 사람들이 가고 또 가니까 길이 만들어진 것처럼 엄마도 약을, 희망을, 찾고 또 찾으면 나을 수 있는 길이 열릴 거야. 그걸 병원에서는 약이나 색다른 치료법으로 찾겠지만 난 이 커피로 할 거야."

"커피로?"

"응, 내가 내린 커피 한 잔. 정성을 다해서 내린, 사랑이 농축된 커피 한 잔으로. 스트레스가 병을 만들듯이 기적이라는 것도 있대. 인터넷 검색해보니까 암이었는데 기적적으로 살아난 사람이 한둘이 아니더라. 그것 또한 마음으로부터 시작되는 거래. 의지."

승재가 힘차게 고개를 끄덕였다.

"그래, 좋아. 그럼 내가 뭘 하면 되지?"

"오빤 그냥 지켜보기만 하면 돼. 커피는 핸드드립과 에스프레소 머신으로 뽑을 수가 있는데, 핸드드립은 내린다고 표현해. 머신으로는 추출하는 거고."

"안 나타난 동안 그런 것들을 공부한 거야?"

승재가 신기하다는 듯이 빙글빙글 웃었다.

민주는 주방의 전등 스위치를 올렸다. 폴인러브에 와서 처음으로 실내등을 켠 것이었다. 그동안 눈여겨봐왔는지 민주는 주방에서 익숙하게 다른 커피 도구들도 가지고 와서 죽 늘어놓았다.

"내가 아까부터 들고 있었던 이건 드리퍼야. 원두를 부은 여과지를 올리는 곳. 이건 서버. 완성된 커피가 떨어질 그릇. 그리고 이건 핸드드립을 위한 동주전자 드립포트. 이건 계량스푼, 여과지, 갈아놓은 커피. 주전자는 동으로 만든 걸 쓰는 게 좋대. 온도 유지를 위해서. 온도는 92도를 맞추어야 해."

승재가 피식 웃었다.

"너, 커피를 글로 배웠습니다, 하는 애 같은데?"

"온도는 정말 중요하다고 했거든."

"누가?"

"네이버에서 그랬어."

"그러니까 커피를 글로 배운 게 맞네."

"누구나 처음엔 그렇게 시작하는 거야."

드리퍼 위에 여과지를 깔고 커피가루를 가득 넣은 다음 전기포트로 끓인 물을 드립포트에 부었다. 드립포트에는 둥근 온도계가 달려 있었다. 92도, 물이 좀 식어야 해, 라고 중얼거리며 드립포트의 손잡이를 쥔 민주의 얼굴이 긴장한 듯 굳어졌다.

"난 지금부터 숨도 쉬면 안 돼. 신중을 기해야 하거든. 처음엔 커피를 적셔줘야 해. 이때 너무 많은 물이 드립되어 커피가 서버에 떨어지지 않도록 조심……."

주전자를 쥔 민주의 손이 달달 떨렸다. 왼손으로 서버를 잡은 민주의 어깨가 조각처럼 굳어졌다. 주전자에서 물이 찔끔 커피의 한가운데로 떨어지는가 싶었는데, 손등이 와르르 무너지기라도 하는 듯 떨리더니 그만 물이 왈칵 쏟아져버리고 말았다. 화산처럼 들끓던 커피는 작은 분화구만 남기고 아래로 푹 꺼져버렸다. 서버에 오줌 빛깔의 물이 뚝뚝 떨어져 내렸다. 주전자를 테이블 위에 놓은 민주가 제 머리를 쿡쿡 쥐어박았다.

"아이씨. 몇 번 성공했었어. 이 정돈 아니었단 말이야."

승재가 민주의 어깨를 툭 치며 말했다.

"이제 시작이잖아. 실망하지 마. 수십 번을 실패하고 난 후에 성공한 커피가 얼마나 맛이 있겠어? 어머니 병을 고칠 커피라면 그 정도 정성은 들어가야지."

이마를 찡그리며 민주가 악수하듯 승재의 손을 잡았다.

"맞아. 다시 해볼 거야."

민주는 두 개의 드리퍼를 승재에게 보여주었다. 하나는 구멍이 세 개 뚫려 있고, 다른 하나는 한 개만 뚫려 있는 기구였다.

"추출구가 한 개인 것은 멜리타, 추출구가 세 개인 것은 칼리타라고 해. 언뜻 보면 별 차이가 없어 보이지만, 추출 시간에는 상당한 차이를 보인다고 했어. 추출구가 하나인 기구에 물을 부으면 커피가 물을 머금고 있는 시간이 길겠지? 그러니까 당연히 물을 붓는 속도나 커피콩을 볶는 강도, 커피콩 입자의 크기 등도 고려해야 하는 거래. 엄마는 멜리타 드리퍼로 맛있는 커피를 추출하고 싶다고 했어. 금방금방 밖으로 내보내는 것이 아닌, 제 배 속에 오랫동안 품었다 내놓은 커피니까 성숙하고 풍부한 맛이 나올 거라고 했어."

대부분 무슨 말인지 알아들을 수 없었지만 승재는 고개를 끄덕였다. 어쨌든 칼리타 드립 방식은 구멍이 세 개라 커피를 바로 내보내는 것이고, 멜리타 드립 방식은 내부를 모두 적시고 난 후에 반응한다는 것. 그러므로 멜리타 드립은 잘못하면 커피 맛이 최악이거나, 성공한다면 더 풍성해질 수 있다는 것, 그 정도가 승재가 이해한 커피 내리는 방식이었다.

뜨거운 물이 원두에 닿으면서 화산의 마그마가 분출하듯이 폭발하는 짧은 순간이 있는데 그때는 어떤 희열이 느껴지기도 했다. 민주는 지칠 줄 몰랐고, 승재는 그런 민주를 느긋한 마음으로 지켜보았다. 민주는 한 시간 넘게 멜리타 드리퍼로 핸드드립 한 후 승재에게 먹어보라고 했다. 커피는 대체로 맛이 없고 지독하게 썼다. 때로는 혀를 자극하는 신맛이 느껴지기도 했고, 담배 냄새가 심하게 나기도 했다. 승재가 커피를 입에 머금을 때마다 민주는 병아리 품은 어미닭 같은 표정을 하고 쳐다보았다. 승재는 고개를 끄덕이기도 하고 또는 고개를 젓기도 했지만 그런 반응은 민주에게 아무런 도움도 되지 않았다. 맛이 없다는 것은 거짓말을 못 하는 승재의 눈만 보아도 알 수 있었다.

멜리타는 칼리타처럼 그때그때 반응하지 않았다. 그러므로 간절한 마음으로 커피가 추출되는 과정을 지켜보아야 했다. 횟수가 거듭될수록, 시행착오를 반복할수록 민주의 태도나 행동은 경건해졌다. 커피가 추출되는 걸 기다리는 동안 가슴 졸이며 그것을 보고 있는 자신이 마치 곧 탄생할 커피의 엄마라도 된 것 같았다.

갑작스러운 엄마에 대한 애정으로 민주는 밤의 시간을 잊은 듯했다. 커피인지 담배 태운 물인지 마실 만큼 마셨고, 커피를 마실수록 호흡도 빨라지는 것 같고, 머리도 띵했으며, 무엇보다 슬슬 따분해졌다. 집에 가야 할 시간이 지나기도 했다.

"피가 엄청난 속도로 몸 안을 돌아다니는 것 같아. 여기서 더 마셨다간 몸속에서 교통사고가 날지도 몰라."

민주가 키들키들 웃었다.

"그게 커피가 일으키는 마법이야."

"어질어질하고 점점 몽롱해져."

"맞아. 커피를 처음 발견한 것도 바로 그런 기분에서 시작된 거래."

"어디서 처음 발견됐는데?"

"에티오피아에 칼디라는 염소치기가 있었거든. 어느 날부턴가 칼디가 기르는 염소들이 밤늦게까지 흥분해서 잠을 자지 못했대. 자세히 관찰해봤더니 염소들이 어떤 나무 열매를 먹고 나면 잠을 자지 못한다는 것을 알게 된 거지. 의아하게 생각한 칼디는 직접 그 열매를 씹어보았어. 그랬더니 아주 기분 좋은 느낌이 드는 거야."

"그게 커피라고?"

"응."

"그럼 처음엔 그걸 생으로 씹어 먹었단 말이야?"

"아니, 이상하게 여긴 칼디가 근처의 수도원을 찾아가 원장에게 열매를 보였거든. 원장이 쓸데없는 일이라며 열매를 불속에 집어 던졌어. 그러자 열매가 구워지며 아주 향긋한 냄새가 난 거지. 이 열매를 갈아 물에 녹인 것이 세계 최초의 커피라는 말씀!"

"커피를 글로 배웠다면 첫 부분에 나와 있는 커피의 기원?"

"자꾸 놀릴래?"

"아냐, 네가 기특해서 그런 거야."

"수도원장이 그 음료를 시험 삼아 마시자 정말로 한밤중까지 정신이 맑은 채 잠이 안 왔대. 그게 커피의 마법이지."

"너무 많이 마시면 어떻게 되는 건 안 나와 있어?"

킥킥 웃으며 민주가 손을 내저었다.

"지금 난 너무 맑아져서 일급수가 된 기분이거든."

"미안, 한 번만 더 해보고 가자."

"이제 그만 가자. 내일 또 하면 되잖아."

"자꾸 실패만 해."

"실패가 나쁜 건 아니잖아."

"나도 알아. 하지만……."

내내 움켜쥐고 있던 주전자를 조심스럽게 탁자 위에 놓은 뒤 민주가 말했다.

"엄마가 내 마음으로 밀고 들어와. 문을 조금 열었을 뿐인데 내가 주체할 수 없을 만큼 엄마가 나를 향해 안개처럼 와와 들어오고 있어."

"그래, 문을 열기만 한다면."

승재가 주섬주섬 커피 도구들을 치우며 말했다. 바리스타가 되려면 이런 거 치우면서 해야 할 텐데, 문득 이런 생각을 하면서 승재는 탁자 위에 팔꿈치를 얹고 명상에 잠긴 민주를 힐끔힐끔 쳐다보았다. 벌써 12시가 넘어선 시각이었다.

다시 폴인러브

경재는 효정의 몸을 천천히 쓰다듬었다. 고통으로 일그러져 있던 효정의 얼굴이 조금씩 펴지기 시작했다. 효정의 엉덩이와 허리 곡선은 아름다웠다. 지금은 야위었지만 살이 쪘을 때에도 아름나웠다. 유선형의 날렵한 물고기 같기도 하고, 깊은 골짜기를 숨긴 채 엉덩이를 높이 치켜든 산 같기도 했다. 육감적인 허리 곡선은 경재의 성욕을 불러일으켰으나 그것을 표현해본 적은 없었다. 젊은 시절 숨기려 하면 할수록 들끓는 호기심에 아내의 몸을 몰래 훔쳐본 적이 있었다. 아내의 몸은 눈이 부셨지만 어떻게 해볼 수 없는 일이었다. 아내의 몸 구석구석을 눈으로 쓰다듬고 손으로 만지고 싶었지만 효정은 철저하게 거부했다. 지금 효정은 경재가 허리에 키스를 할 때, 엉덩이를 쓰다듬을 때, 조그만 자극이 가도 눈을 감고 가는 신음을 흘렸다. 신음은 경재의 말초신경을 자극하고 억눌려 있던 경재의 욕구를 일깨웠다.

효정은 그렇게 경재에게 왔다. 서로를 삼킬 듯이 사랑하면 할수록 더 갈구하고 목이 말랐다. 숨을 헐떡이며 서로에게 붙어 있던 몸을 떼는 순간은 생의 마지막 같아 이별처럼 아렸다.

"힘들지 않아?"

"힘들어도 좋아. 이게 좋아."

"이제 당신 아플까 봐 걱정하며 내 몸이 움츠러드는 일은 없어졌어. 습관이란 게 이렇게 무섭네."

"난 그게 좋아. 당신이 그렇게 내 몸을 좋아하니까 아파도 좋아. 아니, 아픈 걸 잊을 만큼 좋아."

경재는 효정의 이마에 입을 맞추었다. 효정의 이마는 땀으로 젖어 있었다. 효정이 경재의 손등에 입술을 댔다.

"고마워. 당신이 이렇게 멋지고 매력적이고 섹시한 줄 몰랐어."

"후후. 섹시라는 말도 쓸 줄 알고. 우리 마누라 많이 발전했네. 당신은 원래 예뻤어. 그런데 나한테 꽁꽁 숨기려고만 했지. 젊은 날의 나를 애태우고 말이야."

"미안해. 난 내 몸이 말하는 소리를 들으려고 하지 않았어. 내 몸이 말하려는 것을 거부했어. 귀를 막아버렸어. 내 몸의 소리를 진작 귀 기울여 들었다면 당신을 원했을 거야. 당신한테 내 몸을 열었을 거야."

"지금 이 순간, 당신은 최고야. 아직 늦지 않았어. 이렇게 당신을 사랑한 적이 없어."

"고마워 여보……. 참, 이것 좀 봐."

갑자기 효정이 몸을 일으키는 바람에 경재의 알몸이 훤히 드러났다. 경재는 이불을 끌어당겼다. 효정이 협탁 서랍에서 꺼낸 것은 편지였다.

"월요일부터 민주한테 편지를 썼어. 이것저것 궁금한 것도 적고, 민주에 대해 알고 싶은 것도 적고, 내 상태에 대해서도 가급적 솔직하게 적었어. 오늘로 사흘째네. 아침에 편지를 두려고 갔는데, 답장이 있었어."

편지를 펼치는 효정의 손이 참기름을 따르는 듯 조심스러웠다.

열일곱 살. 성깔 있고 욕도 잘하고 공부는 못하고 그림 그리기를 좋아하는 엄마 딸 민주야. 가끔 친구들하고 싸우고, 싸운 뒤에는 아이스크림 한 통을 30분 만에 다 퍼먹기도 해. 맥주는 석 잔 정도 마셔봤고, 전에도 알던 남자애가 있었지만 그 애들은 다 가짜 같고 지금은 진짜 같아. 내가 좋아한 지 한 달 조금 넘은 남자친구가 있어. 나보다 두 살 많은 오빠인데, 나한테 잘해주려고 하는 편이야. 햄버거는 좋아하지만 피자는 케첩 냄새가 나서 싫어해. 내가 케첩 싫어하는 건 알지? 지금 다니는 영수학원은 정말 지겨워. 종종 빠지고 노래방 간 적도 있어. 엄마한테 거짓말하고 콘서트에 간 적도 있고. 생리는 6학년 봄부터 시작했어. 초경이 있고 난 후 6개월 동안 생리가 없다가 겨울이 시작될 무렵부터 생리 양이 많아졌어. 친한 친구는 미선이, 윤주 그리고 수영이야. 미선이는 초등학교 때 친구야. 윤주하고 수영이는 고등학교 올라와서 사귄 친구고. 아, 아, 그리고 생각이 잘 안 나. 나에 대해 생각나면 또 적을게. 엄마 말처럼 나도 엄마를 알아가고 싶어. 시간은 충분할 거야. 그러니 엄마, 궁금하다고 한꺼번에 너무 많이 적진 마.

추신. 엄마, 나 커피가 무척 맘에 들어. 나 열심히 연습해서 꼭 엄마 같은 바리스타가 될 거야. 오빠도 많이 도와준다고 했어. 담에 꼭 소개해줄 게. 안녕.

민주의 편지를 읽는 효정의 얼굴이 발그스름하게 홍조를 띠었다. 경재는 붉어진 효정의 볼을 혀로 핥았다. 효정이 눈을 감았다. 경재는 효정의 눈과 코와 입술을, 볼과 턱을 핥았다. 이 여자를 어떻게 보내나, 이 여자를 어떻게 보내나, 경재의 마음에서 뜨거운 소용돌이가 일었다. 차라리 사랑이 망상이라면 잊을 수 있을까. 잠깐 나를 속이고 지나가는 사기꾼의 장난 같은 것이라면 이후에 벌어질 일들을 견딜 수 있을까. 열린 창도 없는데 어디선가 바람이 불어와 경재의 빈 등을 쓸고 지나갔다. 서늘한 그 느낌은 이 세상에서 저 홀로 쫓겨난 듯한 기분이 들게 했다. 저 태연한 세상이 자신에게서 가장 소중한 것들을 차례차례 빼앗아갈 것이라고 경재는 단 한 번도 생각한 적이 없었다. 오늘 어딘가에서 조용히 홀로 생을 마감하는 사람도 뼛속 깊이 자신을 향해 던지는 이 세상의 배반을 믿은 적은 없을 것이다. 창밖은 여전히 밝은 햇살로 눈부셨고, 하늘은 시리게 맑았다. 그것이 경재는 더욱 견딜 수 없었다.

커피전문점은 빈자리가 없을 정도로 사람들로 붐볐다. 효정은 커피전문점 바깥에서 한참 동안 안을 들여다보았다. 에스프레소를 뽑고 베리에이션을 만드느라 바쁜 세희의 모습이 거리에서도 훤히 보였다.

효정은 폴인러브의 유리문을 밀었다. 문을 열자마자 달착지근한 냄새가 엎질러진 시럽처럼 몸에 달라붙었다. 두런거리는 이야기 소리와 나지막한 음악 소리가 커피 향과 뒤섞여 나른한 느낌을 주었다. 효정은 낯선 여행지의 외국인처럼 가게를 둘러보았다. 모두 효정의 손으로 직접 고르고 장식한 것들이었다. 입구에 있는 알로카시아는 이파리마다 물방울을 머금고 있었다. 붉은 흔적이 남아 있는 잿빛 벽돌, 앤티크한 느낌의 책장, 책장 속의 잡지와 책들, 그리고 『커피 인사이드』, 둥근 구리 갓 전등, 한나절을 걸려서 직접 고른 투톤 컬러의 탁자와 의자, 장식으로 놓아둔 프렌치프레스와 사이폰과 모카포트 등의 커피 추출 기구. 얼굴에서 경련이 일었다. 효정은 손으로 볼을 꾹 누르며 경련이 멈추기를 기다렸다. 결국 커피전문점은 시작도 하지 못했다. 희망을 가질 수 없다는 것을 알았을 때는 오히려 담담했다. 그런데 막상 이 자리에 서고 보니 그렇지가 않은 것이다.

"어머, 효정 씨."

손님에게 카페모카를 내고 주방으로 들어온 세희가 그세야 아는 체를 했다. 효정은 세희 앞에 마주 앉았다.

"좀 어떠세요?"

"조금 괜찮아지고 있어요."

"빨리 나아서 이 자리로 오셔야죠. 초보가 하려니까 아주 죽겠어요."

"세희 씨, 잘한다고 소문났는걸요."

"잘하긴요. 매일 실수투성이예요."

"저는, 여기, 못 돌아올 것 같아요."

"무슨 말씀이세요."

세희가 효정의 손을 덥석 잡았다. 세희의 눈시울이 금방 붉어졌다.

"지금처럼만 잘 꾸려가주세요."

"그런 말씀 마시고요, 뭘 좀 드릴까요? 솜씨는 효정 씨보다 못하지만 한 잔 만들어드릴게요. 드립 커피 드시죠?"

"그럼…… 그냥 에스프레소로 한 잔 주세요."

"그건 좀 진할 텐데……."

"그렇게 먹고 싶네요. 아프고 난 뒤로 한 번도 마시지 못했어요."

세희는 아무 말도 하지 않고 에스프레소를 내렸다. 두터운 크레마가 떠 있는 짙은 다갈색의 커피가 효정 앞에 놓였다. 효정은 눈을 감고 커피 향을 맡았다. 먼 초원의 냄새가 났다. 이 커피가 나고 자란 곳, 한 번도 가보지 못했지만 아마 얼룩말과 사자가 뛰노는 초원의 싱그러움은 이런 향이 아닐까 하는 생각이 들었다. 입안에 군침이 돌았다. 효정은 커피를 입안에 넣은 뒤 목구멍으로 삼켰다. 에스프레소가 입안에 맴돌면서 자아내는 진한 향이 온몸을 자극했다. 혀끝에 닿는 커피는 진하고 고소했다. 신맛과 단맛과 쓴맛이 고스란히 남아 입안에 강한 향을 풍겼다. 에스프레소 한 잔이 가슴을 두근거리게 만들듯이 이렇게 강렬하게, 이렇게 아름답게 왜 살지 못했을까 하는 후회가 폭풍처럼 밀려왔다.

"잘 사는 방법을 몰랐어요. 왜 이렇게 살았는지 모르겠어요. 남은 시간이 이렇게 짧다는 것을 알았더라면 그렇게 살진 않았을 거예요."

"누군들 잘 사는 방법을 알까요. 인생이란 게 늘 그렇잖아요. 허둥대다가 중요한 순간들을 놓쳐버리죠."

세희의 말에 고개를 끄덕이며 효정이 웃었다. 웃는 효정의 얼굴은 웃는 게 아니라 일그러져 보였다. 입가에 경련이 일어 멈추지 않는지 효정이 손으로 입을 가렸다.

"놓는 연습을 하려고 하는데, 그럴수록 집착하게 돼요. 사랑에 빠진 것처럼 끝없이 집착하는 거예요. 마지막까지 멋지지 못해서 정말 내가 마음에 안 드네요."

"효정 씨, 지금 충분히 멋지세요. 경재 씨가 그러더라고요. 아내를 진심으로 사랑하는 느낌이라고요. 효정 씨가 자신을 그렇게 만들었다고요. 그 말 듣는데, 정말 부러웠어요."

"그이가 그런 말을요?"

"세상을 살면서 남녀 간의 사랑을 아는 사람도 있고, 사랑을 전혀 모르고 사는 사람도 있을 거예요. 사랑에 빠진다는 거 평생 꿈만 꾸고 지나가는 사람도 있겠죠. 그러니까 효정 씨가 얼마나 행복한 사람인지……."

효정이 남은 커피를 홀짝 마셨다. 다갈색 액체가 효정의 입술에 잠시 머물렀다. 입안 가득 퍼진 초원의 향이 효정을 어디론가 데려가는 것 같은 느낌이 들었다.

"잘해줘서 고마워요. 그리고 앞으로도 잘 부탁드려요, 폴인러브 그리고 커피……."

"사장님이 거래하는 도매상의 커피콩이 좋아서 폴인러브도 이 일대에서는 꽤 유명해졌어요. 걱정 마세요."

"커피콩만 좋다고 해서 맛있는 커피가 탄생하는 건 아니잖아요. 좋은 생두를 구입하는 것부터 커피를 담아내는 커피 잔의 선택까지 이 모두가 제대로 되어야만 좋은 커피가 나올 수 있죠."

"커피도 결국 음식인데 재료나 로스팅이 커피의 맛을 좌우하는 걸

무시할 수는 없다고 생각해요."

"맞아요. 하지만 저는…… 커피는 커피로 연결된 사람들과의 관계가 가장 중요하다고 생각해요. 그러기 위해서는 세희 씨처럼 정직한 바리스타가 꼭 필요한 거죠."

"정직한 바리스타요?"

"블루마운틴을 흉내 내어 하우스브랜드로 낸다면 그것이 블루마운틴인지 아닌지 손님들은 알 수가 없죠. 그저 바리스타가 그렇다고 하면 사람들은 세계 최고의 커피라고 믿으며 뿌듯하게 마실 거예요. 좋은 콩, 친절하고 정직한 바리스타면 돼요."

"아뇨, 전 별로 잘하지 못해요."

"아니에요. 이미 충분한걸요. 행복한 사람이 최고의 커피를 만들 수 있어요. 바리스타는 단순히 커피만을 만드는 사람이 아니라, 커피를 통해 사람을 만나고 대화하고 치유하는 직업이니까요."

"전…… 아직 멀었어요. 제가 행복한 사람이라고 말할 수는 더더욱 없고요."

"커피로 마음을 사로잡고, 사람들을 신나고 즐겁게 해주고 싶었어요. 그리고…… 커피를 통해 세상을 보고, 그 세상과 마주 보는 게 제 꿈이었어요."

"효정 씬 최고의 바리스타예요. 이미 그 마음만으로도 충분히……. 효정 씨 올 때까지 최선을 다할게요."

세희의 입술이 무슨 말을 하려다가 멈추었다. 효정과 눈이 마주치자 세희가 어색한 표정으로 웃음을 지었다.

"왜요? 무슨 할 말이 있으세요?"

"다른 게 아니라 밤에 누가 여기에 오는 것 같아요. 알바생이 정리를 잘하고 갔다는데 아침에 오면 뭔가가 흐트러져 있거든요. 오늘 아침만 해도 드리퍼랑 커피가 늘 있는 자리에 있지 않고……."

"그래요?"

"그렇지 않아도 오늘쯤 경재 씨한테 말씀드릴까 했어요. 경보 시스템을 설치하든지 CCTV를 달든지 해야 되지 않나 싶어서요."

"없어지는 건 없고요?"

"그렇지 않아도 유심히 살폈어요. 처음엔 몰랐죠. 알바생이 마감을 하고 가니까요. 근데 나중에 보니까 커피가 눈에 띌 정도로 많이 줄어 있었어요. 밤에 사람이 아무리 많이 와도 그 정도는 아닐 거거든요. 당장 CCTV가 어려우면 비밀번호를 바꾸든지, 자물쇠를 채우든지……."

"아뇨, 비밀번호는 그대로 두세요."

"아무래도 밤마다 누가 와서 갈아놓은 커피를 사용하는 것 같아요. 비밀번호를 알고 있는 게 아닐까 해서요."

효정은 고개를 끄덕였다. 비밀번호 이야기를 들으니 그제야 범인이 누구인지 알 것 같았기 때문이다. 집 현관 비밀번호도, 통장 비밀번호도 모두 민주 생일로 되어 있었다. 그것을 알고 있는 사람 또한 집에 있는 세 사람밖에 없었다.

"남편한테 제가 말할게요. 그냥 당분간 모른 척해주세요."

의아하다는 표정을 지으면서도 세희가 알았다고 대답했다. '띠링' 하는 문자 알림음에 효정이 몸을 일으켰다.

'집에 없네. 어디야?'

경재의 문자였다. 경재는 하루에도 몇 번씩 문자를 보내왔다. 마치 처음 연애하는 사람처럼 경재는 수시로 사랑한다, 보고 싶다, 빨리 들어갈게 등의 문자를 이모티콘까지 섞어가며 스스럼없이 보냈다. 그런 문자를 받을 때마다 효정은 사랑에 빠진 스무 살 아이처럼 가슴이 뛰었다. 효정은 얼른 답장을 보냈다.

'폴인러브에 잠깐 들렀어요. 곧 들어가요.'

새로운 손님이 들어섰다. 세희가 주문을 받고 커피를 내리느라 분주한 틈을 타 효정은 세희에게 눈인사를 하고 폴인러브를 나왔다. 처음 커피전문점 이름을 뭘로 할 거냐는 경재의 질문을 받고 효정은 생각할 필요도 없이 '폴인러브!' 하고 말했다. 커피는 효정에게 새로운 사랑의 방식이었다. 커피를 알면 알수록 커피 속에 들어 있는 인생이 보였다. 그 속에 인생의 철학이 있고, 그리고 사랑이 있었다.

커피전문점에서 긴 끈 하나가 딸려 나온 것처럼 자꾸 뒤를 돌아보고 싶게 했다. 하지만 효정은 뒤돌아보지 않았다. 폴인러브는 뒤돌아보지 말아야 할 효정의 첫 번째 버킷리스트였다.

처음 생두를 로스팅한 원두가 보관되었던 밀폐용기는 뚜껑을 여는 순간 픽 소리가 난다. 원두가 뿜어낸 가스가 용기 밖으로 빠져나가는 것이다. 가스가 빠져나간 그 자리에 공기가 들어가면 원두의 산패가 시작된다. 이제 자신이 품고 있던 원두는 산패되었다. 더 이상 향기도 나지 않는다. 뜨거운 물로 추출을 한다고 해도 그것을 커피라고 부를 수가 없게 되었다.

폴인러브를 나와 어디가 어딘지도 모르고 휘청이며 걸었다. 한참을 걷다 보니 뺨에 와 닿는 바람의 색깔이 달랐다. 영도다리. 무채색 바람의 색깔을 맛보게 되는 곳. 잿빛 다리는 기구한 역사를 간직한 채 묵묵히 그 자리에 존재하고 있었다. 효정은 그곳의 바람을 온전히 받으며 다리 난간에 몸을 기댔다. 이곳의 역사, 기다림, 사랑, 그 절박함들이 몸속으로 천천히 진군해왔다. 바다의 짠물을 견디며 살아왔을 이곳의 긴 시간들이 효정의 피부에 스며들었다. 나는 맹물처럼 살아왔다. 아무것도 간직하지 못했다. 아무런 역사도 없다. 열심히 달려가서 닿고 싶은 장소가 이제야 생겼다. 그런데 너무 늦어버렸다. 바다가 몸을 뒤채면서 울부짖고 멀리 효정의 지친 몸이 가파른 시간 아래 걸쳐져 있었다. 파도는 높고 바람은 차가웠다.

너에게 독이 되는
에스프레소

싸구려 머리핀, 그리고 너의 눈물

세희는 방바닥에 와이셔츠를 집어 던졌다. 얼마나 세게 던졌는지 와이셔츠는 방 닦은 걸레처럼 한쪽 구석에 널브러졌다. 정수는 마치 자신의 몸뚱이가 그렇게 내팽개쳐진 것 같은 굴욕감이 들었다. 이 여자가 미쳤나.

"왜 이래!"

정수는 기분 나쁜 표정으로 세희를 보았다. 세희의 얼굴은 곧 폭발할 것처럼 일그러져 있었다. 친구들과 술 마시느라 장모의 생일잔치를 깜빡했을 때, 그때 본 표정과 비슷했다. 아니, 그때보다 경멸스러움이 더해져 있었다. 정수 앞에 바싹 다가앉은 세희가 왼쪽 손을 내밀었다. 세희의 손바닥 위에는 노란 보석이 박힌 갈색 머리핀이 놓여 있었다.

"와이셔츠 주머니 안에 이게 있었어. 도대체 무슨 짓을 하고 돌아다니는 거야?"

"내가 무슨 짓을 했다는 거야?"

"훤히 다 보이는데 시치미를 떼? 보내지도 않을 문자를 혼자서 적고……."

정수는 어깨를 흠칫 떨었다. 보내지도 않을 문자를 혼자서 적고, 라니……. 그걸 어떻게 알았단 말인가. 무슨 말이냐고 버럭 고함을 지르고 싶었지만 정수는 입을 꾹 다물었다. 추궁하면 정말 변명할 말이 없어서였다.

"당신 진짜 싸구려다. 어디서 이런 싸구려 핀을……."

싸구려 핀? 순간 세희가 싸구려 핀이기 때문에 화를 내는 건가 하는 착각이 들었다. 무슨 소리야, 하고 버럭 고함을 지르려던 정수는 꿀꺽 침을 삼켰다. 갑자기 심장이 뚝 멈춰버린 것 같은 순간이 왔기 때문이다. 세희의 오른손은 뭔가를 움켜쥔 채로 주먹이 꽉 쥐여서 바르르 떨고 있었다. 그것은 정수의 핸드폰이었다. 어젯밤 이불을 덮어주고 나오면서 찍은 사진을 지우지 않았다는 사실을 기억했다. 집으로 오는 내내 신호가 걸릴 때마다 사진을 보고 또 보았다. 한 번만 더 보고 지우려고 했다. 그런데…… 아내가 핸드폰을 들고 있다. 사진을 보았을까. 멈췄다고 생각한 가슴이 세차게 뛰기 시작했다.

세희는 끝내 오른쪽 손을 정수 앞에 펼치지 않았다. 다만 머리핀이 놓인 왼쪽 손을 정수의 코앞으로 들이밀고 있었는데, 세희의 얼굴은 더러운 음식 쓰레기 냄새가 올라오고 있기라도 한 양 찡그려졌다. 정수는 자신을 단번에 무장해제시키는 그 향기를 알고 있었다. 정수는 세희의 손바닥 위에 놓인 혜인의 머리핀을 집어 들었다. 그곳에 있으면 안 될 것 같은 느낌 때문이었다.

어제 혜인을 만났다. 그리고 혜인과 함께 호텔에 갔다. 하지만 그

뿐이었다. 아무 일도 없었다. 혜인은 여전히 정수를 친구 그 이상으로 보지 않았으니까. 어쩌면 함께 호텔에 들어간 것도 밤에 시간을 내기 어려운 여자친구 대신이라고 생각했을 수 있으니까. 아니, 그랬을 테니까.

세희에게 정수는 어제 새벽까지 회식을 한 거였다.

"내가 이해할 수 있도록 설명해봐."

머릿속이 빨리 돌아가기 시작했다. 이럴 때 머리가 빨리 돌아간다는 것은 정말 다행스러운 일이다. 그런데 앞뒤가 맞아야 했다.

"직원들 모두 회식을 한 자리였다며? 회식 끝나고 노래방 갔다가 사우나 갔다고 했잖아. 노래방 갔다가 사우나 갔다는 얘기도 웃기지만…… 더 웃긴 건 뭔 줄 알아? 사우나 갔다 온 사람한테 이게 일어날 수 있는 일이야?"

질문은 다른 손에 쥐고 있는 핸드폰 속의 여자 사진에 대해 하는 것이었다. 머리핀에 대한 추궁이 아니었다. 그래도 유도심문에 넘어가면 안 된다. 세희가 꺼내지도 않은 사진에 대해 함부로 말을 보탤 필요는 없었다.

"사우나 나오면서 지난달에 잘린 김 과장을 만났어. 김 과장이 나랑 친했던 거 당신도 알잖아. 그냥 보낼 수가 없었어."

"근데?"

"위로도 할 겸 술집에 갔어. 우리 옆 테이블에 앉은 여자 둘이 술에 취해 엉망으로 비틀거렸는데, 바로 뒤에 앉은 아저씨들이 쌍욕을 해대며 여자들에게 뭐라고 한 거야."

지난주 회식 술자리에서 실제로 있었던 일이다. 그날 집에 돌아와서 술집에서의 일을 이야기하려고 했지만 세희가 자신보다 더 늦게 들어오는 바람에 기회를 놓쳐버렸다.

"여자들하고 그 아저씨들하고 싸움이 붙었어. 그 와중에 우리 테이블로 아가씨들이 쓰러지고 그 여자들 붙잡아 앉히고 하느라 난리도 아니었어. 나중에 여자들이 가고 나서 보니까 내 의자에 그 핀이 떨어져 있더라. 계산할 때 카운터에 맡겨야지 하고 와이셔츠 주머니에 넣어두었던 거야. 맡긴다는 게 깜빡했어."

어이가 없다는 듯 세희가 입을 쩍 벌리고 정수를 보았다. 스스로 생각해도 너무나 조잡한 변명이었다. 세희가 믿을 만한 적극적인 변명을 하려면 손에 든 사진을 정수에게 보여야 했다. 침대에 누워 있는 여자도 문제였지만, 조명등이며 실내장식이며 사진은 한눈에 보아도 호텔이라는 느낌이 들기에 충분했다. 하지만 세희는 무슨 생각에서인지 끝까지 핸드폰을 보이지 않았다. 정수 얘기가 끝나고 나서도 입은 꾹 다문 채 눈을 흘기던 세희는 정수의 손에 있던 머리핀을 다시 뺏고, 핸드폰을 침대 위에 탁 던지고는 방을 나가버렸다. 정수는 핸드폰을 들고 사진을 찾았다. 그리고 얼굴을 가린 혜인의 하얀 팔을 치우기라도 할 것처럼 손가락을 사진 위에 대고 움직였다. 한참 동안 그러고 있다가 사진을 삭제했다. 사진을 보았든 보지 않았든 삭제되었으니 아무 일 없을 것이라고 생각했다.

하지만 문제는 그날 밤에 다시 일어나고 말았다. 회사에 갔다 오자마자 세희는 다시 정수 앞에 앉았다. 저녁밥도 먹고 과일도 먹고 텔레비전을 볼 때였다. 세희가 저녁을 차리는 내내 아무 말도 하지 않았다는 것을 정수는 전혀 눈치채지 못했다. 머릿속은 혜인으로 가득 차 있었다. 하루 종일 혜인은 전화를 받지 않았다. 아니, 하루 종일이랄 것도 없다. 전화는 딱 한 번 했을 뿐이니까. 혜인의 생각에 잠겨 멍하니 텔레비전에 눈을 주고 있는데, 세희가 텔레비전을 껐다. 정수는 또 아무 생각도 없이 뭐 하는 짓이냐고 버럭 화를 낼 뻔했다.

"이건 말이 안 돼."

"무슨 소리야?"

"내가 당신을 몰라?"

도대체 무슨 이야기를 하려는 것일까. 정수는 잔뜩 긴장한 채 세희를 쳐다보았다.

"당신을 제일 잘 아는 경재 씨가 말했던 거 난 아직도 똑똑하게 기억해. 당신은 여자 싫어한다고. 여자뿐 아니라 여자 물건에는 손도 안 댄다고, 아주아주 이상한 놈이라고. 동아리 활동할 때 동아리 방의 온갖 짐을 혼자 다 드는 경우는 있어도 여학생 가방 하나 들어준 적 없다고. 그런 사람이 술집 의자에 떨어진 여자 머리핀을 주워서 가지고 왔다는 말을 나보고 믿으란 말이야?"

가슴에 혜인을 안은 스무 살 이후 정수는 한 번도 다른 여자를 품은 적이 없었다. 만 스무 살이 되던 성년의 날, 경재의 손에 이끌려 사창가에 간 적이 있었다. 처음에는 어디인 줄도 모르고 따라갔다가 옷을 반쯤 벗은 여자들이 우르르 몰려 있는 모습을 보고 기겁을 하고 나와 버렸다. 야, 정수! 한 번만, 한 번만. 내 소원이다. 경재가 정수의 팔을 잡고 애원했다. 여기까지 왔는데 그냥 갈 수는 없다고 했다. 여자들은 쳐다보고 경재는 정수의 팔을 놓지 않고 지나가는 사람들은 둘을 보고 키득거렸다. 어쨌든 이 멍청하고도 쪽팔리는 상황만은 피하자 싶어서 정수는 마지못해 여자의 방에 들어갔다. 하지만 정수는 여자를 저만큼 떨어지게 앉혀둔 채 담배만 빽빽 피워대다가 경재와 만나기로 한 약속 시간이 되자 밖으로 나와버렸다. 그게 처음이자 마지막으로 간 사창가였다. 지금까지 살면서도 다른 여자에게 눈길을 준 적 없음은 물론이고, 회사 일로 어쩔 수 없이 여자가 나오는 술집엘 가더라도 옆에는 여자를 앉히지 않았다.

그러니 정수에게 첫 경험은 세희인 셈이었다. 술에서 깬 새벽, 도시의 화려한 모텔방에서 정수는 제 팔을 베고 자고 있는 세희를 보았다. 함께 술을 엉망으로 마신 것까지는 알겠는데 둘이서 모텔에 들어온 것은 정수의 기억에 없는 일이었다. 고맙고 미안하고 부끄러웠다. 그날 동아리 후배들이 주최하는 선배와의 만남 행사에 갔다가 혜인의 임신 소식을 들었다. 혜인이 결혼하고 난 뒤에도 희망의 끈을 놓지 않고 있었던 것인가. 자신이 너무 못나서, 못났다는 사실이 견딜 수 없어서 세희를 불렀고 함께 술을 마신 기억이 전부였다.

세희의 헝클어진 머리카락이 정수의 베개에까지 길게 늘어뜨려져 있었다. 머리를 바로 해주며 정수는 세희의 등을 끌어안았다. 그녀에게서 언젠가 빗속에서 맡았던 혜인의 냄새가 났다. 혜인이 인기척을 내고 정수의 가슴으로 뚜벅뚜벅 걸어들어오는 느낌이었다. 정수는 눈을 감고 혜인의 몸을 안았다. 그것이 세희와의 첫 밤이었다.

"그러면서 경재 씨가 덧붙였어. 여자라곤 아마 평생 마누라밖에 못 만질 놈이라고. 바람피우지 않는다면 말입니다. 경재 씨가 그 말을 했을 때, 바람이 아니라 사랑이라고 정정한 건 당신이었어. 사랑하지 않는다면 그럴 일은 없다고."

사랑하지 않는다면 그럴 일은 없다. 그럴 일, 세희는 아예 대놓고 정수가 바람이라도 피우고 돌아다닌다고 말하고 있었다. 세희는 눈치가 빠른 여자였다. 보내지 않은 문자와 사진, 그 외에도 뭔가를 알고 있는 듯한 눈빛으로 세희는 정수를 쏘아보고 있었다. 이게 바람인가? 아니라면 이게 세희 몰래 생긴 사랑인가? 세희 몰래 생긴 사랑이라니 말도 안 된다. 이건 세희를 알기 전부터 먼저 와 있던 사랑이다. 친구라는 포장은 혜인 옆에 있기 위해 20여 년을 지켜왔던 자신과의 약속이었다. 친구가 아니라면 자신은 언제라도 떨어져 나갈 각오를 해야 했으므로 '친구'라는 말은 정수가 살아온 지금까지의 가치 중에서 가장 높고 힘겨운 이상이었다.

정수는 세희를 보았다. 세희도 정수를 보았다. 세희의 눈은 의혹과 분노로 끓어넘치고 있었다. 정수는 그저 세희를 볼 뿐이었다. 진실을 말해야 할까. 세희가 원하는 것은 무엇일까. 정말 진실일까. 신실을 말한다면 세희도 이해해줄까. 진실, 진실이 도대체 뭐란 말인가. 내가 왜 평생 동안 간직한 유일한 사랑을 이 여자에게 설명해야 한단 말인가. 하지만 지금 상황을 이해시키기 위해서는 해야겠지. 그 순간이었다. 갑자기 어떤 예고도, 어떤 신호도 없이 눈물이 쏟아졌다. 주체할 수 없었다. 외롭고, 길고…… 상처뿐이었고, 그래서 더 처절했던 혜인에 대한 사랑을 설명하려는 순간, 그것도 아내 앞에서 설명하려는 순간 말이다. 눈물은 갑작스러운 눈사태처럼 정수의 힘으로는 도저히 막을 수 없었다.

"당신, 지금 우는 거야?"

왜! 고함을 치며 기가 차다는 듯 정수를 보고 있는 세희의 입술이 바르르 떨렸다.

"그게 지금 마누라 앞에서 할 짓이야?"

"나, 난……."

"당신, 정말 가지가지 하는구나. 내 앞에서 눈물을 보일 만큼 그만큼…… 아, 아니 됐어. 거기까지만 해. 지저분한 눈물 내 앞에서 한 번만 더 보이면 정말 당신과 끝이야. 아무것도 설명하지 마! 아무것도 알고 싶지 않아."

휙 몸을 돌려 세희가 안방으로 들어갔다. 뭔가가 쿵 하는 소리가 나더니 그 진동이 오래도록 집 안에 남았다. 눈물은 마치 비가 오는 것처럼 흐르고 있었다. 손바닥으로 얼굴을 닦아내자 비장한 기분이 들었다. 그러면서도 뭔가 좀 후련하기도 했다. 오랫동안 입에 물려 있던 재갈을 푼 듯 시원하기도 했고 왠지 가슴 한편이 알싸하게 저려오기도 했다. 눈물에 씻겨내려가 더욱 맑아진 거실 장식장에 기하학 무늬가 새겨진 커피 잔 두 개와 커피원두 분쇄기, 그리고 이름은 알 수 없지만 커피와 관련된 것임이 분명한 기구들이 서너 개 놓여 있는 게 보였다. 세희가 커피전문점에 나가기 전에는 본 적이 없는 생소한 풍경이었다. 문득 낯선 느낌에 정수는 거실을 둘러보았다. 거실 벽 중앙에 걸린 결혼사진에 뽀얗게 먼지가 쌓여 있는 게 불빛에 반사되어 보였다. 결혼사진 속의 정수는 금방이라도 울음을 터뜨릴 것 같은 얼굴이었다. 카메라를 응시하고는 있지만 눈은 곧 경련을 일으킬 것 같았고, 찌푸린 이마와 꽉 다문 입술은 커다란 근심에 빠져 있는 사람처럼 보였다. 정수는 뭔가가 시작되었을 그 시점을 되돌리기라도 하려는 듯이 먼지 묻은 사진을 손바닥으로 꾹 눌렀다.

당신, 아프기라도 하면 좋겠다

혜인을 방에 가두어두고 살았다. 정수는 그 방에서 늙어갔지만 갇힌 혜인은 늙지 않았다. 스무 살 그대로였다. 혜인과 20여 년 동안 연락을 할 수 있었던 것은 오직 정수의 노력 때문이었다. 연락이 끊어지지 않도록 하는 데 혼신의 힘을 다했다. 그 정도의 노력을 그녀와 사귀는 데 썼더라면 어쩌면 혜인과 결혼을 했을지도 몰랐다. 결혼은 아니더라도 얼마간 사귀었을 수도 있었을 것이다. 하지만 정수는 그녀의 남자가 되는 그 노력이란 걸 하지 못했다. 아니, 할 수 없었다. 하고 싶었지만 못 했다. 평생 후회했지만 다시 스무 살로 돌아간다고 하더라도 정수가 다른 사람이 아닌 이상 관계의 진전은 기대할 수 없을지도 모른다.

혜인은 대학교를 졸업하고 의류 회사에 들어갔다. 직장 동료와 2년 동안 연애를 하다가 헤어졌고, 그다음 해에 사진 동아리 선배인 기섭과 결혼했다. 혜인이 직장 동료와 연애를 할 때보다 더한 배신감을 느꼈으나 정수는 술을 마시며 혼자서 그 시간들을 견뎠다. 기섭이 늘 혜인 주변을 얼쩡거리고 있었다는 것을 정수는 두 사람의 결혼 소식을 들으면서 처음 알았다. 아이를 둘 낳았고, 아직 기섭과는 이혼하지 않았다. 정수는 그 모든 것을 가까이 또는 멀찌감치 떨어져서 지켜보고 살았다.

혜인을 처음 만난 것은 대학교 1학년 4월, 사진 동아리 모임에서였다. 그날 정수는 고등학교 때 친구로부터 여학생을 소개받았다. 진주라는 이름의 조금 통통한 얼굴에 귀여운 인상의 여자였다. 진주는 활달하고 밝은 성격이어서 정수와 함께 했던 시간 내내 대화를 주도했다. 처음에는 몰랐는데 한참 이야기를 나누다 보니 목덜미에 5센티미터쯤 되는 흉터가 있는 것을 발견했다. 정수는 진주의 목에 있는 흉터에 어떤 안쓰러움을 느꼈다. 여자는 마음에 꼭 들지 않았지만 싫은 것도 아니었는데 흉터 때문에 좀 더 관심이 갔다고 하는 게 맞았다. 목에 있는 흉터라니! 생과 사의 위급한 순간을 넘나들었을 것 같은 흉터의 역사가 영화의 한 장면처럼 머리를 스치고 지나갔다. 엉뚱하게도 저 흉터를 보듬어주고 싶다는 생각이 들었다. 안쓰러움과 연민이 섞인 복합적인 감정이었다.

진주는 한 시간쯤 지나면서부터 자꾸만 시계를 보았다. 일주일에 한 번 있는 동아리 모임에 가야 한다는 것이었다. 헤어지기 위한 핑계이겠다 싶어 알겠다고 말하고 정수는 먼저 몸을 일으켰다. 그때 진주가 말했다.

"같이 안 갈래요? 구경만 하세요."

정수를 올려다보자 그녀 목의 상처가 칼날처럼 도드라졌다. 순간 가슴이 뜨끔해져서 정수는 저도 모르게 고개를 끄덕이고 말았다.

20여 명의 남녀가 어울려 앉아서 노트와 필기도구를 무릎 위에 올려놓고 있었다. 신입생이 남자를 데리고 와서인지 여기저기서 과장된 환호가 터져나왔다. 남자 선배들이 일어나 악수를 청해오며 열심히 하라고 어깨를 두드렸다. 어차피 오늘이 지나면 안 볼 사람들이었다. 진주의 흉터에 이끌려 이곳까지 오게 되었지만 그녀를 계속 만나더라도 동아리 모임에는 더 이상 나오지 않을 생각이었다. 정수는 사진에는 전혀 관심이 없었다. 세상의 일정 부분만 특별한 존재가 되는 사진에 평소 거부감을 느끼고 있었다는 편이 오히려 맞는 말일 것이다.

정신없이 여기저기 인사를 하고 자리를 잡고 앉았을 때에야 주변을 둘러볼 여유가 생겼다. 고개를 두리번대던 정수는 갑자기 어깨를 움찔했다. 2시 방향에 앉아 있는 단발머리의 여학생 때문이었다. 아주 짧은 순간에 정신이란 놈이 와락 빠져나가며 외마디 비명이 튀어나왔다. 정수는 마음속으로 외마디를 질렀다. 아름답다, '아름답다'라는 말에 어떤 수식어를 갖다 붙여도 그녀를 설명할 수 없었다. 그녀는 정수의 심장에 그대로 '아름답다'라는 단어 하나로 날아와서 불로 새겨지듯 박혀버렸다.

오로지 그녀를 보기 위해 동아리 모임에 빠지지 않고 나갔다. 한 번이라도 눈이 마주치지 않으면, 그녀의 웃음을 보지 못하면 그날은 잠을 이룰 수가 없었다. 그녀를 만나기 위해 다음번 모임 날짜까지 기다려야 한다는 것은 대학 시험보다 더 큰 스트레스로 다가왔다. 일대일로 만나고 싶었지만 용기도 없고 기회도 없었다. 동아리 회원들은 함께 몰려다녔고, 그녀는 항상 그 속에 있었다.

그러던 어느 날 진주가 정수를 불러냈다. 진주는 정수의 얼굴을 빤히 쳐다보았다. 마치 피부를 통해 정수의 마음이라도 읽으려는 사람 같았다. 정수 역시 진주를 마주 보았다. 그 순간 정수의 눈에 진주의 목에 있는 상처가 들어왔다. 상처는 마치 처음 본 것처럼 생소했다. 목에 상처라니, 살면서 무슨 끔찍한 일이라도 당했던 건가? 쯧쯧, 저런 상처로 남자나 제대로 만날 수 있을까. 그때서야 정수는 진주의 상처에 대해 처음 한 생각이 아니었음을 깨달았다. 저 상처에 이끌려 한 시간이나 넘는 길을 걸어서 생소한 남의 동아리 모임에 갔다! 내가! 아, 그동안 진주의 상처를 까맣게 잊고 있었다. 진주와 함께 동아리 생활을 하면서 한 번도 눈에 띄지 않았던 것이다.

진주는 잠시 정수를 외면한 채 고개를 돌리는가 싶더니 하릴없이 천장을 쳐다봤다.

"왜? 무슨 일인데?"

정수가 재촉을 하자 그제야 진주가 정면을 바라보았다. 진주의 얼굴에 알듯 모를 듯 미소인지 비웃음인지가 얼핏 지나갔다.

"너, 혜인이 좋아하니?"

진주의 상처가 마치 지렁이처럼 꿈틀했다. 갑작스러운 질문에 울긋불긋해진 얼굴을 숨기지 못한 정수를 본 진주가 어른처럼 혀를 차며 고개를 절절 흔들었다.

"혜인이한테 말은 해본 거야?"

진주 말이 맞았다. 말을 해야 이쪽의 마음을 전할 수 있었다.

그해 여름, 혜인에게 고백을 했다. 비가 오는 날이었고, 사진 동아리 선배들이 아이스크림이 먹고 싶다고 해서 사러 간 날이었다. 그날

따라 1학년이 정수와 혜인뿐이라 둘이서 우산을 함께 쓰고 슈퍼에 달려갔었다. 슈퍼로 갈 때는 가느다란 비가 보슬보슬 내리고 있었다. 정수는 우산을 혜인 쪽으로 기울여 들었다.

"야, 너 다 젖잖아. 이리 좀 가까이 와."

혜인이 정수의 팔을 잡아당겼다. 심장이 벌렁거리며 이쪽저쪽으로 널을 뛰기 시작했다. 마음과는 달리 차마 혜인에게 가까이 가지 못하고 정수의 몸은 우산 밖으로 반 이상 나가 있었다. 어깨가 다 젖었으나 상관하지 않았다. 젖은 공기 속에 혜인의 체취가 무른 복숭아 향기처럼 아른거리며 올라왔다. 숨이 막힐 것 같았다.

슈퍼에서 나오자 보슬비 수준이었던 비가 장대비로 바뀌어 쏟아지고 있었다. 일곱 명 선배들의 입맛에 맞추어 이것저것 고르느라 시간을 조금 지체하긴 했다. 우산을 하나만 가지고 나온 건 여름날 변덕 심한 장마의 성격을 미처 생각하지 못한 탓이었다. 혜인이 갑자기 정수의 팔짱을 꼭 꼈다.

"야, 우산 펴. 한번 뚫고 가보자."

정수 옆에 딱 붙어 선 혜인이 팔을 조여왔다. 혜인의 가슴이 물컹하게 정수의 팔에 와 닿자 감전이라도 된 듯 온몸이 뻣뻣해졌다. 아이스크림 봉지를 든 혜인의 손이 우산대를 잡자 차가운 비닐봉지가 정수의 손에 닿았다가 떨어졌다. 마치 정수의 답답하고 어리석은 생각을 일깨워주기라도 하듯 걸을 때마다 아이스크림 비닐봉지가 툭툭 정수의 손을 쳤다. 그럴 때마다 찌릿한 전류라도 통한 것처럼 우산대를 잡은 손이 움찔움찔 움직였다. 슈퍼 앞 도로는 마치 빗줄기로 커튼을 친 듯했다. 맞은편의 건물도 나무도 사람도 보이지 않았다. 세상에 살아 있고 움직이며 생각하는 것은 혜인과 정수 둘뿐인 것만 같았다. 비가 오는 방향에 따라 우산을 이리저리 움직여 드느라 우산대가 꼭 바람 부는 벌판의 옥수숫대처럼 휘청거렸다. 우산대를 잡은 혜인이 정수의 손을 맞잡았다. 둘의 손이 겹쳐졌다. 다리는 금방 젖어버렸고 허리까지 빗줄기가 사정없이 들이쳤다. 교문을 지나쳤다. 이 빠른 걸음으로 1분만 지나면 건물 안에 들어가게 될 것이다. 쩍, 하늘이 갈라지는 번개와 함께 천둥소리가 머리 바로 위에서 콰르릉거렸다. 정수는 그 자리에 우뚝 섰다. 혜인이 걸음을 멈춘 정수를 뭐 하느냐는 듯이 쳐다보았다. 비는 우산 안쪽까지 침범해 들어왔다. 정수는 혜인의 볼에 달라붙은 젖은 머리카락을 떼어주려다 손을 멈칫했다. 숨 막힐 듯한 무더위와 습기 속에 정수의 손이 추위를 만난 것처럼 떨렸다. 이마를 찌푸린 혜인이 짜증 나는 얼굴로 정수를 올려다보더니 꽥 소리를 질렀다.

"야! 뭐 해. 빨리 가자. 홀딱 다 젖겠어."

"혜인아,"

"왜?"

"난……."

"야, 들어가서 말해. 비 너무 많이 오잖아."

"여기서 말해야 해."

"왜?"

"안에서는 말을 할 수가 없어."

"뭔데? 빨리 말해."

혜인이 고함을 질렀다. 고함을 질러야만 들릴 수 있을 정도로 빗소리는 요란했다.

"난, 널……."

"뭐라고?"

혜인이 되물었다. 아직 아무 말도 하지 않았는데, 혜인은 귀찮아하고 있었다. 마음이 급해졌으나 정수는 차분하게 생각하려고 애썼다. 죽을 때까지 이런 기회는 다시 오지 않을 것이라고 생각했다.

"난 널 다른 친구들과 똑같이 생각하지 않아."

"그럼 어떻게 생각하는데?"

조금 전까지만 해도 짜증이 섞여 있던 혜인의 얼굴이 어느새 빙글빙글 웃고 있었다. 장난기가 가득한 얼굴이었다.

"널 좋아하고 있어."

그녀의 얼굴에서 아주 잠깐 동안 웃음기가 가시더니 미소를 머금고 있던 입술이 갑자기 크게 벌어지며 목젖을 내놓고 깔깔깔 웃기 시작했다. 정수의 두 볼이 불에 덴 피부처럼 벌겋게 달아올랐다.

"혜인아, 진짜야."

"누가 거짓말이래? 고마워, 고맙긴 한데, 난 널 친구 이상으로 생각해본 적 없어."

"지금부터 생각해주면 안 돼?"

혜인이 아이스크림이 든 비닐봉지를 들어 보였다.

"빨리 가자. 이거 다 녹겠다."

정수의 팔목에 차가운 봉지가 닿았다. 팔목에서부터 날카로운 칼날 같은 것이 길게 그어지는 기분이었다.

"장난 아니야. 난 너만 보고 있어."

"그만해. 금방 들은 말은 못 들은 걸로 할게."

"들은 말이 어떻게 못 들은 게 되니? 이미 내가 너 좋아한다고 말해 버렸는데, 그게 어떻게 아닌 사실로 되냐고?"

"난 돼."

혜인이 눈을 빤히 뜨고 정수를 보았다. 정수는 빗줄기의 장막 속으로 숨고 싶었다. 꽁꽁 숨어서 혜인 앞에서 사라지고 싶었다.

"난 네가 내 친구라는 게 좋아. 죽을 때까지 내 친구야."

"혜인아."

"너 안 가면 나 혼자 이 비 뚫고 간다?"

그럴 수는 없었다. 혜인을 빗속에 혼자 보낼 수는 없었다. 더군다나 이 비를 맞게 할 수는 없었다. 정수는 아무 말도 하지 않고 걸음을 옮겼다. 몰아치는 바람 때문에 비는 허리 깊숙이 파고들었다. 현관에 들어섰을 때, 둘은 얼굴까지 흠뻑 젖은 상태였다.

동아리 방에 들어서자 혜인은 아이스크림을 선배들에게 나누어주면서 죽을 고비를 넘기며 사온 것이라고 허풍을 쳤다. 선배들은 왜 아이스크림이 이렇게 녹았느냐며 불평을 쏟아냈다. 혜인은 사선을 뚫고 사온 사람한테 불평한다며 오히려 툴툴거렸다. 그리고 정수에게 아이스크림을 하나 내밀었다. 분홍색 스크류바였다. 비닐을 벗기니 녹아서 물이 뚝뚝 흘러내렸다. 아이스크림 끝에서 흘러내리는 붉은 물이 자신의 눈물처럼 생각되었다. 정수는 그 눈물을 핥았다. 곧 혓바닥이 붉게 변할 것이다. 마음은 무너져 내릴 것 같은데, 혀는 광대처럼 붉게 변할 것이다. 그것이 정수의 현실이었다.

그날 이후로 혜인의 눈을 똑바로 쳐다보지 못했다. 혜인은 장대비가 내렸던 그 여름날의 아이스크림 심부름이 마치 존재하지 않았던 일처럼 행동했다. 혜인은 여전히 웃고 떠들었으며 무엇보다 예뻤다. 정수 속에서 휘몰아치는 회오리를 모른 척, 손을 잡고 팔짱을 끼고 등을 툭 치며 정수야 하고 불렀다. 그리움은 핏빛으로 물들고, 그 핏빛은 모가지째 뚝 떨어져버리는 동백꽃처럼 처절했다.

당신,
아프기라도 하면 좋겠다
귤 한 봉지 사고 오렌지주스 한 병 사서
어쩌다 이렇게 됐느냐고
걱정스런 얼굴로 이야기할 수 있으면 좋겠다
문병객에 끼여서 그들이 하는 것처럼
몸조리 잘하라고
이불 위에 떨어진 당신 손
슬쩍 만져볼 수 있으면 좋겠다
내 마음 들키지 않고
바라볼 수 있고 당신 목소리 들을 수 있어서
늘 기차가 지나는 철교처럼 울리던 내 가슴
조용해질 수 있겠다
당신
아프기라도 하면 좋겠다

가끔 마음을 글로 썼다. 글을 쓰면 누군가와 외로움을 조금씩 나누어 가지는 기분이 되었다. 하지만 달라진 것은 아무것도 없었다. 글로 나누어도, 제 자신에게 바보 멍청이 같은 놈이라고 경적을 울려대도 마음은 그대로였다. 여전히 혜인은 정수의 모든 것을 지배했다. 정수는 이제 아무도 모르게, 자신마저 모르게 혜인을 좋아해야 했다. 혜인은 알고 있을 것이라고 생각했지만, 정작 그녀를 보면 정수의 이야기를 들은 적도 없는 사람 같았다. 정수의 고백은 그날 내리던 장대비에 씻겨 내려가버린 것이 틀림없었다.

정수는 자신의 궤도를 수정할 필요가 있다고 생각했다. 좀 더 강하게 밀어붙이면 영영 혜인을 보지 못할 수도 있었다. 그렇게는 살 수 없었다. 정수는 혜인을 중심으로 돌기로 했다. 평생 그녀 주위만 맴돌기로 했다. 그러려면 정말 친구인 것처럼 행동해야 했다.

학교를 졸업하고 나자 자연스럽게 혜인을 만날 수 있는 기회는 없었다. 두 달에 한 번 있는 동기 동아리 모임에 열심히 나가기 시작했다. 혜인이 빠짐없이 나왔기 때문이다. 직장에 들어간 혜인이 연애를 시작하면서 동아리 모임에 빠지는 일이 종종 생겨났다. 그럴 땐 우울하고 힘겨웠다. 친구들이 떠드는 소리도 귀에 들리지 않았다. 죽은 듯이 앉아서 술만 마셨는데 술은 물처럼 싱거웠고, 아무리 마셔도 취하지 않았다. 하지만 정수를 살리는 사람 또한 혜인이었다. 모임을 마치고 집으로 돌아가는 길에 혜인에게 전화를 하면 언제나 전화를 받았다. 전화를 못 받으면 항상 전화를 주었다. 미안해. 다음번엔 꼭 나갈게. 야, 너 보고 싶다야.

정수는 혜인에게 보고 싶다는 말을 하지 않았다. 그 말을 뱉어버리면 가슴을 느슨하게 묶고 있던 끈이 확 풀려버릴 것만 같았기 때문이다. 혜인의 연애가 끝났을 때 그녀가 먼저 정수에게 전화를 걸어온 적이 있었다. 그날 정수는 새벽까지 혜인과 같이 있었다. 혜인은 술에 취해 비틀거렸다. 나한테 와라, 이 말이 참을 수 없는 구토처럼 올라왔지만 정수는 아무 말도 하지 못했다. 혜인을 부축해 집에 데려다주었다. 다음 날 괜찮으냐는 전화를 하고 싶었지만 정수는 하지 못했다. 혜인이 이별 후 자신에게 전화 건 것을, 자신을 만나서 술에 취해 주정 부린 것을 후회할까 봐 두려워서였다. 혜인이 자신을 친구라고 생각해야 그녀가 아플 때 다시 그 아픔을 들어줄 수 있었다. 아픔을 어루만져주는 호사는 생각하지도 않았다.

혜인이 기섭 선배와 결혼했을 때, 정수는 아, 죽을 수도 있겠구나 싶을 만큼 많은 양의 술을 마셨다. 다음 날 회사에 결근했고, 일주일 동안 밥을 먹지 못했다. 기섭과 신혼여행을 갔겠지, 기섭과 섹스를 하겠지, 사랑을 나눌 때 혜인은 어떤 표정일까, 비정상적일 정도의 이상한 상상이 하루 종일 쉬지도 않고 떠올랐다. 머리는 온통 뜨거운 열로 부글부글 끓어올라 터져버릴 것 같았다. 이렇게 같은 동아리 선배에게 보낼 거였으면 왜 한 번 더 고백하지 못했나. 지나가는 개가 헐헐 웃을 것 같은 자신의 어리석음이 너무 지질해서 견딜 수가 없었다. 괴로워서 술을 마시고, 술을 마시면 심장은 더 뜨거워졌다. 보고 싶어 몸부림치다가 이를 으드득 갈며 미워하고 증오했다. 술이 깨고 아침이 오고 숙취로 고통스러운 하루를 보내고 밤이 오면 다시 술을 마셨다. 그렇게 그녀를 잊었으면 했다. 그녀의 결혼으로 그녀의 모든 것을 기억 속에서 지웠으면 했다. 하지만 정수 속의 혜인은 움직이지 않았다. 정수가 결혼을 하고 난 후에도 혜인은 정수의 몸에 세입자처럼 당당하게 들어와 살고 있었다. 시시때때로 혜인은 정수의 심장에 빨간 혀를 걸어놓고 날름날름 유혹하기도 했다.

시간이 지난다고 해서 옅어지는 게 아니었다. 혜인은 정수의 나무에 수많은 가지를 뻗치며 그대로 남아 있었다. 가끔 혜인에게 메일을 보냈다. 그럴 때마다 혜인은 답장을 보내왔다. 간단한 안부 인사였고, 아무 내용이 없었지만 정수는 하루에도 몇 번씩 혜인의 메일을 읽었다. 가끔 혜인의 메일을 차마 열어보지 못하는 때도 있었다. 혜인으로부터 새 편지가 왔다는 사실을 보는 것이 더 큰 기쁨으로 다가왔기 때문이다. 확인해버리고 나면 다시 그녀의 편지를 받게 되기까지 얼마나 긴 시간을 기다려야 할까 싶어서였다. 매일 메일함을 열고 그녀의 새 편지 위에 마우스를 대면 가슴이 뛰고, 클릭하지 못하고 다시 메일함을 닫고 하는 일이 반복되었다. 결국 그 편지는 열어보지도 못한 채 없어지고 말았다. 나중에서야 짐작하게 된 일이지만 수신확인을 하지 않자 아마도 혜인이 발송취소를 해버린 것 같았다.

정수는 보고 싶어 숨이 턱에 차오를 때까지 기다렸다. 죽을 것만큼 참았다고 생각될 때 혜인에게 아무렇지도 않은 척 전화를 했다.

"야, 잘 있냐? 우연히 너희 회사 근처에 왔는데, 갑자기 생각나서 걸었어. 잘 있었어?"

혹시 시간 나? 너 시간 있으면 밥 사주려고. 이 소리가 입속에서 맴돌았지만 하지 않았다. 혜인은 간혹 시간이 나기도 했다. 그러면 함께 저녁을 먹었다. 그게 전부였다. 혜인아, 다음 생에는 꼭 나랑 결혼하자. 그렇게 속에 담아둔 말을 하면서, 그렇게 까맣게 타버린 시간들이 지나갔다. 혜인이 없는 세상은 생각할 수도 없으므로 그녀는 정수의 마음속에 꽃으로 또는 묘지로 남았다. 그리움이 사무칠 때가 있고, 그러다가 죽고 싶을 때가 있었다. 달팽이처럼 끈적끈적할 때가 있고, 시퍼런 가시가 온몸을 쿡쿡 쑤셔댈 때도 있었다. 사랑은 아름답지만 정수에게 사랑은 감당하기 힘들 정도로 너무나 힘이 세서…… 아팠다.

얼굴을 가린 사진

혜인이 먼저 전화를 걸어온 것은 그녀가 결혼한 이후에는 처음 있는 일이었다. 혜인의 목소리는 까칠하고 건조했다. 처음 전화 속의 이름을 확인했을 때, 정수는 차마 받지 못하고 뚫어져라 핸드폰만 보고 있었다. 전화가 울릴 때마다 혜인이라는 이름이 추운 날 버려진 작은 새의 날개처럼 바들거렸다. 버튼을 누른 것은 전화가 거의 끊어질 무렵이었다. 혜인의 첫마디는 '끊으려고 했는데'였다. 핸드폰을 쥔 손이 땀으로 젖어들었다. 정수는 손을 바꿔 쥐고 땀에 젖어 손금이 선명해진 손바닥을 바지에 대고 닦았다.

"야, 웬일이냐. 전화를 다 하고."

"시간 좀 있어?"

시간 좀 있느냐고 먼저 물어온 것도 처음 있는 일이다, 라고 정수는 생각했다. 무심하게 대답해야 하는데, 정수의 목소리는 풍선을 달고 하늘로 올라가는 것처럼 들뜨려고 했다.

"응, 바쁜 일 이제 막 마쳤어. 무슨 일인데?"

"오늘 나 좀 만나줘."

"왜 무슨 일 있어?"

"아무것도 묻지 말고."

알았어, 라는 말 대신 정수는 고개를 끄덕였다. 전화를 끊고 차를 몰고 가는 동안 정수의 머리는 백지처럼 하얗게 변해갔다. 혜인이 무슨 일로 자신을 부를까 하는 생각도, 지난번에 만난 게 언제였지? 하는 생각도 나지 않았다. 늘 혜인을 만날 때면 이번이 몇 달째라는 걸 염두에 두었다. 너무 짧아도 안 되었고, 너무 길어도 안 되었다. 언제나 적당한 기간을 유지하고 있어야 했다. 그렇게 해야 혜인과 자신 사이에 연결된 가느다란 끈이 끊어지지 않을 수 있었다. 하지만 그것은 모두 정수가 혜인에게 먼저 연락을 했을 경우에 나올 수 있는 날짜 계산법이었다. 혜인이 자신을 부른 것, 그것은 정수가 예상했던 가상 시나리오 속에 존재하지 않는 경우였다.

회색 셔츠에 청바지를 입은 혜인은 지하철 종착역의 끄트머리 출구 바닥에 앉아 있었다. 멀리서도 혜인이라는 것을 한눈에 알아볼 수 있었다. 마치 꼬치 속의 번데기처럼 햇살 속에 갇힌 듯 꼼짝도 하지 않던 혜인이 아까부터 이쪽을 보고 있었는지 정수 차가 가까이 가자 노인처럼 어기적거리며 자리에서 일어났다. 정수를 향해 손을 든 혜인이 바닥에 놓여 있던 작은 배낭을 한쪽 어깨에 멨다. 핸드백도 아니고 가방도 아니고 배낭이라는 점이 마음에 걸렸다. 하지만 고장 난 듯이 시끄럽게 뛰는 심장박동 소리 때문에 모든 마음의 의문점이 자취를 감추고 말았다.

혜인은 털썩 소리가 날 정도로 힘을 빼고 조수석에 몸을 내렸다. 정수는 잠깐 혜인의 옆얼굴을 보았다. 화장을 하지 않아서 그런지 살이 빠진 것인지 혜인의 얼굴은 창백해 보였다. 그 뺨을 한번 쓸어보고 싶다는 생각이 간절해지자 정수는 핸들을 잡은 손에 힘을 꽉 주었다. 지금부터의 시간은 이 세상 어디에도 없는 행복한 시간이 될 것이다. 그것을 망칠 수는 없었다.

"어디 갈까?"

"아무 데나."

"아무 데나?"

"응, 미안해. 며칠 잠을 못 잤어. 좀 잘게."

무슨 일이야? 왜 잠을 못 자? 배낭은 또 뭐야? 집에 무슨 일 있어? 모든 의문부호를 삼켰다. 혜인은 눈을 감고 있었다. 언뜻 혜인의 눈초리에 촉촉한 물기가 어리는 것을 보았다. 가슴 한쪽이 상처에 소금이라도 뿌린 듯 쓰라렸다. 정수는 조용히 차를 몰았다. 노면이 거친 곳이나 과속방지턱은 브레이크를 밟아 조심스럽게 넘었다. 시계는 오후 4시를 넘어가고 있었다. 회사에는 집에 급한 일이 있다고 말하고 나온 길이어서 다시 돌아가지 않아도 되었다. 잠깐 시외로 빠졌다가 들어와도 될 것 같아 정수는 고속도로로 접어들었다. 목적지도 없었고, 필요하지도 않았다. 길 위에서 함께 있는 것만으로도 좋았다. 정수는 가속페달에서 발을 조금 뗐다. 속도가 갑자기 줄자 뒤에서 헤드라이트를 번쩍거렸다. 하지만 정수는 신경 쓰지 않았다. 조용히, 천천히 가야 한다는 생각뿐이었다. 혜인이 좀 자야 할 것 같아서였다. 돌아올 것을 생각한다면 너무 멀리 갈 수는 없지만, 지금 당장 어딘가에 도착할 수도 없었다. 차는 혜인이 깰 때까지 계속 도로 위에서 적정한 속도를 유지하며 달리고 있어야 했다.

혜인이 눈을 뜬 것은 두 시간이나 지나서였다. 저녁 식사를 해야 할 것 같아서 경주로 막 들어서는 톨게이트 입구에서였다.

"진짜 잤어."

혜인이 손바닥으로 마른세수를 하며 정수를 보았다.

"신기해. 내가 잠을 자다니. 그동안 잠이 안 와서 미칠 것 같았는데."

"다행이네."

"어디야?"

혜인이 창밖을 보며 물었다.

"경주야. 집으로 돌아가려면 너무 멀리 가면 안 되니까."

"나, 오늘 집에 안 가."

정수가 혜인을 쳐다보았다.

"무슨 소리야? 집에 안 가다니?"

"나, 집 나왔어. 가출했다고. 집에 안 갈 거야. 여기까지 데려다줘서 고마워. 호텔에 나 내려주고 넌 집에 가."

"왜 그러는 건데? 무슨 일이야?"

"그냥."

"그래도 혜인아, 그러면 안 돼. 애들은 어쩌고? 집에 가. 여기서 바로 차 돌리자. 저녁이나 먹을까 했는데 네 말 들으니까 안 되겠다. 집에 데려다줄게."

마음에도 없는 말이 수돗물을 튼 것처럼 줄줄 새어 나왔다. 혜인이 정수에게 그렇게 살라고 은연중에 주입한 결과였고, 정수가 자신에게 죽을 때에도 친구 흉내만 내고 죽으라고 강요한 결과였다.

"진짜야. 정수야, 나 그냥 내려줘. 나 내려주고 너는 집으로 가."

혜인의 목소리는 단호했다. 정수는 아무 말도 하지 않았다. 짧은 침묵이 차 안을 가득 채웠다. 이윽고 혜인이 습기 없는 건조한 목소리로 침묵을 깼다.

"부탁이야."

정수는 고개를 끄덕였다.

"밥은 먹고 가야지."

혜인을 위해서 할 수 있는 일을 하고 싶었다. 근처에 보이는 식당으로 가서 밥을 시켰으나 혜인은 한 숟가락도 뜨지 않았다. 눈 밑이 누가 칠해놓은 것처럼 파르스름했다. 몇 번이나 그 눈 밑을 만져주고 싶었다. 밥을 먹여주고, 파리한 얼굴을 안아주고 싶었다. 식당에서 나와 호텔로 갔다. 주차장에서 혜인은 배낭을 가슴으로 끌어안았다.

"됐어. 이제 넌 가."

"알았어. 갈 거야. 방만 잡아주고 갈게."

"고마워. 전화를 할 사람이…… 없었어. 친구도, 친정도…… 너무나도 자존심이 상해서 나를 알고 있는 그 누구한테도 알릴 수가 없었어. 아무것도 묻지 않고 나를 도와줄 사람이…… 너밖에 없었어. 고맙고 미안해."

"아니야."

하마터면 고마워, 라고 말할 뻔했다. 나한테 전화해줘서 고마워, 라고 말이다. 그녀를 도와줄 수 있어서 얼마나 고마운지 정수는 스스로에게도 그 기쁨을 다 설명할 수 없었다. 스무 살 이후로 늘 자신을 외면해왔던 세상에게서 처음으로 결정적인 힌트를 받은 기분이었다.

프런트에서 키를 받아 들고 방으로 올라갈 때만 해도 방만 확인하고 집으로 갈 생각이었다. 간다, 라고 말을 하고 돌아서는데 잘 가, 라고 대답을 한 혜인이 소파에 털썩 주저앉았다. 저대로 놔두다가는 아무래도 쓰러질 것만 같았다. 정수는 다시 돌아와 룸서비스로 식사를 시켰다.

"룸서비스 시켰다. 너 밥 먹는 것만 보고 갈 거야. 밥 안 먹으면 안 갈 거니까 알아서 해."

룸서비스로 도착한 저녁 식사는 우거지탕이었다. 정수는 밥을 국에 말아 혜인의 입 앞으로 가지고 갔다. 혜인이 고개를 흔들었다.

"밥이 넘어가질 않아."

"억지로라도 먹어. 나 빨리 집에 가야 해. 네가 밥을 먹어야 가지."

혜인이 입을 벌려 정수가 주는 밥을 받아먹었다. 정수가 숟가락을 혜인의 손에 쥐여주었다. 고개를 끄덕인 혜인이 밥을 먹었다. 문득 숟가락질을 멈춘 혜인이 고개를 푹 수그리자 뚝뚝 눈물이 우거지탕으로 들어갔다. 순간 찬밥덩이를 삼킨 것처럼 정수의 가슴 저 안쪽에서 묵직한 통증이 느껴졌다. 혜인이 고개를 들었다. 숟가락을 입에서 빼 들고 그렁그렁한 눈으로 정수를 보고 있었다.

"밥 먹어. 아무 생각 말고."

"정수야."

"밥 먹으라니까."

"왜 아무것도 묻지 않아?"

"물을 필요 없으니까."

그 말을 하는데 갑자기 아랫도리가 불편해왔다. 저 애는 저렇게 힘이 들어 눈물을 흘리는데 내 아랫도리는 왜 부풀어 오르나, 자괴감이 생겼지만 그런 감정은 정수의 뜨거운 가슴을 식히지 못했다. 안아주고 싶었다. 키스하고 싶었다. 있는 힘껏 끌어안고 사랑한다고 말해주고 싶었다. 방 안은 낮은 조명만이 바깥의 어둠을 간신히 밀어내고 있었다. 혜인은 손만 뻗으면 될 만큼 가까운 거리에 앉아 있었다. 그녀를 만지고 싶었다.

"정수야, 기섭 선배한테 여자가 생겼어. 그런데…… 여자가 문제가 아냐. 선배는 나한테 미안해하지도 않아. 그걸 정말 못 견디겠어."

숨이 턱 막혀왔다. 몇 년 동안 얼굴도 못 본 기섭에게 알 수 없는 적의와 분노가 솟구쳐 올랐다. 어떻게 혜인을 두고 바람을 피울 수가 있나.

"어떻게 그럴 수가 있어? 왜? 왜 너 같은 아내를 두고?"

기섭은 동아리 내의 여학생들에게 돈을 잘 썼고, 매너도 좋았고, 잘생겼고, 잘 웃었다. 그가 가졌던 모든 장점이 적군의 칼날처럼 정수를 내리쳤다.

"처음엔 호기심이었다고 했어. 그러다가 정이 들었다고. 그런데 그게 그렇게 잘못한 일이냐고 물었어."

"그런 말이 어딨어?"

"남편은 뻔뻔스럽게 말했어. 그동안 열심히 살았지 않느냐고, 열심히 살았는데 이 정도도 이해 못 해주느냐고, 이 정도도 자기가 누리면 안 되느냐고? 가정을 내팽개친 게 아니지 않느냐고, 자신이 그 여자랑 만나는 게 나한테 어떤 피해를 줬느냐고?"

"어떻게 너를……."

"그게 말이 되는 소리야? 내가 알게 되었는데도 앞으로 계속 그 여잘 만나겠다는 소리지? 정수야, 너도 남자니까 말해봐. 도대체 남편 말을 이해할 수가 없어. 어떻게 그런 식으로 말할 수 있는지 정말 이해가 안 돼."

"어떻게 너를 두고……."

혜인은 소리 내어 울기 시작했다. 영화처럼 그녀를 안아줄 수도 없었다. 그녀를 안아 등을 두드리며 괜찮다고 울지 말라고 달래줄 수도 없었다. 앞으로 또 혜인이 힘들 때 자신에게 전화를 걸어와야 했으므로 정수는 아무런 행동도 취할 수가 없었다.

잠시 후 혜인이 두 손으로 자신의 얼굴에 묻은 눈물을 싹싹 닦아냈다.

"미안해. 이런 모습 보이고 싶지 않았는데. 그래서 너 빨리 가라고 한 거였는데……. 미안해. 너 빨리 가. 이제 됐어. 혼자 이것저것 생각 좀 해볼게."

"이제 갈게. 너 꼭 밥 마저 먹어."

"밥이 안 넘어가네. 미안해. 술이라도 왕창 마시면 다 잊어버릴 수 있을까. 지금은 정말 다 잊고 싶다. 술이라도 취해서 다 잊고 자고 싶어."

집으로 간다고 나간 정수는 슈퍼에서 소주를 사 들고 다시 들어와 탁자 위에 펼쳤다.

"딱 한 병만 나눠 먹자."

술을 마시면서도 혜인은 자꾸만 정수에게 집에 가라고 했다. 여기까지 동행해준 거 정말 고마워. 집은 나왔지만 어떻게 해야 할지 몰랐어. 갈 곳이 없었거든. 와이프 걱정하겠다. 빨리 돌아가. 정수는 계속 말했다. 알았어. 내 걱정은 마. 곧 갈 거야. 정수가 술잔을 들고 먹는 시늉만 하는 사이 혜인은 계속 술을 마셨다. 주량을 넘어선 지 이미 오래였다. 정수가 혜인의 술병을 빼앗아버리자 혜인이 정수를 확 밀어냈다.

"너, 빨리 가!"

정수는 일어나지 않을 수 없었다. 알았다고 간다고 그렇게 말하고 일어나던 정수는 아쉬움과 측은함에 혜인의 어깨를 잡았다. 한 번만 안아줄 생각이었다. 혜인을 껴안았다. 물론 살짝만 껴안고 말 생각이었다. 연체동물처럼 하늘하늘해진 혜인이 힘없이 정수에게 안겼다. 심장이 쿵쿵거리는 소리가 저물녘 산사의 북소리처럼 방 안에 울렸다. 혜인이 정수의 어깨를 떼어냈다.

"이제 됐어. 가."

눈을 마주치지 않은 채 혜인의 목소리가 낮게 퍼졌다. 코앞에 혜인의 머리가 있었다. 앞머리를 묶어 꽂은 보석이 박힌 머리핀, 단아한 이마, 날씬한 콧날, 립스틱을 칠하지 않아 더욱 창백한 혜인의 입술이 보였다. 머리가 하얗게 비어갔다. 다시는 그녀를 못 볼지도 모른다는 두려움, 그녀가 자신을 원망하게 될지도 모른다는 생각, 그동안 그녀에게 다가갔을 때 일어날 것 같았던 모든 불안한 상상들이 말끔하게 날아갔다.

그리고 혜인을 껴안는 순간 정수의 모든 시간이 일어났다. 마치 혜인의 몸에 새겨진 점자라도 읽어내려는 듯 그 순간들이 똑똑하게 떠오른 것이었다. 정수가 혜인을 생각했던 모든 시간들, 다른 사람들 몰래 훔쳐보며 키웠던 배고팠던 사랑, 그리고 자제해야 한다고 스스로를 타이를수록 점점 커지던 욕망, 손을 잡고 싶었고, 키스를 하고 싶었고, 만지고 싶었고, 꼭 하룻밤이라도 함께 있고 싶었던, 하지만 결국 헛되기만 했던 욕망들이었다.

목구멍까지 차오르는 회한에 목이 메는데 갑자기 혜인의 몸이 아래로 축 떨어졌다. 예민해진 빈속에 주량을 넘겼다 싶었는데, 술에 취한 혜인이 그만 정신을 잃은 것이었다. 정수는 혜인을 안아 침대에 눕혔다. 순간 느닷없이 뚱뚱해진 욕망이 정수를 떡하니 막아섰다. 이건 정말 말도 안 되는 상황이었다. 혜인의 허락 없이는 그 어떤 신체적인 접촉도 불가능했다.

혜인이 잠든 모습을 한참 동안이나 바라보았다. 술 때문인지 마음의 고통 때문인지 혜인의 이마는 화난 사람처럼 구겨져 있었다. 아무리 손으로 펴주어도 곧 다시 인상을 썼다. 손바닥으로 스캔이라도 하려는 사람처럼 정수는 혜인의 얼굴을 천천히 쓰다듬었다. 귀찮다는 듯 혜인이 팔을 올려 얼굴을 덮었다. 혜인을 바라보는 정수의 몸은 마취 주사라도 맞은 것처럼 뻣뻣하게 굳어갔으나, 어처구니없게도 아랫도리는 사정없이 부풀어 올랐다. 자신의 두 손을 결박이라도 하듯 꽉 마주 잡은 채 잠든 혜인을 바라보던 정수는 핸드폰 카메라로 그녀의 모습을 담았다. 온전한 혜인을 가질 수 없다면 팔로 온통 가린 이 모습이라도 충분했다. 혜인의 입술에 입을 맞추고 다시 한 번 손으로 얼굴을 쓰다듬었다. 손바닥 안에 들어온 혜인의 얼굴이 등고선이 그려진 지도처럼 선명하게 찍혀왔다. 그렇게 한참을 있었다.

혜인을 알게 되면서 느껴야 했던 고통이 자신을 만들어왔음을 알고 있었다. 여기까지여야 했다. 앞으로도 자신은 그 고통과 함께 살아갈 것이 틀림없었다. 정수는 몸을 일으키다 말고 바닥에 떨어진 혜인의 머리핀을 주웠다. 머리핀에서는 혜인의 냄새가 났다. 탁자 위에 놓았다가 정수는 다시 핀을 집어 셔츠 주머니에 넣었다. 혜인의 몸에 이불을 덮어주고 작은 전기스탠드만 켜둔 채 방에서 나왔다. 정수가 밤을 함께 보낸다면, 새벽이 오는 것을 함께 본다면, 그는 욕정덩어리로 변한 자신을 봐야 한다는 것을 알았다. 호텔방을 나와서 로비로 내려가는 엘리베이터 버튼을 누르고 기다리는 잠깐 동안 스스로가 저속하고 부끄러워서 견딜 수가 없었다.

호텔 로비는 물속처럼 고요했다. 가끔 지나가는 자동차의 불빛이 정수 속에 있는 뭔가를 훑어가버리곤 했다. 다시 객실로 되돌아갈까 봐 두려워 정수는 주머니에서 자동차 키를 찾아 주차장을 향해 뛰기 시작했다.

바다의 습기로 몸이 젖다

혜인이 다시 연락을 해온 것은 일주일이나 지나서였다. 그동안 세상은 언어가 통하지 않는 낯설고 어둠 천지인 곳이었다. 입은 늘 자신을 배반하며 엉뚱한 소리를 쏟아냈고, 이마에 난 뾰루지는 전염균처럼 얼굴 전체에 고통을 주었다. 기다리는 동안에는 오로지 전화기만 쳐다보고 있느라고 아무 일도 할 수 없었다. 회사에서도 몇 번씩이나 상사에게 지적을 당했다.

"어, 혜인아."

정수의 목소리가 막 상승을 시도한 제트기처럼 날아올랐다. 하지만 혜인의 목소리는 담담하고 침착했다. 마치 어제도 친구였고, 20년 전에도 친구였으니 오늘도 친구가 당연한 것 아니냐는 듯이.

"잠깐 만날까."

혜인은 회사 앞 커피숍에 와 있었다. 조금 살이 빠진 듯했으나 눈 밑의 파르스름한 기운이 없어지니 훨씬 생기가 있어 보였다.

"남편이 사과했어. 그 여자와 관계를 정리하겠다고."

정수는 입안에 고인 침을 꿀꺽 삼켰다. 어쩌면 혜인은 처음부터 가출할 생각이 없었던 것일지도 몰랐다. 그저 남편을 겁주기 위해서 잠깐 외출한 것에 지나지 않았던 것이다. 가출이라고 하기에는 너무 작았던 그녀의 배낭이 문득 정수의 가슴을 아프게 눌렀다. 정수는 의식적으로 고개를 끄덕이며 말했다.

"잘됐네."

"내가 이혼하자고 했거든. 그랬더니 생각해보겠다고 하는 거야."

"그래, 그래야지. 잘된 거야."

"고마워, 정수야."

"아냐, 내가 뭘."

"네가 위로가 됐어."

정수는 혜인을 보았다. 위로가 됐다니, 그게 무슨 말이야? 라고 묻고 싶었다. 외간 남자와 호텔방에 있다 보니 아무 짓 하지 않아도 남편의 외도와 상쇄되어 마음이 편해졌다는 이야기인가, 아니면 남편의 외도에 버금갈 만한 행동은 아니지만 정수와의 밤이 억울한 마음을 어느 정도 풀어줬다는 이야기인가. 아니면, 어떤 행위가 아니라 정수 자체로 위안이 된다는 말인가.

"넌 정말……."

좋은 친구야, 라고 말하려는 것이다. 정수는 혜인의 말을 막으려는 듯 또다시 고개를 끄덕였다.

"말하지 마. 됐어. 난 괜찮아."

이대로라도 좋다. 그냥 이대로라도. 널 볼 수만 있다면.

그래도 달라진 것은 있었다. 아니, 갑자기 모든 게 달라졌다. 그것은, 해도 괜찮은 것들은 해도 된다는 마음이 생겼다는 것이다. 친한 친구처럼 매일 전화하고, 일주일에 한 번 정도 만났다. 혜인은 만나자는 정수의 제안을 거절하지 않았다. 문자를 하면 답장을 주었고, 부재중일 때 전화를 하면 다시 전화를 걸어왔다. 만나면 밥을 먹고 차를 마시고 가끔 술을 마시기도 했다. 술기운이 아련하게 둘 사이를 넘나들 때에도 정수는 덤덤한 척 연기를 했다. 물론 덤덤한 게 아니었다. 그날 밤의 순간들이 혜인의 얼굴에 어른거려 밥을 먹기 힘든 때도 많았고, 계단을 앞서 내려가는 그녀의 어깨를 만지고 싶어 손을 뻗다가 거두어들인 적도 한두 번이 아니었다. 적어도 정수는 그랬다. 밤에는 혜인을 생각하며 잠자리에 들었고, 잠 속에서는 언제나 그녀와 사랑을 나누었다. 무심히 밥을 먹는 혜인을 보며 생각했다. 그날 밤 얘는 술에 취해 정말 아무것도 몰랐을까. 나 혼자 욕정에 들끓어 몇 번이나 청바지 벨트에 손을 댔다가 뗐던 것을 눈치도 못 챈 것일까. 내가 입을 맞춘 것을 정말 모르는 것일까. 혹시 알면서 모르는 척하는 것일까. 얘는 아직도 내가 그냥 친구인 것일까. 혜인은 그대로였다. 하지만 그래야 한다고 생각했다. 평생 갈 거니까. 평생 갈 거니까 성급하지 않아도 되었다. 성급하면 일을 망친다고 늘 아버지가 이야기했다. 혜인을 지금처럼이라도 자주 본다는 것은 그녀를 평생 보겠다는 정수의 열망을 좀 더 실현 가능하게 만들어준 것이었다. 그것을 어설픈 애정 표현으로 망칠 수는 없었다. 늙어서, 죽을 때까지 함께 있어야 하니까.

그러므로 어느 날 혜인이 고백을 해왔을 때, 이방의 언어를 들은 것처럼 정수는 무슨 말인지 알아들을 수가 없었다. 혜인의 말을 되새기고 또 되새겨도 그 말이 자신을 향한 말이라는 것을 인지할 수 없었다. 그날따라 술을 조금 과하게 마신 혜인이 바다에 가자고 했다. 해운대 바다는 사람들로 가득 차 있었다. 바다는 어두웠지만 해안은 조명과 가로등과 사람들의 기운으로 밤이 깊은 줄도 모르고 흥청거렸다. 사람들은 군데군데 모여 있기도 하고 어깨를 나란히 하고 노란 가로등 사이를 걷고 있기도 했다. 모래사장에 신문지를 깔고 앉아 소주 한 잔에 취해 노래를 부르는 사람들과 카페나 술집 야외 테이블에 앉아 담배를 피우고 있는 사람들이 뿜어낸 공기가 바닷바람에 이리저리 밀려다녔다. 밤에 이렇게 사람들이 많다는 게 믿기지 않는다는 듯 혜인이 우와 감탄사를 내뿜더니 갑자기 성큼성큼 바다를 향해 걸어갔다. 검은 바다에서 일어나는 하얀 파도가 혜인의 발치에서 산산이 부서졌다. 정수는 혜인 옆에 가서 섰다. 혜인을 거쳐서 돌아 나온 바람이 정수의 목덜미를 훑고 지나갔다. 그때였다. 갯내 묻은 바람을 따라 노랫소리가 들려왔다. '동그라미 그리려다 무심코 그린 얼굴…….'

바로 뒤에 왁자하게 앉아 있는 젊은 여자아이 네댓 명이 부르는 노래였다. 가게에서 나오는 음악 소리와 사람들의 말소리, 그리고 파도 소리에 섞여 주변은 시끄러웠지만 아이들의 노랫소리는 마치 전혀 다른 종류의 악기처럼 해변의 공기를 뚫고 선명하게 들렸다. 〈얼굴〉이라는 제목의 오래된 노래였다.

"젊은 애들이 저 노래를 어떻게 알지?"

뒤를 힐끗 돌아보며 정수가 중얼거렸다. 아무 말도 없이 바다를 향해 선 혜인이 노래를 따라 부르기 시작했다. '풀잎에 연 이슬처럼 빛나던 눈동자, 동그랗게 동그랗게 맴돌다 가는 얼굴.' 혜인의 노래는 주변의 모든 소음을 삼켰다. 해변에는 오로지 혜인의 목소리만이 남아 뱃사람들을 유혹했다는 사이렌의 노래처럼 정수를 단숨에 빨아들였다. 노래가 끝나고 난 뒤에도 정수는 꼼짝을 할 수 없었다. 혜인이 정수야 하고 불렀을 때에야 그는 바다가 다시 살아나는 것을 보았다.

"으응."

"정수야, 이 바다에 서 있으면 언젠가는 몸이 바다의 습기로 젖겠지?"

"그렇겠지."

"얼마나 오랫동안 서 있어야 바람에 묻은 바다의 습기로 내 몸이 젖을 수 있을까?"

"글쎄."

"난 내 몸이 이렇게 젖은 줄 몰랐어. 해변에 서 있기만 했을 뿐인데, 내 몸이 이렇게 젖어들 줄은 몰랐어."

"무슨 소리야?"

"소나기를 맞아도 젖지 않았는데, 24년 전 그 소나기에도 젖지 않았는데……."

24년 전 소나기. 혜인이 그날을 기억하고 있다니.

"결국 네가 나를 적셨어. 이 바다의 습기처럼 작은 한 방울, 한 방울, 한 방울씩 내 피부에, 내 뼈에, 내 심장에, 그 긴 시간 동안."

혜인이 손가락을 과장되게 올리고 제 가슴을 쿡쿡 찔렀다.

"……몰랐는데, 내 심장이 그렇게 파인 줄 몰랐는데. 내 심장이 움푹 파여버렸어."

아이들은 이제 다른 노래를 부르고 있었다. 하지만 정수에게 그 노래는 여전히 좀 전에 혜인이 부르던 노래처럼 들렸다. 동그라미 그리려다 무심코 그린 얼굴. 정수는 혜인의 얼굴을 감쌌다. 혜인이 정수의 손 위에 자신의 손을 얹었다. 정수는 마치 최면에 걸린 것처럼 아무 말도 하지 않고 혜인의 손을 붙잡고 걸었다. 주차장으로 가서 자동차의 문을 열고 안으로 들어갔다. 주차장의 불빛은 어두웠다. 정수는 그동안 굶주렸고, 갈망했고, 그래서 갈증 났던 키스를 피를 본 늑대처럼 퍼부었다. 마치 부글거리고만 있던 마그마가 드디어 폭발하는 것 같았다. 정수는 혜인의 얼굴을 입술로 덮었다. 그녀의 얼굴에 빈틈없이 키스하고, 그녀의 가슴을 만지고, 엉덩이를 쓰다듬었다. 혜인이 몸을 정수에게 더욱 밀착시켜왔다. 가슴이 미어질 정도로 행복했다.

그날 혜인과 눈을 맞추며 그녀의 몸속으로 들어갔다. 그녀와 하나가 되는 순간을 빠짐없이 기억하고 싶었다. 혜인 역시 마찬가지였다. 피하지도 눈을 감지도 않았다. 이대로 혜인을 껴안고 죽어도 좋다는 생각이 들었다.

나중에 정수가 혜인에게 물었다.

"위로가 됐다는 말 무슨 뜻이었어?"

"말 그대로야. 위로가 됐어. 그게 위로가 될 것이란 걸 나도 몰랐어. 집에 갔을 때 나는 그 전날보다 훨씬 덜 억울했어. 덜 속상하고, 덜 슬펐어. 그래서 알았던 거야. 네가 나에게 위로가 됐다는 걸."

정수는 혜인의 얼굴을 쓰다듬으며 말했다.

"너는 내 위로야. 너는 내 치유이자 치료야. 넌 항상 그랬어. 지난 시간 동안. 널 생각하면 어떤 힘든 일도 헤쳐 나갈 수 있었어. 널 한 번도 잊은 적 없어. 언제나 내 머릿속에 조각칼로 새겨져 있었어. 넌 나야. 단 한 번도 다른 여자를 사랑해본 적 없어. 오직 너만 사랑했어. 오직 너에게만 빠져들었어. 24년이 넘는 동안 그랬고, 앞으로 24년 동안 그럴 거야."

"그런데 정말 그런 사랑이 있을까? 너처럼 그렇게 오랜 시간, 오직 한 사람만을 사랑하는 그런 사랑이 정말 존재할까?"

정수가 혜인의 눈을 보았다. 정수의 눈은 깊이를 알 수 없는 동굴처럼 점점 더 짙어져갔다.

"여기 있잖아. 사랑해."

혜인은 자신의 얼굴을 쓰다듬는 정수의 손을 잡았다. 그리고 손등에 입술을 대고 정수의 머리를 힘껏 끌어안았다.

함께 있어도 언젠가부터 입에 침이 고이지 않았다. 침 넘어가는 소리를 숨기려고 애를 썼던 일이 엊그제 같은데, 언제부터 서로의 침 넘기는 소리를 듣지 않게 되었던 것일까. 왜 침이 고이지 않는 것일까. 언젠가부터 마주 잡은 두 손바닥에 땀이 생기지 않았다. 손을 맞잡으면 손바닥 안에 땀이 흥건하게 고이곤 했는데, 이제 손바닥은 서로의 손금마저 뒤섞인 듯 긴장하지 않았다. 이렇게 서로의 변화를 알지 못하면서 넘기고 그러다가 차츰 섹스도 무감각해지는 어느 지점이 오겠지. 그래, 그 지점. 사랑도 지겨워지는 그런 때가 말이다. 정수는 혜인이 그렇게 될까 봐 두려웠다. 왜냐하면 이 사랑은 절대로 그러면 안 되기 때문이었다. 정수는 혜인에게 말하고 싶었다. '살면서 혹시 그럴 때가 올 거야. 아, 얘가 좀 변했나? 요즘은 왜 이리 무심해진 것 같지? 라는 생각이 들더라도 절대 떠나면 안 돼. 그 자리에 있어야 해. 그 자리에 꼭. 난 최선을 다하겠지만 내가 조금 변한 것처럼 느껴질 때도 있을 거야. 그건 내가 변한 게 아니고 네 마음이 움직였기 때문이야. 난 절대로 변하지 않아. 그럴 땐 네가 널 조금만 기다려줘야 해. 그럴 수 있어? 그동안 나는 너라는 밧줄로 내 몸을 칭칭 동여매고 있었어. 그런데 그 밧줄은 썩지도 않아. 더 굵어지고 더 강력해지고 있어. 그러니까 나는 믿어, 이것이 영원할 거라는 사실을.'

남들이 불륜이라고 손가락질을 해도 정수는 불륜이라는 생각을 할 수가 없었다. 처음부터 내 여자였다. 그리고 불륜이 아닌 이유는 또 있었다. 늙어 혜인이 혼자가 되면 그녀와 함께 살 것이다. 시간이 지나면 부부가 될 사이가 어떻게 불륜이라는 이름으로 불릴 수 있는가 말이다.

경재 어머니의 죽음 앞에서 정수는 그의 아버지를 이해했다. 경재 아버지는 평생 부인의 죽음을 등에 짊어지고 죄책감을 안고 살아가야 하겠지만, 그것은 어쩔 수 없는 선택이었다. 사랑의 대가가 혹독하다고 피할 수는 없었다. 경재는 말했다. 아버질 절대 용서 못 한다고. 하지만 정수는 알았다. 세상에 절대 용서하지 못할 일은 사랑을 버리는 일이라는 것을.

거실은 어두웠다. 커튼을 친 것인지 바깥의 불빛 하나 새어들어오지 않아 마치 암실 같은 분위기였다. 현관 벽에 붙어 있는 야광 시계 바늘이 새벽 1시를 가리키고 있었다. 짧은바늘과 긴바늘은 곧 뭔가를 집어 먹을 것 같은 젓가락처럼 붙어 허공중에 떠 있었다. 안방의 불도 꺼진 걸로 보아 세희는 잠든 모양이었다. 혜인을 만나고 왔을 때 세희가 잠들어 있으면 그나마 마음이 편했다. 아무리 혜인을 사랑해도 세희 앞에서는 당당하지 못했다. 미안한 마음을 숨길 수 없었다. 혜인을 만나고 왔을 때 세희의 눈을 마주 보는 것이 가장 곤혹스러운 일이었다. 그래서 가능한 한 정수는 거실에서 자거나 다른 방에서 자려고 했다. 술을 먹었다는 핑계를 대고 코 골아서 당신 시끄러울 거야, 라는 말을 흘리며 작은 방으로 가곤 했다. 오늘도 역시 안방에는 들어가지 않을 작정이었다.

정수는 윗도리를 벗어 식탁 의자에 걸치고 거실 불을 켰다. 어둠이 순식간에 밀려나고 소파와 아이보리 장식장, 나무로 된 검은색 탁자와 텔레비전이 형체를 드러냈다. 얼마 전에 세희가 가지고 와서 걸어 둔 커피원두 그림 액자가 냄새를 풍길 듯이 가깝게 다가왔다. 액자에 잠깐 눈을 주던 정수는 액자 밑의 거무스름한 물체를 발견하고 어깨를 흠칫 떨었다. 거실에 늘 있던 물건이 아닌, 커다랗고 시커먼 물체 하나가 정수의 눈으로 와락 달려든 것이다. 정수의 입에서 어헉 하는 비명이 새어 나왔다. 금방까지 진격하는 군인들처럼 포진해 있던 어둠이 모두 정수의 놀란 입속으로 들어온 듯 가슴이 답답하게 꽉 막혀왔다. 언제부터 불을 끈 채로 저렇게 앉아 있었던 것일까. 세희가 마치 굳어버린 화석처럼 소파 위에서 책상다리를 하고 앉아 있었다. 유난히 도드라진 쇄골 뼈는 껍질을 벗고 톡 부러질 듯했고, 핏기 없이 하얀 얼굴에는 눈동자만 반들반들 빛이 났다. 횡격막이 올라간 채 들숨을 멈추고 있던 정수 입에서 후 하는 날숨이 천천히 새어 나왔다.

"당신, 여태 안 잤어? 왜 거기 그러고……."

정수가 말을 다 맺을 사이도 없이 세희가 자리에서 발딱 일어났다. 얼마나 그러고 있었을까. 굽혀진 무릎이 잘 펴지지 않았는지 넘어질

뻰한 다리를 겨우 버티고 두 손으로 탁자를 짚은 세희가 잠시 그 자세로 고개를 숙이고 있었다. 무릎을 손으로 짚은 세희가 천천히 일어나 안방으로 들어갔다. 쿵. 안방 문이 닫혔다. 안방과 거실이 낙엽마저 자취를 감춘 한겨울의 거리처럼 스산해졌다. 사방 그 어디에서고 아무 소리도 들리지 않았다.

문자 불가

잔잔한 바람을 비웃기라도 하듯 강을 오르내리는 파도는 거칠었다. 곧 범람이라도 할 것처럼 몸을 뒤채고 있는 강물은 불안해 보였다. 강물과 달리 가로수는 조용했고 하늘은 낮게 내려앉아 있었다. 비라도 오려는 것인가. 정수는 잿빛 하늘을 올려다보았다. 외로움이 속 깊은 곳에서 넘치듯 올라왔다. 문자를 세 번 보냈는데도 혜인은 답장이 없었다. 출장을 갔다가 생각보다 일이 빨리 끝나 문자를 보낸 것이었다. 출장을 가면서부터 서두르면 혜인과 함께 남은 시간을 보낼 수도 있겠다 싶어 정수는 마음이 급했다. 출장지에서 만나자는 문자를 보냈는데도 답장이 없어서 근처 강가로 차를 돌린 참이었다. 정수는 핸드폰을 몇 번이나 열었다가 닫았다. 위치 선정을 잘못해 한꺼번에 몇 골을 먹은 골키퍼처럼 참담한 기분이었다. 혜인 앞에 설 때면 어느 위치에 서 있어야 하는지를 먼저 생각했다. 그런데 요즘은 그 넓은 골대 어디에 서도 뭔가가 잘못되었다는 생각부터 들었다. 무엇이 어떻게 잘못되어가고 있는 것일까.

혜인이 마음을 열고 정수에게 걸어왔을 때, 세상은 형광등을 켠 것처럼 환했다. 사람들은 친절했고 시간에서는 꽃향기가 났으며 바람은 정수의 등을 행복한 어딘가로 밀고 다녔다. 복잡한 버스에 오래 버티고 서 있어도 내 앞에 앉을 자리가 날 거라고 생각하지 않았다. 기대하지 않았던 자리는 갑자기 나타났고, 그래서 행복감은 배가 되었다. 하지만 행복은 불안과 함께 다가왔다. 그 시간은 너무 짧았다. 형광등은 수명이 다 된 듯 깜빡거리기 시작했고, 꽃은 성급하고 남루하게 져버렸다. 고통은 마치 기다렸다는 듯이 엄습했다. 그리고 새로운 고통은 그녀가 정수 앞에 존재하지 않을 때보다 훨씬 더 컸다.

혜인의 남편이 퇴근하기 전까지는 전화가 가능했다. 저녁 시간 이후와 주말은 전혀 혜인과 연락이 되지 않았지만 그 정도는 참을 수 있었다. 각오했던 일이었기 때문에 치러야 할 대가도 없었다. 아니, 없다고 생각했다.

하지만 하루는 길었고, 특히 밤의 긴 어둠은 온통 그녀의 얼굴로 도배를 하고 정수 앞에 나타났다. 그녀와의 관계가 깊어지면 깊어질수록 잠은 오지 않았다. 잠 못 드는 밤이 길어지자 외로움은 한여름 무더위 속 모기 떼처럼 기승을 부렸다. 용기를 내어 혜인에게 문자를 보내도 답장이 금방 오는 것은 아니었다. 그녀의 연락을 받기까지 갈증은 계속되었다. 그러다가 마침내 문자가 도착하면 꼼짝도 하지 않고 앉아 도착한 문자를 보고 또 보았다.

어느 날 받은 행운의 당첨 문자가 거짓이라는 것을 알게 되고, 그래 나한테 행운이 올 리가 없지, 라고 자조했을 때처럼 잠깐의 행복은 가버리고 마는 것일까. 차라리 행운은 없는 편이 나았을까. 그녀에게 다가갈수록 더욱 쓸쓸해졌고, 관계가 깊어질수록 하나가 될 수 없다는 허전함과 서운함은 커져만 갔다.

혜인은 농담 섞인 문자를 주고받다가도 '문자 불가'라는 메시지를 끝으로 갑자기 전화기를 닫아버리는 경우가 허다했다. '문자 불가'는 쏟아지는 빗속에서 정수의 사랑을 간단하게 거절하던 스무 살 혜인의 말처럼 냉랭하게 들렸다. 그녀가 정수에게 다가왔으나, 그녀를 사랑하는 일은 금지된 일이라는 것을 명확하게 알려주는 단어이기도 했다. 그래도 견딜 수 있는 것은 그 모든 고통이 그녀를 보지 않는 것보다 낫기 때문이었다.

'문자를 이제 봤네. 좋아, 오후엔 시간이 나. 집 근처로 데리러 와.'

핸들을 잡은 정수의 손에 땀이 차기 시작했다. 혜인과의 만남은 늘 새로웠다. 만날 때마다 마침내 그녀에게 가닿은 이 끈을 어찌하면 좋을지 모르겠다는 흥분에 마음은 끝 간 데 없이 들뜨곤 했다. 정수는 가속페달을 지그시 눌러 밟았다. 언제쯤 되면 그녀를 만나러 가는 길이 좀 담담해질 수 있을까. 정수는 라디오를 꺼버렸다. 어떤 방해도 받고 싶지 않아서였다. 고요가 찾아온 승용차 안에 혜인의 향기로운 머리 냄새와 끈적한 체취가 최음제처럼 정수를 휘감았다.

혜인은 노란 원피스 위에 하얀 카디건을 걸쳐 입고 있었다. 그런데 정수의 차를 보고 있는 것이 아니라 힐끔힐끔 지나가는 사람들을 보고 있었다. 혹시 아는 사람이라도 볼까 봐 그러는지 혜인의 얼굴에는 걱정과 불안이 뒤섞여 있었다.

"회사는?"

"응, 오늘 출장 갔다 왔어."

정수는 혜인의 손을 잡았다. 커브를 도는데 차가 놀이기구를 탄 것처럼 휘청했다.

"두 손으로 운전해."

"두 손보다는 한 손이 안전해. 네 손을 안 잡으면 운전은 더 불안해져."

혜인이 맞잡은 손을 꼭 눌렀다. 혜인의 손으로부터 따뜻한 온기가 핏줄을 타고 흘러 심장에 와 닿았다. 손바닥은 서로 붙어서 연리지가 된 것 같았다. 혜인과 정수는 하나의 물관과 체관을 공유한 나무가 된 것이다. 영원히 그렇게 하나가 되어 살 수 있으면 얼마나 좋을까.

"오늘 저녁 같이 먹을 수 있어?"

"응, 시간 나."

"정말 좋다. 꿈만 같아. 요즘 널 만날 때마다 그렇게 느껴. 혹시 꿈이어서 깨면 어쩌나 하고."

"그런 말 하지 마. 내가 뭐라고."

"아냐, 넌 나의…… 전부야."

"정수야,"

"응."

"나, 그런 말 싫어."

"무슨 말?"

"내가 너의 전부라는 그런 말. 난…… 내 아이들 두고 이혼 못 해. 너한테 가지도 못 해."

"알아. 이혼이라니, 이 이상 더 바라지 않아. 그냥 네 얼굴 보는 것만으로도 난 족해."

"네가 날 잘 숨겨줘야 해."

"알아."

"약속해. 꼭 지켜줘."

"알았어. 그 누구의 눈에도 띄지 않게 해줄게."

"그리고…… 너도 이혼하면 안 돼……."

정수는 고개를 끄덕였다. 혜인이 삼킨 그다음 말을 알고 있었다. 정수의 이혼은 혜인에게 큰 부담이 될 것이다. 알았어, 정수는 마음속으로 말하고 또 말했다. 그것은 아무것도 아니었다. 혜인을 사랑할 수 있다면 이혼을 할 수도, 하지 않을 수도 있었다.

입안에서 여러 개의 혀처럼 떠도는 말을 정수는 입안에 꼭꼭 가두었다. 마음속에서 일어나는 소용돌이를 모두 표현하면 사랑은 한없이 가벼워질 것이다. 혜인에게 그렇게 비쳐지는 건 싫었다.

차는 부산을 벗어났다. 정수는 운전하는 틈틈이 그녀를 훔쳐보았다. 그녀가 주는 미소와 사랑과 이름을 알 수 없는 온기가 정수의 목구멍으로 따뜻한 우유처럼 넘어갔다. 정수는 그녀와 함께 잡은 손에 힘을 꼭 주었다.

갑자기 혜인이 정수의 손을 급하게 떼어냈다. 진동으로 해둔 핸드폰이 울린 모양이었다. 정수의 손이 빈 빨랫줄처럼 허공에 툭 떨어졌다.

"응, 친구랑 시내 나왔어요."

혜인이 전화를 손으로 가렸다. 여기가 둘만 있는 차 안이라는 사실을 잊은 것일까. 아무리 손으로 가리고 작은 소리로 이야기해도 옆자리 정수에게 다 들릴 텐데.

"급한 건 아니고, 그냥 이야기하러 나온 거지."

혜인이 정수를 힐끔 쳐다보았다.

"저녁이요? 아, 그게……."

이번에 혜인은 정수를 보지 않은 채 입술을 깨물며 머뭇거렸다.

"친구랑 특별한 약속이 있는 건 아니고. 그냥 이야기만 할 거예요. 저녁 약속을 한 건 아니고……."

정수가 혜인의 손등을 툭툭 치며 고개를 끄덕였다. 난 괜찮아.

"집에 가서 먹을 거예요. 집으로 오세요. 네, 알았어요. 끊어요."

짧은 침묵이 흘렀다. 혜인이 쥐고 있던 핸드폰을 가방에 넣으며 정수를 보았다.

"미안해."

"기섭 선배야?"

"응."

"난 괜찮아. 아까 말했잖아."

"정말 미안해. 퇴근이 늦어 집에서 저녁을 잘 먹지 않는데, 가끔 일찍 오는 날이 있어. 그런 날은 집 밥을 먹고 싶어 하거든."

"난 괜찮다니까, 걱정 말고 집으로 가. 진짜 괜찮아. 다음에 만나면 되지."

"너무 멀리 와버렸나 봐. 애아빠가 들어오기 전에 집에 가야 할 텐데……."

차는 이미 고속도로로 접어들고 있었다. 적당한 곳에서 빠져나가야 할 것 같았다. 이스트를 넣은 빵처럼 부풀어 올랐던 마음은 가난한 집의 밥상처럼 순식간에 초라해졌다. 빈 마음에 봉합되지 못한 고통이 서서히 차오르기 시작했다. 어떤 진통제를 먹어도 회복될 수 없을 것 같은 고통.

혜인이 핸들 위에 놓인 정수의 손을 잡았다. 괜찮아. 정수가 다시 한 번 말했다. 하지만 묻고 싶었다. 연리지의 꿈을 계속 꾸어도 되는 것인지, 연리지의 꿈은 이루어질 수 있는 것인지 그녀에게 물어보고 싶었다. 나이가 들어도 지금 너의 마음이 변하지만 않는다면 얼마든지 기다릴 수 있다고, 그러니 그때까지 지금처럼만 나를 사랑해달라고 말하고 싶었다. 하지만 정수는 묵묵히 운전만 할 뿐이었다.

차창 밖으로 휙휙 풍경들이 지나쳤다. 풍경 속으로 진입했는가 싶으면 어느새 차는 금방 그 풍경을 멀찌감치 뒤로 넘겼다. 달리는 차 안에서는 풍경이 온전히 액자 속의 한 사물로 존재할 수 없었다. 그 사실이 너무나 명백해서 정수는 겁이 났다. 그녀의 머리카락 냄새와 체취가 뒤섞여 있는 차 안의 공기가 여전히 정수를 흥분시키고 숨 막히게 한다는 사실이 두려웠다. 이미 그 아름다움의 희생자가 되었다는 사실을 부인할 수 없었다.

액셀러레이터를 밟는 발에 힘을 줄 때마다 가슴이 터질 듯했다. 혜인의 가정이 편안해야 우리의 사랑이 오래갈 수 있는 거야. 상해버린 기분을 표현하지 마. 널 속 좁은 놈이라고 생각할 거야. 들키지 마. 액셀러레이터는 과속방지 카메라도 의식하지 못한 채 내달렸다. 늦어지는 귀가에 혜인이 초조해할수록 속도는 더 빨라졌다. 속도가 빨라질수록 두 사람 사이의 침묵은 비 맞은 솜이불처럼 무거워졌다. 삐삐삐 과속 경고음이 울리기 시작했다.

혹시 남편과 무슨 일이 있나 싶어서 정수가 애간장을 태우고 있는데도 혜인은 문자 한 통 주지 않았다. 핸드폰을 감시당할지도 모른다는 생각에 연락을 먼저 할 수도 없었다. 사흘 만에야 겨우 연락이 닿아 함께 식사를 했다.

감격에 겨운 얼굴로 밥을 먹으면서 정수가 혜인의 손을 잡았다. 잠시 손을 잡혀 있던 혜인이 정수를 말끔한 눈으로 바라봤다. 정수가 눈으로 물었다. 왜? 혜인이 고개를 흔들며 손을 뺐다.

"잘 있었어? 무슨 걱정 있는 거야? 그날 늦었을까 봐 걱정 많이 했어. 연락도 안 되고……. 집에 무슨 일 있었던 건 아니지?"

혜인은 밥을 먹으면서 정수가 묻는 말에 간단하게 대답만 할 뿐 아무 말이 없었다. 밥을 먹고 지난번에 갔던 모텔로 정수가 차를 몰아가자 인상을 찌푸린 혜인이 고개를 세차게 흔들었다.

"차 세워."

"왜?"

"나 이런 거 싫어."

"알았어. 그쪽으로 안 갈게."

유턴을 한 차가 반대 방향으로 가는 동안에도 두 사람은 말이 없었다. 앙금처럼 내려앉은 침묵 때문에 차 안의 공기는 무겁고 끈적끈적했다.

"정수야."

혜인이 부르는 소리에 가슴이 저릿해졌다. 가슴 깊숙이 숨어 있는 쓸개즙 같은 것이 노랗게 올라오는 기분이었다. 혜인이 정수야 하고 이름을 불러줄 때 그때 얼마나 가슴이 저리는지 얼마나 그게 좋은지, 좋으면서도 쓰린지 혜인은 모를 것이다.

"응."

"넌, 위로였어……. 위로였고, 그리고 내가 가정으로 다시 갈 수 있도록 해줬어. 그렇게만 하면 안 되니? 그렇게만 하면 안 돼?"

"혜, 혜인아, 난 널 사랑해. 너도 사랑한다고 했잖아."

"사랑해. 사랑하지만 우린 안 되잖아. 난 이혼할 수 없어. 그리고 이런 비도덕적인 불륜, 내가 참기 힘들어. 너무 힘들어."

"비도덕적인 불륜이라고?"

"그럼 아냐?"

"나중에 우리 둘만 남게 되었을 때 우리가 결혼하면 돼. 그럼 아무도 우리를 불륜이라고 부르지 않을 거야."

"그걸 말이라고 하니? 그런 궤변이 어딨어? 지금 각자의 배우자가 먼저 죽기를 바라잔 말이야?"

"그런 말이 아냐. 나중에, 아주 나중에 우리가 결혼하면 된다는 말이었어. 기섭 선배가 먼저 죽기를 바라는 것도, 너보고 이혼하라는 것도 아냐."

"그 말이 그 말이야."

"난 그냥 이렇게 한 번씩 만나고……."

"만나고? 모텔 가고?"

"꼭 그러자는 말이 아냐."

"이런 관계가 얼마나 갈 것 같아? 곧 변할 거고, 그리고 지겨워질 거야. 인간관계가 다 그렇지 뭐 특별할 게 있겠니? 사랑도 마찬가지야. 그것도 인간이 하는 일인걸."

"그렇지 않아."

난, 이라는 말을 정수는 삼켰다. 그 말을 삼키고 생선 가시처럼 목에 걸려 있는 그 말을 한 번 더 힘주어 삼키려고 할 때 혜인이 툭 말을 뱉었다.

"우리 그만하자."

갑자기 눈앞의 도로가 하얗게 탈색되었다. 모든 중앙선과 도로의 선들이 사라지고 자동차들이 증발되었다. 정수는 눈을 커다랗게 뜨고 전방을 주시했다. 이렇게 갑자기 백광 속에 놓였을 리가 없다. 정수는 비상등을 켜고 차를 옆으로 세운 뒤 눈을 감았다가 떴다. 바로 뒤에서 빠앙 하는 긴 경적 소리가 들렸다.

"우리 헤어져."

"제발 그러지 마."

"난 이런 생활 싫어. 불안하고, 죄지은 것 같고, 주변 사람들 눈치 보면서 살아야 하는 거. 정말 싫어. 이럴 줄 몰랐어."

"이럴 줄 몰랐다고?"

"응, 몰랐어."

"……."

"……."

"혜인아…… 아무것도 요구하지 않을게. 그냥 한 번씩 만나기만 하면 안 돼?"

"난 너의 이런 게 싫어. 넌 이게 사랑이라고 생각하지? 그건 네 착각이야. 이런 걸 집착이라고 해."

"네 마음대로 나를 재단하지 마."

"재단하는 게 아냐. 판단하는 거지."

"판단도 하지 마. 그냥 보이는 그대로 받아주면 안 돼?"

"보이는 그대로 판단한 거야. 넌 내 친구였고, 지금도 친구야. 그 이상은 안 돼."

"왜? 왜 안 돼? 네 생활에 방해되니까?"

"무엇보다…… 무엇보다 내가 남편과 똑같은 인간이라는 사실이 견딜 수 없어. 남편 때문에 얼마나 고통스러웠는데, 얼마나 상처받았는데, 그런 남편과 똑같아진다니…… 정말 참을 수가 없어."

"네 눈에 난 안 보이는 거야?"

"그만하자. 앞으로 나한테 연락하지 마."

"이러지 마."

"너야말로 그만해. 이러지 마."

안전띠를 푼 혜인이 차 문을 열었다. 정수는 혜인의 어깨를 잡아 세우고, 몸을 숙여 다른 손으로 차 문을 닫았다. 문을 닫는 손이 수진증 걸린 노인처럼 떨렸다. 한밤중에 강도를 만난 것같이 끔찍한 무섬증이었다. 두렵고 무서운 이 사랑을 어찌하면 좋을까. 정수는 지독한 폭탄주를 들이켜듯 숨을 몰아쉬었다.

"알았어. 그냥 알았어. 무조건 알았어. 그렇게 할게. 넌 친구야. 친구."

여기서 내려서 어쩌자는 거야? 집에 어떻게 가려고, 라는 말을 삼키며 정수는 핸들에 머리를 기댔다. 고음으로 올라가던 혜인의 숨소리가 점점 잦아들고 차 안은 아까의 정적이 다시 찾아왔다. 영화 〈첨밀밀〉의 주인공들처럼 서로 사랑을 나누면서도 끝까지 친구라고 하면 친구가 되는 것일까. 순간 영화 속의 한 장면이 떠올랐다. 옷을 겹겹이 껴입은 장만옥의 몸 위에 다시 두꺼운 옷을 입혀주는 여명의 모습이었다. 거기까지만 내 역할이었어, 라고 정수는 생각했다. 그다음 장면이 두 사람의 첫 키스 장면이었다는 것을 정수는 기억하고 있었다. 키스 같은 거 하지 않고도 충분히 혜인을 사랑할 수 있었다. 더 열심히, 더 성실히 사랑할 자신이 있었다. 휙휙 차들이 옆으로 지나가면서 경적을 울려댔다. 정수는 고개를 들고 마치 그들 사랑의 마지막 팡파르처럼 울리는 경적 소리를 좇았다. 차가 갓길 쪽이 아니라 차선 하나를 차지하고 있는 것을 그제야 정수는 알아챘다. 시동을 걸었다. 지나가는 누군가가 내뱉는 욕설이 선명하게 귀에 꽂혔다. 더 잔인하고 상스러워도 좋으니 욕이라도 한바탕 듣고 싶은 심정이었다. 햇살이 앞창 가득 들어와 눈이 부셨다. 노란 햇살을 잔뜩 품고 있는 잔인한 석양이 핏빛이 될 때까지 두 사람은 말이 없었다. 붉은 노을이 정수의 해진 심장을 도로에 내던지고, 지나가는 차들이 그 위로 무심하게 바퀴 자국을 냈다.

커피우유가 아닌
카페라테

식은 커피에 크레마는 없다

사람들은 비 오는 거리를 종종걸음을 치며 걷고 있었다. 사람들이 걸을 때마다 빗물은 바닥에서 종아리까지 튀어올라 바짓가랑이를 적셨다. 가로수는 온 팔을 벌려 빗물을 받아 마시고 있었으나 잿빛 하늘은 나무들을 깔아뭉갤 듯이 낮게 내려앉아 있었다. 우산과 다리밖에 보이지 않는 거리에 자동차들은 주정뱅이처럼 물을 튀기며 지나갔다. 빗물에 굴절된 헤드라이트와 가로등 빛이 유리창에 눈물로 번졌다.

세희는 유리에 바싹 붙어 서 있던 몸을 천천히 떼어냈다. 비가 오면 원래 손님이 적었지만 벌써 한 시간째 아무도 오지 않았다. 실내에 흐르는 클래식을 가요로 바꾸고 음향을 높였다. 에스프레소를 조금 진하게 내려 도피오 잔에 담아 홀의 중앙 소파에 앉았다. 이문세의 노래가 빗소리를 저만큼 밀어내며 폴인러브를 휘어감았다. 창밖의 비는 비현실적인 영화 속의 한 장면처럼 음을 소거당한 채 유리에 끈질기게 달라붙었다. 에스프레소의 크레마에서 올라오는 짙은 커피 향을 마셨다. 오늘 크레마는 유난히 좋았다. 세희는 짙은 크레마를 온몸으로 느끼며 눈을 감았다. 아무도 없는 공간에서 시각을 차단시키면 남는 것은 청각과 후각뿐이다. 커피 향과 음악이 몸 안으로 물밀듯이 쏟아져 들어왔다. 울컥한 어떤 감정이 잔 소름을 일으키며 목구멍으로 거슬러 올라오고 있었다. 다음 노래로 넘어가는 짧은 침묵의 순간 세희는 바다에 서 있는 듯한 강한 습기를 느끼고 눈을 떴다.

눈앞에는 빗물이 뚝뚝 떨어지는 우산을 그대로 쥔 채 마술처럼 제호가 앉아 있었다. 놀란 세희는 들고 있던 에스프레소 잔을 테이블 위에 툭 던지듯이 놓았다.

"웬일이야? 연락도 없이?"

"비가 오잖아."

어깨를 슬쩍 들어 올리며 제호가 싱긋 웃었다. 웃음은 치켜올라간 소매 부분에 드러난 제호의 손목 흉터처럼 생경스러웠다. 날씨만큼 어둡고 습한 표정에 어색하게 지어진 웃음은 피에로 광대를 떠올리게 했다.

"커피 할래?"

제호가 고개를 저었다. 세희는 유리잔에 카모마일 티백을 넣고 뜨거운 물을 부었다. 커피를 마시지 않을 때 제호는 언제나 카모마일 차를 마셨다.

"카모마일 차는……."

"응?"

"카모마일 차는 미수가 좋아하던 차야."

"세상에, 헤어진 지 도대체 몇 년인데 아직도 그런 걸 기억하고 있는 거야?"

"이름이 독특하잖아. 커피숍 알바를 하고 있었는데도 난 그땐 그런 이름의 차가 있는 줄도 몰랐거든."

갑자기 제호는 멍한 표정이 되었다. 어쩌면 저 멍한 표정이 제호가 제 상처를 드러내는 방법인지도 모른다는 생각이 들었다. 연락도 없이 갑자기 나타난 거하며 풀 죽은 모습하며 평소 제호답지 않았지만 세희는 그의 우울한 얼굴 뒤에 일상의 파격이라도 숨어 있을 것 같아 마음이 무거웠다. 일부러 밝은 표정으로 세희는 미수 이야기를 꺼냈다.

"두 사람 그 후로 만난 적은 없어? 요즘 옛사랑 찾는 게 유행이잖아. 동아리 같은 모임이 있을 경우에는 특히 잘 찾을 수 있을 텐데. 밴드나 뭐 그런 것도 있고……."

"만난 적 없어. 찾으려고 생각해본 적도 없고."

"왜?"

"그 이후에…… 어쩌면 미수가 날 찾아오지 않았다면 미련을 가지고 계속 미수를 기다렸을지도 몰라. 그런데 미수가 날 찾아왔더라고. 헤어지고 난 뒤 여섯 달? 그 정도 뒤에……."

"여섯 달?"

"응, 그 정도 됐을 거야. 미수에게 새로운 애인이 생겼다고 소문이 났을 때였으니까. 내 인생에서 그 재회만큼 강렬했던 기억이 있을까 싶어. 이야기만 간단하게 나누고 갔을 뿐인데…… 분쟁 후 국경선이라도 그은 기분이었거든."

지금도 기억에 선명한 낮고 약간 허스키한 미수의 목소리, 걱정해주고 가슴 깊은 곳의 상처를 어루만져주는 듯 따뜻한……. 미수는 제호가 아르바이트를 하고 있는 커피숍으로 직접 찾아왔다. 하다못해 뭘 마시겠느냐는 접대용 멘트조차 꺼내지 못하던 제호와는 달리 미수는 자리에 앉자마자 잠깐 머뭇거리더니 이야기를 시작했다.

"난 그때, 나 힘든 것만 생각했어. 오빠의 흉터 때문에 내가 오빠에게 갈 수 있었다고 생각했던 것 같아. 그 흉터를 영원히 품어주고 싶었어. 흉터가 곧 오빠였고, 내 사랑의 존재 이유였던 셈이야. 근데 진실을 알고 나니 흉터를 견딜 수가 없었어. 어떤 변명도 필요 없다고 생각했지."

"처음부터 거짓말할 생각은 아니었어. 너를 좋아하게 된 것은 이미 거짓말을 하고 난 다음의 일이어서 나 스스로 수습할 수가 없었지."

"알아. 알기 때문에 화가 났고 내가 한심했어. 그런데도 깜빡 속아 넘어가서 그 흉터에 입술을 대고 사랑을 하던 나를 보며 비웃었을 오빠를 생각했어."

"그런 거 아냐."

"이제는 알아. 흉터는 우리에게 어처구니없는 해프닝이었지만…… 오빠는 사랑이었다는 걸 말이야."

"그래서……."

돌아올 거냐고 묻고 싶었다. 다시 돌아온다면 손목 살을 저며서라도 흉터를 없애버리겠다고 말하고 싶었다.

"그때는 사랑에 농락당했다는 생각이 들었어. 화가 났어. 그래서 아무하고나 소개팅하고 아무나 만났어. 그 사람들이 아무나라는 건 아냐. 그때는 오빠가 아닌 사람들은 나에겐 다 아무나였으니까. 그렇게라도 하지 않으면 죽어버릴 것 같았거든. 너무 비참하고 슬프고 속상하고 화가 났으니까."

"난 어땠을 것 같아?"

"아무것도 아닌 일일 수도 있었어. 아니, 오빠가 미숙이나 원영이를 만났더라면 흉터…… 그런 건 아무 일도 아니었을 거야. 시간이 지나니까 그게 보이더라. 나에게도 그 일이 아무것도 아닌 일이었을 수도 있다는 게……. 그래서 미안하다는 생각이 들었어."

"미안하기 때문에 찾아온 거야? 다시 시작할 생각이 아니라면 굳이 이렇게 찾아올 필요가 있을까. 왜 갑자기?"

"나, 이제…… 다른 누군가를 사랑하려고."

사랑? 다른 누군가를? 이미 짐작하고 있었던 일이 아닌가. 그런데도 미수의 입을 통해 직접 듣는 저 소리는 왜 이리 낯선가. 선풍기도 없는 미수의 자취방에서 땀범벅이 되어 서로의 몸을 탐하던 여름날의 시간들은 체취도 남기지 않고 사라져버린 것이다. 아무런 추억이 없었던 여자처럼 말갛게 제호를 바라다보는 미수의 시선이 너무 따가워서 제호는 마치 뜨거운 태양 아래 벌거벗고 서 있는 기분을 느꼈다.

"다른 사람을 내 맘에 담으면서 오빠를 향한 분노가 점점 사그라지고 있다는 것을 느꼈어. 그건 점점 작아져서 이젠 오빠의 흉터만큼 작아졌어. 그때…… 난 내가 느끼는 배신감밖에 볼 수가 없었어. 시간이 한참 지나고 난 후에도 화가 나서 나 자신을 어찌할 수가 없었어."

"나 때문이야. 너 때문이 아냐."

"나도 처음엔 그런 줄 알았어. 그런데 그게 아니었어. 다른 사람을 만나고 그 사람과 조금씩 가까워지면서 나는 내가 왜 오빠에게 배신감을 느꼈는가를 생각하게 됐어. 그리고 내가 오빠를 정말 사랑한 게 맞나 생각해봤지. 그러다 내린 결론은 난 오로지 나 자신만 사랑했다는 거야."

"미안하다……."

"더 이상 미안해하지 말라고 찾아온 거야. 나 오빠를 사랑했지만, 오빠를 떠난 이유에는 분명 내 이기심이 있었던 거야. 오빠의 감정을 알면서…… 오로지 난 나를 가엾게 여기는 이기심이 더 커서 아무 소리도 들으려고 하지 않았던 거야."

"……다시 시작할 순 없는 거니?"

제호는 자신이 뱉은 말이 바닥에 떨어져 하수구로 쓸려내려가는 빗물만큼 가치가 없다는 것을 알았다. 고개를 흔드는 미수의 눈동자가 슬프게 젖어들었다.

"오빠에게 이 말을 하지 않으면 어느 누구도 사랑할 수 없을 것 같아서 온 거야. 아니, 난 아직 사랑을 잘 몰라. 다시 실수하고 싶지 않았어. 다시 상처받고 싶지 않았어. 아니, 다시 내가 나에게 상처 주는 일 따위 하고 싶지 않았어."

제호의 눈이 절망하는 것 말고는 아무것도 할 게 없는 낙제생처럼 막막해졌다. 제호는 마지막 잔을 들이켜듯 크게 한숨을 쉬었다.

"그래……."

"이렇게 내 마음대로 찾아온 것도 사실은 너무나 이기적인 일이 되고 말았네."

"네 사랑은 언제나 나를 행복에 젖게 했어."

"고마워, 오빠. 오빠는 내 아픈 상처 같은 사람이야. 난 오빠를 보내고 난 후에야 내가 오빠와 같은 상처를 지니고 있다는 걸 알았어. 그걸 마주 봐야 다시 시작할 수 있을 것 같았고, 그래서……."

"네 말이 무슨 뜻인지 알겠어. 고마워할 필요 없어."

"이해해줘서 고마워."

미수가 또 고맙다는 말을 하며 제호의 눈에 눈을 맞추었다. 사랑을 하던 때의 그 소녀처럼 미수의 얼굴은 조금 붉어 보였다. 고개를 떨어뜨리며 잔을 집어 든 미수는 천천히 카모마일 차를 다 마셨다. 미수는 꼭 그랬다. 음식점이나 커피숍을 나설 때에는 남은 음식물을 모두 깨끗하게 비우는 습성이 있었다. 지금 미수는 그만 가려고 하는 것이다.

"그 이후론 그랬어. 운명이 어디 있느냐며 적당히 타협하고 만나는 상대와 잘 지내는 게 최대의 목표였지. 그러다가 적당히 결혼하면 되는 거고, 그렇게 살다가 어느 날 문득 마음속으로 돌진해오는 폭풍 같은 감정이 있으면 또 어떻게 막을 수 있겠냐. 그것이 사랑일 텐데……."

제호는 남아 있는 카모마일 차를 홀짝 들이마셨다.

"내 몸에 흉터가 남아 있는 한 나에게 영원한 사랑이란 존재하지 않는 거라고 생각했어. 나에겐 그게 사랑이야."

"걱정 마. 나 역시 영원한 사랑 같은 거 믿지 않으니까."

"자기보고 한 말은 아냐, 오해하지 마. 내 인생의 처음 사랑, 그 애를 위해서 죽어도 좋다고 생각했지. 영은이에 대한 상처를 치료해주고 보듬어준 사람이 미수였어. 그런데 결국 흉터는 더 큰 상처가 되었지. 처음 사랑이 그다음 사랑을 하지 못하게 했고, 그건 젊은 날 나에겐 트라우마로 남았어. 흉터를 들여다볼 때마다 난 절대 사랑하지 못할 거라는 생각에 사로잡히곤 했어."

"그건 비약이야. 사랑은 뜨거워졌다가 식을 뿐이라고."

사랑과 에스프레소는 곧잘 비유되곤 한다. 에스프레소가 높은 압력에서 빠르게 추출한 커피라는 점에서 더욱 그렇다.

"인간에게 사랑이 다가오는 그 순간은 이 세상 어떤 감정보다 높고 뜨거워. 사랑은 에스프레소와 같아서 뜨거울 땐 깊고 진하지만 식으면 쓰기만 하지. 식어버리면 더 이상 크레마가 생기지 않는 이치도 똑같아."

제호가 씁쓸하게 웃으며 대답했다.

"맞아. 나도 이젠 그걸 너무나 잘 알지."

에스프레소의 핵심은 크레마다. 황금빛이 감도는 부드러운 갈색 거품인 크레마는 스스로도 독특한 맛과 향을 가지고 있다. 지방 성분을 지니고 있기 때문에 풍부하고 강한 커피 향을 느낄 수 있게 해주고, 단열층 역할을 하여 커피가 빨리 식는 것도 막는다. 그러므로 크레마는 그 자체로 에스프레소의 뜨거운 열기이며 광기이고 사랑이다.

마치 크레마의 진한 향기라도 맡는 사람처럼 제호는 남은 카모마일 잔을 코끝에 대고 시선은 세희에게 준 채 덧붙였다.

"식은 커피에서 크레마는 사라지고 없을 뿐 아니라 더 이상 발생하지도 않지. 이태리 사람들은 에스프레소를 넣고 설탕을 넣은 다음 젓지 않고 그걸 마신대. 독약처럼 쓴 에스프레소를 마시고 나면 바닥에 그대로 남아 있는 설탕물이 혀의 단세포를 자극하는 거지. 쓴맛 후의 지독하기까지 한 그 달콤함이 입안에 가득 퍼질 때 삶이 영원히 달콤할 거라는 생각에 빠진다는 거야. 나도 그랬는지 모르겠어. 흉터를 보지 않게 된 이후 난 사랑에서 그 달콤함만을 보려고 했어."

"너, 무슨 일이 있는 거야? 오늘 좀 이상해."

"일은 무슨? 아냐, 아무 일도 없어. 그냥 보고 싶어서 온 거야."

세희는 제호의 가슴속에서 짙은 슬픔 하나가 수증기처럼 피어오르는 것을 느꼈다. 제호에게서 시선을 거두어 새삼스럽게 실내를 한 바퀴 둘러본 세희는 싱크대에서 빈 잔을 씻은 후 홀의 실내등을 껐다. 의아한 표정으로 제호가 세희를 쳐다보았다.

"오늘 알바생이 일이 생겨서 못 오겠대. 비가 오니까 손님도 없고 일찍 마치지 뭐."

주방 전등만 남긴 채 처음 아카데미 선생님을 만나 훈련받은 그때처럼 허리를 곧게 편 자세로 세희는 그라인더 머신을 분해해 청소하기 시작했다. 조심스럽고도 정교한 세희의 손길을 유심히 지켜보던 제호가 혼잣말로 중얼거렸다.

"일본 후지로얄 제품이네."

그라인더의 브랜드를 알고 있다는 말이었다. 제호가 저렇게 커피에 빠지게 된 것은 무슨 이유에서였을까. 단지 커피가 좋아서가 아니라 어쩌면 자신 속의 결핍을 메우기 위한 선택은 아니었을까. 문득 그런 생각이 들었다. 세희는 제호를 향해 있던 시선을 거두고 청소를 계속했다. 아카데미 선생님은 매일 저녁마다 커피 그라인더를 분해해서 청소하는 것이 무엇보다 중요한 일이라고 강조했다. 보다 신선하고 맛있는 커피를 내리기 위해서는 산패된 원두 입자가 그라인더 내부의 기어에 붙어 있어서는 안 된다는 것이었다. 유명 커피전문점의 그라인더 머신의 내부를 보면 아마 청소하지 않아서 기어와 출구부에 곰팡이가 가득할 겁니다. 사람들이 그걸 알면 그 집 커피를 마시겠어요? 라고 비아냥거렸다. 신선한 커피를 마시기 위해서는 머신이나 기구의 청결이 무엇보다 중요하고, 그것은 마감하는 바리스타의 몫이라고 강조했다. 세희는 청소를 마친 그라인더를 조립하다가 제호가 중얼거리는 소리에 문득 움직임을 멈추었다.

"내 인생에 사랑은 온통 냄새나고 곰팡이 낀 그라인더에 내린 에스프레소 같았는지도 몰라."

평소 우울 모드를 5분 이상 절대 지속시키지 않는 제호의 성향으로 볼 때 오늘은 정말 이상한 날이었다.

청소한 그라인더를 모두 조립할 즈음 비가 다시 오고 있었다. 세희는 제호와 함께 폴인러브의 전등을 모두 끄고 거리로 나섰다. 습기 묻은 바람이 가로수를 흔들었다. 밤은 깊었지만 밤의 시간보다 더한 어둠이 흔들리는 가로수에 그림자처럼 엎어져 있었다. 비가 투둑투둑 두 사람의 뺨을 적셨다. 좀 더 맞아도 괜찮겠다는 생각이 들었다. 세희는 문득 쓸쓸해져서 하늘을 올려다보았다. 후드득. 난데없는 빗방울이 두 사람의 이마를 때리듯 스치고 지나갔다. 40계단 옆에서 연인으로 보이는 두 사람이 목소리를 높여 다투고 있었다. 우산도 없는데 어쩌려고……. 비는 더 깊어졌다.

자동차의 불빛이 실연당한 여인의 슬픈 머리카락처럼 건물의 검은 유리창에 제멋대로 발리고 있었다. 술 취한 사람들의 노랫소리와 그들의 텁텁한 입 냄새와 웩웩거리는 구토 소리조차 삼켜버린 비 오는 거리는 하루 종일 일해서 기진맥진해진 노동자처럼 지쳐 보였다. 툭툭 빗방울이 굵어지고 가게 몇 군데에서 불이 꺼졌다.

커피가 우유에 밀리면

커피전문점에서 보는 거리는 표지가 찢어진 잡지책처럼 볼품없고 스산했다. 찢어진 책장 어디선가 잘못 나온 모델 같은 얼굴이 지나치게 붉은 여자가 엉덩이를 힘차게 흔들며 커피전문점 앞을 지나갔다. 여자는 유리창에 제 모습을 비춰 보다가 창을 여는 세희와 눈이 마주치자 얼른 고개를 돌리고 앞서 걸었다. 여자의 투실한 엉덩이가 흔들릴 때마다 퇴색한 계절이 툭툭 떨어지는 듯한 소리가 들렸다. 열어놓은 창을 통해 들어오는 바람에서는 눈에 띄게 가을 냄새가 났다. 무더위가 기승을 부렸던 지난여름은 마치 지나가면 그만이라는 듯 흔적도 없이 사라져버렸다.

어디서 날아온 건지 붉게 물든 낙엽이 커피숍 앞에 쌓여 있었다. 매번 가을이면 보는 익숙한 풍경이지만 계절을 한 바퀴 돌아 다시 볼 때는 새롭고 경이롭기까지 했다. 익숙한 것들과 헤어질 때 아릿하게 다가오는 서운함 때문인가. 그게 인연이라는 것인지도 모른다. 세희는 창문을 닫았다.

절망 앞에 서 있는 세희를 다독여주고 있는 것은 커피였다. 로스팅을 하고 커피콩을 갈고 커피를 내릴 때에는 아무 생각도 하면 안 되었다. 오직 그 행위에만 집중해야 했다. 집중하지 않으면 실패했다. 어쩔 수 없이 속성으로 배워야 했던 커피 아카데미에서 선생님은 집중할 수 있다면 아무 문제 없다고 힘주어 말하곤 했다.

"집중만 한다면 베리에이션에서의 비율은 저절로 성공할 겁니다. '집중'에 집중하세요. 베리에이션에서 커피가 우유에 밀리면 밋밋한 커피우유가 되는 거예요. 커피의 산도가 약하면 우유의 비릿함을 이기지 못하고요. 슈퍼 가서 커피우유 사 먹는 게 낫죠. 라테를 먹으면서 커피를 먹는다는 느낌이 들어야지 우유를 먹는다는 느낌이 들면 정말 곤란해요."

커피와 우유의 비율이 조금이라도 달라지면 이미 그것은 카페라테나 카페모카가 될 수 없다. 그것은 완전히 다른 음료수가 된다. 세희는 그 비율에 집중했다. 완벽한 베리에이션을 위해 집중하는 동안에는 정수도, 제호도, 그들과의 추억마저도 조금씩 내려놓을 수 있었다. 아카데미의 마지막 시간에 선생님이 한 말은 아직도 세희의 머릿속에 화인처럼 강렬하게 남아 있었다.

"인생도 마찬가지죠. 카페라테가 아닌 커피우유나 커피 음료수로 살지 마세요. 비릿하고 하잘것없는 상처에 밀리게 되면 인생이 멋지게 조각될 수 없는 거예요. 상처나 고통도 인생 속에 잘만 버무려지면 훌륭한 베리에이션이 탄생하는 겁니다."

하지만 정작 그렇게 살지 못했다. 상처나 고통을 전혀 버무리지 못했고, 그것들은 보기 싫게 튀어나와 자신을 조롱했다. 좀 더 성숙하게 살 수 있을 거라고, 훌륭한 베리에이션이 탄생할 수 있을 거라고 다독이지만, 자신의 부산한 시간들은 돌아서면 밍밍한 커피우유에 지나지 않았다.

사흘 전, 비 오는 날 뜬금없이 다녀간 제호의 모습이 가슴에 사무쳤다. 열네 살인 제호의 딸아이가 자살을 기도했다고 했다. 목숨은 건졌지만 우울증이 심해서 위험한 상태이며, 아내는 혼자서 딸아이를 감당하기 힘들어한다는 것이었다. 커피숍에서는 내내 말을 않다가 비 오는 거리로 나서서야 머뭇거리며 겨우 꺼낸 말이었다.

"딸애가 엄마 아빠의 소원한 사이를 늘 염려해왔어. 이상할 정도로 예민한 애야. 그게 우울증으로 번졌고, 그게 유학 간 이유였어. 이혼하거나 애정 없는 부모 사이를 보여주는 것보다 겸사겸사 그게 더 낫겠다고 생각한 거지. 우리 부부 사이의 흉터를 그 애가 마음대로 오해할까 봐 겁이 났던 거야. 근데 얼마 전 애엄마와 내가 한 통화를 엿들은 것 같아. 뭔가로 격렬하게 싸웠어."

"뭔가로 싸웠는지 물어봐도 돼?"

"와이프는 언제나 사랑 없는 결혼 생활이 지긋지긋하다고 했어. 그래서 나는 와이프가 나에게 어떤 일말의 기대도 없다고 생각했지. 그런데 얼마 전에 당신이랑 내 관계를 우연히 알게 된 모양이야. 와이프가 말하더라, 너는 개새끼라고……."

"가봐야 하는 거지……."

"그래야 될 것 같아. 휴가를 신청해놨어."

"걱정 마, 아무 일 없을 거야."

"결국 사랑 없는 부부의 삶이 아이를 죽음 직전까지 데려다 놓았어. 애도 그렇고, 애엄마도 지금 완전 패닉 상태야."

둘 사이의 어떤 것도 확실하지 않았다. 벌어진 모든 일들은 세희 앞에 펼쳐져 있을 뿐이었다. 제호는 작별 인사도 없이 호주로 떠났다. 제호의 부재는 가슴에 큰 동공을 만들어버렸다. 애써 담담한 척했지만 자고 일어나니 아쉬움과 아픔에 종아리까지 흠뻑 담그고 있는 자신을 보았다.

"커피 한 잔 줘요."

할머니 한 분이 세희 앞으로 불쑥 얼굴을 내밀었다. 주름살이 유난히 도드라져 보이고 화장기는 없지만 젊었을 때는 꽤 미인이었을 것 같은 얼굴이었다.

"어떤 걸로 드릴까요?"

"다방 커피 있나요?"

할머니가 의자에 엉덩이를 내렸다. 금방 갈 모양새는 아닌 듯했다. 다방 커피? 예전에 커피와 프림과 설탕을 잔뜩 넣어 다방에서 팔던 커피를 그렇게 불렀다. 세희는 에스프레소에 우유와 시럽을 넣어서 할머니 앞으로 내밀었다. 한 모금 마시던 할머니가 커피 잔을 탁자에 살며시 내려놓았다.

"커피는 옛날 커피가 최곤데."

"할머니, 옛날 다방 커피는 대부분 질이 안 좋은 커피로 만든 거예요."

"옛날 커피는 으갠 커피콩을 주전자에 넣어 하루 종일 끓이고 우려내서 먹었지만 얼마나 맛있었는데요."

"커피에도 급이 있어요."

"세상에 좋은 게 있고 안 좋은 게 있고 그런 것 같지만 세상살이가 다 비싸다고 좋은 것도 아니고 싸다고 안 좋은 것도 아니에요."

할머니 말에 동의하는 것은 아니었지만 세희는 고개를 끄덕였다. 나이가 들기만 한다면 쉽게 이해할 수 있는 말들이 세상에 많을 수도 있다는 생각이 들어서였다.

"사장님, 영도다리 올라가는 거 봤어요? 얼마 전부터 영도다리가 옛날처럼 다시 올라간다 하더라고요."

"네, 기사에서만 보고 직접 가보지는 못했어요. 가까운데도 아직 못 봤네요."

"그게 다시 올라갈 거라고 누가 생각이나 했겠어요. 그게 추억이 아니라 우리한테는 회한이고 애환이고 그리움이고 그런 건데. 그때 그 영도다리 난간에 얼마나 많은 글자들이 씌어 있었는지……. 영도다리 올라가는 거, 나는 아직도 안 봤어요. 그때 생각이 사무쳐서 보기가 힘들더라고요. 그렇지만 꼭 가보기는 가보려고요. 여기도 그렇습디다. 내가 꼭 한 번은 와볼 거라고 생각했는데…… 오늘 한 번 와보네요."

영도다리 이야기를 하는 할머니 얼굴에는 세월을 뭉텅 잘라먹은 듯한 허전함이 가득 배어 있었다. 내가 꼭 한 번 와보고 싶었어…… 라는 말을 다시 한 번 중얼거리며 할머니는 세희가 타놓은 커피엔 손도 대지 않고 커피숍을 나가버렸다. 거리에 나선 할머니는 갈 곳이 없는 사람처럼 가로수 아래 한동안 서 있더니 손에 쥐고 있던 보라색 모자를 머리에 눌러썼다. 모자 위에 달린 레이스 끈이 나비처럼 팔랑거리자 거리도 따라 흔들리는 것 같은 느낌을 주었다. 할머니는 짙은 가을 속으로 잠기듯 조금씩 걸어들어갔다. 문득 이상한 예감이 들었다. 커피는 뭐고 사랑은 뭐고, 할머니가 할 만한 이야기는 아니라는 생각이 들어서였다. 하긴 선입견인지도 모른다. 할머니에게도 뜨거운 사랑이 있었을 것이다. 그 당시엔 어려운 시험 같았지만, 세월이 지나니 미소를 머금고 가슴속에 그릴 수 있는 그런 사랑이 있었을지 누가 알겠는가.

세희는 컴퓨터를 켜고 영도다리를 검색했다. '영도다리'라고 치니 '영도다리 도개'라는 말이 먼저 떴다. 제목을 클릭하자 '한국전쟁 피란민 1호 만남의 광장, 47년 만에 제 모습 찾다'라는 한 신문사의 머리기사가 나왔다. 기사 속의 영도다리 도개식 사진은 몰려든 사람들로 발 디딜 틈도 없어 보였다. 사진을 클릭해서 확대해보고 있는데 누군가가 어깨를 툭 건드렸다. 어깨를 치는 것이 아니라 마치 노크라도 하는 것 같은 느낌이었다. 잠을 못 잔 것이 틀림없는 얼굴의 정수가 초점 없는 퀭한 눈으로 세희를 보고 있었다.

"어쩐 일이야……?"

정수의 얼굴은 붉게 상기되어 있었다.

"제발, 세희야."

애원하는 듯한 정수의 말과 멀뚱하게 그를 보는 세희의 눈이 허공중에 챙 하고 부딪쳤다. 시선을 내리깐 세희가 정수를 보지도 않고 스치듯 말했다.

"나 오늘 밤 근무야. 알바생 안 와서 내가 일 봐야 해. 집에 가. 더 이상 얘기할 거 없어."

쏟아낼 듯이 말을 뱉은 세희는 정수에게는 눈길도 주지 않고 두서

없이 물건들을 들었다 놓으며 주방 정리를 했다. 정수는 세희가 뭘 하든 아랑곳 않고 가만히 서 있더니 구석진 자리에 가서 앉았다. 들고 있던 행주를 탁 싱크대에 던진 세희가 두 손으로 얼굴을 가렸다가 떼는 모습을 정수는 유리창을 통해 보았다. 폴인러브 내부의 풍경이 밤의 유리창에 지나간 드라마처럼 방영되고 있었다.

"아예 이야기를 듣지도 않으려고 하면 어떡해. 당신이 시간을 안 내주니까 어쩔 수 없이 내가 이쪽으로 온 거잖아."

주방에 있던 세희가 정수 앞에 와 섰다.

"나가. 집에 가서 해."

"아니, 집에 가면 당신 입 닫고 귀 닫아버릴 거잖아. 제발 내 말 좀 들어줘."

시선을 창밖으로 둔 세희의 옆얼굴은 무너져 내릴 것처럼 흐릿했다. 그게 그녀의 마음에서 온 것인지 흐린 날씨 탓인지 정수는 짐작할 수 없었다.

"알았어. 좋아…… 기다려. 커피 한 잔 하자."

세희는 예가체프 원두를 꺼내 핸드드립으로 커피를 내렸다. 세희의 동작은 너무 느려서 마지못해 하는 사람처럼 굼떠 보였다. 커피 잔 두 개를 탁자 위에 올려놓고 서버에 담긴 커피를 따르는 동안 정수는 고개를 푹 숙이고 있었다. 감미로운 커피 온기는 따뜻한 이불처럼 두 사람을 휘감았으나 그들에게는 아무런 영향도 미치지 못했다.

"얘기해."

"세희야."

"일부러 피한 건 아냐. 아직은 기다려야 할 때라고 생각했을 뿐이야. 당신, 나 사랑하지 않는 거 알아. 나를 사랑해서 결혼한 거 아니라는 것도 알아. 우리 사이에 아이가 있었다면, 그래 조금은 달라졌겠지. 사랑 없이도 죽을 때까지 행복한 척 살 수 있었을 거야. 하지만 그건 만약이고, 만약이라는 말은 이루어질 수 없다는 말과 같으니까……."

"세희야, 미안해. 내가 하려는 말은 모두 변명에 불과할 거야. 그래서 변명은 안 하려고."

"꼭 그 말을 해야겠니?"

"양심이 허락하질 않아. 당신이랑 같이 사는 거."

"나랑 같이 사는 게 양심이라는 말까지 필요할 만큼 그렇게 힘든 거야, 당신?"

"그런 말이 아니잖아."

"좋아. 용건만 말해. 짧게."

"이혼해줘. 미안해."

"이혼해달라?"

"그 여자를 사랑하면서 더 이상 당신을 속일 수 없어. 더 이상 당신을 속이며 이렇게 살고 싶지 않아. 매일매일 지옥을 걷는 기분이야. 집에 오는 건 형벌이고……. 미안해. 당신한테 결국 이런 말 하게 돼서. 이런 말 하지 않으려고 무척 애를 썼어. 그런데 결국 하고 말았어. 나도 처음엔 다른 여잘 마음에 품고도 결혼 생활이란 거 잘해낼 줄 알았어. 당신 열렬히 사랑해서 한 결혼은 아니지만 다른 부부들처럼 즐겁게 살려고 내 딴에 노력도 했어. 그렇게 살면 지나간 사랑 같은 거 바람에 쓸려가버리듯이 그렇게 어딘가로 사라져버릴 거라고 생각했어. 그런데, 그런데 난 그게 안 되더라. 그 여잘 결국 다시 만났어. 결국 사랑을 확인하는 절차를 치르고 만 거야. 그런데 죄를 짓고 살 수는 없나 봐. 생활도 엉망이고, 회사도 엉망이고, 아무것도 할 수가 없어. 그런데 이제 정말 그 여자를 안 만날 수가 없어. 그 여자와 결혼하고 안 하고의 문제가 아냐. 사실, 그 여자와 결혼할 가능성은 전혀 없어. 결혼? 아니, 만나는 것도 어려울지 모르겠어. 하지만 설령 지금 만나지 못할지라도 난 기다릴 거야. 그냥 이렇게 살고 싶어. 당신한테 정말 미안해."

"당신, 당신 말이야. 우리 사이에 뭔가가 달라져도 당신 생각은 전혀 변함이 없는 거야?"

"무슨 말인지…… 모르겠어. 우리 사이에 달라질 일이 뭐가 있다는 건지."

정수의 얼굴이 점점 굳어졌다. 마치 죽은 사람처럼 핏기가 서서히 빠져나가 뼈만 남은 것처럼 핼쑥해졌다.

"당신, 혹시 임신이라도 한 거야?"

"임신이라도? 그동안 임신이 나에게 어떤 의미였는지 누구보다 당신이 잘 알면서, 임신이라도? 당신, 마치 사기라도 당한 것처럼 말하네. 난……."

아무 일도 할 수 없게 만든 화수분처럼 솟아나는 이 질투의 감정을 어떻게 설명할 수 있을지 몰랐다. 제호가 아니었다면 단순한 질투의 감정이라고, 하다못해 의부증일지도 모른다고 생각했을 것이다. 그런데 정수와의 싸움에서 제호는 항상 졌다. 정수 생각에 사로잡히면 제호가 하는 말은 아무것도 귀에 들어오지 않았다. 이것을 사랑이라고 단정 지을 수 없을지라도, 하다못해 집착이고 질투이고 애증일지라도 세희는 이 감정을 결코 무시할 수 없다는 것을 알았다.

세희가 커피 잔을 두 손으로 잡았다. 두 손으로 잡았는데도 세희의 손은 추운 것처럼 덜덜 떨렸다. 곧 헤어질 사람이라 할지라도 꼭 잡아 주어야 할 것 같은 손이었다. 하지만 정수의 눈에는 세희의 손 따위는 들어오지도 않는 것 같았다. 핸드폰이 울렸고, 그 핸드폰을 꼭 쥐고 자리에서 일어났기 때문이다. 잠시 후 돌아온 정수는 바닥에 아무렇게나 놓여 있던 자신의 가방을 집어 들었다. 절절하게 매달리다가 결국엔 바람맞은 여자 같은 당황하고 비굴한 표정으로 세희는 정수를 보았다.

"이야기하다가 만 거 아냐? 이야기 끝난 거야? 당신이 먼저 이야기하자고 싫다는 사람 귀찮게 굴었잖아. 그래놓고 이제 와서 자기 이야기 다 했으니까 먼저 가겠다고?"

"미안해, 세희야. 거짓말하지 않을래. 그 여자한테 일이 좀 생긴 것 같아. 내가 가봐야겠어."

"미안하다고? 미안하단 말이지."

"응, 지금 그 애가……."

"부탁인데…… 다음부터는 정직하게 말하지 마. 정직한 게 사람을 얼마나 비참하게 만드는지, 심장을 얼마나 갈기갈기 찢어놓는지 당신이 모르는 것 같으니까 알려주는 거야."

정수는 세희가 무슨 말을 하는지도 모르는 것 같았다. 듣는 둥 마는 둥 허둥대며 발이 꼬여 넘어지기까지 하면서 급하게 커피숍을 나갔다. 정수가 다녀간 시간은 30분 남짓이었으나, 커피숍 안의 시간은 3년은 더 지난 듯했다. 세희는 커피 잔을 정리하고 정수가 다녀간 탁자를 닦았다. 몸은 일을 하고 있지만 마음은 그 자리에 굳어버린 화석처럼 움직이지 않았다. 세희는 화면 보호기가 작동하고 있는 컴퓨터 모니터에 해제 마우스를 눌렀다. 영도다리는 그 당시 피란민들에게 희망 그 이상의 곳이었고, 영도다리 주변에는 피란민을 대상으로 한 점집들이 성업을 이루었다는 기사에 시선을 고정시킨 채 세희는 더 읽어내려가지 못했다. 이상하게도 목이 꽉 메어와서였다. 영도다리가 60여 년의 세월을 보내면서 그리움과 애환, 기다림과 절박함으로 살아왔다면, 폴인러브라는 커피전문점은 간신히 품은 사랑마저 지키지 못하고 이내 손을 털어버리고 있는 것인가.

커피에는 신맛과 단맛과 쓴맛이 있다. 각각의 맛은 너무나 매력 없고 맛이 없는데, 그 세 가지 맛이 잘 어우러졌을 때는 말로 설명할 수 없는 최고의 커피 맛이 우러나온다. 어쩌면 사랑도 그와 같지 않을까. 사랑의 단맛만 보려고 하다가 실패하는 사람도 있고, 쓴맛이나 신맛이 사랑의 전부라고 생각하고 시작도 하기 전에 돌아서는 사람도 있을 것이다. 마치 익기 전에 따버린 이국의 과일처럼 자신의 손에서 날아가버린 사랑도 그런 것이 아니었나.

뜨거울 때는 오히려 맛을 알지 못한다

불은 꺼지지 않았다. 세희는 커피숍 중앙에 있는 의자에 유령처럼 앉아 있었다. 처음에는 불을 켜놓고 갔나 하고 의심할 정도로 커피숍은 텅 비어 보였다. 자세히 들여다보지 않았으면 세희를 보지 못하고 문을 열었을 수도 있었을 것이다. 시계를 들여다보던 민주는 핸드폰을 열어 승재에게 문자를 보냈다.

'오늘은 오지 마, 커피숍이 아직 안 마쳤어.'

버스 정류장을 향해 서너 걸음 걷던 민주는 제자리에 멈춰 섰다. 늦은 밤에 저렇게 홀로 앉아 있는 사람을 그냥 지나칠 수는 없다, 라는 생각이 들어서였다. 외로움은 그동안 민주의 몸을 관통해 저도 모르는 사이에 깊은 곳까지 뿌리내려버린 고름이었다. 세희의 얼굴은 유령 같았고 죽음이 드리워진 엄마보다 더 죽음에 가까운 사람처럼 보였다. 그것이 외로움의 다른 이름이라는 것을 민주는 단박에 알아봤다. 민주는 몸을 돌려 커피숍으로 들어갔다.

"아줌마, 여기서 뭐 하세요?"

이미 그렇게 내뱉어버렸을 때 민주는 세희가 울고 있다는 사실을 알았다. 울고 있는 걸 알았다면 들어오지 않았을 것이다. 우는 모습을 들킨다는 것은 얼마나 끔찍한 일인가. 민주는 엉거주춤 세희의 맞은편에 앉았다. 손바닥으로 눈물을 훔친 세희가 얼른 몸을 바로 했지만 불어온 바람에 갑자기 가지가 부러진 나무처럼 어깨를 흠칫 떨었다.

"여기 어쩐 일이니? 이 늦은 밤에?"

세희의 목소리는 물에 젖은 종이처럼 축축하고 얇아서 금방이라도 찢어질 것같이 위태롭게 들렸다.

"지나가던 길이에요."

아무렇지도 않은 듯 말하려고 애를 쓰는 세희의 젖은 눈이 자동차의 불빛을 받아 촉촉하게 빛났다. 외로움이나 슬픔 따위가 지저분한 음식 찌꺼기처럼 들러붙어 있는 저 눈에 관심 있는 척도 하면 안 된다는 것을 민주는 알았다. 민주는 시선을 탁자로 돌리며 세희 앞에 놓인 커피 잔을 코 앞으로 가져갔다.

"식었네요. 핸드드립 커피죠? 이건 무슨 커피예요? 코나? 아니면 예가체프?"

"커피에 대해서 제법 아는구나. 엄마한테 배웠니?"

민주는 고개를 끄덕이다가 이내 도리질을 했다.

"그렇기도 하고, 아니기도 하고요."

세희가 민주를 그제야 빤히 보았다.

"전 엄마와 별로 친하지 않았어요."

"지금은 그렇지 않다는 말로 들리네."

"지금은, 그렇지 않으려 노력하는 중이고요."

"그래? 난 너 같은 딸이 있었으면 하고 늘 꿈꿔왔는데……. 네 엄마가 정말 부러웠거든. 이런 카페를 차릴 만한 경제적 여유는 하나도 부럽지 않았어. 그냥…… 네가 제일 부러웠어."

"아줌만……."

"그래, 난 불임이야. 한 번도 임신한 적이 없지."

"우리 엄마한테 물어보면 절대로 그렇게 말 안 할걸요. 엄마랑 저랑 잘 안 맞았거든요."

"그런 것도 부러웠을 거야."

"자식이라고 다 좋을 수는 없죠."

"설사 그렇더라도……."

"부모라고 다 자식이 좋을 수도 없고요. 귀찮을 수도 있고……. 자식 버리는 부모도 많잖아요. 집에 있는 화분보다 못하게 키우는 부모도 많고."

세희는 탁자 위의 커피를 마셨다. 커피는 죽은 사람의 피처럼 식어 있었다. 마치 사약이라도 들이켜듯이 한번에 죽 마신 세희가 비장한 표정으로 빈 잔을 탁자 위에 놓았다.

"약처럼 드시네요."

"네가 그렇게 말하니까 약을 먹은 기분이 든다. 머리가 좀 어질어질했는데 두통이 싹 가시는 기분이야. 꽉 막힌 것 같던 가슴도 좀 뚫리는 것 같고."

"식은 커피는 맛이 없잖아요."

"난 드립 커피는 식은 것도 좋아해. 식은 걸 마시면 커피가 가지고 있는 어떤 드러난 인성을 마시는 기분이 들 때가 있거든. 그것도 아주 발가벗겨진 인성."

"커피에 무슨 인성이 있어요?"

"그렇구나. 감추어진 본성 같은 건데, 뭐라고 해야 하지? 그럼 커피니까 커피성? 커성?"

히히 민주가 소리 내어 웃자 세희가 민주를 보며 따라 웃었다.

"엄마는 좀 어떠시니?"

"좋아지는가 싶다가도 안 좋아지고. 하루에도 몇 번씩 변한대요."

"꼭 일어나실 거야."

"네. 알아요."

세희처럼 저렇게 커피를 약 마시듯이 마시고 나면 비틀비틀한 엄마의 세상도 바로잡힐 것이라고 민주는 생각했다. 이제는 제법 핸드드립 하는 것도 익숙해지고, 커피도 담배 맛이나 탄 맛이 훨씬 덜 났다. 가끔 누룽지처럼 구수하게 느껴지거나 쓴맛 속에 단맛이 느껴질 때도 있었다.

"아줌만 어떤 커피가 정말 맛있는 커피라고 생각하세요?"

"글쎄, 난 아직 네 엄마만큼 커피를 잘 알진 못해. 나도 배워가는 중이거든."

"그래도 자기가 내린 커피 맛이 항상 똑같지는 않잖아요."

"그건 그렇지……."

"커피를 알게 된 지 얼마 되지는 않았지만 커피의 단맛과 신맛은 찾아낸 것 같거든요. 원래 커피는 쓰기만 했어요, 저한테요. 얼마 전부터 커피를 알게 됐는데 커피를 다 마시고 났을 때 입안에 남아 있는 단맛, 신맛이 정말 좋았어요."

"그래, 맞아. 정말 좋지. 꼬들꼬들하게 말라 있는 몸 안의 온갖 감성들이 조금씩 젖어드는 그런 느낌. 그런 맛에 커피에 반하는 걸 거야. 다 마시고 났을 때 입안은 깔끔한데, 목 안에서 자꾸 올라오는 그 맛 말이야."

"아, 목 안에서 올라오는 맛. 맞아요. 늘 이 맛이 어떻게 내 입안에 이리 선명하게 남아 있나 했는데, 맞아요. 목 안 저쪽에서 올라왔던 거예요."

민주를 보는 세희의 눈빛이 그윽해졌다. 참 따뜻한 아이다 싶은 생각이 든 것이다. 이런 아이 하나 내 옆에 있다면 피부가 벗겨진 듯한 쓰리고 아린 상실감을 맛보지 않아도 되었을까. 이런 아이 하나 내 옆에 있다면…….

"그런데 정말 이 늦은 시각에 웬일이야?"

"사실은…… 아, 아니에요. 저 가끔 이리 지나다녀요."

"엄마 때문에 마음 많이 아프지?"

"아뇨. 엄마는 곧 일어날 거니까요. 우리 엄마는 일어나서 할 일이 많아요. 엄마는 사랑도 모르거든요."

"사랑?"

"네, 그런 게 있어요."

민주가 히죽 웃었다.

"아줌마도 우리 엄마처럼 믹스커피 싫어하죠? 커피가 거기서 거기면 사람들이 다 믹스커피 마시지 않겠어요? 좋은 콩 선별하고 볶아서 분쇄하고 드립으로 추출하고, 그렇게 어렵게 뭐하러 마시겠느냐고요."

"물론 그렇겠지."

"사실 그렇잖아요. 사람 사는 게 다 똑같으면, 인생이 다 거기서 거기면 얼마나 재미없을까요. 커피가 거기서 거기 다 똑같은 게 아니듯이 말이에요. 근데 엄마는 지금까지 그렇게 살았대요, 재미없게……. 엄마는 커피를 알고 나서 사는 걸 다시 생각하게 되었다고 했어요. 특히 지금까지 살면서 우리 엄마가 빠트린 거, 사랑에 대해서요."

"빠트린 사랑?"

"엄마가 딱 그렇게 말한 건 아니지만 저도 이젠 그 정도는 알거든요. 엄마 말의 행간 정도는 캐치할 나이가 된 거죠."

"엄마는 정말 좋겠구나. 너 같은 딸이 있어서."

"후후, 우리 엄마는 절대로 그렇게 말 안 할걸요. 제가 그동안 좀 아팠거든요. 외로움이 쌓이면 미움이 되고, 기다림이 쌓이면 원망이 되고……."

"응?"

"그렇게 엄마를 미워했다고요. 그러니까 그렇게 부러워하지 않아도 된다고요."

"넌 그동안에도 엄마를 미워한 게 아니야. 너의 엄마도 마찬가지고."

"그걸 아줌마가 어떻게 아세요?"

"커피는 아주 뜨거울 때에는 오히려 맛을 정확하게 알지 못하는 법이거든. 혀를 댈 정도의 뜨거운 커피가 목구멍으로 넘어가는 짧은 순간, 사람들은 뜨거움을 맛이라고 착각을 해. 그동안 너와 엄마의 시간들이 그랬을 거야."

음악이 꺼져버린 실내는 두 사람의 숨소리도 들을 수 있을 만큼 조용했다. 민주가 발을 까딱거리는 소리, 그리고 간간이 유리창을 두드리는 바람 소리는 둘 사이의 침묵 속에 고요히 묻혀버렸다 외로움이 쌓이면 미움이 되고, 기다림이 쌓이면 원망이 되고. 조금 전 민주의 말이 바람개비처럼 머릿속을 뱅뱅 맴돌았다. 세희는 자리에서 일어나며 민주에게 물었다.

"커피 한 잔 내려줄까?"

"네, 좋아요."

민주가 손뼉을 짝짝 쳤다.

"기계 말고 핸드드립으로 해주세요."

세희는 주방으로 가서 코나 새 봉지를 뜯고 물을 끓였다. 가장 맛있는 커피를 끓이고 싶었다. 벌겋게 드러난 제 상처를 안고도 그걸 치유할 줄 아는 이 아이와 함께 마신다면 몸 안의 세포가 하나씩 빠져나가 껍데기만 남은 것 같은 오늘 밤이 조금은 덜 쓸쓸할 것 같았다. 밤이 깊어가는 소리가 마치 눈이 내리듯이 소록소록 들렸다. 처음 드립을 배울 때처럼 드립포트를 쥔 세희의 손이 바르르 떨렸다. 세희는 포트를 쥔 손을 테이블 위에 놓고 목운동을 한 다음 머리카락을 귀 뒤로 쓸어 넘겼다. 소복하게 쌓인 커피의 중앙에 물을 떨어뜨리느라 고개를 숙이자 세희의 머리칼이 얼굴로 툭 떨어졌다. 쪼로록 물이 커피 위로 떨어지는 소리가 폴인러브 한가운데를 지나갔다.

풀시티로 로스팅하기

'당신한테 남자는 다 그렇고 그런 놈들뿐이야. 믿지 마.'

세희는 인터넷 포털 사이트를 통해 알게 된 영도다리 밑의 점집에서 점쟁이가 한 말을 떠올렸다. 영도다리 밑의 점집이 전쟁 때는 피란민들의 희망이었다는 말에 끌려 기어이 점집을 찾아가고 말았다. 그냥 흘려듣고 말면 그만이었는데, 이상하게도 그 말은 일주일이 지난 지금까지 세희의 머릿속에 씹던 껌처럼 들러붙어 있었다. 회사에 휴가를 내고 호주로 떠난 제호는 아직 전화 한 통 없었다. 결혼과 사랑이 그의 전부가 아니었듯, 딸아이의 비보를 전하면서도 곧 연락할게, 일만 마무리하고 빨리 들어올 거야, 라고 쾌활하게 말했던 제호도 그의 전부가 아닌 것이다. 어쩌면 정수와의 이혼이 제호를 부담스럽게 만들었을 수도 있었다. 제호는 정작 이혼한다는 세희의 이야기를 듣고는, 신중하게 생각했어? 라고 덧붙이곤 한동안 말이 없었다.

외로움은 힘이 세다. 외로움은 감정을 왜곡시키고 조작하기도 한다. 단순한 호의를, 또는 아무렇지도 않은 감정을 사랑이라고 착각하게도 만드니까. 그것이 제호가 자신을 사랑한 방식이 아니었을까. 가족의 울타리 속에 들어가면 제호는 울타리 밖의 일을 자기도 모르게 잊을지도 모른다. 까맣게 잊고 있던 오래전 보험을 굳이 약관을 들추어가며 해지할 필요를 느끼지 못하는 것처럼.

그렇고 그런 남자들…… 세희의 얼굴을 뚫어지게 보고 난 옆집 할머니 같은 뚱뚱한 점쟁이로부터 그 말을 들었을 때에는 어이가 없어 피식 웃음이 터져 나왔다. 낄낄 비웃어주고 싶었지만 얼굴은 경직되고, 정체 모를 슬픔까지 자꾸 목구멍에서 밀려왔다. 그리고 그 말이 지금까지 내내 가슴속을 공사장 흙처럼 아프게 파헤친 것이다.

이혼 조정 기간 만기는 이제 한 달 앞으로 다가왔다. 정수는 이혼하겠다는 말을 꺼낸 후 집을 나갔고, 원룸을 얻어 혼자 살고 있다고 했다. 그는 지금도 외롭고 앞으로도 외로울 거라고 했다. 하지만 거짓으로 살고 싶지는 않다고 했다. 그것이 이혼의 이유라고 했다.

세희는 창에 비친 제 얼굴을 보며 딴생각에 빠져 있다가 하마터면 놓칠 뻔했던 지하철역을 빠져나왔다. 몇 번 와본 적이 있는 병원이었다. 얼마 전에 신축했다는 병원은 병들고 죽는 환자들이 드나드는 곳이라기보다는 공연이나 예술 행사를 치르는 문화관처럼 날렵하고 화려했다. 그 모습이 어색하지 않아 화려함과 죽음은 왠지 잘 어울린다는 엉뚱한 생각마저 들었다. 지하도 출입구와 바로 연결된 병원 현관으로 들어서자 장례식장 간판이 저 앞에 벌겋게 불을 밝히며 붙어 있었다. 주차장은 상복을 입은 남자들과 여자들, 그리고 들어오고 나가는 차들로 번잡했다. 죽은 자 앞에 선 생명이 남아 있는 자들의 최소한의 배려 아니면 예의라고 생각하는 것일까. 장례식장을 찾은 사람들의 표정은 한결같이 무표정하고 우울해 보였다. 초췌한 볼이 홀쭉해지도록 담배를 빨고 있는 검은 상복을 입은 남자를 지나쳐 세희는 유리문을 밀고 장례식장 안으로 들어갔다.

장례식장 특실은 들어가는 입구에 있었다. 입구에는 신발이 빈틈없이 빼곡하게 잘 정리되어 있었다. 초등학생으로 보이는 아이들 둘이서 신발 정리를 맡은 모양인지 세희가 들어서자 얼른 신발을 들고 빈틈을 만들어 집어넣었다. 앞치마를 맵시 있게 두른 상조회에서 나온 여자들이 분주하게 음식을 나르고 있었다. 구석진 곳에 친척으로 보이는 남자와 부인들이 침울한 표정으로 앉아 있었다. 벽에 붙어 있는 테이블 쪽으로 커피 아카데미 소속인 아는 얼굴들이 보였지만 세희는 아는 체하고 싶지 않아 고개를 돌렸다.

세희는 먼저 영정 사진이 있는 빈소로 들어갔다. 향 두 줄기가 가늘게 피어오르고 있는 빈소는 서늘한 기운이 감돌았다. 영정 사진을 둘러싼 조화는 흰색 국화인데, 마치 봄날의 유채꽃밭처럼 화려하고 눈이 부셔 세희는 사진을 보지 못하고 눈을 감았다. 문상객을 맞는 사람은 경재와 민주, 그리고 친척 어른으로 보이는 50대 초반의 남자였다.

향을 피우고 절을 하는데 다리가 휘청했다. 두 번 절을 하고 세희는 그제야 사진 속으로 눈길을 돌렸다. 사진 속의 효정은 자신의 장례식임을 아는지 모르는지 눈주름을 만들면서 활짝 웃고 있었다. 효정은 젊고 아름다웠다. 웨이브 진 검은 단발머리는 경쾌하고 발랄해 보였고, 흰색 카디건에 받쳐 입은 노란 블라우스는 눈이 부셨다. 사진 앞에는 무늬 없는 정통 영국제 하얀 커피 잔이 놓여 있었다. 커피는 아직 뜨거운지 김이 흐릿하게 올라오고 있었는데, 향 냄새와 커피 향이 뒤섞인 실내는 마치 이승의 방이 아닌 듯한 착각을 불러일으켰다.

상주와 맞절을 했다. 경재의 몸이 비틀거리는 것처럼 느껴져 세희는 절을 하다 말고 잠깐 멈칫했다. 옆 장례식장에서 누군가의 질긴 울음이 음울하게 퍼져 나갔다.

"어떻게……."

"2주 전부터 마비가 나타났어요. 그러고는 모든 게 빠르게 진행됐죠."

"더 버틸 수 있을 거라고 생각했는데……."

"그 사람, 남은 시간은 짧았지만 우리에겐 모두 소중했어요. 그 사람 후회 없이 갔을 겁니다."

세희가 민주의 손을 끌어 잡자 민주는 제 무거운 머리를 그녀에게 기대왔다.

"정수 와 있어요."

세희는 고개를 끄덕였다. 민주를 안아주는데 마치 목 놓아 울 누군가를 기다린 아이처럼 꺼이꺼이 울기 시작했다. 쯧쯧 혀를 차며 앉아 있던 사람들이 이쪽으로 눈길을 돌렸다. 세희는 빈 밥상처럼 허전한 민주의 등을 가만가만 두드렸다. 경재가 민주의 어깨를 잡으며 정수에게 가보라고 세희에게 눈짓을 했다.

친구들이 왔을 법도 한데 아직 이른 시간이었는지 정수는 혼자 앉아 있었다. 맞은편에 앉자 힐끗 세희를 본 정수가 씨익 웃었다. 저 웃음이 좋았는데, 라고 세희는 생각했다. 어쩌다 이 남자와 결혼이란 걸 하게 됐지만 세희는 그가 좋았다. 그에게 빠져들었고 조급해졌고, 무엇보다 놓치기 싫어서 결혼하고 싶었다. 그 착각이 지금 이 시간을 만들어버린 것이다.

"잘 있었어?"

정수가 먼저 물었다. 세희는 대답 대신 고개를 끄덕이고 마른안주 하나를 집어 먹었다. 습기가 날아간 오징어포는 텁텁했다. 더군다나 감기 기운으로 입안은 바싹 말라 있어서 침이 고이지 않았다. 입에 든 오징어포를 뱉어내고 싶다는 생각을 하며 세희는 여전히 입을 오물거렸다. 정수는 좀 초췌하고 말라 보였다.

"밥은 먹고 다니는 거야?"

이번엔 정수가 대답 대신 고개를 끄덕였다. 외로워 보인다. 사랑받으며 하루하루가 즐거워 어쩔 줄 몰라 하는 얼굴이어야 하는데, 정수는 그렇지 못하다. 쓸쓸하며 우울해 보이기까지 한다, 라고 세희는 생각했다. 정수는 어쩌면 세희와 헤어지고 나면 자신을 휘감는 죄책감과 그리움을 모두 소화해낼 수 있을 거라고 생각했는지도 몰랐다. 마치 여름방학만 주어진다면 다시는 학교로 돌아가지 않아도 될 것 같았던 초등학생 때의 그 벅찬 감정을 느꼈는지도 모르겠다. 그런데 지금 정수 얼굴은 그렇지 못했다. 세희는 정수의 야윈 뺨과 거칠어 보이는 이마를 손가락으로 슬쩍 쓸어보았다. 그의 피부에 닿는 손가락 끝이 전기가 통하는 전선을 만지는 것처럼 찌릿했다.

"살이 좀 빠졌네."

이를 드러내지 않고 정수가 다시 비식 웃었다. 어색한 정수의 웃음 뒤로 효정의 웃는 얼굴이 보였다. 두 사람의 조용한 웃음이 조금씩 세희에게 전염되는 듯하여 억지로라도 웃으려고 해보았지만 뜬금없는 덩어리 같은 것이 목구멍 안쪽에서 쑥 올라와 세희는 입술을 깨물었다.

"두 사람 좋아 보이네."

언제 왔는지 경재가 정수 옆에 앉으며 피곤하고 지친 목소리로 말했다. 검은 상복은 경재를 우수에 찬 사람으로 보이게 했다. 상복이 잘 어울린다, 라는 생각이 드는 것은 어머니의 죽음으로 불과 몇 달 전에 상복 입은 모습을 보았기 때문일 것이다.

"마누라 저세상으로 보낸 사람도 있는데, 좀 잘 살아라."

나무라듯 말하며 경재가 정수 앞에 놓인 소주를 입에 탁 털어넣었다.

"빈소는 비워도 돼? 민주 혼자."

"지금은 사람이 좀 뜸한 것 같아서."

"민주도 좀 쉬라고 하지 그래요?"

고개를 푹 수그린 채 연신 꼼지락거리는 제 발가락을 보고 있는 민주를 넘겨다보며 세희가 말했다.

"저놈, 고집이 황소고집이에요. 엄마가 저 때문에 저렇게 되었다고 따라 죽는다는 걸 겨우 말렸어요."

"무슨 그런 황당한 생각을 해요?"

"둘 사이가 별로 좋지 않았어요. 그런데 그 짧은 시간에 그것들을 다 풀어내려고 하니 두서없고 급하고, 그래서 더 아쉬운 거지. 민주 저 녀석이 저렇게 속 깊은 아인지 몰랐어요. 엄마 준다고 그동안 커피를 배웠더라고……. 커피가 식을 만하면 다시 커피를 내려서 제 엄마 빈소 앞에 갖다 놓는다니까."

"그래서 영정 사진 앞에 커피가 있었군요. 따뜻한 커피가……."

문득 세희는 언젠가 한밤에 만난 민주를 생각했다. 그리고 아침마다 왠지 헝클어져 있던 폴인러브의 주방을 떠올렸다. 그제야 오래된 의문점 하나가 풀린 듯했다.

"민주 엄마, 눈감기 전에 나보고 그러더라고요. 다시 태어난다면 정말 잘 살 것 같다고. 아내로, 엄마로…… 여자로."

"저 어린 걸 두고 민주 엄마, 어떻게 눈을 감았을지……."

경재가 두 손으로 얼굴을 감쌌다.

"민주만, 민주만이 아니에요. 난 어쩌라고. 그 사람, 나쁜 사람이에요. 날 이렇게 만들어놓고 갔어. 미치겠어. 보고 싶어서……."

경재가 소주를 들어 잔을 채우더니 훌쩍 마셨다. 정수 역시 소주를 부어 한숨에 들이켜더니 세희에게 잔을 건넸다. 세희는 정수가 부어놓은 소주를 천천히 입속에 털어넣었다. 식도 안의 점막들이 뇌의 감정선과 연결되어 있는 걸까. 소주가 목구멍으로 넘어가며 미묘한 어떤 것들을 건드린 것만 같았다. 입을 열면 정체도 알 수 없는 그것들이 활화산처럼 터질 것 같아 세희는 입을 꾹 다물고 빈 술잔을 두 손으로 움켜쥐었다.

갑자기 빈소에서 울음이 쏟아졌다. 힘든 통증을 참지 못하고 터뜨리는 신음처럼 울음은 고통스럽게 들렸다. 빈소 앞에 엎드린 이는 중년의 여자였다. 여자의 어깨는 종이인형처럼 가냘팠다. 손바닥으로 얼굴을 쓸어내린 경재가 빈소를 돌아다보더니 무거운 몸을 일으켰다.

"민주 이모야. 가볼게."

정수가 빈 술잔을 움켜쥐고 있는 세희의 손을 잡았다. 세희는 정수의 눈을 들여다보았다. 이제 보고 싶어도 볼 수 없는 눈, 저 아득한 눈,

늘 내게서 멀기만 했던 눈, 늘 누군가를 향해 멀어 있던 눈.

세희는 정수에게서 손을 빼고 그의 손을 자신의 두 손으로 꽉 잡아 쥐었다.

"그동안 생각 많이 했어. 사랑하지도 않는 여자랑 사는 거 맛없는 프렌차이즈 아메리카노 마시는 기분이었을 거야. 나한테 미안해할 필요 없어. 나 그동안 남자 있었어. 아니, 아직도 진행 중일 수도 있고……. 당신한테 미안했어. 그런데 당신에게 여자가 있다는 것을 안 순간, 우습지? 나도 놀랄 정도로 내가 질투하고 있더라고. 나의 이중성을 나도 이해하지 못했어. 질투는 그 남자와 나와 당신의 관계를 다시 한 번 돌아보게 했어. 아니, 그 남자는 당신을 이해하게 만들었고, 그랬기 때문에 당신을 보낼 수 있었어. 웃기지? 세상은 참 우습고 아이러니한 것투성이야. 사랑이란 게 도대체 존재하기는 하는 건지. 사랑은 늘 길모퉁이에서 사람들을 배반하곤 했지. 그래서 난 사랑을 믿지 않기로 했어. 당신의 그 노예 같은 사랑……. 가여워. 가엾지만 부럽기도 했지. 난 그 대상이 될 수 없으니까 지독하게 서럽기도 했어. 하지만 이제 당신 보낼 거야. 나…… 내 고독을 한번 즐겨보려고. 조정기간이 너무 많이 남은 것 같아. 지금은 그래. 빨리 마무리 짓고 싶어."

세희는 정수의 손을 놓고 천천히 몸을 일으켰다. 정수가 앉은 자세 그대로 세희를 올려다보았다. 금방 내뱉은 세희 말의 진위를 따지고 싶어 하는 눈길이 아니었다. 그의 눈에 터줏대감처럼 자리 잡고 앉은 외로움만 커다랗게 확대되어 보일 뿐이었다.

한번 보고 가야겠다는 생각으로 민주를 찾는데 민주가 보이지 않았다. 경재에게 눈짓을 하니 영안실 옆에 딸린 안쪽 방을 고갯짓으로 가리켰다. 방문을 열자 짙은 커피 향이 확 풍겼다. 좁은 방 켜켜이 쌓인 커피 향기는 새벽 강 안개처럼 짙어서 눈이 아찔할 지경이었다. 남자아이 하나가 쓰레기봉투를 들고 있고, 그 안에 민주가 커피 찌꺼기를 버리고 있었다.

"뭐 하는 거니?"

"아, 아줌마."

민주의 말과 동시에 남자아이가 고개를 번쩍 들었다. 세희는 저도 모르게 입을 쩍 벌렸다. 승재였다.

"어? 안녕하세요?"

"넌 여기 웬일이야? 너희 둘 아는 사이였어?"

"네, 친구예요. 할아버지도 이 병원에 계시거든요. 그래서 제가 도와주겠다고 했어요."

"그래, 병원이 같다는 건 나도 조금 전에 알았어."

"꼭 그래서라기보다는 민주가 정신이 없잖아요. 정신도 정신이지만 얘 똥고집 아시죠? 민주 아버지는 한 잔만 올리자 하는데도 끝까지 엄마 식은 커피 안 좋아한다고, 얜 저 혼자 바리스타 다 됐어요. 뭐 더치가 아니면 식은 커피는 식은 음료일 뿐이라나……. 그래서 어쩔 수 없이 제가 도와주는 거예요."

세희는 고개를 끄덕였다. 민주 옆에 있는 밝은 표정의 승재를 보니 마음이 한결 놓였다. 무기를 손에서 놓아버리고 주저앉은 패잔병이 든든한 지원군을 만난 것 같은 기분이었다. 세희는 가방을 내려놓으며 아이들 사이에 앉았다. 커피 향기가 온몸을 나른하게 감쌌다.

"나도 한 잔 마실 수 있을까?"

고개를 끄덕인 민주가 전문 바리스타들도 잘 사용하지 않는 멜리타 드리퍼로 드립을 하더니 서버에 내려진 커피를 빈 잔에 따랐다.

"고맙다……."

민주의 커피는 향기만으로도 목이 메게 하는구나, 하는 생각을 하며 세희는 잔을 입으로 가져갔다. 목구멍을 타고 넘어간 커피가 천천히 몸을 적셨다. 세희는 벽에 등을 기대고 눈을 감았다. 몸이 젖어드는가 싶었는데 그게 아닌 모양이었다. 마음이 하염없이 뭉그러지더니 뜨거운 눈물이 볼을 타고 흘러내렸다. 어이없게도 어깨가 들썩이며 통곡 같은 울음이 쏟아져 나왔다. 힘든 아이 앞에서 이 무슨 추태인가 싶었다. 하지만 민주는 모른 척 다른 잔에 커피를 따르고 있고, 승재는 여과지 위의 커피 찌꺼기를 정리하는 데 여념이 없었다.

"맛있다."

커피는 훌륭했다. 이렇게 훌륭한 커피는 마셔본 적이 없었다.

민주가 새 잔에 담은 커피를 쟁반에 받치고 일어났다. 민주는 이미 품위 있고 멋진 바리스타였다.

세희는 병원 신관으로 발걸음을 옮겼다. 경재로부터 병원 장례식장 이야기를 듣는데 승재 할아버지가 입원한 병원과 같았다. 폴인러브를 나오다 말고 다시 들어가 에스프레소와 믹스커피를 이용해 옛날 커피를 만들었다. 설탕과 시럽을 번갈아 가미해서 열 잔을 만들었다. 각 컵 아래에는 포스트잇에 믹스커피, 설탕, 프림, 우유 등의 원료가 들어간 제조 방법을 적어놓았다. 제조 방법은 설탕과 프림과 우유의 양을 계량스푼을 이용해서 아주 미세하게 나누었다. 처음 커피를 배울 때에도 열심히 했지만 이렇게 심혈을 기울여서 커피를 만든 적은 없었던 것 같았다. '옛날 커피'를 마셔본 적이 없으니 알 수는 없지만 그 열 잔 중 세희의 생각에 아마도 이게 옛날 커피가 아닐까 하는 레시피를 골랐다. 승재가 말한 할아버지의 옛날 커피는 혀는 달콤하고, 목구멍은 부드럽고, 가슴은 부풀어 오르고, 머리는 넓은 벌판에 선 듯 맑아진다고 했다. 그런 맛이라고 했다. 옛날에는 큰 솥에 원두 가루를 넣고 하루 종일 끓여서 팔다가 물이 줄어들면 다시 커피와 물을 더 넣고 끓여 먹었다는 것이다. 강한 쓴맛과 잡맛이 그대로 추출되었을 테지만 우유나 프림, 설탕, 때로는 소금으로 커피의 잡맛을 숨겼을 것이다. 그런 제조법을 그대로 따라 한다고 해도 옛날 그 맛이 나올 리는 만무했다. 세희가 만든 열 잔의 커피도 사실 맛이 다 엇비슷했다. 그중 한 잔을 고르기는 어려웠으나 세희는 다섯 번째 제조법대로 커피를 다시 만들어 보온병에 넣었다. 그 맛이 승재가 보여준 여인의 그림과 가장 비슷해 보였기 때문이다. 그 향기가, 또는 그 맛이. 어쩌면 다섯 번째 잔을 마실 때 그 여인의 미소를 한 번 더 떠올렸기 때문인지도 몰랐다.

할머니는 잠시 자리를 뜨신 듯 8인실 병실의 할아버지 보호자 자리는 비어 있었다. 승재 말로는 눈과 입을 닫으신 지 벌써 한 달이 넘었다고 했다. 귀는 열려 있는 것 같다고 했지만 할아버지는 몸속의 모든 문을 다 닫아버린 사람처럼 고요했다. 광대뼈가 불룩 솟아올라 있고 볼은 누가 공기를 빼간 듯 홀쭉했다. 입은 벌어져 있었으나 숨소리가 들리지 않는 것 같아 세희는 코 밑에 손가락을 대어보았다. 숨은 너무나 미세해서 병실 안 공기를 채 밀어내지 못하고 있었다. 커피를 한 잔 따라 할아버지 옆, 보조 서랍장 위에 놓았다. 커피 냄새가 병실 안으로 천천히 번져 나갔다. 얼굴의 깊은 주름들은 삶이 켜켜이 쌓인 골짜기 같았다. 얼핏 할아버지 미간의 주름이 펴지는 것 같은 착각이 들기도 했다. 이 한 잔이 할아버지가 마실 커피라면 오래된 그림 속의 그분이 마실 커피도 있어야 할 것 같았다. 세희가 막 종이컵에 커피를 한 잔 더 따르려고 할 때였다.

"누구신지?"

물병을 들고 선 할머니 한 분이 세희를 물끄러미 쳐다보고 있었다.

"안녕하세요? 전 승재하고 잘 아는 사인데……."

"승재는 지금 없는데, 친구 어머니가 돌아가셨다고……. 근데 웬 커피가?"

할머니는 보라색 모자를 쓰고 있었다. 뜨개질을 한 모자인데 할머니와 아주 잘 어울린다는 생각이 들었다. 순간 세희의 입에서 아, 하는 외마디가 터져 나왔다.

"할머니, 혹시 지난번에 폴인러브에 한 번 오시지 않으셨어요?"

할머니가 입가의 주름을 밀어 올리며 세희를 향해 고개를 끄덕였다.

"내가 꼭 한번 가보고 싶었거든."

순간 세희는 당황했다. 할머니가 가시고 난 뒤 혹시 그림 속의 그분이 아닐까 하는 생각은 잠깐 했지만, 그분이 승재의 할머니였다니. 그렇다면 혹시 할머니가 그 이야기를 알고 있는 것은 아닐까. 죽음 앞에서야 비로소 남편의 숨겨둔 사랑을 알게 된다면 평생을 함께한 아내의 배반감은 얼마나 클까.

"승재가 할아버지께서 커피를 좋아하셨다면서 옛날 커피를 꼭 드시고 싶어 하셨다길래……."

"아, 그래서 일부러 이렇게 만들어 오신 거예요? 고맙기도 해라."

"제가 꼭 할아버지한테 커피를 대접해드리고 싶었거든요. 그런데 그동안 기회가 없었어요."

"……혹시 승재가 영도다리에서 만난 여자 이야기는 안 하던가요?"

세희는 손으로 얼른 벌어진 입을 막았다. 할머니가 알고 계신 것이다!

"아, 네. 한 번 들은 적이……."

"이 사람이 그랬어요. 죽기 전에 꼭 예전에 그 다방 커피 마시고 싶다고."

"할머니…… 알고 계셨군요."

"알다 뿐인가. 잊을 수 없지. 그걸 어떻게 잊나. 그 커피 맛을……."

"할머니가 그 커피 맛을 어떻게……."

"커피 맛? 아이고, 그거 이 양반이 쓴 소설 이야기예요. 이 양반이 소설가 지망생이라는 이야기는 승재가 안 했나? 이 양반, 사실도 소설처럼 소설도 사실처럼 써서 옆에 있는 사람들을 긴장시키는 게 장기랍니다. 물론…… 그건 완전히 없는 이야기는 아니고, 젊은 날 우리가 서로를 그리워하며 찾아 헤맬 때 쓴 소설이니까 거짓말이라고 할 수도 없죠……."

할아버지는 두 사람의 사랑 이야기를 남들한테 들려주기를 좋아했다고 했다. 그런데 함께 살게 된 할머니가 그분이라는 것을 다른 사람들한테는 절대로 이야기하지 않았다고 했다. 처음에는 할머니도 그걸 몰랐는데, 어느 날 할아버지의 친구분이 실수로 이야기를 꺼내는 바람에 알게 되었다는 것이다.

"왜 그랬느냐고 물으니까 이 양반이 그럽디다. 평생 임자만 사랑하고 살고 있다고. 임자와 함께 살고 있는 것도 가끔은 믿기지 않아 행복이 멀어질까 봐 두려운 적이 많다고 말입니다. 그래서 마음속에 숨겨둔다고요……. 나를 찾아다니던 그때, 가장 사랑이 절실하고 뜨거웠을 그때로 항상 간직한다고. 소설의 그다음 부분은 죽기 전에 꼭 완성하겠다고 했는데, 미루다가, 아니 이 양반 표현대로라면 아끼다가 결국 못 쓰고 말았어요. 이 양반 몇 년 전에 사고로 눈을 잃었거든요. 그때 실명한 것보다 소설을 완성하지 못한 걸 더 안타까워했어요. 언젠가는 당신이 구술해서 승재가 받아 적게 할 거라고 하더니…… 결국……."

"할아버지께서 앞을 못 보신다는 건 몰랐어요."

"이 사람은 인생을 아름다운 소설처럼 살기 바랐지요. 낭만적인 양반이었어요. 자기가 이렇게 세상을 향한 눈을 닫아버릴 줄 꿈에도 몰랐던 거지. 정신 있을 땐 항상 그랬어요. 일어나서 소설도 마무리하고, 커피도 마시러 가야 하는데, 나 곧 일어나야 해, 라고요. 아직 자기 인생에 시간이 많이 남은 줄 알았던 거죠. 승재한테도 사실을 말할 기회를 놓쳐버린 걸 보면……. 다시 영도다리가 올라가는 거를 보면 벌떡 일어날 거예요. 그 뉴스 나오던 날 얼마나 눈물이 나던지. 이 사람 꼭 일어날 겁니다. 일어나서 그 다리를 꼭 같이 걸어봐야지 이렇게 누워만 있으면 안 되지. 안 그래요, 여보, 영감."

아련한 눈빛을 하고 할머니는 손으로 할아버지의 얼굴을 쓰다듬었다. 할머니 손이 지나간 자리마다 주름들이 일시에 펴지는 느낌이 들었다. 바위처럼 단단하고, 꼭 끼워 맞춘 퍼즐처럼 완벽한 사랑이 존재

할 수 있을까. 그것은 아마 세상의 모든 연인들에게는 불가능한 주문일 것이다. 하지만 다시 열리는 영도다리 앞에 선 두 사람의 모습은 어긋나 있던 어떤 형체가 완벽하게 맞물려서 합체된 것같이 보일 거라는 생각이 들었다.

"이 커피는 그럼 내 거 맞겠네?"

두 잔 중에 하나를 집어 들며 할머니가 세희를 향해 웃었다.

"아…… 네."

커피를 마신 할머니가 고개를 끄덕이며 맛있어요, 입 모양으로 말을 했다.

"옛날 그 맛이야. 정말 고맙네요."

할아버지는 옛 여인에게 선물 하나를 더 남겨놓고 있었다. '죽고 나면'이라는 전제가 붙었으므로 세희는 승재가 가지고 있는 여인의 그림에 대해서 할머니께 아무 말도 할 수 없었다. 할아버지가 마지막으로 여인에게 사랑을 전하는 방법이 바로 그 그림이었던 것이다. 두 사람이 있는 병실로부터 수십 년 전 영도다리의 바람과 냄새가 그대로 풍겨져 나오는 듯했다. 인사를 하고 돌아서 나오는데 승재가 했던 말이 생각났다. 10여 년 동안 영도다리를 오가던 할아버지의 기다림에는 이해관계의 계산 따위는 없었다고. 계산이 없는 기다림, 계산 없는 사랑이 나에게는 한 번이라도 존재한 적이 있었을까. 편도가 부은 것처럼 목 안에 뭔가가 가득 차올랐다.

지하철역을 향해 걸었다. 빵집에서 흘러나오는 음악을 흥얼거리며 따라 불렀다. 핸드폰의 문자 음이 울렸다. 제호의 문자가 도착해 있었다. '미안해. 조금만 기다려줘.' 세희는 핸드폰을 종료시킨 후 가방 안에 집어넣었다. 중요한 뭔가를 설명하지 않기 위해 불분명한 부호를 사용한 듯한 그의 문자는 세희에게 종이꽃처럼 건조하게 느껴졌다. 그를 놓아버리기로 마음먹자 이상하게도 어떤 치료가 막 시작된 것 같은 기분이 들었다. 움켜쥐고 있었을 땐 손톱이 손바닥을 파고드는 줄 몰랐다. 세희는 빈 손바닥 안에 그어진 손금들을 지도를 찾듯 들여다보다가 어느 순간 꾹 주먹을 쥐었다.

지하철역 안은 음악 소리와 활기 찬 빛들로 가득했다. 이곳에만 있다면 밤인지 낮인지 구분할 수 없을 것이다. 눈부시게 밝은 지하철의 모든 사물이 세희를 온 힘을 다해 밀어내고 있는 것처럼 느껴져 그녀는 몸을 움츠리고 겉옷자락을 여미었다. 유난히 견디기 힘든 하루를 보낸 것 같은 기분이 드는 건 왜일까. 죽음을 마주했기 때문일까.

뒤돌아보니 어둠은 갑자기 찾아왔다. 그리고 그 어둠 속에 세희는 온전히 혼자 서 있었다. 혼자 서 있는 세희라는 여자는 망원경을 거꾸로 본 멀리 있는 사물처럼 작아져버렸다. 이제부터 어떻게 살지 생각하지 않았다. 하지만 세희는 발걸음을 바쁘게 옮겼다. 갑자기 할 일이 생각나서였다. 기계가 아니라 수망에 커피콩을 올려놓고 풀시티로 직접 로스팅해볼 참이었다.

커피 로스팅은 커피의 맛과 향을 좌우하는 중요한 과정이다. 불이 세면 탈 것이고, 약하면 익지 않을 것이다. 불에 너무 가까워도 안 되고, 멀어도 안 된다. 로스팅의 막바지에 접어들면 불을 약하게 해주어야 한다. 타이밍을 놓치면 커피콩은 순식간에 타버린다. 그리고 로스팅이 끝나면 빠른 시간에 식혀주어야 한다. 풀시티로 로스팅 된 원두는 맛의 정점에 올라서 있을 것이다.

인생의 매 순간을 최고로 로스팅해보고 싶다는 생각이 용암처럼 끓어올랐다. 타버리거나 익지 않아 항상 실패였던 자신의 못난 콩들은 어둠 속에 날려버리고 새롭게 로스팅하고 싶었다. 문득 가슴이 뛰었다. 그것은 아마도 이미 지나온 것들 때문만은 아니라는 것이 확실했다.

지하철에서 내리자 차가운 바람이 목덜미를 휘감았다. 춥다는 느낌은 전혀 들지 않았지만 세희는 습관적으로 몸을 웅크렸다. 어느새 어둠은 골목의 안쪽 모습마저 시커멓게 삼켜버리고 너덜거리는 각질처럼 남아 세희 앞에 흐느적거렸다. 세희는 흐릿한 골목 안으로 어떤 이별보다 강해 보이는 발걸음을 성큼성큼 옮겨놓았다.

작가의 말

바닷가에 위치한 작은 커피전문점을 찾았다. 3년 전쯤이었을 것이다. 무슨 이유에서인지 나는 혼자였고, 비가 오고 있었다. 평소 커피를 즐겨 하지 않았지만 그날 나는 커피를 시켰다. 실내에는 바리스타와 나, 그리고 스피커에서 나오는 잔잔한 바이올린 음만이 창밖의 성난 파도 소리에 귀를 기울이고 있었다. 마침내 커피가 나왔지만 한 모금을 마시고 나는 잔을 도로 내려놓아야 했다. 커피가 너무 썼다.

대화는 내가 커피에 물을 좀 더 타달라고 한 데서 시작되었다. 그녀와의 대화에 나는 인생의 아름다운 비밀이 숨어 있는 어떤 상자를 막 열어본 것 같은 느낌을 받았다. 나는 물을 좀 더 타달라고 했을 뿐인데, 내 가슴속에는 한 동이의 물이 그득 들어차는 기분이었다. 사랑에 대한 작품을 구상하고 있었던 나는 그녀의 한마디를 머릿속에 새겼다.

그녀가 이렇게 말한 것이다.

— 인간에게 사랑이 다가오는 그 순간은 이 세상 어느 감정보다 높고 뜨거워요. 사랑도 에스프레소와 같아서 뜨거울 땐 깊고 진하지만 식으면 쓰기만 하죠. 식은 커피에는 크레마도 사라지고 없을 뿐 아니라 더 이상 발생하지 않아요.

사랑은 나에게 어려운 숙제와 같은 일이다. 사랑은 경이로움과 권태가 함께 새겨진 행운권 당첨 같은 것인지도 모른다.

그리고 사랑은, 태연히 세상 한가운데에 수많은 의문을 남긴다.

도움을 주신 분들이 많다. 동아대학교병원 이규열 교수님, 작품을 읽고 꼼꼼하게 지적해준 바리스타 K와 L, 미숙한 초고에 날카로운 애정으로 조언을 주신 선생님과 문우들, 언제나 격려를 아끼지 않는 이수철 대표님, 세밀하게 교정 봐주신 윤혜준 님.

그리고 사랑하는 나의 단단하고 긴 끈, 가족…… 모두에게 감사의 인사를 전한다.

박 향

카페 폴인러브

초판 1쇄 발행 2015년 3월 31일
초판 2쇄 발행 2015년 5월 15일

지은이 박 향
펴낸이 이수철
주 간 신승철
편 집 정사라, 최장욱
교 정 윤혜준
마케팅 정범용
관 리 전수연

펴낸곳 나무옆의자
출판등록 제396-2013-000037호
주소 서울시 용산구 한강대로 109 용성비즈텔 802호(140-750)
전화 02) 790-6630~2 팩스 02) 718-5752

페이스북 www.facebook.com/namubench9
카페 cafe.naver.com/namubench
인쇄 제본 현문자현 종이 월드페이퍼

ISBN 979-11-952602-9-4 03810

* 나무옆의자는 출판인쇄그룹 현문의 자회사입니다.
* 잘못된 책은 바꿔드립니다.
* 책값은 뒤표지에 표시되어 있습니다.

* 이 도서의 국립중앙도서관 출판예정도서목록(CIP)은 서지정보유통지원시스템
홈페이지(http://seoji.nl.go.kr)와 국가자료공동목록시스템(http://www.nl.go.kr/kolisnet)에서
이용하실 수 있습니다. (CIP제어번호 : CIP2015008438)